KB083240

꼭두각시
살인사건

Hangman

꼭두각시 살인사건

HANGMAN

다니엘 콜 장편소설 | 유혜인 옮김

BOOK PLAZA

Hangman

신이 있다면 어쩌시겠습니까?

천국이 있다면 어쩌시겠습니까?

지옥이 있다면 어쩌시겠습니까?

만약…, 만약에…, 우리가 사는 이곳이 지옥이라면요?

프롤로그

모든 사건이 종결된
2016년 1월 6일 수요일
오전 9시 52분
감사실 내

"세상에 신은 없어요. 그것만큼은 확실해요."

에밀리 백스터 경감은 감사실 특수 유리에 비치는 자신의 모습을 바라보며 이렇게 말했다. 백스터는 특수 유리 뒤에 있을 상관들이 이 말을 듣고 어떤 반응을 보일지 궁금했다. 그녀는 상관들을 볼 수 없지만, 상관들은 그녀를 볼 수 있었다.

사건이 모두 종결된 직후인 지금, 백스터의 몰골은 말이 아니었다. 서른다섯이 아니라 쉰이라 해도 믿을 정도였다. 터진 윗입술을 봉합한 검은색 실밥은 말할 때마다 입술을 팽팽하게 당기며 잊고 싶은 기억을 떠올리게 했다. 이마의 찰과상은 도통 아물지 않았고, 부러진 손가락은 붕대에 고정되어 있었다. 젖은 옷에 가려 보이지 않는 상처도 열 군데가 넘었다.

백스터는 짐짓 따분하다는 표정을 지으며 테이블 맞은편에 앉은 두 남자에게로 시선을 돌렸다. 둘 다 말이 없었다. 백스터는 늘어져라 하품을 하고 긴 갈색 머리를 매만지며 떡진 머리카락을 그나마 성한 손가락 몇 개로 빗어 내렸다.

앞에 있는 두 남자는 이번 사건을 해결하는 과정에서 백스터에게 어떤 잘못이 있는지 감사하기 위해 온 사람들이었다. 그 중 하나인 싱클레어 감사관은 미국 FBI에서 파견된 감사관으로, 조금 전 백스터의 답변에 불쾌한 기색을 노골적으로 지었다. 하지만 백스터는 그가 그러거나 말거나 관심 없었다.

또 다른 한 명인 런던 경찰청 소속 앳킨스 감사관은 말쑥한 싱클레어에 비해 차림새가 초라했다.

백스터의 침묵이 길어지자 앳킨스 감사관이 먼저 나섰다.

"그렇다면 당신은 그날 CIA 루쉬 요원과 아주 흥미로운 대화를 했겠군요."

천장 조명과 난방기의 열기 때문에 짧게 깎은 앳킨스의 관자놀이로 땀이 줄줄 흘러내렸다.

"무슨 뜻이죠?" 백스터가 물었다.

"무슨 뜻이냐면 루쉬 요원에 대한 감사보고서를 보면-."

"감사보고서 같은 건 됐어요!" 싱클레어가 끼어들었다. "나는 예전에 루쉬와 함께 일했던 적이 있는 사람입니다. 그가 무슨 말을 했든지 간에 그는 잘못을 저지를 사람이 아니에요. 루쉬는 독실한 기독교 신자고, 그는 늘 최선을 다했어요!"

백스터는 아까보다 더 따분한 표정을 지었다.

"이봐요, 백스터 경감님! 민간인이 경찰에 의해 죽은 사건입니다. 그렇게 가볍게 넘어갈 사안이 아니에요."

백스터는 눈 하나 깜짝하지 않았다.

"죽은 사람이 한둘인가…, 이런 큰 사건이 터졌는데…." 작게 중얼거리던 백스터가 갑자기 날을 세웠다. "그런데 어째 당신네들은 죽어 마땅한 인간 하나를 위한답시고 모두의 시간을 낭비할 작정인 것 같네요."

"루쉬 요원의 현재 행방에 대해 알고 계십니까?" 싱클레어 감사관이 물었다.

백스터가 코웃음을 치며 말했다. "내가 알기로 루쉬 요원은 죽었어요."

"정말 이런 식으로 나올 겁니까?"

"내가 알기로 루쉬 요원은 죽었다고요." 백스터가 다시 말했다.

"그럼 시신을 봤냐고요!"

언성을 높이던 싱클레어 감사관이 이러다가는 대답을 들을 기회를 영영 놓치겠다 싶어 다시 조용히 말했다.

"시신을 봤습니까?"

여기 들어온 이후 처음으로 백스터가 멈칫했다. 그 질문을 들은 백스터는 그날로 돌아간 듯 눈빛이 명해졌다.

다시 긴장된 침묵이 흘렀다.

"어때 보였습니까?" 앳킨스가 침묵을 견디지 못하고 앞뒤를 자른 질문을 불쑥 던졌다.

"뭐가요?"

"루쉬 말입니다."

"무슨 의미죠?" 백스터가 물었다.

"감정 상태가 어땠냐고요."

"언제요?"

"마지막으로 봤을 때요."

잠시 대답을 고민한 백스터가 미소를 지어 보이며 말했다. "평온해 보였어요."

"평온해 보였다고요?"

백스터가 고개를 끄덕였다.

"말씀을 들어보니 루쉬 요원을 아끼셨던 것 같군요." 앳킨스가 이야기를 이어갔다.

"그렇지도 않아요. 물론 동료로서는 똑똑하고 유능했죠. 단점이 많기는 했지만."

싱클레어는 입술을 깨물고 왜 자기에게 이토록 힘든 일을 맡겼냐며 원망하는 눈초리로 감사실 건너 특수 유리 쪽을 보았다.

결국 앳킨스 감사관이 싱클레어 대신 조사를 마무리하기로 했다. 앳킨스의 셔츠 겨드랑이 부분에는 짙은 땀자국이 선명했다.

"루쉬 요원의 자택에 수색팀을 투입하신 적이 있죠?" 앳킨스가 백스터에게 물었다.

"네."

"그럼 루쉬 요원을 신뢰했던 건 아니군요?"

"그래요."

"동료애 같은 감정도 있지 않고요?"

"전혀요."

"루쉬 요원이 마지막으로 했던 말을 기억하십니까?"

백스터의 인내가 한계에 다다랐다.

"이제 다 됐죠?"

"조금만 더요. 제발 대답해주세요."

앳킨스가 수첩 위로 펜을 들었다.

"그만 갈래요." 백스터가 말했다.

"이렇게 간단한 질문에도 대답을 못 하는 이유가 있는 거 아닙니까?" 싱클레어의 비난 섞인 말이 화살처럼 날아왔다.

"좋아요." 백스터가 치를 떨면서 말했다. "대답하죠. 이…, 세상에…, 신은…, 없어…, 였습니다."

그러고는 피식 웃었다.

앳킨스가 들고 있던 펜을 테이블에 던졌다. 싱클레어는 철제 의자를 박차며 일어나 감사실 문을 박차고 나갔다.

"참 대단하십니다." 앳킨스가 힘없이 한숨을 쉬었다. "협조 감사합니다, 경감님. 이걸로 마무리하죠."

프롤로그로부터

5주 전….

1

2015년 12월 2일 수요일
오전 6시 56분

휘황찬란한 도시 아래 꽁꽁 얼어 잠들었던 강이 몸을 뒤척였는지 빙판이 쩍 소리를 내며 갈라졌다. 얼어붙은 강물에 오도 가도 못한 채 버려진 배들은 눈에 파묻혔고, 얼어붙은 강물 위로 눈이 쌓이며 육지와 섬이 잠깐이나마 만났다.

높이가 들쭉날쭉한 건물들 위로 태양이 떠오르자, 주황빛으로 물든 다리가 얼음판 위에 진한 그림자를 드리웠다.

눈발이 흩날리는 가운데, 뉴욕을 상징하는 위풍당당한 아치 구조물에는 얼기설기 뒤엉킨 그물 하나가 걸려 있었다. 그물 속에는 무언가가 들어 있었다.

그 모습은 마치 죽을힘을 다해 거미줄에서 벗어나려다 몸이 찢긴 파리 같았다. 기이하게 몸이 꺾여 그물에 감긴 채 태양을 가리고 있는 시신의 신원은 놀랍게도 '윌리엄 폭스'라는 은행원으로 밝혀졌다.

2

2015년 12월 8일 화요일
오후 6시 39분

경찰청 창문에 밤이슬이 내려앉으며 창문 너머로 도시의 불빛
이 흐릿하게 번졌다.

화장실에 두 번, 사무용품을 꺼내러 캐비닛에 한 번 다녀온 것
을 빼면 에밀리 백스터는 아침에 출근한 후로 줄곧 벽장 크기의
사무실에 틀어박혀 있었다. 책상 끄트머리에서 바닥으로 떨어질
락 말락 하는 서류 더미를 바라보고 있자니, 밑으로 밀어버리고
싶다는 충동이 일었지만 애써 참았다.

에밀리 백스터는 나이 서른넷에 런던 경찰 역사상 최연소 여성
경감이 되었다. 하지만 그녀의 초고속 승진을 예상한 사람도, 특
별히 반긴 사람도 없었다. 경감 자리가 공석이 되었을 때 백스터
가 뜻밖의 승진을 한 배경에는 작년 여름에 일어난 봉제인형 살
인사건이 있었다. 악마 같은 연쇄살인범을 직접 체포한 공도 컸
고.

전임자인 테런스 시몬스 경감은 건강 문제로 퇴임을 할 수밖
에 없었는데, 사실은 물러나지 않으면 잘라버리겠다는 경찰청장
의 협박이 건강 악화의 원인이라는 추측이 지배적이었다. 대중이
경찰에 환멸을 느낄 때마다 나오는 관례였다. 격노한 신을 달래기
위해 무고한 희생양을 제물로 바치는 것과 무엇이 다를까.

백스터는 얇은 석고 보드 벽으로 둘러싸인 좁은 사무실을 둘

러보았다. 지저분한 카펫과 찌그러진 서류함이 눈에 들어왔다. 대체 무슨 생각으로 경감직을 맡겠다고 수락했을까?

백스터의 사무실 바깥에 위치한 본부에서는 환호성이 터져 나왔지만 백스터는 손더스라는 수사관에 대해 들어온 민원을 읽느라 소리를 듣지 못했다. 민원인은 손더스가 자기 아들을 모욕적인 말로 묘사했다고 주장했다. 손더스가 사용했다는 단어는 전혀 상스러워 보이지 않았다. 백스터는 공식 답변을 절반쯤 쓰다가, 짜증이 나서 편지를 구겨 쓰레기통 쪽으로 던졌다.

그때 어색한 노크 소리가 나더니 소심한 직원 하나가 종종걸음으로 들어왔다. 그녀는 백스터가 쓰레기통을 골대 삼아 던지는 바람에 바닥에 떨어진 종이 쓰레기들을 주워서 쓰레기통에 넣고는 아슬아슬한 서류 더미 위에 서류 묶음 하나를 또 올려놓았다. 그야말로 세계 정상급 젠가 실력이었다.

"바쁘실 텐데 죄송합니다." 여직원이 말했다. "그런데 쇼 경사님 연설 시간이 얼마 안 남아서요. 경감님도 참석하실 거죠?"

백스터는 큰소리로 욕설을 내뱉고 책상에 이마를 댔다.

"가야죠."

탄식이 흘러 나왔다. 왜 여태 까먹고 있었지?

긴장한 여직원은 추가 지시가 내려올까 초조하게 기다리다가 아무리 있어 봐도 백스터가 잠든 것처럼 움직이지 않자 조용히 사무실을 빠져나왔다.

백스터는 억지로 몸을 일으켜 본부로 나갔다. 핀레이 쇼 경사의 책상 주위에는 사람들이 바글바글 모여 있었다.

축 퇴임!

백스터는 이런 분위기가 싫었다. 어색하고 가식적이다. 수십 년 동안 봉사하고 수도 없이 죽을 고비를 넘긴 사람을 떠나보내는 자리라기에는 너무 시시했다. 끔찍한 기억들은 기념품 삼아 집으로 가져가리라. 백스터는 뒤에 서서 애정이 담긴 눈으로 핀레이를 보며 친구를 위해 웃어주었다. 핀레이는 이곳에 마지막으로 남은 진정한 동지였다. 하나뿐인 친구를 떠나보내는 날인데 정작 그녀는 카드 한 장 준비하지 않았다.

그때 경감 사무실에서 전화벨이 울렸다.

백스터는 벨소리를 무시하고 핀레이를 지켜보았다.

핀레이는 동료들이 돈을 모아 사준 위스키를 들고 기뻐하는 척했지만 연기는 어설펐다.

핀레이가 제일 좋아하는 위스키 브랜드는 제임슨이었다. 울프처럼.

백스터는 잠시 딴 생각에 빠졌다. 핀레이를 마지막으로 사석에서 만났을 때 백스터는 그에게 제임슨을 한 잔 사줬다. 벌써 1년이 다 되어가나. 그날 핀레이는 출세욕 없이 살았지만 결코 후회하지 않는다고 말했다. 그리고 경감직은 지루하고 답답해 백스터와 어울리지 않을 거라 경고했었다. 백스터는 그 말을 한 귀로 듣고 흘렸다. 핀레이가 모르는 사정이 있었기 때문이다. 백스터에게 출세는 중요하지 않았다. 복잡한 생각을 다른 곳으로 돌리기 위해 경감직을 수락했을 뿐이다. 변화, 일탈이 필요했다.

사무실 전화벨이 다시 울리기 시작해 백스터는 책상을 노려보았다. 핀레이는 동료들이 카드에 적어준 퇴임 축하 메시지를 읽는 중이었다.

백스터는 시간을 확인했다. 오늘 하루만이라도 제때에 퇴근을
해야 하는데….

★

핀레이는 껄껄 웃으며 카드를 내려놓고 진심에서 우러난 작별
인사를 시작했다. 여러 사람 앞에서는 말을 잘 못 하는 성격이라
최대한 짧게 끝낼 계획이었다.

"…어쨌든 다들 진심으로 고마워. 나도 쌔끈할 때 와서 이 건물
과 함께 늙었네…." 핀레이는 적어도 한 명은 웃겠거니 기대하고
잠시 뜸을 들였다. 형편없는 말솜씨는 기껏 준비한 농담도 망쳐버
린 듯했다. 이제 내리막길밖에 없다는 걸 알면서도 핀레이는 연설
을 계속했다.

"여기 있는 사람들은 단순히 직장 동료가 아니었어. 내게는 제2
의 가족과도 같았지."

앞줄에 서 있는 여자 하나가 눈물로 그렁그렁한 눈에 부채질을
했다. 핀레이는 나도 같은 마음이라며 그녀에게 미소를 지어 보였
다. 핀레이는 다시 고개를 들고 앞에 모인 사람들 속에서 한 사람
을 찾아 두리번거렸다. 사실상 지금의 작별 인사는 그 사람에게
하는 말이었다.

"뿌듯한 순간도 많았어. 내 옆에 있던 건방진 애송이 신참들
이…," 이제는 핀레이도 눈물이 나올 것 같았다. "…강하고 독립적
이고 아름답고 용감한 숙녀…와 신사로 성장하는 모습을 보면서
말이야. 이 말은 꼭 하고 싶네. 함께 일하면서 행복했고, 진심으로
너희가 자랑스럽다. 고마워."

핀레이는 목을 가다듬고 박수 치는 동료들을 보며 웃었다. 그러

다 마침내 백스터를 발견했다. 백스터는 사무실 문을 닫고 자기 방 안에서 현란한 손짓을 하며 통화 중이었다. 핀레이는 애틋한 미소를 지었다. 사람들이 뿔뿔이 흩어져 홀로 남게 된 그는 소지품을 챙기고 책상을 마저 비우러 갔다.

하지만 속도가 나지 않았다. 오랜 세월 그의 책상을 장식한 사진들을 떼어내는 동안 추억에 잠긴 탓이었다. 순간 오래되어 구겨지고 변색된 사진 한 장이 유독 눈에 들어왔다. 수사본부 크리스마스 파티 때 사진이었다. 사진 속의 핀레이는 숱이 없어져가는 머리에 장식용 왕관을 얹었고, 벤자민 챔버스는 그를 놀리며 백스터의 어깨에 팔을 둘렀다. 백스터가 웃고 있는 유일한 사진이려나? 사진 한쪽 끝에도 누군가 있었다. 핀레이를 한손으로 들어 올릴 수 있다는 내기에서 지고 풀 죽어 있는 그는 윌…, 울프였다. 핀레이는 사진을 조심스럽게 재킷 주머니에 넣은 다음 짐을 정리했다.

마지막으로 사무실 문을 나서려던 참에 핀레이는 잠시 망설였다. 책상 서랍 안쪽에서 발견한 편지는 그가 간직할 물건이 아니었기 때문이다. 그냥 내버려 둘까, 찢어버릴까 고민했지만 결국에는 잡동사니 상자에 던져 넣고 엘리베이터로 향했다.

혼자 간직해야 할 비밀이 하나 더 생겼다고 치면 되겠지.

오후 7시 49분, 백스터는 여전히 책상에 묶인 신세였다. 늦어서 미안하고 되도록 빨리 출발하겠다는 문자를 20분마다 한 번씩은 보내야 했다. 핀레이의 퇴임 연설을 못 듣고 몇 달 만에 잡힌 약속에도 지각하게 만든 범인은 바니타 총경이었다. 총경은 자기가 도착할 때까지 그대로 사무실에 있으라고 명령했다.

두 여자는 사이가 그리 좋지 않았다. 언론에 런던 경찰청의 얼굴로 비춰지는 바니타 총경이 백스터의 승진을 반대했다는 것은 공공연한 비밀이었다. 바니타는 봉제인형 살인사건으로 함께 일했을 당시 백스터가 걸핏하면 따지고 고집을 부리고 상관을 무시했다고 경찰청장에게 보고했다. 피해자 한 명이 백스터 때문에 죽었다는 의견도 빠뜨리지 않았다. 반면, 백스터는 바니타를 언론에 굽실대는 뱀의 혀를 가진 여자쯤으로 여겼다. 문제가 생길 낌새가 보이자마자 망설임 없이 시몬스를 희생시킨 여자였다.

엎친 데 덮친 격으로 백스터는 조금 전 전산실에서 온 이메일을 열고 말았다. 울프가 반납해야 할 미제사건 파일이 더 있다는 이 이메일을 벌써 몇 번째 받는지. 긴 목록을 훑어보니 백스터가 아는 사건도 몇 가지 보였다.

새라 베넷: 여자가 자기 집 수영장에서 남편을 익사시킨 사건이다. 이 파일은 회의실 라디에이터 뒤편에 떨어뜨렸던 기억이 얼핏 난다.
레오 드부아: 처음에는 단순한 칼부림 사건이었지만 마약 밀매, 무기 암거래, 인신매매 혐의가 포함되며 몇 년 새 여러 기관이 얽힌 복잡한 사건으로 커져버렸다.

'이거 맡았을 때 울프와 정말 재미있었는데….'
생각에 잠겨 있던 백스터가 퍼뜩 정신을 차렸다. 바니타가 뒤에 두 명을 달고 들어오고 있었기 때문이다.
8시 전에 나가기는 틀린 것 같았다. 백스터는 일어나 손님을 맞을 기분조차 나지 않았다. 바니타가 유유히 걸어와 정답게 인사를 건넸다. 까닥하면 백스터도 속을 만큼 뛰어난 연기력이었다.

"여기는 에밀리 백스터 경감, 여기는 FBI의 특별수사관 엘리엇 커티스 요원이다." 바니타가 검은 머리를 찰랑 넘기며 소개했다.

"만나 뵙게 되어 영광입니다, 경감님."

훤칠한 흑인 여성이 백스터에게 손을 내밀었다. 남성복 같은 옷을 입고 있는 커티스는 잔머리 하나 없이 머리카락을 바짝 당겨서 올백으로 묶었고, 최소한의 화장만 한 상태였다. 30대 초반으로 보이지만 실제는 그보다 어리지 않을까 생각했다.

백스터가 앉아서 커티스와 악수를 하는 동안 바니타는 두 번째 손님도 소개했다.

"이쪽은 특별수사관인…."

"뭐가 얼마나 특별하다는 건지 모르겠네요." 백스터가 끼어들어 빈정거렸다. "특별한 사람이 이렇게 누추한 사무실에 뭐 하러 오겠어요? 그것도 둘씩이나…."

바니타는 백스터의 말을 무시한 채 말을 이었다.

"이쪽은 CIA의 특별수사관인 데이미언 루치 요원."

"루지요?" 백스터가 물었다.

"루셰?" 자신이 없어진 바니타가 다른 발음을 시도해보았다.

"루쉬일 거예요. '우쉬'처럼요." 커티스가 거들며 제대로 알려달라고 루쉬를 돌아보았다.

당황스럽게도 다른 생각에 빠져 있던 루쉬라는 남자는 점잖게 웃으며 백스터에게 주먹 인사를 청한 다음 한마디 말도 없이 의자에 앉았다. 그는 30대 후반쯤으로 보였다. 창백한 얼굴에 깨끗하게 면도를 했고 희끗희끗한 머리는 앞을 세워 고정했다. 루쉬는 백스터 앞에 놓인 서류 더미와 바닥에 놓여 있는 쓰레기통을 번

같아 보며 재미있다는 듯 웃었다. 셔츠 단추 두 개는 일부러 풀었고 남색 정장은 새것 같지는 않아도 몸에 잘 맞았다.

백스터는 무슨 일인지 설명해달라고 바니타를 빤히 바라보았다.

"커티스 요원과 루쉬 요원은 오늘 저녁 미국에서 막 도착했어." 바니타가 말했다.

"그래 보이네요." 참을성 있는 목소리였지만 마음은 그렇지 않았다. "제가 오늘 밤은 조금 바빠서…."

"제가 한마디 해도 될까요, 총경님?" 커티스가 바니타에게 예의 바르게 묻고 백스터를 돌아보았다. "경감님도 잘 아시겠지만 일주일 전 시신 한 구가 발견되었잖아요. 그게…."

백스터는 모른다는 표정으로 어깨를 으쓱했다. 커티스는 말문이 막혔다.

"뉴욕 일 모르세요? 브루클린 브리지?" 커티스가 당황해서 물었다. "묶여 있었잖아요? 전 세계 뉴스에 해외 토픽으로 보도되었다고요!"

백스터는 하품을 참았다.

루쉬는 코트 주머니를 뒤적였다.

커티스는 도움이 될 자료를 꺼내는 줄 알고 기다렸지만 주머니에서 나온 것은 대용량 젤리였다. 봉지를 뜯던 루쉬는 커티스의 화난 얼굴을 보고 젤리 하나를 내밀었다.

커티스는 루쉬를 무시한 채 가방에서 서류철을 꺼냈다. 그리고 사진 몇 장을 찾아 백스터 앞의 책상 위에 내려놓았다.

백스터는 왜 두 사람이 자신을 만나러 여기까지 행차했는지 이제 알 것 같았다. 첫 번째 사진은 거리에서 하늘을 향해 찍은 것이었다. 도시를 비추는 빛 때문에 실루엣만 보이는 시신이 30미터 높이의 브루클린 대교 케이블 사이에 걸려 있었다. 팔다리가 부자연스럽게 꺾인 포즈였다.

"아직 공개하지 않았지만 피해자 이름은 '윌리엄 폭스'입니다."

이게 무슨 소리일까.

백스터는 숨이 막혔다. 안 그래도 밥을 못 먹어 쓰러지기 직전이었는데, '윌리엄 폭스'라는 이름을 듣자 이제는 정말로 기절할 것 같은 기분이었다. 그녀는 세계적으로 유명한 다리에 만신창이가 된 채 걸려 있는 시신 사진 위로 떨리는 손을 올렸다.

사람들의 시선이 느껴졌다. 다들 그녀를 보고 있었다. 봉제인형 살인사건의 극적인 결말을 둘러싼 그녀의 애매모호한 설명이 과연 진실일까 하는 의심이 다시 살아나고 있는지도 모르겠다.

호기심 섞인 표정으로 커티스가 말을 이었다.

"그분은 아니에요."

커티스가 천천히 말하며, 맨 위에 포개진 사진을 옆으로 치우자 시신을 클로즈업한 사진이 드러났다. 과체중인 알몸의 남자는 모르는 사람이었다.

백스터는 손으로 입을 막았다. 충격으로 아직은 반응할 수 없었다.

"P. J. 헨더슨사 직원이었습니다. 투자은행이요. 유족은 아내와 두 자녀고…, 아무튼 누군가 우리에게 메시지를 보내는 게 분명해요."

백스터는 마음을 진정시키고 시신을 다양한 각도로 촬영한 나머지 사진을 넘겨보았다. 온전한 한 사람의 몸이었고, 꿰맨 자국은 없었다. 피해자는 50대, 실오라기도 걸치지 않았다. 묶이지 않은 왼쪽 팔은 힘없이 늘어져 있었고, 가슴에는 '미끼BAIT'라는 단어가 깊이 새겨져 있었다. 백스터는 사진을 다 보고 나서 커티스에게 돌려주었다.

"미끼요?"

백스터가 두 요원을 번갈아 보며 물었다.

"왜 저희가 경감님을 찾아왔는지 이제 아시겠죠?" 커티스가 말했다.

"글쎄요." 백스터가 대답했다. 어느새 평소의 모습으로 돌아와 있었다.

커티스는 어안이 벙벙해 바니타 총경을 돌아보며 말했다.

"저는 다른 곳보다도 이곳 영국에서-."

"작년에 영국에서 봉제인형 모방 범죄가 몇 건이나 있었는지 알아요?" 백스터가 말을 잘랐다. "내가 아는 것만 7건이에요. 일부러 그쪽에 관심을 안 가지려고 하는 나한테도 그만큼이나 귀에 들어온다고요."

"그런데도 걱정이 안 되세요?" 커티스가 물었다.

백스터는 오늘 아침 책상에 도착한 다섯 건의 사건보다 이 사건이 더 중요한 이유를 이해할 수 없었다.

백스터가 어깨를 으쓱했다. "변태들이 변태 짓을 하는 거죠."

루쉬가 오렌지맛 젤리를 씹다가 사레가 걸려 캑캑댔다.

"봐요, 레다니엘 매스(울프와 백스터가 협력하여 검거한 '1편 봉제인형 살인사건'의 범인 - 편집자 주)는 아주 지능적이고 계획적인 연쇄살인범이었어요. 다른 놈들은 시신을 훼손하고 경찰에 덜미가 잡히는 수준의 정신병자들일 뿐이고요."

백스터는 컴퓨터 전원을 끄고 가방을 쌌다.

"6주 전에는 꼬맹이들이 봉제인형으로 할로윈 분장을 하고 초콜릿을 받으러 오더군요. 웬 베레모를 쓴 호모 같은 놈이 동물 사체를 잘라서 이어 붙이기로 했다는 얘기도 있고요."

루쉬가 웃음을 터뜨렸다.

"드라마를 만든다는 미친놈도 있고요. 밖에 나가 봐요. 봉제인형은 어디든 있으니까. 이제 우리는 봉제인형 사건을 그냥 받아들이고 공존하는 법을 배워야 해요." 백스터가 말했다.

루쉬는 계속 젤리 봉지를 들여다보고 있었다.

"이 사람은 원래 말을 안 해요?" 백스터가 루쉬를 가리키며 커티스에게 물었다.

"주로 듣는 쪽이에요." 커티스가 불만스럽게 말했다. 같이 일한 지 일주일밖에 안 됐지만 범상치 않은 동료에 벌써 질렸다는 목소리였다.

그 말에 백스터는 다시 루쉬 쪽으로 고개를 돌렸다.

"뭔가 바꾼 건가?" 루쉬는 세 여자가 그의 의견을 기다리는지도 모른 채 입 안 가득 총천연색 젤리를 씹으며 중얼거렸다.

백스터는 놀랐다. CIA 요원이 완벽한 영국 억양으로 말을 했던 것이다.

"뭐가 바뀌어요?" 백스터가 묻고 귀를 쫑긋 세웠다. 그녀를 놀리려고 영국인 흉내를 냈을지도 모르는 일이다.

"아…, 이 젤리요." 루쉬가 이를 쑤시며 말했다. "예전 같은 맛이 안 나는데…."

커티스는 부끄럽고 짜증이 난다는 듯 이마를 문질렀다.

백스터도 양손을 들어 올리고 몸을 들썩이며 바니타에게 대놓고 말했다.

"전 좀 가봐야겠어요."

"이건 단순한 모방 범죄가 아닙니다. 그렇게 믿을 이유가 있어요, 경감님." 커티스는 고집스럽게 대화를 원래 궤도로 돌려놓기 위해 사진들을 가리켰다.

"그러네요." 백스터가 말했다. "모방 범죄가 아니죠. 꿰매서 붙여놓은 게 전혀 없잖아요?"

"두 번째 살인이 있었다고요!" 큰소리로 외친 커티스가 프로답게 말투를 고쳤다. "이틀 전에요. 위치는…, 일단 언론 유출을 막을 수 있다는 점에서 다행인 위치였어요. 하지만…." 커티스가 도와달라는 듯 루쉬를 보며 말했다. "이 정도 사건이 세상에 공개되지 않는 건 길어야 하루 이틀입니다. 경감님께 작은 부탁이 하나 있어요."

"큰 부탁도요." 루쉬가 덧붙였다. 젤리를 다 삼키고 나니 말이 훨씬 또렷하게 들렸다.

백스터는 루쉬를 보고 인상을 썼고, 커티스도 같은 표정을 지었다. 바니타는 백스터가 더 이상 따지지 못하도록 그녀를 무섭게 째려보았다. 그때 커티스가 다시 백스터를 보고 말했다.

"레다니엘 매스를 만나보고 싶어요."

"그래서 FBI와 CIA가 둘 다 나섰군요." 백스터가 말했다. "미국에서 살인이 일어났는데, 용의자는 영국인이라. 뭐, 잘해 봐요." 그리고 어깨를 으쓱했다.(CIA는 미국중앙정보국으로서 우리나라의 국정원에 해당하며 정보수집 및 첩보활동을 하는 기관인 반면, FBI는 미국연방수사국으로서 범죄 수사를 하는 기관이다. FBI도 정보활동을 하지만 CIA만큼의 규모와 능력을 가지지는 못한다. - 옮긴이 주)

"당연히 레다니엘 매스를 만나러 갈 때 경감님도 함께 가셔야죠."

"웃기지 마요. 내가 거기 가야 할 이유가 뭐죠? 미리 대본을 짜서 가기만 하면 되잖아요. 아까 보니까 발음도 좋던데."

백스터의 비아냥거리는 말에 루쉬가 웃었다.

"물론 우리 쪽에서도 가능한 한 물심양면으로 도와야죠. 안 그래, 백스터 경감?" 바니타가 눈을 부라리며 말했다. "FBI와 CIA는 우리와 우호적인 관계로…."

"돌겠네!" 백스터가 짜증을 냈다. "알았어요. 같이 가서 손잡아 줄게요. 그건 그렇고, 작은 부탁이란 건 뭐예요?"

루쉬와 커티스는 선뜻 말을 못 하고 서로 눈치를 살폈다. 바니타조차 거북한 듯 이리저리 발만 움직거리고 있었다.

"방금 말한…, 그게 작은 부탁이었어요." 커티스가 기어들어가는 목소리로 말했다.

이제 백스터는 건드리면 폭발할 기세였다.

"저희와 함께 범죄 현장을 봐주셨으면 합니다."

"사진을 보라는 거죠?" 백스터가 애써 흥분을 감추고 목소리를 낮춰서 물었다.

루쉬는 아랫입술을 삐죽 내밀더니, 고개를 가로저었다.

"이미 자네가 뉴욕으로 임시 파견을 나가도록 청장님과 얘기가 됐어. 나가 있는 동안은 내가 자네 일을 대신할 거야." 바니타 총경이 말했다.

"제 자리는 쉬운 자리가 아닌데요." 백스터가 건방지게 대꾸했다.

"버텨보지…, 어떻게든." 바니타가 말했다. 웬일로 바니타의 완벽한 연기가 흐트러졌다.

"말도 안 돼! 바다 건너 일어난 아무 관계도 없는 사건에 내가 무슨 도움이 된다고 이러는 거예요?"

"그렇지 않아요. 여기 영국에서 봉제인형 사건이 일어났고, 미국에서도 봉제인형 사건과 비슷한 사건이 일어났으니, 봉제인형 사건의 범인인 레다니엘 매스를 체포한 사람이 새로운 괴물들을 사냥하는 모습을 보고 싶어 할 거란 얘기죠." 커티스가 말했다.

"괴물'들'이라고요?" 백스터가 물었다.

이번에는 루쉬가 동료 요원에게 못마땅하다는 표정을 지었다. 커티스가 아직 하지 말아야 할 말을 무심결에 흘린 것이 분명했다. 하지만 입을 꾹 다문 모습으로 보아 더 이상은 실수할 것 같지 않았다.

"그럼 제가 이 사건에 참여하는 건 그냥 대중들을 위한 언론 플레이라는 거네요?" 백스터가 물었다.

"그런 셈이죠." 루쉬가 미소를 지으며 말했다. "하지만 그게 원래 우리가 하는 일 아닌가요, 경감님?"

3

2015년 12월 8일 화요일
오후 8시 53분

"나 왔어. 늦어서 미안."

에밀리 백스터는 복도에 부츠를 벗어 던진 다음 거실로 들어갔다. 서늘한 바람을 타고 주방에서 맛있는 음식 냄새가 솔솔 흘러들어왔다.

식탁에는 네 사람의 자리가 준비되어 있었다. 일렁이는 촛불이 주황빛을 뿌리며 알렉스 에드먼즈의 나풀거리는 빨간 머리를 더 빨갛게 물들였다. 백스터의 꺽다리 친구가 빈 맥주병을 들고 어슬렁거리며 다가왔다.

백스터도 작은 키가 아니었지만 에드먼즈를 껴안으려면 까치발을 해야 했다.

"티아는 어디 있어?" 백스터가 물었다.

"베이비시터와 통화 중이에요. 또." 에드먼즈가 대답했다.

"에밀리? 자기 왔어?" 주방에서 점잖은 다른 남자 목소리가 들렸다. 백스터는 대답하지 않았다. 너무 피곤해서 저녁 차리는 걸 도울 힘도 없었기 때문이다.

"여기 와인도 있는데!" 남자가 장난스럽게 덧붙였다.

그럼 얘기가 달라지지. 백스터는 모델하우스처럼 완벽한 주방으로 들어갔다. 은은한 조명 아래 고급 냄비 여러 개가 보글보글 끓고 있었다. 와이셔츠에 긴 앞치마를 두른 남자가 가스레인지 앞에 서서 이따금씩 냄비를 젓거나 강한 열로 팬을 볶았다. 백스터는 그에게 다가가 입술에 짧게 키스를 했다.

"보고 싶었어." 토머스가 말했다.

"와인 있다며?" 백스터는 조금 전 그 말을 잊지 않았다.

토머스는 웃음을 터뜨리며 이미 뚜껑을 딴 병에서 와인을 한 잔 따라주었다.

"고마워. 딱 이게 필요했어." 백스터가 말했다.

"고마워할 사람은 내가 아니야. 알렉스랑 티아가 사 왔어."

백스터와 토머스는 문가에 서 있는 알렉스 에드먼즈를 향해 감사 인사로 와인 잔을 들어 올렸다. 백스터는 주방 작업대에 폴짝 뛰어올라 토머스가 요리하는 모습을 지켜보았다.

토머스와는 8개월 전 퇴근길에 처음 만났다. 런던 지하철 파업이 이제 연례행사가 되다보니, 시민들의 불편이 이만저만이 아니었다. 그날도 백스터는 화를 참지 못하고 임금 인상과 안전한 노동 환경을 요구하며 피켓 시위를 하는 노동자 한 명을 체포하려 했다. 그때 그녀를 막아선 사람이 토머스였다. 토머스는 시위를 하는 남자를 결박해 경찰서까지 억지로 끌고 가는 행위는 엄밀히 말해 납치 범죄라고 지적했다. 그러자 백스터는 원래 체포하려던 노동자 대신 토머스를 체포했다.

토머스는 차분하고 성실한 남자였다. 나름 미남이고 음악 취향도 무난했으며 백스터보다 10살이 더 많았다. 정말 안정감을 주는 연인이었다. 토머스는 자신이 어떤 사람이고 무엇을 원하는지 잘 알아서 정돈되고 고요하며 편안한 삶을 추구했다. 게다가 변호사였다. 울프가 그를 얼마나 싫어했을지 상상만 해도 백스터는 웃음이 나왔다. 가끔은 이런 생각도 들었다. 애초에 토머스가 울프와 너무 달라서 그에게 끌렸던 것은 아닌가 하는 생각.

오늘 디너파티가 열리는 곳도 토머스의 고급 타운하우스였다. 토머스는 몇 달 전부터 같이 들어와 살자고 백스터를 조르고 있었다. 물건을 조금씩 토머스의 집에 두고 다니고 침실 인테리어도 같이 바꾸기는 했지만, 백스터는 윔블던 하이 스트리트에 있는 자신의 아파트를 포기할 마음이 없었다. 고양이 에코를 계속 집에 두는 것도 이만 가봐야 한다는 핑계로 사용하기 위해서였다.

네 친구는 식탁에 둘러앉아 맛있는 저녁을 먹으며 담소를 나눴다. 오가는 이야기들은 시간이 지나며 사실보다 부풀려지는 경향이 있었지만 그럴수록 재미는 커졌다. 일, 연어 조리법, 육아와 관련한 지극히 일상적인 주제들에 대해서도 서로 관심을 보이며 질문하고 대답했다. 에드먼즈는 티아의 손을 잡고 신이 나서 재산범죄조사국에서 승진했다는 소식을 전했다. 이제 가족과 보낼 시간이 훨씬 많아졌다는 말은 대체 몇 번이나 하는 건지. 백스터도 일에 대한 질문을 받았지만, 아침부터 일 같지 않은 일을 해야 했다거나, 미국에서 수사관들이 찾아왔다는 이야기는 하지 않았다.

밤 10시 17분, 티아가 소파에서 잠이 들고, 토머스가 주방을 치우러 가면서 백스터와 에드먼즈 단둘이 대화를 나눌 기회가 생겼다. 에드먼즈는 마실 술을 맥주에서 와인으로 바꾼 다음 잔 두 개를 가득 채웠다.

"그래, 재산범죄조사국은 어때?" 백스터가 소리를 낮춰 물었다. 뒤편의 소파를 힐끗 보니 티아는 확실히 자고 있었다.

"말했잖아요…, 최고라고." 에드먼즈가 말했다.

하지만 백스터는 참을성 있게 기다렸다.

"뭐가요? 다 좋다니까 그러네." 에드먼즈가 방어적으로 팔짱을 껐다.

백스터는 여전히 말이 없었다.

"그럭저럭 괜찮아요. 무슨 대답을 원하는 거예요?"

그래도 백스터가 반응하지 않자 에드먼즈는 결국 웃고 말았다.

백스터는 그를 너무 잘 알았다.

"지겨워 죽겠어요. 하지만…, 강력범죄수사팀을 떠난 걸 후회하지는 않아요."

"내 귀에는 그런 것처럼 들리는데?" 백스터가 넌지시 운을 뗐다. 백스터는 에드먼즈를 만날 때마다 다시 자기가 이끄는 강력범죄수사팀으로 돌아오라고 설득하는 중이었다.

"이젠 인간답게 살고 있어요. 딸아이가 크는 모습도 옆에서 볼 수 있고요."

"아까워서 그래. 그것뿐이야." 백스터의 말은 진심이었다. 악랄한 봉제인형 살인범을 붙잡은 사람은 공식적으로 백스터였지만, 물 밑에서 실제로 사건을 해결한 사람은 에드먼즈였다. 백스터를 비롯해 다른 수사관들이 안개에 갇혀 앞을 보지 못하는 와중에 에드먼즈 한 사람만이 거짓말과 속임수를 간파했다.

"이렇게 하면 어때요? 9시에 출근해서 5시에 퇴근하는 수사관 자리가 있으면 오늘 밤 당장 사인할게요." 그러면서 에드워즈가 씩 웃었다. 대화가 끝났음을 알리는 미소였다.

백스터도 이제는 포기하고 와인을 홀짝였다. 주방에서 토머스가 우당탕거리는 소리가 들렸다.

"나 내일 레다니엘 매스 보러 간다." 백스터가 불쑥 말했다. 연쇄살인범을 면회하는 일이 일상인 듯 대수롭지 않은 말투였다.

"뭐라고요?" 에드먼즈의 입에서 싸구려 소비뇽 블랑이 튀어나왔다. "왜요?"

에드먼즈는 백스터가 레다니엘 매스를 체포했던 그 날의 진실을 모두 털어놓은 유일한 동료였다. 매스가 어디까지 기억할지는 알 수 없었다. 그날 매스는 죽기 직전까지 무자비한 폭행을 당했다. 하지만 매스의 의식이 어느 정도 남아 있었을 수도 있다. 그 사이코 같은 놈이 자신에게 보복을 하려고 들지는 않을지 두려웠다.

백스터는 에드먼즈에게 바니타 총경과 특별수사관 두 명이 어떤 말을 했는지 전하고, 그들과 함께 범죄 현장을 보러 뉴욕으로 파견을 나가게 되었다고 설명했다.

에드먼즈는 말없이 듣고만 있었다. 그러는 동안 표정은 점점 심각해졌다.

"다 끝난 줄 알았어요." 백스터의 이야기를 다 듣고 난 에드먼즈가 말했다.

"끝난 거 맞아. 그냥 모방 범죄야."

에드먼즈는 동의하는 표정이 아니었다.

"왜 그래?" 백스터가 물었다.

"피해자 가슴에 '미끼^{BAIT}'라는 말이 새겨져 있었다고 했죠?"

"그래, 그게 뭐?"

"누구를 꾀는 미끼라는 걸까요? 그게 궁금해서요."

"그게 '나'라는 거야?" 에드먼즈의 속뜻을 읽은 백스터가 코웃음을 쳤다.

"피해자 이름이 '울프'와 같다면서요. 봐요, 이제 선배까지 끌려 들어가고 있잖아요."

백스터는 친구가 귀여워 따스하게 웃었다.

"그냥 빤한 모방범이야. 내 걱정을 왜 해."

"걱정이야 항상 하죠."

"커피?" 갑작스런 물음에 두 사람은 깜짝 놀랐다. 토머스가 문가에 서서 마른 수건으로 손에 남은 물기를 닦고 있었다.

"전 블랙으로 주세요." 에드먼즈가 말했다.

백스터는 됐다고 사양했고 토머스는 다시 주방으로 들어갔다.

"그거 가져왔지?" 백스터가 속삭였다.

에드먼즈는 불편한 표정을 지었다. 주방 입구 쪽을 살핀 그가 의자 뒤쪽에 걸쳐둔 재킷 주머니에서 마지못해 하얀 봉투를 꺼냈다.

에드먼즈는 봉투를 식탁에 내려만 놓았다. 백스터에게 그만하라고 오늘도 설득해볼 생각이었다.

"이럴 필요 없어요."

백스터가 손을 뻗자 에드먼즈가 봉투를 뒤로 치웠다.

백스터가 흥 하고 콧김을 뿜었다.

"토머스는 좋은 남자예요." 에드먼즈가 조용히 말했다. "믿어도 돼요."

"내가 믿는 사람은 너뿐이야."

"계속 이런 식으로 하면 제대로 된 연애는 못 한다고요."

주방에서 도자기 그릇이 달그락대는 소리가 나자, 에드먼즈는 재빨리 문가를 쳐다보았다. 백스터가 벌떡 일어나 에드먼즈의 손에서 봉투를 낚아챈 다음 다시 자리에 앉자마자, 토머스가 커피를 들고 돌아왔다.

밤 11시가 조금 넘어 에드먼즈가 티아를 살짝 흔들어 깨우자, 티아는 미안해서 어쩔 줄 몰라 했다. 현관 앞에서 토머스가 티아와 인사를 하는 동안 에드먼즈는 백스터를 껴안았다.

"부탁 하나 들어줘요. 그 봉투 열지 마요." 에드먼즈가 귓가에 속삭였다.

백스터는 그를 꼭 안으면서도 대답은 하지 않았다.

두 사람이 가고 난 후, 백스터도 와인 잔을 비우고 코트를 입었다.

"가게?" 토머스가 물었다. "우리 얼굴 볼 시간도 거의 없었잖아."

"에코 밥 줘야지." 백스터가 부츠를 다시 신으며 말했다.

"내가 데려다 주지도 못 하는데… 게다가 당신도 술을 너무 많이 마셔서 운전하기 힘들어."

"택시 타고 갈게."

"가지 마."

백스터는 이미 부츠를 신은 채 현관 매트 위에 서서 토머스 쪽으로 몸을 기울였다. 토머스는 백스터에게 키스를 한 다음 아쉬운 미소를 지었다.

"잘 자."

★

에밀리 백스터는 자정이 조금 못 되어 집에 도착했다. 딱히 피곤하지도 않고 해서 레드와인 한 병을 들고 소파에 앉았다. 텔레비전을 켜고 편성표를 훑어도 볼 만한 게 없자 보관해둔 크리스마스 영화 목록을 넘겨보았다.

그래서 택한 영화는 〈나 홀로 집에 2〉. 이건 보다가 잠이 들어도 상관이 없었기 때문이다. 어디 가서 말은 못 하지만 1편을 제일 좋아하는 영화로 꼽는 백스터에게 2편은 시시한 짝퉁에 불과했다. 배경만 뉴욕으로 옮기면 똑같은 이야기로 더 스케일 크고 멋진 후속편을 만들 수 있다는 구시대적인 함정에 빠진 영화였다.

백스터는 병에 남은 와인을 다 따르고 맥컬리 컬킨이 유쾌하게 살인미수를 저지르는 모습을 보는 둥 마는 둥했다. 그러다 코트 주머니에 넣은 봉투가 떠올라 접힌 종이봉투를 꺼냈다. 열지 말라는 에드먼즈의 부탁이 머릿속을 맴돌았다.

지난 8개월 동안 에드먼즈는 잘릴 위험을 감수하고 재산범죄 조사국에서 권한을 남용해 거의 매주 토머스의 재정 상태에 관한 상세한 보고서를 백스터에게 전해주고 있었다. 토머스의 계좌부터 수표발급 내역까지 훑으며 수상하고 부정한 활동의 징후를 확인하는 것이 그의 임무였다.

무리한 요구라는 건 백스터도 잘 알았다. 그사이 에드먼즈도 토머스와 친구처럼 가까워졌다. 그러니 이 일은 친구의 믿음을 저버리는 짓이기도 했다. 하지만 에드먼즈는 앞으로도 계속 부탁을 들어줄 것이다. 백스터가 행복하기를 바라기 때문이었다. 백스터는 울프를 그렇게 떠나보낸 후 병적으로 사람을 못 믿게 되었다. 에드먼즈는 자신이 토머스의 신용 상태를 계속 알려주지 않으면, 백스터가 새 남자친구와의 관계를 끊을 거라 확신했다.

백스터는 테이블에 에드먼즈가 준 봉투를 내려놓고, '나홀로 집에 2' 영화 속에서 도둑 2인조 중 한 명의 머리에 토치램프로 불이 붙는 장면에 집중했다. 살이 타는 느낌이 생생하게 전달됐다. 피부 조직은 순식간에 새까맣게 죽어버리고 신경 말단이 타들어가는 고통으로 내지르던 등장인물의 비명은….

텔레비전 속 남자는 다친 머리를 변기에 처박아 식힌 다음 태연히 다음 행동으로 넘어갔다.

전부 새빨간 거짓말이야. 아무도 믿으면 안 돼.

백스터는 세 모금만에 와인을 다 마시고 봉투를 찢어서 열었다.

4

밤사이 런던은 얼어붙었다.

평소보다 더 멀게 느껴지는 겨울의 태양이 희미하게 빛났다. 아직 차가운 햇빛은 서리로 덮인 아침을 녹이기에 역부족이었다. 에밀리 백스터는 윔블던 하이 스트리트에서 차를 기다리고 있었다. 손가락이 얼어 감각이 사라질 지경이었다. 시계를 보니 약속시간보다 20분이나 늦었다. 20분이면 포근한 집 안에서 뜨거운 커피를 마시며 보낼 수 있었을 시간이다.

차가운 바람이 얼굴을 할퀴자 백스터는 체온을 유지하려고 몸을 아래위로 들썩였다. 토머스가 마트에서 사다 준 방울 달린 주황색 털실 모자와 장갑을 모두 낄 만큼 추운 날씨였다.

삭막한 보도블록 위는 밤사이 은빛 빙판으로 변신을 했다. 여차하면 다리가 부러지겠다는 두려움에 사람들은 종종걸음을 쳤다. 백스터는 분주한 거리에서 서로에게 소리를 지르는 두 남자를 바라보았다. 머리 위로 입김이 말풍선처럼 떠올랐다.

2층 버스가 신호등에 걸려 멈춰 서자, 김 서린 버스 창문에 자신의 모습이 비쳤다. 괜히 민망해진 백스터는 주황색 털실 모자를 벗어 주머니에 구겨 넣었다. 뚱해 있는 그녀의 얼굴 뒤편으로 익숙한 버스 래핑 광고가 보였다.

복화술사 안드레아 홀: 살인자의 메시지를 전달하다.

봉제인형 살인사건 뉴스의 공식 앵커로서, 울프의 전 부인이었던 앤드레아 홀은 타인의 절망을 이용해 부와 명성을 거머쥐었다. 하지만 그것만으로는 부족했던 모양이다. 뻔뻔하게 자기 경험을 담은 자서전까지 출간할 줄이야.

버스가 출발하며 버스 후면을 뒤덮은 안드레아의 대형 사진이 백스터를 내려다보며 웃었다. 매력적인 얼굴은 전보다 더 앳돼 보였다. 새빨간 머리카락은 요즘 유행하는 숏컷이었다. 백스터라면 감히 시도조차 못 했을 스타일이다. 의기양양한 얼굴이 더 멀어지기 전에 백스터는 가방에서 도시락을 꺼내 샌드위치에서 토마토를 빼냈다. 그리고 있는 힘껏 던져 바보 같은 여자의 거대한 얼굴에 기분 좋게 명중시켰다.

"경감님?"

백스터는 아차 싶었다.

뒤쪽 버스 정류장 쪽에 커다란 검은색 밴이 도착했다는 사실을 미처 깨닫지 못했다. 백스터는 도시락을 가방에 넣고 뒤를 돌아보았다. 어제 만난 요원 하나가 걱정스러운 표정으로 그녀를 보고 있었다.

"무슨 일이세요?" 커티스가 조심스럽게 물었다.

"아, 나는 그냥…." 백스터가 말을 흐렸다. 빈틈없고 프로다운 이 여자에게 이 정도로 충분한 해명이 됐기를 바랄 뿐이었다.

"버스에 음식을 던지고 있었다고요?" 커티스가 대신 문장을 맺어주었다.

"…네."

백스터가 다가가자 커티스가 승합차 문을 밀어서 열어주었다. 검게 선팅된 창문이 감추고 있던 널찍한 실내 공간이 드러났다.

"미국인들이란." 백스터는 작은 소리로 투덜댔다.

"오늘 컨디션은 어떠세요?" 커티스가 정중하게 물었다.

"글쎄요, 그쪽은 어떤지 모르지만 나는 추워서 죽을 것 같아요."

"네, 늦게 도착해 죄송합니다. 길이 이렇게 막힐 줄 몰랐어요."

"런던이 그렇죠." 백스터가 무뚝뚝하게 말했다.

"타세요."

"제가 들어갈 공간이나 있겠어요?" 백스터는 빈정거리며 우아하지 못하게 차에 탔다. 좌석 하나에 엉덩이를 대자 크림색 가죽이 민망한 소리를 냈다. 가죽 소리라고 확인을 해줄까 잠시 고민했다. 이 차를 탄 사람이라면 다 경험하는 일이겠지.

백스터는 그냥 커티스를 보고 웃었다.

"실례할게요." 커티스는 문을 당겨서 닫은 다음 기사에게 출발해도 좋다고 소리쳤다.

"루쉬는 오늘 안 가요?" 백스터가 물었다.

"가는 길에 태울 겁니다."

백스터는 히터에 떨리는 몸을 녹이며 속으로 궁금했다. 왜 이 사람들은 같은 호텔에 예약할 생각을 안 했을까?

"추위에 익숙해지셔야 할 거예요. 뉴욕에는 눈이 60센티미터 넘게 쌓였거든요." 커티스가 가방을 뒤져 검은색 비니를 꺼냈다. 세련된 모자로, 그녀가 쓰고 있는 것과 비슷했다. "여기요."

커티스가 모자를 건네는 순간 백스터는 기대에 찬 표정을 지었다. 하지만 모자 앞부분에 노란색으로 찍힌 'F', 'B', 'I'라는 굵은 글자를 보자마자 희망은 사라졌다. 그야말로 저격수에게 나를 쏴주십쇼 하는 모자였다.

백스터는 모자를 커티스에게 도로 던졌다.

"고맙지만 나도 있어요." 백스터가 주머니에서 꼴사나운 주황색 모자를 꺼내 머리에 뒤집어썼다.

커티스는 어깨를 으쓱하고 차창 밖으로 지나쳐가는 도시를 잠시 내다보았다.

"그 후로 본 적 있으세요?" 한참 만에 커티스가 물었다. "레다니엘 매스요."

"법정에서만요." 지금 차가 어디로 가는지 생각하던 백스터가 대답했다.

"조금 긴장되네요." 커티스가 미소를 지었다.

젊은 요원의 미소는 영화배우처럼 완벽해서 사람을 홀렸다. 특별히 화장을 한 것 같지도 않은데 잡티 하나 없는 검은 피부가 눈에 띄었다. 백스터는 괜히 부끄러워져 머리카락을 매만지며 창밖으로 고개를 돌렸다.

"제 말은, 매스는 살아 있는 전설이잖아요." 커티스가 말을 이었다. "벌써 대학에서는 매스에 대해 배우고 있대요. 언젠가는 번디(70년대에 수십 명을 살해한 연쇄살인범 - 옮긴이 주), 존 웨인 게이시(광대 살인마로도 불리는 연쇄살인범 - 옮긴이 주)와 나란히 언급되겠죠. 이건…, 어떻게 보면 영광 아닌가요? 표현이 좀 이상하긴 하지만요."

백스터는 도끼눈을 뜨고 상대를 노려보았다.

"다른 표현을 찾아보는 게 좋겠네요." 백스터가 쏘아붙였다. "그 또라이 새끼가 죽이고 시신을 훼손한 사람 중에는 내 친구도 있어요. 이게 재미있어요? 왜, 가서 사인이라도 받게요?"

"그런 뜻이 아니라…."

"당신 지금 시간 낭비하는 거예요. 내 시간을 낭비하고, 이 아저씨 시간도 낭비하고 있죠." 백스터가 운전석의 남자를 가리켰다. "매스는 말도 못 한다고요. 마지막으로 소식을 들었을 때도 턱이 아직 덜렁거린다고 했으니까."

커티스는 헛기침을 하고 허리를 똑바로 세웠다. "사과드립니다. 제 불-."

"미안하면 입이나 다물고 있어요." 백스터가 대화를 끝냈다.

이후로 두 여자는 말없이 앉아 있기만 했다. 백스터는 창문에 비치는 커티스를 보았다. 화가 나거나 기분이 상한 것 같지는 않았다. 경솔한 발언을 자책할 뿐. 사과를 연습하는 것인지, 다음 대화의 화제를 고르는 것인지 커티스의 입술이 소리 없이 달싹였다.

백스터는 너무 심한 말을 했나 조금 죄책감이 들었다. 겨우 1년 반 전, 봉제인형처럼 꿰매진 시신을 처음 보았을 때 그녀도 흥분을 못 참고 방방 뛰지 않았던가. 대박 사건이 앞에 떨어졌다고 생각했고 그것을 해결하는 것을 계기로 수사관으로서 출세하는 꿈도 꿨었다. 백스터가 무슨 말을 하려는데, 차가 모퉁이를 돌더니 나무로 우거진 교외 주택 단지에 들어서 커다란 저택 앞에 멈춰 섰다. 백스터는 모르는 곳이었다.

그녀는 어리둥절한 채 튜더 양식을 모방한 저택을 내다보았다. 어떻게 보면 근사하고, 어떻게 보면 버려진 듯한 집이었다. 가파른 진입로의 균열 틈으로 잡초가 무성하게 자라나 있었고, 전원이 끊기고 색이 바랜 크리스마스 전구는 페인트가 벗겨진 낡은 창틀에 아슬아슬하게 걸려 있었다. 새 둥지가 점령한 굴뚝에서는 연기가 느릿느릿 흘러나왔다.

"별 희한하게 생긴 호텔이 다 있네요." 백스터가 소감을 말했다.

"루쉬 가족은 아직 여기 살고 있대요." 커티스가 설명했다. "가족들이 가끔 미국으로 보러 오거나, 루쉬가 시간이 나면 집에 온다나 봐요. 미국에서는 도리어 그냥 호텔에서 지낸다고 들었어요. 생각해 보면 우리 직업이 다 그렇지만요. 한곳에 오래 정착할 수가 없죠."

루쉬가 토스트를 베어 문 채 집에서 나왔다. 왠지 추운 날씨와 잘 어울리는 모습이었다. 흰 셔츠와 파란 정장은 하늘에 흩어져 떠다니는 구름 같았고, 희끗희끗한 은발은 얼어붙은 콘크리트 도로처럼 반짝였다.

그를 맞이하려 차에서 내린 커티스가 진입로를 미끄러져 내려오던 루쉬와 충돌하며 토스트가 뭉개졌다.

"루쉬!" 커티스가 짜증을 냈다.

"더 큰 차를 구할 수 없었어?" 루쉬가 비꼬듯 물었다.

차에 탄 루쉬는 반대쪽 창가 자리에 앉아 백스터에게 토스트를 한 입 먹겠냐고 내밀었다. 그러다 백스터의 머리에 있는 주황색 털뭉치를 보고 미소를 지었다.

기사는 다시 도로로 차를 몰았다. 커티스가 서류 작업에 여념이 없는 동안 백스터와 루쉬는 스쳐 지나가는 건물들을 바라보았다. 엔진 소리가 커지며 건물들은 하나의 흐릿한 형체로 변했다.

"하, 정말 싫은 도시예요." 강을 건너는데 바깥 경치에 시선을 고정한 루쉬가 뜬금없이 말했다. "교통체증, 소음, 쓰레기, 전부 다요. 좁은 길에 미어터지는 사람들을 보면 동맥이 막혀 심장마비가 일어나는 게 저런 건가 싶어요. 아무 곳에나 빈자리만 있으면 그려대는 그래피티는 또 어떻고요."

커티스가 루쉬를 대신해 미안하다는 듯 백스터를 보며 웃었다. 루쉬의 혹평은 끝나지 않았다.

"학교 다닐 때가 떠올라요. 부잣집 애 집에서 열리던 파티 있잖아요? 부모가 집을 비운 동안 훌륭한 예술품과 건축물은 짓밟히고 망가지고 무시를 당하죠. 집은 그런 걸 소중히 여길 줄 모르는 하급 인생들 차지가 되고요."

어색한 침묵 속에서 밴은 교차로를 향해 엉금엉금 기어가고 있었다.

"음, 저는 여기가 좋은데요." 커티스는 런던 옹호론을 펼쳤다. "어디를 가든 역사로 가득하잖아요."

"사실 나도 루쉬랑 생각이 같아요." 백스터가 말했다. "어디를 가든 역사가 있기는 하죠. 하지만 남들이 트라팔가 광장을 볼 때 나는 쓰레기통에서 매춘부 시신을 꺼냈던 맞은편 골목을 봐요. 남들이 국회의사당을 볼 때 나는 강에서 배를 추격했던 게 떠올라요. 놓쳐선 안 될 걸 놓쳤었죠. 이게 현실이에요. 여기서 태어났으니 그냥 여기 사는 거고요."

차가 출발한 이후 처음으로 루쉬가 창문에서 눈을 떼고 백스터를 한참 뜯어보았다.

"그럼 런던은 언제 떠난 거예요, 루쉬?" 커티스가 물었다. 커티스는 두 사람과 달리 평화로운 정적을 즐기지 못하는 듯했다.

"2005년요." 루쉬가 대답했다.

"가족과 멀리 있어서 힘들겠어요."

루쉬는 얘기할 기분이 아닌 듯했지만 억지로 대답했다.

"네. 그래도 매일 목소리를 들으면 그렇게 멀리 떨어져 있는 느낌은 안 들어요."

백스터는 진심이 뚝뚝 묻어나는 발언에 뭐라고 답해야 할지 몰라 자세를 고쳐 앉았다.

커티스는 괜히 마음에도 없는 "어머머!" 소리를 내 백스터를 더 불편하게 만들었다.

벨마쉬 교도소에 도착한 세 사람은 방문객 주차장에 내려 정문으로 향했다. 두 요원은 무기를 내놓고 지문을 찍은 다음 안내에 따라 폐쇄 구역, 엑스레이 검사대, 금속 탐지대를 지나, 몸수색을 거친 후 지시에 따라 교도소장을 기다렸다.

루쉬는 긴장한 모습으로 주위를 둘러보았고 커티스는 화장실에 다녀온다고 일어섰다. 백스터는 루쉬가 그웬 스테파니의 '홀라백 걸Hollaback Girl'이라는 노래를 작게 부르는 소리를 더 이상 무시할 수 없었다.

"긴장되나요?" 백스터가 물었다.

"미안합니다."

백스터는 사과가 진심인지 의심스럽다는 눈빛으로 그를 보았다.

"긴장할 때 노래를 부르는 버릇이 있어요." 루쉬가 설명했다. "막힌 공간을 좋아하지 않아서요."

"뭐, 다 그렇지 않나요?" 백스터가 말했다. "눈을 찔리는 거랑 똑같죠. 누가 그런 걸 좋아하겠어요. 굳이 입 밖으로 낼 필요도 없는 말이죠. 어디 갇혀 있기를 원하는 사람은 아무도 없을 테니까요."

"걱정해줘서 고마워요." 루쉬가 미소를 지었다. "긴장 얘기가 나왔으니 하는 말인데, 경감님은 괜찮으세요?"

백스터는 깜짝 놀랐다. 불안해하는 걸 루쉬가 어떻게 알았지?

"어쨌거나 경감님께서는 레드니엘 매스에게-."

"죽을 뻔했다고요?" 백스터가 루쉬의 말을 가로챘다. "나도 기억해요. 그런데 매스 때문은 아니에요. 그냥 데이비스 교도소장이 이제는 여기 없었으면 좋겠다고 생각하고 있었어요. 그 양반이 나를 별로 안 좋아하거든요."

"경감님을요?" 루쉬가 물었다. 당황한 말투로 들리지 않았기를 빌었지만 영락없이 그렇게 들렸다.

"그래요, 나요." 살짝 기분이 상한 백스터가 말했다.

물론 거짓말이었다. 백스터가 불안해하는 이유는 레드니엘 매스와 다시 얼굴을 마주해야 했기 때문이 맞았다. 매스의 존재가 두렵지는 않았다. 그가 어디까지 알고 있는지, 무엇을 얘기할지가 문제였다.

그날 올드 베일리(영국의 중앙형사법원 - 옮긴이 주) 법정 안에서 일어난 일의 진상을 아는 것은 네 명이 전부였다. 백스터는 그녀가 급조한 이야기에 매스가 반박할 거라 생각했다. 하지만 백스터의 진술에 이의를 제기하는 사람은 아무도 없었다. 시간이 흐르며 백스터는 매스가 그때 의식을 잃은 상태였다는 희망을 조금씩 품기 시작했다. 울프와 싸울 때 심하게 다쳐 그녀의 부끄러운 비밀을 알지 못한다고. 그동안 백스터는 과거에 발목을 잡히는 날이 올까 봐 마음을 졸이며 하루하루를 보냈다. 그런 그녀를 유일하게 무너뜨릴 수 있는 인물과 마주 앉다니, 왠지 자신의 운을 시험하고 있다는 생각이 들었다.

그때 데이비스 교도소장이 모퉁이를 돌아 나타났다. 백스터를 알아본 그의 얼굴이 시무룩해졌다.

"커티스 데려올게요." 백스터가 루쉬에게 속삭였다.

백스터는 화장실 문 앞에서 걸음을 멈췄다. 안에서 커티스의 목소리가 들렸던 것이다. 이상하네. 보안 검색대에서 휴대폰을 제출했을 텐데. 백스터가 무거운 문에 몸을 기대자 커티스의 목소리를 알아들을 수 있었다. 그녀는 거울 속의 자신에게 말을 하고 있었다.

"…바보 같은 말은 이제 그만하자. 말하기 전에 생각을 해. 매스 앞에서는 그런 실수를 해선 안 돼. '내가 신뢰를 보여야 상대도 나를 신뢰하는 법이다.'"

백스터는 일부러 큰소리로 노크를 하고 문을 활짝 열었다.

"교도소장님이 기다려요." 백스터가 놀란 커티스에게 알렸다.

"금방 갈게요."

백스터는 고개를 끄덕이고 다시 루쉬에게 돌아갔다.

교도소장은 세 사람을 중경비 수감동으로 안내했다.

"잘 알고 계시겠지만 레다니엘 매스는 영구적인 부상을 입었습니다. 여기 백스터 경사께서 매스를 체포하기 전에요." 소장이 분위기를 좋게 하려고 입에 발린 말을 했다.

"저 이제 경감인데요." 백스터가 사실을 바로잡으며 분위기를 망쳤다.

"턱 재건 수술도 여러 번 했지만 정상으로 돌아오지는 못할 겁니다."

"질문에 대답할 수는 있을까요?" 커티스가 물었다.

"발음은 정확하지 않을 거예요. 그래서 면회실에 통역자도 함께 들어갈 겁니다."

"그 사람은 무슨 통역 전문이래요? 중얼거리기 통역?" 백스터는 참지 못하고 빈정거렸다.

"수화요." 교도소장이 말했다. "매스는 여기 와서 몇 주 만에 수화를 익혔습니다."

일행은 소장을 따라 안전문을 또 지났다. 텅 빈 운동장은 어쩐지 으스스한 분위기였고 스피커에서는 암호로 된 메시지가 흘러나왔다.

"매스의 수감 생활은 어떤가요?" 커티스가 노골적으로 관심을 드러내며 물었다.

"아주 훌륭해요." 소장이 대답했다. "모든 수감자가 그렇게 말을 잘 들었으면 싶다니까요." 소장이 5인용 실내축구장 끝에 있는 젊은 교도관을 불렀다. "로젠탈!"

그는 이쪽으로 뛰어오다 빙판에 넘어질 뻔했다.

"무슨 일이야?"

"3동에서 또 싸움이 일어났습니다, 소장님." 교도관이 헐떡이며 말했다. 풀어진 한쪽 신발 끈이 바닥에 질질 끌렸다.

소장이 한숨을 쉬었다. "잠시 실례하겠습니다. 이번 주에 새로 들어온 친구들이 있거든요. 아무래도 초반에는 텃세를 부리고 서열을 정리하다 보니 시끄러워져요. 여기 로젠탈이 매스에게 안내해드릴 겁니다."

"매스라고요?" 로젠탈이라는 청년은 소장의 명령이 달갑지 않은 표정이었다. "알겠습니다."

교도소장이 서둘러 자리를 뜬 후, 그들은 로젠탈을 따라 교도소 내의 수감동으로 향했다. 벽과 울타리가 이곳만 따로 둘러싸고 있었다. 첫 번째 보안 게이트에 도착했을 때 로젠탈이 정신없이 주머니를 더듬더니, 온 길을 되돌아가려 했다.

그의 어깨를 두드린 루쉬가 ID 카드를 건네며 친절하게 말했다. "아까 저기서 떨어뜨렸어요."

"감사합니다. 또 잃어버렸으면 진짜 소장님한테 죽었을 거예요."

"당신이 떨어뜨린 카드를 주운 연쇄 살인범 하나가 탈출에 성공해서 당신을 먼저 공격하지 않았다면 말이죠." 백스터의 날카로운 지적에 당황한 로젠탈이 얼굴을 빨갛게 물들였다.

"죄송합니다." 로젠탈이 카드를 찍어 세 사람을 수감동 안으로 들어보냈고, 각종 보안 검사와 몸수색이 처음부터 다시 이어졌다.

로젠탈은 중경비 수감동이 톱니바퀴처럼 생겨, 가운데 홀을 중심으로 '톱니'에 해당하는 독방 12개가 있다고 설명했다. 이곳 교도관은 3년을 채워야 일반 수감동으로 근무처를 옮길 수 있다고 한다.

안으로 들어가자 베이지색 벽과 문, 황토색 바닥과 적갈색 난간, 통로, 계단이 보였다. 위층 통로 사이에는 거대한 그물이 있었다. 쓰레기 등이 쌓인 그물은 가운데 부분이 아래로 축 처져있었다.

수감자들이 아직 갇혀 있어 건물은 무척이나 고요했다. 다른 교도관의 안내를 받아 1층에 있는 방으로 가니 멋 부리지 않은 중년 여성이 먼저 와 있었다. 교도소 수화 전문가라고 그녀를 소개한 교도관은 지겹도록 뻔한 규정들을 읊은 후에야 문을 열었다.

"다시 말씀드리지만 도움이 필요하면 저를 부르세요. 바로 문 밖에 있을 겁니다." 교도관이 한 번 더 강조하고 문을 밀어서 열자 위압적인 남자의 뒷모습이 드러났다.

악명 높은 수감자를 대하는 교도관들의 불안한 태도는 백스터에게도 고스란히 전해졌다. 매스의 수갑과 철제 테이블을 연결한 쇠사슬은 남색 수의 아래까지 길게 이어져 그의 발을 묶은 족쇄와 만났다.

매스는 상처가 깊게 찍힌 뒤통수만을 보인 채 뒤를 돌아보지 않았다. 하지만 그들이 방 안으로 들어서자 고개를 뒤로 젖히고 무언가를 알아내려는 듯 공기를 킁킁 들이마시며 냄새를 맡았다.

두 여자는 불안해져 서로를 마주 보았다. 루쉬는 인심 좋게도 용의자와 가장 가까운 자리를 선택해 앉았다.

그들은 매스처럼 쇠사슬에 묶여 이곳을 나갈 수 없는 처지는 아니었지만 육중한 문이 닫히자 갇힌 기분이 들었다. 백스터는 구속되어 있어도 여전히 그녀를 두렵게 하는 매스의 맞은편에 천천히 앉았다.

매스는 그와 눈을 맞추기 싫어 방 안을 두리번거리는 백스터를 보고 있었다. 흉측한 얼굴에 비뚤어진 미소가 떠올랐다.

5

"뭐, 완전히 시간만 낭비했네요." 중앙 홀로 다시 나오며 백스터가 한숨을 쉬었다.

커티스가 원맨쇼를 펼치는 30분 동안 매스는 단 하나의 질문에도 대답하지 않았다. 꼭 우리에 갇힌 동물을 보는 기분이었다. 매스에게 남은 것은 이름뿐이었다. 지금도 그녀의 밤잠을 설치게 하는 잔혹한 괴물은 싸움에서 진 다음 자유를 빼앗긴 채 과거의 명성만 갉아먹고 있었다.

울프는 레다니엘 매스를 완벽하게 망가뜨렸다. 몸은 물론 영혼까지도.

백스터는 매스가 자꾸만 그녀 쪽을 쳐다보는 이유를 확신할 수 없었다. 그날의 진실을 알아서일까? 아니면 단순히 그를 체포해 유명해진 사람이라서? 어느 쪽이든 면담이 끝나자 마음이 후련했다.

수감동 끝에 있는 보안 구역에서 기다리고 있던 로젠탈이 그들에게 다가왔다.

"매스의 방을 수색해야겠어요." 커티스는 그에게 일방적으로 자신의 의사를 통보했다.

신참 교도관인 로젠탈은 자신 없는 표정을 지었다.

"저…, 음…, 소장님도 아세요?"

"그 말 진심이에요?" 백스터가 커티스에게 짜증을 내며 말했다.

"나도 커티스 씨 생각에는 반대입니다." 루쉬가 말했다. "매스는 이번 일과 관련이 없어요. 인력 낭비입니다."

"물론 지금까지 정황으로는 나도 그렇게 생각해요." 커티스가 완곡하게 말을 꺼냈다. "하지만 반드시 따라야 할 규정이 있어요. 매스가 연루되었는지 모른다는 의혹을 전부 해소하기 전까지는 여길 떠날 수 없습니다."

커티스가 로젠탈을 돌아보았다.

"매스의 방으로…, 앞장서 주시죠."

도미닉 버렐이라는 수감자는 수감자와 교도관 사이에서 본명보다 '바운서'라는 별명으로 통했다. 그는 생판 처음 보는 사람을 때려죽인 죄로 교도소에 들어온 인물이었다. 피해자의 죄라면 그를 '희한한 눈빛'으로 쳐다본 것밖에 없었다. 바운서는 그동안 쭉 1동에 수감되어 있었는데 최근 두 차례나 이유 없이 교도관을 폭행해 이곳 중경비 수감동으로 오게 되었다. 키는 겨우 170센티미터였지만 난폭하기로 유명했고, 근육을 키우는 데 집착해 다들 웬만하면 그를 피해 다녔다.

바운서는 1층에 있던 사람들이 교도관의 안내를 받으며 올라와 맞은편 빈 감방으로 들어가는 모습을 지켜보았다. 매스의 방이었다. 그들이 가로 2미터, 세로 3미터의 비좁은 감방을 뒤지는 사이 바운서는 흥미를 잃고 하던 일을 계속했다. 그는 플라스틱 음식 포장 용기를 녹여 뾰족하게 만든 도구를 들고 매트리스 천을 길게 자르고 있었다.

곧 점심시간이 되어 교도관들이 감방문을 여는 소리가 들렸다.

바운서는 매트리스를 얼른 제자리에 뒤집어놓고 긴 천을 허리에 감아 옷 아래에 숨겼다. 순서대로 통로에 나가 줄을 서니 한 사람 앞에 매스가 보였다. 교도관이 이동하자마자 바운서는 자신과 매스 사이에 있는 남자를 밀쳐냈다. 바운서의 명성을 익히 아는 남자는 따지지도 않고 얌전히 뒤로 빠졌다.

바운서가 까치발을 딛고 매스의 귀에 속삭였다. "레다니엘 매스?"

매스는 대화하는 티를 내지 않으려 시선을 전방에 유지한 채 고개를 끄덕였다.

"전달할 메시지가 있어서 왔어."

"무스 메-시지?" 매스가 어눌한 말투로 힘겹게 말했다.

목을 빼고 교도관의 위치를 확인한 바운서는 매스의 어깨를 잡고 부드럽게 당겼다. 매스의 귀에 난 솜털이 입술에 스칠 때까지.

"너…"

매스가 고개를 돌린 순간, 바운서는 매스의 목에 두툼한 팔을 걸고 뒤편의 빈 감방으로 매스를 끌어당겼다. 교도소 내 암묵적인 규칙에 따라 앞뒤에 있던 수감자들은 싸움을 막거나 교도관에게 알리지 않았다. 그저 줄을 당겨 설 뿐이었다.

열려 있는 문으로 끌려들어간 매스는 줄에 서 있던 한 남자와 눈이 마주쳤다. 그는 매스가 질식당하는 모습을 무표정하게 보고만 있었다. 매스는 도와달라고 외치고 싶었지만 망가진 턱 사이로 겨우 튀어나온 몇 마디는 뜻을 알 수 없는 신음과도 같아 교도관들에게 닿지 못했다.

바운서가 매스의 상의를 찢었을 때 매스는 이대로 강간을 당하는 건가 생각했다. 하지만 곧 날카로운 칼날이 가슴에 박혔고

52

매스는 죽음을 예감했다.

전에 딱 한 번 경험한 느낌이었다. 공포라는 생소한 감각과 뒤틀린 황홀감이 섞이는 기분. 매스는 그의 손에 죽어간 수많은 사람이 최후의 순간에 느꼈을 무력함을 이제야 이해할 수 있었다.

백스터 일행의 수색 작업은 소득 없이 끝났다. 교도소 측은 세 사람에게 점심시간 전에 수색을 마치고 떠나 달라는 뜻을 전했다. 2층 문이 열리는 동안 그들은 로젠탈을 따라 1층으로 내려가 중앙 홀을 지났다. 붉은 철문에 거의 다 도착했을 때였다. 위층에서 호루라기 소리가 정적을 깨뜨렸다.

무슨 상황인지 파악하기 어려웠다. 위층에 있는 교도관 세 명이 다급히 뭔가에 손을 뻗고 있었지만 야유하는 수감자들에 가려 보이지 않았기 때문이었다.

어쩔 줄 모르며 도와달라는 외침과 호루라기 소리가 점점 늘어나고 흥분된 함성은 더욱 커졌다. 뻥 뚫린 공간으로 울려 퍼지는 메아리에 귀가 먹먹해졌다. 아직 갇혀 있는 1층의 죄수들도 불협화음에 목소리를 보태기 시작했다.

"여러분들은 얼른 나가세요." 로젠탈이 애써 용감한 목소리로 말하고 뒤쪽 벽에 부착된 리더기에 ID 카드를 넣었다. 하지만 빨간색 불빛만 깜박거렸다. 로젠탈은 다시 시도해보았다. "젠장할!"

"무슨 문제 있어요?" 위층의 상황을 주시하며 백스터가 물었다.

"건물이 봉쇄됐어요." 로젠탈이 설명했다. 그는 공황 상태에 빠지고 있었다.

"일단 알겠어요. 봉쇄 상황에서는 어떻게 해야 합니까?" 루쉬가 침착하게 물었다.

"저-저는 잘…" 젊은 교도관이 더듬거렸다.

위층의 호루라기 소리가 더욱 절박해졌고 사람들의 함성은 더 커졌다.

그때 위층의 소음이 절정으로 치솟았다. 복도 난간 위로 떠밀린 사람이 중앙 홀로 떨어진 것이다. 상의를 걸치지 않은 죄수의 몸통이 한쪽 벽에 걸린 그물을 찢고 백스터 일행 위로 불과 몇 미터 떨어진 지점까지 추락한 다음 멈춰 섰다.

커티스가 비명을 질렀다. 위층 남자들의 시선이 이곳으로 집중되었다.

"가야 해요. 어서!" 그렇게 말하던 백스터도 얼어붙고 말았다. 떨어진 시체가 그들을 향해 갑자기 부자연스러운 움직임을 보였기 때문이다.

백스터는 잠시 눈을 의심했다. 매듭으로 길게 연결한 천이 그물을 뚫고 아래까지 내려왔고, 그 끝자락에는 피 흘리는 피해자의 목이 감겨 있었다. 바로 그때, 밧줄이 팽팽하게 당겨지며 시체가 위로 솟더니 첫 번째보다 근육질인 두 번째 몸이 아래로 떨어졌다.

"아직 살아 있어요!" 로젠탈이 겁에 질려 외쳤다. 너덜너덜한 올가미가 서서히 목을 조르는 동안 매달려 있는 남자는 미친 듯이 발버둥을 쳤다.

"가요! 가! 가!" 백스터가 명령하며 커티스와 로젠탈을 밀었다. 먼저 출발한 루쉬는 수감동 끝에 있는 보안구역 입구에 거의 다 도착했다.

"문 열어!" 루쉬가 소리쳤다.

폭동이 거세지며 호루라기 소리가 하나씩 사라졌다. 윗층에서는 소름 끼치는 비명이 들리고 불붙은 매트리스가 중앙 홀로 떨어졌다. 바다에 우글대는 상어 떼가 신선한 피 냄새를 맡은 것처럼 죄수들은 아수라장 속에서 더욱 흥분했다.

첫 번째 무리가 찢어진 그물을 타고 1층으로 내려오는 사이, 백스터 일행은 보안구역 안전문에 이르렀다.

"문 열어요!" 루쉬가 철문을 마구 두드렸다.

"카드 어디 있어요?" 백스터가 로젠탈에게 물었다.

"그거로는 안 돼요. 안에서 문을 열어줘야 해요." 로젠탈이 숨을 헐떡이며 말했다.

1층으로 위태롭게 내려오는 죄수들의 수는 점점 늘어갔다. 제일 먼저 도착한 남자는 피 묻은 보안키를 이용해 감방문을 마구잡이로 열었다.

루쉬가 앞으로 달려 나가자 방탄유리 너머로 교도관 한 명이 보였다.

"경찰입니다!" 루쉬가 외쳤다. "문 열어요!"

겁에 질린 남자는 고개를 젓고 입 모양으로 말했다. "안 돼요. 죄송합니다." 그러면서 반대편을 손가락으로 가리켰다. 이 나라에서 가장 위험한 남자들이 떼를 지어 다가오고 있었다.

"문 열라고!" 루쉬가 외쳤다.

백스터는 루쉬 옆으로 가 최대한 침착하게 물었다. "이제 어쩌죠?"

그들이 갈 곳은 어디에도 없었다.

위층에서는 거구의 죄수들이 줄을 타고 내려오고 있었다.

커티스가 문을 두드리며 애원했다.

"안 열 거예요." 로젠탈이 바닥에 주저앉으며 말했다. "죄수들이 들어올 위험이 있으니까요."

이쪽으로 달려오는 폭도들은 증오가 이글거리는 눈으로 루쉬와 로젠탈을 바라보았다. 반면 여자들을 보는 눈에는 탐욕이 가득했다. 루쉬가 백스터의 팔을 붙잡아 뒤쪽 구석으로 밀었다.

"왜요!" 백스터가 소리치며 붙잡힌 팔을 풀려고 했다.

"우리 뒤에 있어요!" 루쉬가 여자들에게 외쳤다.

로젠탈은 '우리'라는 말뜻을 아직 이해하지 못한 채 루쉬의 손을 잡고 일어났다.

"눈을 노려요." 루쉬가 겁먹은 로젠탈에게 큰소리로 지시하자마자 폭도 무리가 그들을 덮쳤다.

백스터는 정신없이 발길질을 했다. 사방에서 손이 뻗어왔고 조롱하는 얼굴이 보였다. 누군가 백스터의 머리카락을 한 움큼 쥐고 바닥으로 질질 끌었다. 서로 그녀를 차지하려고 싸움이 벌어진 덕에 백스터는 겨우 풀려날 수 있었다.

백스터는 얼른 벽에 붙어 커티스를 찾았지만 억센 팔이 다시 찾아왔다. 어디선가 나타난 로젠탈이 문신한 남자의 등에 올라타 한쪽 눈에 손가락을 찔러 넣었다.

그 순간 조명이 나갔다.

중앙 홀에서 타닥타닥 소리를 내며 타는 불길만이 으스스한 불빛을 내뿜었다. 약해진 불 위에는 마녀사냥이 끝난 후처럼 두 개의 형체가 매달려 있었다.

그때 커다란 총성과 함께 내부가 연기로 가득 찼다. 그리고 두 번째 총성이 들렸다.

방독면까지 쓴 진압대가 복도 끝에 있는 철문으로 들어왔고 죄수들은 얼굴을 가리며 숨을 곳을 찾아 뛰었다. 뿔뿔이 흩어지는 모습이 사냥감을 추격하던 하이에나 떼 같았다.

백스터의 몇 미터 옆에는 기절해 있는 커티스가 보였다.

그녀는 그쪽으로 기어가 찢어진 셔츠를 덮어 몸을 가려주었다. 머리에 생긴 큰 혹을 빼면 크게 다치지 않은 듯했다.

최루 가스가 퍼지며 코와 입이 타들어가는 느낌이 들었다. 눈앞이 흐려졌다. 백스터는 불길에서 피어오르는 연기 너머로 유령 같은 형체들을 보며 기도를 찢는 고통에 감사함을 느꼈다. 고통은 그녀가 아직 살아 있다는 뜻이기 때문이었다.

백스터는 의무실에서 40분간 눈을 씻은 후에야 루쉬와 데이비스 소장을 보러 갈 수 있다는 허락을 받았다. 먼저 회복한 루쉬는 백스터가 툴툴대며 처치를 받는 동안에도 새로 들어온 소식을 계속 전해주었다.

죽은 사람 중 하나는 도미닉 버렐이라는 수감자라고 했다. 문제는 다른 한 사람이 바로 레다니엘 매스라는 사실이었다. CCTV 영상을 통해 버렐이 매스를 살해하고 이후 스스로 목숨을 끊은 것이 확인되었다.

커티스는 의식을 차렸지만 아직 충격에서 벗어나지 못했고, 로젠탈은 쇄골이 부러졌지만 사기가 충만했다.

루쉬도 괜찮다고는 했지만 멀쩡해 보이지는 않았다. 다리를 절었고 의도적으로 얕은 호흡을 하고 있었다. 남몰래 가슴을 고통스럽게 움켜쥐는 모습도 보였다.

교도소장은 모든 수감자를 방으로 돌려보냈고 현장을 그대로 보존했다고 알렸다. 그러고는 최대한 정중한 말투로 죄수들이 달리 갈 곳이 없으며, 난간에 시체 두 구만 매달려 있을 뿐, 중경비 수감동은 평소와 같이 운영되고 있다고 설명했다. 해석하자면 뭘 하든 빨리 끝내라는 얘기였다.

"나는 준비됐으니까 갈 때 되면 말해요." 백스터가 루쉬에게 말했다. 백스터는 충혈된 눈에 핏발이 서 조금은 미친 사람처럼 보였다. "커티스를 기다려야 할까요?"

"그냥 우리끼리 하래요."

FBI 요원이 자기가 맡은 사건의 범죄 현장에서 자발적으로 빠지겠다는 말에 조금 놀랐지만 백스터는 캐묻지 않기로 했다.

"그럼 가죠."

★

백스터와 루쉬는 2미터 높이에 매달린 시신 두 구를 올려다보고 있었다. 그사이 루쉬는 또 가슴을 움켜쥐었다. 두 사람은 현장 감식을 시작하기 전 5분 만이라도 현장을 먼저 살펴볼 기회를 달라고 수사팀장을 설득해냈다.

안전문이 셀 수 없을 만큼 많고 창문은 하나도 없는 곳이기 때문에 누가 시신을 건드렸을 가능성은 없었다. 두 구의 시신은 2층 난간에 걸친 천의 양쪽 끝에 매달려 얼어붙은 듯 움직이지 않았다.

백스터는 섬뜩한 광경을 보고 심란해진 나머지 그동안 자신이 짊어지고 있었던 부담감이 사라지는 것을 미처 느낄 새도 없었다. 과거에 매스가 뭘 알았든, 혹은 몰랐든 이제는 걱정할 필요가 없어졌다.

이제는 안심해도 된다.

"우리 둘 다 커티스한테 당신이 맡고 있는 사건과 내가 맡았던 사건이 관련 없다고 장담했는데 결국에는 정말 관련이 있었던 거네요." 백스터가 농담조로 말하고 글씨를 읽었다. "미끼^{BAIT}." 매스의 가슴에 휘갈겨 쓴 글자는 피가 굳어 검은색으로 보였다. "미국에서 일어난 사건과 똑같아요."

위치를 옮겨 도미닉 버렐의 근육질 몸을 올려다보았다. 역시 상의를 벗은 버렐의 가슴에도 상처가 나 있었다.

"꼭두각시^{PUPPET}." 백스터가 글씨를 읽었다. "이 단어는 처음이죠?"

루쉬는 애매하게 어깨만 으쓱했다.

"맞죠?" 백스터가 재차 물었다.

"커티스의 동의가 있어야 대답할 수 있어요. 규정이 그렇거든요."

의무실로 돌아가니 커티스는 컨디션을 회복해 30대 후반의 미남과 한창 인터뷰를 하는 중이었다. 교도소 사람이 아닌 듯한 남자는 진갈색 단발머리를 늘어뜨려 나이에 비해 어려 보였다.

루쉬는 방해하고 싶지 않아 커피를 가지러 갔다. 백스터는 개의치 않고 대화에 끼어들었다.

"괜찮아요?" 백스터가 커티스에게 물었다. 커티스는 중간에 말이 끊겨 언짢은 표정이었다.

"네, 고맙습니다." 커티스가 최대한 예의 바른 대답으로 백스터의 참견을 막았다.

하지만 백스터는 이 매력적인 남자가 누구냐는 듯한 손짓을 했다. 그녀는 갑자기 남녀 슈퍼모델 두 명 사이에 낀 느낌이 들었다. 남자는 3미터 떨어진 문가에서 봤을 때보다 훨씬 미남이었다.

"이분은⋯." 커티스가 마지못해 소개했다.

"알렉시 그린입니다." 남자가 미소를 지으며 일어나 백스터와 악수를 나눴다. "그 유명하신 에밀리 백스터 씨군요. 영광입니다."

"저도요." 백스터가 헤헤거리며 대답했다. 알렉시 그린의 섹시한 턱선 때문에 정신이 혼미할 지경이었다.

백스터는 얼굴이 달아오르는 느낌에 양해를 구하고 급히 루쉬에게로 갔다.

5분 후 돌아왔을 때도 커티스의 인터뷰는 끝나지 않았다. 아니, 백스터가 잘못 본 게 아니라면 이 모범생 요원은 인터뷰 상대와의 대화를 즐기고 있었다.

"안 되겠네요." 루쉬가 말했다. "규정이고 뭐고. 이렇게 된 마당에 빨리 상황을 설명하는 게 좋겠어요. 밖에서 얘기합시다."

바깥은 쌀쌀했지만 오후의 햇살이 밝게 비추고 있었다. 백스터는 방울 달린 털모자를 다시 머리에 썼다.

"어디부터 말해야 할까요?" 루쉬가 자신 없이 말을 꺼냈다. "뉴욕 브루클린 브리지에 묶여 있던 은행원 있잖아요. '윌리엄 폭스'라는 이름의⋯."

"앞으로는 그냥 '은행원'이라고 부르면 안 될까요?" 백스터가 부탁했다. 그녀는 그 이름을 자꾸 듣고 싶지 않았다.

"그래요⋯, 은행원의 한쪽 팔은 묶여 있지 않았는데 저희는 그 이유가 범인이 다리에서 떨어져 익사하는 바람에 미처 못 묶은 거라고 판단했습니다. 다리에서 이스트강으로 사람이 떨어지는 걸 봤다는 목격자 증언도 있고요."

"범인이 강물에 떨어져서 살았을 가능성은요?" 백스터는 그렇게 물으며, 얼어붙을 것 같은 얼굴을 감싸려 모자를 더 깊이 눌러 썼다.

"없어요." 루쉬의 대답은 단호했다. "첫째, 높이가 거의 45미터입니다. 둘째, 그날 밤 뉴욕은 영하 9도라 강이 얼어 있었습니다. 셋째, 이게 가장 결정적인 이유인데 다음 날 아침에 시신 하나가 강물에 쓸려 왔어요. 그런데 그 시신 가슴에 상처가 뭐라고 새겨져 있었냐면…"

"꼭두각시PUPPET!" 둘은 동시에 외쳤다.

"그러니까 똑같이 미끼BAIT라는 단어를 새기고 죽은 피해자 둘, 그리고 자기 몸에 꼭두각시PUPPET라는 단어를 새기고 자살한 살인자 둘이 대서양을 사이에 두고 있다는 거네요?" 백스터가 요약했다.

"아니요." 루쉬가 말하며 차가워진 손을 겨드랑이에 꼈다. "어제 커티스가 했던 말을 잊었군요. 사실은 아직 공개하지 않은 사건이 하나 더 있어요. 수사를 도와달라고 했던 그 사건 말이에요."

"피해자와 살인자 세트 3호가 있다?"

"네. 똑같이 살인-자살이에요. 오늘처럼." 루쉬가 덧붙였다.

백스터는 놀란 표정이었다.

"아직 제대로 알아낸 건 없나요?"

"없어요. 그러니까 당분간은 상황이 더 나빠질 일만 남은 셈이에요. 우리는 유령을 쫓고 있으니까요. 안 그래요?"

루쉬는 아무 맛도 나지 않는 커피를 땅바닥에 뿌렸다. 커피는 염산처럼 치지직 소리를 내며 김을 뿜었다. 눈을 감고 태양을 향해 고개를 젖힌 루쉬가 한탄하듯 말했다.

"이미 죽어버린 살인자를 어떻게 잡겠어요?"

6

백스터는 토머스의 집 앞에 도착해 용케 현관문을 턱으로 밀어 열었다. 한 손에는 고양이 이동장을, 다른 손에는 슈퍼마켓 장바구니를 들고 비틀거리며 안으로 들어갔다.

"나 왔어!" 백스터가 외쳤지만 대답이 없었다.

아래층 불이 켜있는 것으로 보아 토머스는 집에 있었다. 텔레비전이 작은 소리로 혼자 떠들어대는 동안 백스터는 진흙 묻은 발자국을 남기며 주방으로 걸어갔다. 장바구니와 고양이를 식탁에 내려놓고 커다란 잔에 레드와인을 따랐다.

의자에 주저앉아 부츠를 벗은 백스터는 쑤시는 발을 마사지하며 어두운 정원을 내다보았다. 평화로운 고요가 집을 감쌌다. 난방기 돌아가는 소리와 위층에서 희미하게 들리는 샤워기 소리가 마음을 편안하게 했다.

백스터는 장바구니에서 과자와 초콜릿 봉지를 꺼내다 말고 동작을 멈췄다. 캄캄한 창문에 비치는 자신의 모습이 유령 같이 느껴졌기 때문이다. 그러고 보니 오늘 그 일을 겪은 이후 얼굴을 제대로 보는 게 처음이었다. 오늘 얼굴과 목에 생긴 상처의 수를 세어보았다. 진물이 나오는 이마의 찰과상은 하나로 계산할 수밖에 없었다. 백스터는 몸을 더듬던 손길들을 떠올리며 몸서리쳤다. 불쑥 나타난 손은 그녀를 바닥으로 질질 끌었다. 사악한 얼굴을 발로 차내도 금세 또 다른 얼굴이 나타났을 때 느꼈던 그 무력감이란.

집에서 나오기 전 샤워를 두 번이나 했는데도 더러움이 씻기지 않은 기분이었다. 기운이 빠진 재 손으로 얼굴을 문지른 백스터가 젖은 머리를 쓸어 넘기고 와인을 더 채웠다.

10분 후, 목욕 가운 차림의 토머스가 주방으로 들어왔다.

"왔네. 오늘은 올 줄 몰랐…." 말을 하던 토머스가 백스터의 얼굴에 난 상처들을 보고 입을 다물었다. 그는 황급히 달려와 백스터의 옆에 앉았다. "어떻게 된 거야! 괜찮아?"

그러면서 과자 가루로 범벅이 된 그녀의 손을 다정하게 쥐었다. 백스터는 고맙다는 의미로 억지 미소를 짓고는 손을 빼낸 다음 와인 잔을 들었다. 지금은 다른 사람의 손길을 피하고만 싶었다.

"무슨 일이야?" 토머스가 물었다.

토머스는 한없이 온순한 남자였지만 백스터를 보호하는 일이라면 물불을 가리지 않았다. 저번에 입술이 찢어져 돌아왔을 때는 변호사라는 직업을 이용해 가해자의 구치소 생활을 최대한 힘들게 하고 마지막에는 최대 형량을 받도록 손을 쓴 적도 있었다.

백스터는 토머스에게 진실을 말할까 잠시 고민했다.

"별일 아냐." 그녀가 힘없이 웃었다. "사무실에서 싸움 말리다 이렇게 됐어. 그냥 자기들끼리 알아서 하게 둘걸."

누군가 그녀를 고의로 해치지 않았다는 데 안심했는지 토머스가 살짝 긴장을 풀었다.

마음 같아서는 더 자세한 얘기를 듣고 싶었지만 백스터는 설명할 생각이 없어 보였다. 토머스는 눈치껏 포기하고 과자를 집어먹었다.

"애피타이저야, 메인이야, 디저트야?" 토머스가 봉지를 가리키며 물었다.

백스터는 개봉한 와인 병을 손가락으로 두드리며 말했다. "애피타이저."

커다란 과자 봉지를 가리켰다. "메인."

초콜릿 봉지를 들어 보이며 말했다. "디저트."

토머스는 사랑스럽다는 듯 미소를 짓고 의자에서 일어났다.

"내가 뭐라도 만들어줄게."

"아니, 괜찮아. 배 안 고파."

"오믈렛이면 돼. 5분만 기다려." 벌써 요리를 시작한 토머스가 식탁에 놓인 고양이 이동장을 쳐다보았다. "안에 뭐 들었어?"

"고양이." 백스터가 반사적으로 대답했다. 고양이 맞겠지? 이 집에 온 후로 아무 소리도 내지 않는 게 에코답지 않았다.

고양이를 들고 토머스 집에 나타나기 전에 뉴욕 출장 기간 동안 애완동물을 봐줄 수 있냐고 먼저 물었어야 한다는 생각이 뒤늦게 떠올랐다. 그러다 문득 깨달았다. 토머스에게 아직 출장 간다는 말 자체도 하지 않았다.

말싸움할 기운도 없는데 어떡하지.

"에코야 언제든 환영이긴 한데." 토머스가 말을 꺼냈다. 벌써 말투가 달라져 있었다. "추운 저녁에 이렇게 멀리까지 방문하신 이유가 뭐래?"

백스터는 빨리 해치우는 편이 낫겠다고 생각했다.

"좀 큰 살인사건으로 FBI랑 CIA랑 같이 일하게 돼서 무기한 파견 근무 지시가 내려왔어. 내일 아침에 뉴욕으로 갈 거고 언제 돌아올지는 아직 몰라."

백스터는 잠시 말을 끊고 토머스가 혼자 생각을 하게 내버려 두었다.

"또 있어?" 한참을 가만히 있던 토머스가 물었다.

"응. 에코 사료 깜박했거든. 새로 사야 할 거야. 아, 약도 빼먹으면 안 돼." 백스터가 가방을 뒤져 왼손에 약상자를 들고 흔들었다. "이건 입으로 먹이고." 다음으로는 오른손에 든 상자를 흔들었다. "이건 엉덩이에."

토머스는 이를 악물고 가스레인지에 프라이팬을 탕탕 치며 요리를 했다. 프라이팬 밖으로 탈출한 기름이 치지직 소리를 내며 튀겼다.

백스터가 자리에서 일어났다. "전화 한 통 하고 올게."

"저녁 만들고 있잖아!" 토머스가 프라이팬에 치즈 가루를 뿌리며 따졌다.

"그따위로 만든 오믈렛은 안 먹어!" 백스터도 성질을 부리고 위층으로 올라갔다. 지금은 에드먼즈와 통화를 해야 했다.

에드먼즈는 막 오줌 공격을 받은 상태였다.

기저귀 가는 임무를 티아에게 맡기고 젖은 셔츠를 세탁기에 넣으러 가는데 휴대폰이 울렸다.

"백스터 경감님?" 에드먼즈가 손을 씻으며 전화를 받았다.

"어." 백스터는 건성으로 인사를 했어. "시간 있어?"

"그럼요."

"음…, 오늘 일이 좀 있었거든."

백스터가 교도소 사건을 자세하게 설명하는 동안 에드먼즈는 이야기를 귀담아들었다. 백스터는 건물 밖 운동장에서 루쉬가 말한 기밀 사항도 전해주었다.

"사이비 종교단체 일원의 소행 아니에요?" 백스터의 이야기를 다 듣고 에드먼즈가 논리적인 추측을 했다.

"그게 제일 그럴듯하긴 해. 그런데 미국에는 아예 사이비랑 종교 쪽만 담당하는 부서가 있다나 봐. 거기서 주시하는 단체 중에 이번 사건과 연결되는 곳은 하나도 없대."

"전 여전히 '미끼'라는 단어가 찜찜해요. 울프와 동명이인인 사람을 죽이더니, 이제는 레다니엘 매스까지 건드렸단 말이죠. 꼭 선배를 겨냥한 메시지 같아요. 이제 선배가 사건에 직접 개입하게 됐으니까 만약 그렇다면 범인의 의도대로 움직이는 거잖아요."

"그럴 가능성이 있다는 건 나도 동감해. 하지만 내가 무슨 힘이 있겠어?"

"알렉스!" 침실에서 티아가 외쳤다.

"잠깐만!" 에드먼즈도 소리쳤다.

두 사람의 외침에 이웃집 사람이 시끄럽다는 듯 벽을 쿵쿵 두드렸다.

"나도 쉬 맞았어!" 티아가 외쳤다.

"알았어!" 에드먼즈가 짜증을 냈다.

다시 시작된 이웃의 주먹질에 가족사진이 선반에서 뚝 떨어졌다.

"미안해요." 에드먼즈가 백스터에게 말했다.

"새로운 거 나왔을 때 전화해도 되지?" 백스터가 물었다.

"당연하죠. 가서 꼭 몸조심해요."

"걱정 마. 24시간 내내 '꼭두각시'를 경계하는 태세로 있을 테니까."

"꼭두각시보다는요," 에드먼즈의 말투는 더없이 진지했다. "꼭두각시 줄을 움직이고 있는 사람을 조심해야 해요."

백스터는 다시 1층으로 내려온 순간 토머스와 말다툼을 피할 수 없음을 깨달았다. 텔레비전에 일시 정지된 화면이 떠 있었다. 뉴스를 보도하던 안드레아 아래로 헤드라인이 보였다.

경감 면회 후 봉제인형 살인사건 범인 사망!

저 여자는 진짜….
"오늘 레다니엘 매스 보러 갔어?" 어디선가 토머스가 조용히 물었다.
백스터는 한숨을 쉬고 거실로 들어갔다. 토머스는 백스터가 남긴 와인 병을 옆에 둔 채 의자에 앉아 있었다.
"응." 백스터는 대수롭지 않은 듯 고개를 끄덕였다.
"나한테 말도 없이."
"그럴 이유가 없잖아." 백스터가 어깨를 으쓱했다.
"그래. 이유가 없지. 이유가 없어!" 토머스가 버럭 성을 내며 일어났다. "오늘 거기서 폭동이 일어났다는 말도 그래서 안 했고?"
"나는 그때 없었어." 백스터가 거짓말을 했다.
"말 같지 않은 소리 하지 마!"
토머스답지 않은 거친 표현에 백스터는 조금 놀랐다.
"몇 군데 긁힌 게 다야."
"…통제 안 되는 범죄자들 틈에서 죽을 뻔했다는 얘기 아냐! 우리나라에서 제일 위험한 인간을 만나러 갔다가!"

"이럴 시간 없어." 백스터가 그렇게 말하며 코트를 집어 들었다.

"그래, 어련하시겠어." 토머스가 답답함에 소리를 치며 백스터를 따라 주방으로 들어왔다. "아침에 뉴욕으로 가야 하니까. 그것도 나한테 얘기하지 않았지." 그러다 잠깐 쉬고 말투를 누그러뜨렸다. "에밀리, 나는 이해가 안 돼. 왜 나한테는 이런 얘기를 안 하는지."

"돌아와서 하면 안 될까?" 에밀리 백스터도 차분하게 물었다.

토머스는 한참 동안 그녀를 바라보다가 어쩔 수 없이 고개를 끄덕였다.

"나 대신 에코 잘 돌봐줘." 백스터가 부츠를 신고 떠날 준비를 하며 말했다.

그가 장난삼아 사준 모자와 장갑을 보고 토머스는 미소를 지었다. 머리 꼭대기에서 털실 방울이 달랑거렸고 백스터는 눈으로 흘러내린 머리카락을 입으로 후 불어 넘겼다.

백스터가 현관문에 손을 뻗었다.

"미국에서 도와달라고 한 사건이 대체 뭔데 그래?" 토머스가 불쑥 물었다.

그냥 가벼운 질문이 아니었다. 떠나기 전 마음을 열어달라는 간청이었다. 앞으로 달라지겠다고 증명해 보일 기회였다. 두 사람이 함께 미래를 꿈꿀 수 있겠냐는 질문이었다.

백스터는 토머스의 뺨에 입을 맞췄다.

그리고 문밖으로 나갔다.

루쉬는 휴대폰 벨소리에 잠을 깼다. 그는 시끄러운 벨소리를 끄려고 재빨리 전화를 받았다.

"루쉬입니다." 속삭이는 목소리가 갈라졌다.

"커티스예요!"

"무슨 일 있어요?" 루쉬가 다급히 물었다.

"아니요. 괜찮아요. 나 때문에 가족이 깬 건 아니죠?"

"아니에요." 루쉬는 하품을 하며 아래층 주방으로 내려갔다. "걱정하지 마요. 업어 가도 모르게 잠들어 있으니까. 왜 전화했어요?"

"내일 데리러 가는 시간이 6시 반인지 7시인지 기억이 안 나서요."

"7시요." 루쉬가 친절하게 대답하며 시간을 확인했다.

새벽 2시 52분이다.

"아, 네." 커티스가 중얼거렸다. "6시 반인 줄 알았어요."

루쉬는 눈치 없이 이 시간에 전화한 이유가 따로 있다는 생각이 들었다. 커티스가 말을 잇지 않자 그는 차가운 바닥에 엉덩이를 대고 앉았다.

"무서운 하루였죠." 루쉬가 말했다. "집에 와서 속 시원하게 얘기하니까 기분이 풀리더라고요."

루쉬는 커티스가 말을 할 기분이 들 때까지 잠자코 있었다.

"저는…, 그게…, 사실 얘기할 사람이 없어요." 커티스가 한참 만에 대답했다.

목소리가 너무 작아서 잘 들리지도 않았다.

"집에서 멀리 있으니 그렇겠네요." 루쉬가 변명거리를 대줬다.

"꼭 그런 게 아니라…, 원래 아무도 없어요."

루쉬는 가만히 다음 말을 기다렸다.

"다른 것보다 일이 우선이잖아요. 사람을 사귈 시간이 없어요.

친구들과도 연락이 거의 다 끊어졌고요."

"가족들은 뭐라고 해요?" 루쉬는 질문을 하고 나서야 실언일 수 있겠다는 생각을 했다.

커티스의 무거운 한숨에 루쉬가 얼굴을 찡그렸다.

"직업의식이 투철하다고 할 거예요. 하지만 직업은 잘못 골랐다고 하겠죠."

추워서 몸을 웅크린 루쉬가 자세를 고치다 망가진 찬장 문을 건드렸다. 문이 떨어지며 먼지로 가득한 타일 바닥에 떨어졌다.

"젠장."

"뭐였어요?" 커티스가 물었다.

"미안해요. 수리 중이라 주방이 조금 엉망이에요." 루쉬가 해명했다. "가족 얘기 계속 해봐요."

두 사람은 시답지 않은 대화를 이어갔다. 커티스의 목소리가 작아지더니 조용해졌다. 루쉬는 그녀가 작게 숨을 쉬며 코를 고는 소리를 듣고만 있었다. 끔찍했던 하루의 마무리로 묘하게 마음이 편안해지는 소리였다.

한참 후 그는 전화를 끊었다.

위층까지 다시 올라갈 기운이 없어 루쉬는 찬장에 머리를 기대고 눈을 감았다. 그리고 깨진 선반과 차가운 타일 바닥 위에서 잠이 들었다.

7

2015년 12월 10일 목요일
오후 2시 16분

14:16 12-10-2015 -5℃/23℉

에밀리 백스터는 FBI 차량의 따뜻한 뒷좌석에 앉아 경고하듯 깜박이는 대시보드 계기판 숫자들을 보았다.

손목시계는 아직 '오후 7시 16분'을 가리키고 있었다. 비행기에서 시계를 맞춘다는 걸 잊어버렸고, 알림 방송도 듣지 못했다. 거의 뜬눈으로 밤을 보낸 세 사람은 7시간 반이라는 비행시간 내내 잠만 잤다.

뉴욕 공항에서 맨해튼까지는 답답할 정도로 오래 걸렸다. 도심에 들어서자 차들이 사람보다 느린 속도로 기어 다녔다. 일주일 동안 쌓인 눈과 흙탕물 위로 바퀴가 미끄러지듯 제멋대로 회전했다.

백스터는 어렸을 때 두 번 뉴욕으로 여행을 온 적이 있었다. 관광 명소를 전부 섭렵하고 영화 세트 같은 스카이라인을 보며 감탄했던 기억이 났다. 전 세계에서 몰려든 사람들이 이 콩알만 한 섬에 한 자리를 차지하려고 경쟁을 벌였다. 어린 백스터는 세상의 중심에 서 있는 느낌을 경험했다. 하지만 지금은 피곤하기만 했다. 빨리 집에 가고 싶은 마음뿐이었다.

출발하면서 루쉬는 브루클린 브리지를 경유해 달라고 기사에게 부탁했다. 다리를 붙든 거대한 철탑이 보이자 지금까지 옆에 조용히 있던 루쉬가 은행원의 시신이 매달려 있던 위치를 가리켰다.

"도로 양쪽 케이블 두 개 사이에 손목과 발목이 묶인 채 지나가는 사람들을 내려다보고 있었어요. 도시로 들어가는 관문에 걸어두고 세상 사람들한테 경고하는 느낌이었죠. 여기를 넘으면 이런 공포를 맛보게 될 것이라는 본보기처럼요."

차가 아치를 통과하며 어두운 그림자 속으로 들어갔다.

"명확한 팩트만 이야기할 수 없을까요?" 조수석에서 커티스가 부탁했다. "소름 끼쳐요."

"아무튼, 아시다시피 범인은 일을 제대로 끝내지 못했습니다. 왼쪽 팔을 바깥쪽 케이블에 연결하다 발을 헛디디는 바람에 얼음을 뚫고 익사했거든요." 루쉬가 설명했다. "놈도 짜증났을 거예요."

살인자의 추락사를 하찮게 만드는 발언은 루쉬답지 않았다. 의외의 면에 놀란 백스터가 꿀꿀했던 기분도 잊고 피식 웃었다.

루쉬도 웃을 수밖에 없었다. "왜 웃어요?"

"아무것도 아니에요." 백스터는 창밖의 얼어붙은 도시로 시선을 돌렸다. "그냥 누가 생각나서요."

미드타운을 지나자 도로 상태는 더 심각해졌다. 워싱턴 하이츠에 진입했을 무렵에는 도로변에 눈이 산더미처럼 쌓여 있었다. 차가 길 밖으로 나가지 못하게 막아주는 모습이 꼭 볼링장의 범퍼 같았다.

백스터도 센트럴 파크 북쪽으로는 처음 와봤다. 넓은 도로가 일정한 간격으로 교차한다는 점은 센트럴 파크 남쪽과 같았지만 이곳에는 키가 비슷한 건물들이 질서정연하게 서 있었다. 낮게 뜬

겨울 해가 고층 건물 사이로 빛을 찔끔 뿌리는 남쪽과 달리 북쪽은 도로 위로 햇살이 한가득 쏟아져 내렸다. 예전에 부모님이 보여준 장난감 도시 뉴욕의 모습이 떠올랐다.

그러나 차가 주차 구역에 스르르 멈춰서며 어린 시절의 향수는 산산이 부서졌다.

뉴욕 33번 관할경찰서 입구에 솟은 거대한 흰색 천막이 보였다. 보안 요원에 교통정리 요원까지 겸해야 하는 백발 경찰 한 명이 저지선 앞에서 운전자들에게 차를 돌리라고 지시하느라 정신이 없었다. 뉴욕에는 보기 드문 곡선 도로로 노란색 저지선이 뻗어 있다 보니 방향을 튼다는 게 쉽지 않았다.

"처음에 말했다시피 위치 덕분에 비밀을 유지할 수 있었어요." 이제 경찰서 정문이 된 천막 입구로 들어서며 커티스가 설명했다.

천막 꼭대기 바로 아래에는 뉴욕 경찰을 상징하는 파란색 쌍여닫이문이 자리했다. 오른쪽으로 고개를 약간 돌리니 건물 벽에 사륜구동 트럭이 뒷부분만 튀어나와 있었다. 차량이 건물을 들이받는 바람에 노출된 15센티미터 높이의 콘크리트 기둥은 마치 깨진 이빨 같았다. 거기에 가까이 다가가지 않아도 크림색 트럭의 좌석 커버에는 온통 검게 말라붙은 피가 보였다.

경찰서 문이 열리고 경찰 두 명이 나왔다. 그들은 건물 벽에 박힌 파손 차량이 흉한 장식물에 불과한 양 아무렇지 않게 옆을 지나쳐 천막 틈으로 나갔다.

"아는 데까지 설명할게요." 커티스가 트럭 주위를 두른 노란색 테이프를 내리며 말했다.

"전화 한 통 하고 와도 될까요?"

루쉬의 질문에 커티스는 당황한 표정을 지었다.

"나는 다 아는 얘기잖아요." 루쉬가 이유를 댔다.

커티스가 마음대로 하라는 듯 손짓을 하자 루쉬는 두 여자만 두고 밖으로 나갔다.

"아, 본론으로 들어가기 전에 묻고 싶었어요. 괜찮아요?"

"괜찮냐니요?" 백스터가 방어적으로 물었다.

"어제 일 말이에요."

"멀쩡해요." 백스터는 무슨 일인지 기억도 안 난다는 것처럼 어깨를 으쓱했다. 그리고 사적인 질문을 막기 위해 화제를 돌렸다. "그러니까…, 트럭이 벽에 박혔다…."

"피해자는 로버트 케네디, 32세, 기혼이에요. 경찰 생활 9년 차에 4년 전부터는 형사과에서 일했고요."

"범인은요?"

"에드와도 메디나라는 멕시코 이민자요. 어퍼 이스트 사이트 파크 스탬포드 호텔 주방에서 일했어요. 질문에 미리 답하자면 아니요, 케네디와 무슨 관계인지는 아직 못 찾았어요. 다른 범인이나 다른 피해자와의 관계도요."

백스터는 질문이 더 있었다. 하지만 그것도 커티스가 미리 답했다.

"봉제인형 사건과의 관계도요…, 아직은." 커티스가 한숨을 쉬었다.

밖으로 나갔던 루쉬가 재킷 주머니에 휴대폰을 넣으며 돌아왔다. 커티스는 지붕으로 덮인 도로 중앙으로 자리를 옮겼다.

"CCTV 영상이…."

"맞은편 학교 거예요." 루쉬가 불쑥 커티스의 말을 잘랐다. "미안. 계속해요."

"메디나가 웨스트 168번가에 주차하고 기절한 케네디를 뒷좌석에서 끌고 나오는 CCTV 영상을 입수했어요. 잘 보이는 각도는 아니지만 이건 확실해요. 5분 동안 메디나는 이미 '미끼'라는 낙인을 찍은 케네디를 시트에 싸서 자동차 후드 위에 대자로 눕혔어요. 팔다리에 밧줄을 하나씩 묶은 게 브루클린 브리지 시체와 똑같아요."

백스터는 망가진 트럭을 돌아보았다. 깨진 벽돌 위로 삐져나온 두꺼운 밧줄은 뒷바퀴와 같은 높이에서 끊겼다.

"메디나는 자신의 가슴에 이미 '꼭두각시'라고 새긴 상태였고 옷을 다 벗은 다음에 케네디를 덮었던 시트를 걷었어요. 그런 다음 다시 트럭을 운전해서 주멜 플레이스를 전속력으로 달려왔는데, 눈이 와서 바닥이 미끄러웠던 게 천운이었어요. 모퉁이를 너무 빨리 도는 바람에…." 커티스가 차량의 궤적을 따라 걸었다. "통제가 안 돼서 경찰서 정문으로 직행할 걸 그나마 여기 벽을 들이받은 거죠. 충격으로 둘 다 사망했고요."

"그 외에 다친 사람은 없어요." 루쉬가 덧붙였다.

백스터는 커티스를 따라 트럭 옆을 비집고 나아가 깨진 벽을 넘어 경찰서 안으로 들어갔다.

앞 유리가 박살 난 트럭의 전면은 거의 앞좌석까지 찌그러져 있었다. 파편과 분진이 반경 10미터까지 퍼져나갔다. 하지만 깨끗하게 정리된 사고 구역을 제외하고 나머지 사무실은 별다른 피해를 입지 않은 듯 보였다.

백스터는 시신의 윤곽대로 붙인 테이프 표시를 내려다보았다.

"이래도 돼요?" 어이가 없었다. "범죄 현장을 오염시키는 방법도 가지가지네요. 이게 무슨 〈총알탄 사나이〉 영화도 아니고."

다리와 몸통 부분의 테이프는 바닥에 평평하게 붙어 있었다. 하지만 팔과 머리 부분은 납작하게 찌그러진 트럭 전면의 프론트 그릴을 타고 올라갔다.

"너무 뭐라고 하지 마요." 루쉬가 말했다. "상황이 워낙 특수했잖아요."

"시신 위치는 아마 달랐을 거예요." 커티스가 말했다. "케네디가 동료 경찰인지라 보자마자 끌어내려서 심폐소생술을 했거든요. 그러는 사이에 신참 하나가 이렇게 했대요."

"혹시 메디나나 가족이 경찰에 원한이 있는 게 아니고요?"

"아직 알려진 건 없어요." 커티스가 대답했다. "알아요. 앞뒤가 맞지 않죠. 뉴욕 경찰 전체를 자극할 생각이 없고서야 누가 이런 짓을 하겠어요. 경찰 하나를 죽이면 온 경찰이 들고 일어나 보복한다는 건 어린애도 아는 사실이에요. 사이비 종교단체인지, 유명해지고 싶은 인터넷 집단인지, 봉제인형 살인사건 팬클럽인지는 모르겠지만 경찰을 노린 건 범인에겐 최악의 선택이었어요. 원하는 게 뭔지 몰라도 앞으로 10배는 더 힘들어질 거예요."

백스터는 어젯밤 에드먼즈가 했던 말을 떠올렸다.

"누군가 줄을 움직이고 있어요." 백스터가 말했다. "살인을 계획하고 꼭두각시들을 이용하는 인물이요. 이건 묻지마 범죄가 아니에요. 다른 피해자 둘이 봉제인형 사건과 관련이 있으니까요. 살인이 세 건인데 우리는 아직 범인이 누구인지, 어디 있는지도 몰라요. 뭘 원하는지도 모르고요. 절대 멍청한 놈들은 아니에요."

"그럼 왜 경찰에 선전 포고를 했을까요?" 루쉬가 흥미를 보였다.

"그러게요. 왜일까요?"

천막 안으로 시끄러운 목소리가 울려 퍼졌다.

"커티스 요원?" 누군가 외쳤다.

커티스를 따라 벽에 난 구멍 밖으로 다시 넘어가니 뉴스 촬영
팀이 장비를 설치하고 있었다. 고개를 들 때마다 탐욕스럽게 현장
을 살피는 눈빛이 번뜩였다. 커티스는 검은 정장을 입은 사람들에
게 다가갔다.

"무대에 오를 시간이네요." 루쉬가 백스터에게 속삭였다. 그는
주머니에 비상용으로 넣고 다니는 넥타이를 꺼내 목에 둘렀다.
"선전 활동의 공식 얼굴이 된 기분이 어때요?"

"입 다물어요. 내가 일하는 모습을 촬영하는 건 괜찮지만 혹시
라도 다른 수작…."

"루쉬?" 커티스와 대화하는 사람들 중에서 뚱뚱한 남자가 루쉬
를 불렀다. 가뜩이나 비대한 몸에 패딩 재킷까지 큰 사이즈로 입
어 덩치가 더 커 보였다.

"데이미언 루쉬?" 남자가 활짝 웃으며 소시지같이 두툼한 손을
내밀었다.

루쉬는 대충 넥타이를 다 맨 다음 간만에 말쑥한 차림으로 뒤
를 돌아보았다.

"조지 맥팔렌." 루쉬가 미소를 지으며 남자의 목에 달랑거리는
FBI 배지를 슬쩍 내려다보았다. "이 배신자!"

"그게 미국 CIA 요원이 된 자가 할 말인가!" 남자가 화통하게
웃었다. "교도소에서 재미없는 사건에 휘말린 게 자네였군?"

"그래. 그래도 하늘에 계신 분이 나를 지켜봐 주셨지."

"맞는 말이야, 아멘." 맥팔렌이 고개를 끄덕였다.

"가족은 아직 영국에 있어?" 제멋대로인 남자는 대답을 기다리

지도 않았다. "딸내미가 지금 몇 살이지? 우리 클라라와 동갑이
었나? 열여섯?"

루쉬가 말을 하려고 입을 열었다.

"힘든 나이야." 맥팔렌이 고개를 저었다. "순 남자밖에 모르고
떽떽거리지. 내가 조언 하나 하지. 여기서 몸 사리고 있다가 스무
살이 되면 돌아가라고!"

자기 딴에는 웃기다고 하는 말인지 맥팔렌은 범죄 현장에 어울
리지 않게 우렁찬 폭소를 터뜨렸다. 루쉬는 예의 바르게 미소만
지어 보였다. 맥팔렌은 다정하지만 눈물이 쏙 나올 만큼 힘찬 손
길로 루쉬의 등을 두드리고 느긋하게 자리를 떴다.

아파서 가슴을 움켜쥔 루쉬를 보고 백스터가 얼굴을 찌푸리며
농담을 했다.

"그 정도면 폭행죄도 성립되겠는데요."

그때 커티스가 백스터를 데리러 와 로즈마리 레녹스 지부장에
게 소개해주었다. 수척해 보이는 이 여자는 FBI에서 바니타 총경
과 비슷한 역할인 듯했다. 현장 요원을 가장한 관료주의자. 누가
사무실에서 복사기를 훔칠 때 쓸 생각인지 권총까지 차고 있었
다.

"이렇게 와주셔서 정말 감사합니다." 레녹스가 아양을 떨며 말
했다.

"좋아요." 카메라 앞에 선 기자가 말했다. "들어갑니다. 3, 2,
1…."

"잠깐만요. 이게 무슨…." 백스터는 뒤로 빠지려고 했지만 레녹
스에게 팔을 붙잡혔다. 기자는 사건을 보도에 적합한 수위로 묘
사하고 있었다.

드디어 레녹스 차례가 왔다. 기자의 소개를 받은 레녹스는 연습한 멘트를 달달 외우기 시작했다.

"…우리 경찰을 향한 끔찍하고 잔인한 공격이 있었습니다. 모든 경찰을 대표해 말씀드립니다. 우리는 절대 추적을 포기하지 않을 것입니다. 경찰은 지금 이 사건과 지난주 발생한 브루클린 브리지 사건, 그리고 어제 발생한 레다니엘 매스의 죽음 사이의 연결고리를 찾고 있습니다. 영국의 런던 경찰청과 공조할 것이며, 감사하게도 런던 경찰청의 에밀리 백스터 경감이 노하우 전수를 위해 직접 와주셨습니다. 백스터 경감은 아시다시피…"

백스터는 뉴스 촬영에 흥미를 잃고 뒤를 돌아보았다. 루쉬와 커티스는 사고 현장을 살펴보고 있었다. 커티스가 운전석에서 무언가를 발견했는지 루쉬를 부르고 있었다. 백스터는 그 모습을 보느라 기자가 자신에게 질문을 하는지도 몰랐다.

"네?"

"경감님." 기자는 소름 끼칠 만큼 가식적인 미소를 지으며 다시 질문했다. "뒤편의 현장에 관해 설명을 부탁드려도 될까요? 현재 어떤 일을 하고 계신가요?" 그녀는 참혹한 현장을 손가락으로 가리켰다. 그녀가 내보인 슬픈 미소는 웃는 건지 인상을 쓰는 건지 모를 표정보다도 마음에 없는 티가 났다.

카메라맨이 백스터에게 카메라를 돌렸다.

"글쎄요." 백스터는 질문을 대놓고 무시하며 한숨을 쉬었다. "조금 전까지는 경찰 사망 사건을 조사하고 있었습니다. 지금은 이해하지 못할 이유로 여기 바보처럼 서서 기자님과 이야기를 하고 있고요."

불편한 침묵이 뒤따랐다.

레녹스는 화를 참지 못하는 표정이었다. 갑작스러운 대답에 당황한 기자는 다음 질문을 생각해내지도 못했다.

"수사에 집중하도록 경감님은 이만 보내드리는 게 어떨까요? 감사합니다." 레녹스가 다정하게 웃으며 백스터의 팔에 손을 얹었다. 백스터는 어깨만 으쓱하고 자리를 떴다. 레녹스는 다시 기자를 향해 서서 말했다. "보시는 것처럼 저희는 이 안타까운 죽음을 가슴에 깊이 새기고 범인을 하루빨리 찾겠다는 일념으로 일하고 있습니다."

뉴스 촬영팀을 배웅한 레녹스가 커티스를 밖으로 불러냈다. 두 사람은 길 건너에 있는 하이브리지 파크 울타리에 걸터앉았다. 보도블록에 쌓인 눈은 얼음으로 굳었지만 사람이 밟지 않은 울타리 너머의 눈은 새하얀 가루로 쌓여 있었다. 레녹스가 담배에 불을 붙였다.

"교도소 얘기 들었어. 괜찮은 거야? 너한테 무슨 일이라도 생기면 아버님이 날 가만히 안 두실 텐데."

"걱정해주셔서 감사합니다. 저는 괜찮아요." 커티스는 거짓말을 했다. 혼자 힘으로 잘할 수 있다고 부단히 노력한 그녀였다. 하지만 여전히 가족의 연줄로 특별대우를 받고 있다는 현실은 쓰라렸다.

불편한 말투를 눈치 챘는지 레녹스가 화제를 돌렸다.

"백스터라는 여자, 짜증나지?"

"멍청한 짓을 용납하지 못하는 성격일 뿐이에요." 그렇게 대답한 커티스는 무심결에 상관을 모욕했다는 사실을 한발 늦게 깨달았다. "지부장님께서 멍청한 행동을 했다는 말씀은 아닙니다, 당연히. 제 뜻은…."

레녹스는 됐다는 식으로 담배 연기를 훅 내뿜었다.

"강하고 똑똑한 사람이에요." 커티스가 말했다.

"그래…, 그 점이 걱정된다는 거야."

커티스는 무슨 뜻인지 이해가 되지 않았다.

커티스는 평생 담배에 손도 댄 적이 없었지만 타들어가는 담배 끝에 매달려 차가운 공기와 어우러지는 따스한 불빛을 보고 있자니 처음으로 한번 피워보고 싶다는 유혹이 들었다.

레녹스는 눈 쌓인 언덕 꼭대기에 있는 야구장을 돌아보며 커티스에게 일렀다.

"저 여자는 여기 관광객으로 온 거야. 그 이상은 안 돼. 사람들 안심하게 몇 번 더 카메라 앞에 세우고 사진 몇 장만 찍으면 비행기에 태워 집으로 보낼 거야."

"저는 큰 도움이 될 사람이라고 생각합니다."

"나도 알아. 하지만 세상일이란 게 그렇게 간단하지 않아. 케네디 경관을 살해한 범인은 뉴욕 경찰을 직접적으로 모욕했어. 대중들을 지켜주는 기관을 대중들 스스로 의심하게 하려는 의도야. 백스터도 우리에겐 그 못지않게 위협적인 존재고."

"죄송하지만 무슨 뜻인지 잘 모르겠습니다." 커티스가 말했다.

"지금 뉴욕 경찰, FBI, CIA가 이 사건에 공을 들이는데 아무 진전이 없잖아. 백스터는 우리가 최선을 다하고 있다는 걸 보여주는 역할로만 필요한 거야. 즉, 런던 경찰이 사건 해결에 공이 있다고 주장하기 전에 일찌감치 쫓아버려야 한다는 얘기지. 공격을 받았을 때 우리는 힘을 보여줘야 해. 우리 문제는 우리가 알아서 해결할 수 있다는 걸 증명해야 한다는 말이야. 이해하겠어?"

"네, 지부장님."

"좋아."

한 무리의 학생들이 공원에 발자국을 찍으며 돌아다니기 시작했다. 불안하게 옆에서 눈싸움을 벌이는 아이들도 있었다.

"아무렇지 않게 행동해." 레녹스가 지시했다. "어디를 가든 백스터를 데리고 다녀. 단, 중요한 단서가 나오면 무조건 숨기는 거야."

"쉽지 않을 겁니다."

"그러니까 명령이지." 레녹스가 어깨를 으쓱했다. "며칠만 참아봐. 주말이 지나면 짐 싸서 보낼 테니까."

경찰 하나가 커티스를 기다리는 백스터와 루쉬에게 커피를 가져다주었다. 깨진 머그잔을 건넨 그는 짧지만 굳이 안 해도 될 응원의 말을 덧붙였다.

"놈들을 꼭 잡아주세요."

백스터와 루쉬는 고개를 끄덕일 수밖에 없었다. 복수심 넘치는 남자는 흡족한 표정으로 돌아섰다. 천막이 바람을 막아 주었지만 영하의 날씨가 점점 피부에 와 닿고 있었다.

"시간 있으면 오늘 커티스랑 셋이 같이 저녁 할래요?" 루쉬가 물었다.

"나는…, 음…, 글쎄요. 전화도 해야 하고요."

"웨스트 빌리지에 독특하고 맛있는 피자집이 있어요. 뉴욕에 오면 늘 가는 곳이에요. 전통이죠."

"나는…."

"그러지 말고요. 저녁때 되면 셋 다 기운 없고 배고플걸요. 뭐라도 먹어야 해요." 루쉬가 미소를 지었다.

"알았어요."

"잘됐네요. 예약해놓을게요."

루쉬가 휴대폰을 꺼내 연락처를 살폈다.

"아, 아까 묻는다는 걸 깜박했어요." 백스디가 말했다. "운전석에서 찾은 건 뭐였어요?"

"네?"

루쉬는 전화기를 귀에 댔다.

"내가 인터뷰 망쳤을 때요. 둘이 뭘 발견한 것 같던데요."

"아, 그거요? 아무것도 아니에요."

그사이 전화가 연결되었고, 루쉬는 피자집과 통화를 하러 갔다.

8

2015년 12월 10일 목요일
오후 11시 13분

커티스는 꼼짝 없이 갇혔다.

무기를 들고 적의 움직임을 포착하기 위해 허름한 호텔방을 둘러보았다. 비명을 질러 루쉬를 부르고 싶었지만 거기까지 소리가 들릴 것 같지 않았다. 침입자에게 위치를 알리고 싶지도 않았다. 심장이 뛸 때마다 귀에서 쿵쿵대는 맥박이 느껴졌다. 커티스는 문을 응시했다. 몇 미터밖에 떨어져 있지 않았지만 손에 잡힐 거리는 아니었다.

하지만 언젠가는 문을 열어야 한다.

커티스는 이미 잠옷으로 갈아입은 후였다. '마이 리틀 포니(어린이용 만화 캐릭터지만 성인 마니아도 적지 않다 - 옮긴이 주)' 민소매 티와 초록색 반바지를 입고 두툼한 털양말을 신은 커티스가 아주 천천히 침대 위를 기어 의자 등받이에 걸쳐 놓은 정장 재킷에 손을 뻗었다.

숨을 참은 그녀는 무기로 쓰고 있던 샌들을 뒤로 던지고 침대에서 뛰어내렸다. 떨리는 손이 간신히 자물쇠를 땄다. 커티스는 복도로 뛰쳐나와 문을 세게 닫았다.

흥분을 가라앉힌 후 다시 일어나 옆방 문을 조용히 두드렸다. 조금 흐트러진 차림의 루쉬가 문을 열었다. 면 티를 바지에 넣지 않았고 발은 맨발이었다. 시차에 아직 적응하지 못한 데다가 저녁

때 과하게 마신 와인까지 더해져 다들 상태가 좋지 않았다.

루쉬는 방문객을 잠시 보고만 있다가 집중이 안 돼서 피곤한 눈을 비볐다.

"그거 '마이 리틀 포니'예요?"

"네." 커티스가 숨을 헐떡였다.

루쉬는 고개를 끄덕였다. "그래요. 들어올래요?"

"아니, 괜찮아요. 그래서 온 건 아니고요, 혹시 거미 잘 잡아요?"

"거미요?" 루쉬가 어깨를 으쓱했다. "네, 그럼요."

"종이로 들어서 밖에 풀어준다는 사기는 치지 말고요. 그게 다시 기어 올라오지 못하게요. 죽여줘요. 완전히." 커티스가 요구 사항을 전했다.

"알겠어요." 루쉬가 신발과 열쇠를 집어 들었다.

"그냥 상대하기에는 조금 많이 커요." 커티스는 감사해하며 상황을 계속 설명했다.

루쉬는 갑자기 불안해졌다. "얼마나 큰데요?"

백스터는 타탄 무늬 잠옷 상의의 안감을 밖으로 입어버렸다. 잠옷 바지에는 같은 실수를 하지 않았다. 앞뒤를 바꿔 입었을 뿐.

쓴맛이 나는 수돗물을 큰 컵 가득 담아 다시 마시는데 복도에서 다른 투숙객들이 호들갑을 떨며 문을 두드리고 세게 닫는 소리가 들렸다. 백스터는 침대에 쓰러지듯 누웠다. 천장이 살짝 뒤틀리는 느낌에 속이 울렁거렸다. 창문을 통해 흘러들어오는 도시의 소음을 들으며 백스터는 휴대폰을 더듬어 찾은 후 에드먼즈의 이름을 선택해 전화를 걸었다.

"뭐야?"

에드먼즈가 침대에서 벌떡 일어나 앉았다.

구석에 있는 아기 침대에서 레일라가 울기 시작했다.

"지금 몇 신데 전화야?"

투덜대던 티아는 금세 다시 잠에 빠졌다.

조금씩 에드먼즈의 방향 감각이 돌아왔다. 아래층에서 휴대폰이 울리고 있었다. 그는 복층 주택의 계단을 간신히 내려와 화면에 뜬 백스터의 이름을 보고 전화를 받았다.

"백스터? 무슨 일 있어요?"

"아니, 좋아…, 잘 있어." 백스터의 혀가 꼬였다.

"에밀리아?" 위층에서 티아가 외쳤다. 레일라는 악을 쓰고 있었다.

"응." 에드먼즈는 성질 나쁜 이웃을 의식하며 위층에만 겨우 들릴 만한 목소리로 대답했다.

"아기 운다." 백스터가 별 도움 안 되는 소리를 했다.

"응, 알아요. 전화벨 소리에 깼어요." 에드먼즈가 말했다. "우리 가족 다 깼죠."

"6시 20분인데?" 그렇게 묻던 백스터가 조용해졌다. "아하, 내가 무슨 짓을 했는지 알겠지?"

"시차를 반대로 계산했다고요?"

"응, 반대로 계산했어."

"그러니까요. 안다고요. 백스터, 취했어요?"

"아니. 취하기는 개뿔. 술을 조금 많이 마셨을 뿐이야."

간신히 레일라를 달랜 티아가 아기를 안고 까치발로 내려왔다.

"침대로 와." 티아가 입모양으로 말했다.

"1분만." 에드먼즈도 속삭였다.

"미안해서 어떡해." 백스터가 찔리는 목소리로 말했다. "오늘 본 현장에 대해서 얘기하려고 전화한 거거든."

"어느 사건이요?" 에드먼즈가 물었다.

티아는 이제 화가 단단히 난 듯했다.

"경찰 한 명을 산 채로 트럭 앞에 묶어놓고 경찰서 벽으로 돌진했어."

에드먼즈는 어떻게 해야 할지 갈등했다.

"아침에 전화할게." 백스터가 말했다. "그쪽 아침…, 아니! 여기 아침…, 잠깐만…."

"아니, 괜찮아요." 에드먼즈가 티아에게 사과의 의미로 웃어 보였다. "지금 말해요."

"마지막으로 본 게 어디였어요?" 루쉬가 물었다. 그는 신발을 무기로 선택함으로써 맨발이 위험에 노출되었다는 사실을 이제야 깨닫고 있었다.

"옷장 아래에서 튀어나왔던 것 같아요." 커티스는 침대 위로 몸을 피했다.

"튀어나왔다고요?"

"그게, 덤벼들었다고 해야 하나."

"덤벼들었다고요?"

루쉬는 점점 믿기 힘들어졌다.

"아니, 그보다는…, 거미가 말처럼 뛰는 걸 뭐라고 표현하죠?"

"똑같이 뛴다고 하겠죠!" 루쉬의 목소리가 높아졌다. 그는 옷장

쪽으로 조금씩 다가가며 기습 공격을 대비해 주변 바닥을 살폈다.

"백스터한테 부탁할까요?" 커티스가 제안했다.

"내가 한다니까요!" 루쉬가 신경질을 부렸다. "백스터까지 부를 필요는 없어요. 안 놓칠 거예요."

커티스는 알겠다는 듯 어깨를 으쓱했다. "오늘 정식으로 고맙다고 말했어야 했는데 못 했네요." 조금 쑥스러워하며 그녀가 말했다.

"고맙다니요?"

"어젯밤 일 말이에요."

"언제든 편하게 연락해요." 루쉬는 진심으로 웃으며 커티스를 돌아보았다. 하지만 커티스는 겁에 질려 눈을 크게 뜨고 있었다.

루쉬도 커티스의 시선을 따라 바닥으로 천천히 고개를 돌렸다. 발밑 카펫에 앉아 있는 것은 접시만 한 대왕 거미였다.

얼음이 된 루쉬가 속삭였다.

"백스터 데려와요."

"뭐라고요?"

별안간 거미가 그에게 직행했다. 루쉬는 으악 하고 비명을 지르며 신발을 던지고 문으로 달려갔다.

"백스터 불러요!" 루쉬가 외쳤고 두 사람은 복도로 몸을 던졌다.

티아와 레일라를 깨우지 않도록 에드먼즈는 용기 내어 차가운 비를 맞으며 질척거리는 정원을 맨발로 달렸다. 창고로 들어간 그는 흐릿한 전등을 켜고 들고 온 노트북에서 물기를 털어냈다.

와이파이 신호가 잡혀 뉴스 페이지와 맨해튼 지도를 켰다. 백스터는 술이 취해 뭉개진 발음으로 상세하게 이야기를 전했다.

"이해가 안 돼요." 에드먼즈가 한숨을 쉬었다.

백스터는 실망했다. 지금까지의 경험으로 미루어 볼 때 에드먼즈에게는 불가능이 없을 줄 알았기 때문이다.

"나는 사이비 종교단체 가설로 갈래요. 그렇지 않고서는 설명이 안 돼요." 에드먼즈가 말했다.

누군가 백스터의 방문을 두드렸다.

"미안해. 잠깐만."

에드먼즈가 주변을 조금 더 정리하는 동안 멀리서 대화 소리가 들렸다.

"저기. 아, 통화 중이군요."

"넵."

"커티스 방에 일이 조금 생겼어요. 급한 건 아닌데…, 아니다. 우리끼리 해결할 수 있을 거예요."

"가서 볼게요. 전화 먼저 끊고 가도 되죠?"

"그럼요. 고마워요."

"몇 분만 기다려요."

문이 닫혔다.

"미안…, 그러니까 지금까지 확인된 연결고리는 피해자 두 명이 봉제인형 사건과 관련이 있다는 것뿐이야." 백스터가 말했다.

"그건 연결고리라고 할 수도 없어요." 에드먼즈가 말했다. "피해자 한 명은 울프와 이름만 같은 남자이고, 다른 피해자 한 명은 실제 봉제인형 살인범이잖아요. 그건 전혀 일관성이라는 게 없어요."

"그렇다면 살인자 쪽에 집중하는 편이 낫겠네. 거기에는 분명히 뭐가 있을 거야."

"꼭두각시들 말이죠?" 에드먼즈가 말했다. "그건 동의해요. 범인이 뭘 원하는지 모르면 누가 다음 목표물이 될지 알 방법이 없어요. 그러니까 범인의 의도를 이해하려면 꼭두각시들 사이의 연결고리부터 찾아야 해요."

"그렇게 난리를 쳐서 언론의 관심을 모았잖아. 사람들이 얘기를 들어주겠다는데 한마디도 하지 않는 이유가 뭘까?"

"추측해보자면 단순히 얘기를 들어주는 데 만족하지 못한다는 뜻이겠죠. 전 세계의 이목을 집중시켜야 하거든요. 앞으로 사태가 더 심각해질 거예요."

"내 착각인지 모르겠는데 어째 기대하는 것 같다?" 백스터는 에드먼즈의 말에 섞인 흥분을 알아차렸다.

"내일 아침에 살인자들 정보 전부 이쪽으로 보내줘요. 곧바로 조사 들어갈게요. 그리고 백스터⋯, 제발 조심하고요. 잊지 말아요. 미끼."

"알았어."

"토머스랑 통화했어요?"

"아니."

"왜요?"

"오기 전에 싸웠거든."

"무슨 일로?"

"이것저것."

에드먼즈는 한숨을 쉬었다. "괜히 고집부리다 망치지 말아요."

"조언 고마워. 부부 상담하면 잘하겠다, 너."

에드먼즈는 과연 티아도 그 말에 동의할지 자신이 없었다.

"잘 자요."

"잘 자."

에드먼즈는 전화를 끊었다. 새벽 4시 46분이었지만 잠은 완전히 달아났고 몸이 얼어붙을 만큼 추웠다. 에드먼즈는 방치된 창고 안을 둘러보다가 연장들을 정리하기 시작했다. 왠지 이번 사건이 해결되기 전에 다시 이 창고를 쓸 것 같다는 예감이 들었다.

백스터는 커티스의 침대에서 잠이 들었다.

백스터의 양쪽에 있는 커티스와 루쉬는 눈이 말똥말똥했다. 그들은 긁어모은 임시 무기들로 적과 싸울 만반의 준비를 했다. 방에 있던 묵직한 성경은 루쉬가 사용을 반대했지만 신발 두 짝, 샌들 한 켤레, 스프레이 한 통, 정부에서 지급한 각자의 총기가 준비되어 있었다.(물론 총은 극악무도한 적에게 던질 용도다. 그것도 상황이 정말 심각해졌을 때에 한해.)

백스터는 아무짝에도 쓸모가 없었다. 성질 급하게 쿵쿵거리며 들어온 그녀는 설명을 듣자마자 '안전지대'로 뛰어 올라갔다. 그러고는 부츠를 벗어 던지고 몇 분 만에 잠이 들었다.

"하나 더 할래요?" 루쉬가 침대에 빈 미니어처 술병을 하나 던지며 물었다.

"좋죠." 커티스도 술병을 다 비웠다.

루쉬는 의자 위를 기어 미니바에서 한 병씩 더 꺼냈다.

"건배." 루쉬가 말했다.

두 사람은 술병을 부딪치고 술을 한 모금 마셨다.

"이런 거 지겨울 때 없어요?" 잠시 후 커티스가 질문을 던졌다.

"이런 거요?" 루쉬가 한 손에 구두를 들고 물었다.

"지금 상황 말고요, 왜 있잖아요. 거지같은 호텔방, 구겨진 셔츠…, 외로움."

"지금 셋이서 한 침대를 쓰고 있는데 외롭다고요?"

루쉬의 지적에 커티스는 서글픈 미소를 지었다.

"난 아니에요." 루쉬가 말했다. "지겨워졌으면 이 일을 오래 하지도 못했을 거예요. 가족과 떨어져 사는 거 많이 힘들죠? 그래도 일이니까 해야죠. 딸린 식구가 없는데 벌써부터 고민이라면…."

"누가 고민을 해요!" 커티스가 정색을 했다.

"미안합니다. 단어 선택을 잘못했네요."

"단지…, 앞으로도 평생 이렇게 살아야 하는 건가 싶어서요."

"본인이 바꾸지 않는다면요."

커티스가 신발 한 짝을 루쉬의 머리 위로 던졌다. 신발은 벽에 자국을 내고 백스터의 잠을 방해했다.

"어두워서…, 미안해요." 커티스가 머쓱해했다.

잠시 후, 커티스는 이제 작게 코까지 고는 백스터를 잠시 바라보다 나직이 말했다.

"상부에서 중요한 단서는 절대 공유하지 말래요."

"왜요?"

커티스가 어깨를 으쓱했다. "며칠만 있으면 가는 사람이라고요."

"아쉽네요. 난 백스터가 마음에 들던데."

"그러게요. 나도 그래요."

"좀 쉬어요." 루쉬가 말했다. "내가 망볼 테니까."

"정말이죠?"

루쉬가 고개를 끄덕였다. 커티스는 5분도 되지 않아 잠이 들었고, 10분 후에는 루쉬도 졸기 시작했다.

오전 6시에 커티스의 알람이 울렸다. 밤새 커티스의 침대에서 잠을 잔 세 사람은 눈을 떴을 때 조금 혼란스러운 표정이었다.

"일어났어요?" 루쉬의 목소리가 갈라졌다.

"좋은 아침이에요." 커티스가 기지개를 켜며 말했다.

백스터는 무슨 상황인지도 몰랐다.

"나는 가서 샤워해야겠어요."

루쉬가 말하며 일어났다. 문으로 향하던 그는 갑자기 걸음을 멈추고 바닥을 보더니 끙 하는 소리를 냈다.

"왜요?"

커티스가 물으며 조심스럽게 루쉬 옆에 섰다. 발밑에는 카펫 위에 납작하게 눌린 거미 시체가 있었다.

"백스터가 들어왔을 때 밟았나 봐요." 루쉬가 힘없이 키득거렸다.

루쉬는 화장지를 뜯어 증거물을 주웠다. 세 사람이 처음으로 힘을 합쳐 포획한 적이 변기 물에 쓸려 내려갔다.

희망이 보이고 있었다.

9

레녹스 지부장은 자리에 앉을 때부터 백스터 앞에 세 장의 카드를 내려놓았다. 이 카드들을 통해 에밀리 백스터의 기자회견을 조정할 심산이었다. 각 카드에는 다음과 같이 쓰여 있었다.

아직 추측할 단계가 아닙니다.
사실과 일치합니다.
근거 없는 얘기입니다.

백스터는 작은 마이크 쪽으로 몸을 조금 기울였다. 남는 책상도 일렬로 붙여 검은 천을 덮어놓으니 공식 기자회견 느낌을 풍겼다.

"아직 추측할 단계가 아닌 것 같습니다."

백스터는 다시 의자에 기대앉았다. 옆에서 레녹스가 들릴 듯 말 듯 혀를 차는 소리가 들렸다. 다른 기자가 질문하는 사이 레녹스가 재빨리 쪽지를 써서 백스터에게 밀었다.

휘갈겨 쓴 글씨를 해독하는 데는 시간이 조금 걸렸다.

'-것 같다'는 말 금지

평소라면 성질나서 자리를 박차고 나갈 말이었다. 앞에 기자들이 깔려 있고 카메라가 그녀의 일거수일투족을 담고 있다고 해도. 하지만 백스터는 예의상 입을 꾹 다물고 자리를 지켰다.

오늘 기자회견의 목적은 사망한 경찰의 신원을 확인하고 '은행원', 레다니엘 매스, 로버트 케네디의 죽음이 모두 연관되어 있다는 사실을 공식적으로 발표하기 위해서였다. 인터넷에 난무하는 추측과 음모론을 그대로 두고 볼 수는 없었기 때문이다.

백스터는 도저히 집중할 수 없었다. 레녹스가 보는 앞에서 쪽지를 구겨 확실한 의사 표현을 했는데도 화가 풀리지 않았다. 레녹스는 장황하기 짝이 없는 대답을 슬슬 마무리하고 있었다.

"…타국의 동료들도요. 대표적으로 여기 백스터 경감이 계시죠."

말이 끝나자마자 싸구려 양복을 입은 젊은 기자가 가장 먼저 손을 번쩍 들었다.

레녹스가 손짓으로 발언 기회를 주었다.

"경감님께서는 이번 살인사건들의 동기를 뭐라고 생각하십니까?" 기자가 질문했다.

모두가 백스터의 입만 바라보았다.

레녹스가 카드 한 장을 두드렸다. 어차피 선택지는 그것 하나뿐이었다.

"아직 추측할 단계가 아닙니다." 백스터가 카드를 읽었다.

"교도소 관계자가 시신 두 구에 글자가 새겨져 있었다는 사실을 공개했는데요. '꼭두각시'와 '미끼'였다고 합니다." 기자는 어정쩡한 네 마디 대답만 듣고 끝낼 수 없다는 듯 말을 이었다. "브루클린 브리지 사진을 봐도 피해자에 비슷한 표식이 있는 것 같고요. 지금까지 발견된 모든 시신에 그 표식이 있는지 확인해주실 수 있는지요?"

레녹스는 잠시 망설이다 지금까지와 다른 카드에 손가락을 올렸다. 백스터는 속으로 놀랐지만 순순히 무언의 명령을 따랐다.

"사실과 일치합니다." 백스터가 로봇처럼 말했다.

사람들이 웅성웅성 대화하고 속삭이는 소리가 터져 나왔다. 백스터는 뒤쪽 벽에 붙어 서 있는 커티스와 루쉬를 발견했다. 둘을 보니 왠지 마음이 놓였다. 커티스는 품위 있게 고개를 끄덕였고 루쉬는 유쾌하게 양쪽 엄지를 들어 보였다. 그 모습에 백스터가 씩 웃었다.

"경감님! 경감님!" 조용한 소음을 뚫고 기자가 외쳤다. 그는 벌써 세 번째 질문에 도전하고 있었다. "지금까지 나온 피해자 세 명이 각각 경찰, 윌리엄 폭스라는 남자, 봉제인형 살인사건의 범인이고 '미끼'라는 단어가 새겨져 있었다고 하면 경찰 측에서는 이 메시지가 경감님을 향했을 가능성도 염두에 두고 있을 것 같은데 맞습니까?"

회견장이 물을 끼얹은 듯 고요해졌다. 솔직히 말해 제법 훌륭한 질문이었다. 기자들은 백스터의 답변을 초조하게 기다리고 있었다.

레녹스는 '추측할 단계가 아니다' 카드를 백스터 앞으로 밀었다. 그럼 그렇지. 백스터는 씁쓸하게 생각했다. 백스터를 위험에 빠뜨리려고 대서양을 건너 끌고 왔다는 사실을 레녹스가 인정할 리 없었다.

"저희는 그것도 여러 가능성 중 하나로 조사하고 있습니다." 백스터가 말했다. 물론 여기서 '저희'는 그녀와 에드먼즈를 뜻했다.

레녹스는 백스터가 카드를 무시해 심기가 불편했지만 적절하고 간결한 답변에 만족한 듯했다.

"백스터 경감님!" 앞줄에서 누군가 외쳤다.

백스터가 반사적으로 그쪽을 보자 질문을 해도 좋다는 뜻으로 오해한 기자는 돌직구를 던졌다.

"앞으로 더 많은 살인이 일어날까요?"

백스터는 어젯밤 에드먼즈와 했던 대화를 떠올렸다. 레녹스는 '추측할 단계가 아니다' 카드를 다시 손가락으로 두드렸다.

"그게…." 백스터는 쉽게 말을 잇지 못했다.

레녹스는 아예 백스터 쪽으로 고개를 돌리고 카드를 더 빨리 여러 차례 두드렸다. 뒤편에서 커티스가 걱정스러운 얼굴로 고개를 저었다. 대본을 본 것도 아닐 텐데 루쉬는 입모양으로 '아직 추측할 단계가 아닙니다'라고 코치를 했다.

"경감님? 더 많은 살인이 일어날까요?" 여기자가 다시 물었다. 회견장에 정적이 흘렀다.

백스터는 레다니엘 매스를 체포한 후 열었던 기자회견을 떠올렸다. 이야기에서 그녀에게 문제가 될 부분은 다 뺐고 울프에 관해서도 실제보다 축소해 설명했었다.

남은 것은 죽은 사람과 끝없는 거짓말뿐….

"저는 늘어날 거라 생각합니다…, 네."

기자들이 벌떡 일어나 질문을 퍼부었고 카메라 플래시가 터졌다. 한 번쯤은 대중도 진실을 듣기 원할 거라 생각했는데, 착각이었나 보다.

애석하지만 대중이 원하는 것은 진실이 아닌 공허한 약속과 거짓된 위안이었다. 뱀 같은 홍보 전문가들 말이 정답이었다는 생각

도 들었다. 사람들은 칼에 찔린다는 경고를 듣기보다 모르는 채
로 등에 칼이 꽂히는 쪽을 선호한다고 하지 않았던가.

"지금까지 알려진 사실들을 정리했습니다." 카일 호퍼스 요원이
벽에 나란히 세워놓은 빽빽한 화이트보드 10개 중 하나를 가리
켰다. "살인자들을 정리해 볼까요?"

마커스 타운젠드	에드와도 메디나	도미닉 '바운서' 버렐
브루클린 브리지	33관할서	벨마쉬 교도소
39세/미국/백인	46세/라틴계	28세/영국/백인
전직 주식 트레이더	파크 스탬포드 호텔 셰프	
2008년 금융위기 때 파산 한동안 힘들게 생활 피해자와 돈 관련? 2007년 주식 내부자 거래 혐의로 경찰 조사 받음. 경찰에 원한?	이민 문제 가족 절반이 아직 멕시코 거주 국가 기관에 원한?	2011년 살인죄로 체포되어 4년동안 수감 생활. 봉제인형 사건과 어떻게 연관 되었는가? 내부 접촉 가능성? 주 1회 정신과 의사 만남, 생일에 가족 방문, 경찰에 대한 악감정 명백

FBI 뉴욕 지부는 평범하기 짝이 없는 브로드웨이 건물 23층에
입주해 있었다. 뉴욕 특유의 벽돌 건물만 아니라면 하얗게 칠한
높은 천장, 보풀이 일어난 파란색 책상 파티션까지 런던 경찰청에
와 있다 해도 믿을 법했다. 내구성이 뛰어나다고 홍보하지만 내구
성이 떨어지는 카펫마저도 똑같았다.

호퍼스는 화이트보드에 삐뚤빼뚤 적혀있지 않은 약간의 정보
에 대해서도 읽어주었다. 상급자답지 않게 서글서글한 남자였다.
백스터는 어쩐지 그 점이 수상하다고 생각했다.

"다들 잘 알겠지만 모든 가능성을 살폈음에도 살인자 간의 관

계, 피해자 간의 관계, 살인자와 피해자의 관계를 찾아내지 못했습니다. 모든 인물과 봉제인형 살인사건 사이의 관계도 마찬가지고요. 때문에 현재 우리는 살인자들 각각이 경찰에 원한이 있다는 방향에 집중하고 있습니다." 호퍼스가 설명했다.

"금융 기래 내역도 계속 보는 중이고, 당연히 컴퓨터와 휴대폰 기록도 샅샅이 조사하고 있지만 솔직히 쉽지 않습니다. 뚜렷한 종교나 정치색도 없거든요. 메디나가 대다수 멕시코 이민자처럼 가톨릭 신자이고 민주당 지지자이기는 하지만요. 폭력 전과가 있는 것도 버렐뿐이죠. 기본적으로 이 자들은 서로 모르는 사이고, 연락을 주고받았다는 증거도 없습니다." 그가 브리핑을 마무리했다.

"그런데도 사전에 계획한 게 분명한 이 살인 사건이 며칠 간격으로 일어났단 말이군요." 루쉬가 큰소리로 생각을 말했다. "섬뜩하네요."

호퍼스는 대답 대신 커티스를 보았다. 루쉬라는 이 남자가 누구인데 여기까지 데려왔냐고 묻는 표정이었다.

"자료 사본을 받아 볼 수 있을까요?" 백스터가 호퍼스에게 물었다. 사본을 받으면 이 사건과 아무 관련이 없는 영국의 재산범죄조사국 직원에게 보낼 계획이라는 말은 언급하지 않기로 했다.

"그럼요."

하지만 FBI 팀이 발견하지 못한 단서를 자기는 찾을 수 있다는 듯한 말에 기분이 상했는지 호퍼스의 말투는 딱딱했다.

루쉬는 화이트보드로 다가가 이름 위에 붙어 있는 작은 사진 세 장을 뜯어보았다. 버렐의 사진은 체포 당시 찍은 머그샷이었다. 타운젠드는 어디서 본 로고가 찍힌 티셔츠를 입고 있었다.

"타운젠드가 '거리에서 성공으로'라는 프로그램에 있었어요?"

루쉬가 타운젠드 티셔츠에 찍힌 로고를 보며 물었다.

"그랬습니다." 커티스와 이야기를 하고 있던 호퍼스가 대답했다.

"지금도요?"

호퍼스는 무슨 그런 질문이 있냐는 듯 당황한 표정을 지었다. "죽었잖아요."

"아니, 사망했을 당시 말입니다. 탈퇴하거나 하지 않았어요?"

"아니요. 지금도 회원입니다." 호퍼스는 말투에서 짜증을 숨기지 못했다.

"흐으음." 루쉬는 다시 화이트보드를 돌아보았다.

'거리에서 성공으로'는 루쉬가 전에 한 사건을 수사하며 알게 된 프로그램이었다. 도시에 점점 늘어만 가는 노숙자들이 다시 직업을 갖고 일정 수준의 자립을 할 수 있도록 돕는 것이 목적인 프로그램으로, 사회가 포기한 사람들에게 멘토, 숙소, 교육, 상담, 그리고 취직 기회를 제공해주었다. 프로그램의 의도는 훌륭했지만 수척한 유령 같은 사진 속의 이 남자가 사회로 복귀한 모습은 쉽게 상상이 되지 않았다.

루쉬는 수많은 중독자를 접하다 보니 약물에 빠진 사람은 한눈에 구분할 수 있었다.

루쉬는 에드와도 메디나의 사진으로 넘어갔다. 대충 잘라낸 아래쪽 구석에 다른 사람의 머리 꼭대기가 보였다. 위치로 보아 메디나는 이 사람의 어깨에 팔을 두르고 있었다. 행복한 얼굴이었다.

"이제 가족들은 어떻게 될까요?" 루쉬의 갑작스러운 질문이 또 호퍼스의 말을 끊었다.

"누구요?"

"메디나요."

"글쎄요, 경찰을 피도 눈물도 없이 죽인 새끼니까 여기 와 있는 아들은 무조건 추방될 겁니다. 나머지 가족과 친척들은 영원히 미국 땅에 발도 못 들일 거고요."

"그러니까 자기 가족 인생을 제대로 망친 거네요?" 루쉬가 결론을 내렸다.

"망친 정도가 아니죠." 호퍼스가 그렇게 말하고 다시 커티스에게 돌아섰다.

"하지만 살인을 하기 전까지는 가족을 위해 열심히 살았고요?" 루쉬가 물었다.

호퍼스는 짜증이 역력한 표정으로 인상을 쓰고 루쉬를 보았다.

"아마도요. 호텔에서 초과 근무까지 하면서 집에 돈을 보냈어요. 현재 딸을 데려오려는 중이었습니다."

"악당 같지는 않단 말이죠." 루쉬가 말했다.

그동안은 점잖게 있던 호퍼스가 분노로 얼굴을 붉혔다.

"난 몰라." 민망해진 커티스가 혼잣말로 속삭였다.

"'악당' 같지 않다고요?" 호퍼스가 루쉬 쪽으로 몸을 완전히 틀고 차갑게 내뱉었다.

루쉬는 여전히 사진만 보고 있었다.

"트럭 앞에 경찰을 묶고 벽을 들이받은 놈입니다!"

"제 말을 오해하셨군요." 루쉬가 친절하게 대답했다. "나쁜 짓을 안 했다는 말이 아닙니다. 다만 사람 자체가 악한 것 같지는 않다는 거예요."

호퍼스가 평소답지 않게 화를 내자 부하들이 눈치를 보기 시작하며 사무실은 무섭도록 고요해졌다.

"저도 루쉬 말에 동의해요." 백스터는 어떻게 당신까지 그러냐는 듯한 커티스의 표정을 외면하고 어깨를 으쓱했다. "내막을 알아내려면 일단 메디나를 파야 해요. 버렐은 어차피 인간쓰레기고, 타운젠드도 망해서 거리로 나앉은 후에 누구를 만났을지 몰라요. 반면 메디나는 가장으로서 의무를 다하려고 했던 근면 성실한 남자죠. 사람이 갑자기 달라졌다면 다른 범인들보다 훨씬 명확하게 보일 거예요."

"내 말이 그 말이에요." 루쉬가 중얼거렸다.

"잘 알겠습니다." 호퍼스는 여전히 둘 다 마땅치 않다는 표정으로 떨떠름하게 말했다. "기술팀이 인터넷 검색 트래픽에서 '꼭두각시', '매스', '봉제인형', '미끼' 등의 검색어를 검색한 사람들을 이 잡듯 뒤지고 있습니다. 기자회견으로 검색 엔진이 포화 상태가 된 오늘 아침 이전을 기준으로요. 검색자 전원의 IP 주소를 기록하고 있고, 실제로 사건과 관련된 인물이 다시 검색할 경우를 대비해 지속적으로 모니터하는 중입니다."

"씁쓸하네요." 커티스가 말을 꺼냈다. "결국 또 다른 시체가 나오기를 기다리고 있는 셈이군요?"

"공개적으로 그런 말을 하면 안 되겠지만…, 맞아요. 우리는 지금 아무것도 가진 게 없어요." 호퍼스가 동의했다. 그때 부하 요원 하나가 다가왔다.

"말씀 중에 죄송합니다, 팀장님. 레녹스 지부장님과 기자들이 아래층에 와 있어요. 백스터 경감님을 찾으십니다."

"나는 또 왜!" 백스터가 짜증스레 한숨을 쉬었다.

부하 요원은 그 말을 레녹스에게 전해야 하나 싶어 긴장한 표정을 지었다.

"좋은 쪽으로 생각해요. 아무리 못해도 저번 인터뷰보다는 낫겠죠." 루쉬가 유쾌하게 말했다.

커티스도 힘내라고 고개를 끄덕여 보였다.

"아까 뭐라고 했죠? '결국 또 다른 시체가 나오기를 기다리고 있다'?" 백스터가 젊은 요원을 돌아보며 말했다. "갑시다, 앞장서요."

"농담이겠지…? 설마 인터뷰에서 저 말을…?"

호퍼스가 백스터의 뒷모습을 보며 불안하게 혼잣말을 했다.

백스터는 갈비뼈 부근에서 휴대폰 진동을 느끼며 아침 인터뷰 때와 똑같이 빤한 질문에 빤한 답변을 하고 있었다. 여기 와서 만난 기자들은 어찌 된 게 기발한 발상이라고는 하나도 없었다. 울프의 전 부인을 좋아하지는 않지만 다들 안드레아 홀의 파렴치한 기자 정신에서 한 수 배워야 했다.

홍보용으로 또 끌려왔다는 데 열이 받았지만 백스터는 루쉬와 커티스가 있는 위층으로 빨리 돌아가고 싶어 가슴이 뛰었다. 갑작스럽기는 해도 봉제인형 살인사건과 이어진 이번 사건을 맡으며 백스터는 수사관으로서 새로운 활력을 느꼈다. 나도 수사에 도움을 줄 수 있다는 느낌, 수사팀의 당당한 일원이 되었다는 느낌이 들었다. 그럴수록 경감 자리를 수락한 과거의 자신이 원망스러울 뿐이었다.

아까 백스터를 부르러 왔던 젊은 요원이 생중계 인터뷰 중에 끼어들었다.

"지부장님." 그가 애타게 속삭였다.

레녹스는 계속 카메라에 대고 떠들었다.

"지부장님." 젊은 요원이 다시 불렀다.

완벽하게 짜인 각본대로 말하고 있는 상관의 말을 끊지 못하고 그는 옆에서 안절부절못했다.

"레녹스!" 보다 못한 백스터가 방송 중에 외쳤다. "이 친구가 할 말 있대요."

"경감님도요." 부하 요원은 감사하다는 표정으로 덧붙였다.

"실례하겠습니다." 레녹스가 카메라를 향해 미소를 지으며 말했다.

세 사람은 지켜보는 기자들과 최대한 멀어졌다.

"잠깐도 못 기다리는 이유가 대체 뭐야?" 레녹스가 작은 소리로 부하 요원에게 화를 냈다.

"세상에 다 알려진 후에 아시게 되면 모양새가 안 좋을 것 같습니다."

"무슨 일인데?"

"살인이 또 일어났습니다. 또 경찰이에요."

10

2015년 12월 11일 금요일
오후 5시 34분

애런 블레이크 경장은 아수라장 속에서 파트너를 잃어버렸다. 경찰이 임시 교통 우회로를 만들어 '더 몰'로 가는 6개 차선을 막는 바람에 런던 교통의 절반이 마비되었다. 훨씬 좁은 말버러 로드에 모든 차가 기적적으로 다 들어가기를 바랄 뿐이었다. 설상가상으로 차가운 안개까지 도시를 뒤덮었다. 현장에 도착했을 때만 해도 캄캄한 하늘에 버킹엄 궁전의 불빛이 보였지만 지금은 전방 2미터도 보이지 않았다.

구급차의 파란 불빛이 마치 다른 세계처럼 뿌연 안개를 물들였다. 블레이크의 검은 머리가 축축해졌고, 옷을 네 겹이나 껴입었는데 속옷까지 젖었다. 안개는 도로에서 옴짝달싹 못하는 운전자들의 목소리도 집어삼켰다. 블레이크는 소방차 뒤에서 뿜어져 나오는 탐조등을 길잡이 삼아 앞을 더듬으며 범죄 현장으로 돌아갔다.

"블레이크!" 손더스가 유치한 마술사처럼 안개를 뚫고 나오며 외쳤다. 손더스도 홀딱 젖은 상태였다. 부분 염색을 한 금발이 희한한 주황색으로 변해 얄미운 얼굴에 들러붙었다.

수사본부 내에서 손더스와 블레이크는 같이 일하기 싫은 동료 1순위를 다퉜다. 백스터가 경감으로서 내린 첫 번째 결정도 두 수사관을 파트너로 엮어주는 것이었다. 어느 쪽도 기뻐하지 않았다.

손더스는 입 싸고 천박한 남성 우월주의자로 어떻게 여태 강력범 죄수사팀에 붙어 있는지가 미스터리였다. 한편 블레이크는 배짱도 없고 겉으로 친한 척하다 뒤통수를 치는 모략꾼으로 유명했다.

"오다가 과학수사대 못 봤겠네, 그럼?" 런던 사람 특유의 억양을 쓰는 손더스가 물었다.

"말 같은 소리를 해." 블레이크가 대답했다. "나 저기서 미아 됐었다고."

"지랄한다. 이게 뭐냐, 대체."

블레이크가 옆으로 시선을 돌렸다. 손더스의 머리 위로 금색 물체가 둥둥 떠서 지나갔던 것이다. 이어 콘크리트에 말발굽 부딪히는 소리가 들렸다.

"또 뭐야?" 손더스가 한숨을 쉬며 휴대폰을 꺼냈다. "경감님?"

백스터는 FBI 뉴욕 지부로 올라가는 길에 바니타 총경에게 국제 전화를 걸었다. 바니타 총경의 목소리는 의외로 침착하고 단호했다. 더 이상 책상 뒤에 숨어 있지 않고 실제 수사를 지휘하기 위해 범죄 현장으로 가는 길이었다. 바니타는 대충 몇 가지 정보를 전달하고 현장에 투입된 수사관이 누구인지 알려주었다. 백스터의 근심은 더욱 깊어졌다.

"손더스, 상황 보고 할 수 있어?"

백스터는 대서양 건너편의 부하에게 묻고 빈 책상에 앉아 펜과 종이를 찾았다.

"완전히 염병 파티예요."라는 게 손더스의 간결한 대답이었다. "지금 런던 날씨 어떤지 알아요? 이건 말도 안 돼요. 앞이 안 보인다고요. 갑자기 뒤에서 말 탄 남자들이 안개를 뚫고 나오지를 않나. 딱 〈슬리피 할로우〉예요."

"현장은 보존했어?" 백스터가 물었다.

수화기 너머로 사이렌 소리가 귀청을 찢었다.

"죄송, 잠깐만요…." 손더스의 목소리가 멀어졌다. "아, 환장하겠네! 또 경찰차야! 당장 스무 대가 넘게 와도 아무것도 못 하는데 지들이 뭐라고 또 와…?"

"손더스!"

"아, 네."

"현장 보존했냐고?"

"소방서에서 먼저 와서 뭘 하기는 했어요. 우리도 뭐, 안 보이게 테이프 쳐놨고요."

"지원은 얼마나 돼?"

"별별 데서 다 나왔어요. 차는 소방차 2대, 앰뷸런스 최소 3대고요. 경찰차는 두 자리 수까지 세다가 까먹었어요. MI5(영국 정보청 보안부 - 옮긴이 주) 사람이랑 근위대 애들하고도 얘기했고, RSPCA(영국 왕립 동물학대반대협회 - 옮긴이 주)도 몇 명 뛰어다니던데요. 과학수사대도 어딘가 있는데 아직 못 봤습니다."

"일단 현장만 철저히 지키고 있어. 바니타 총경님이 곧 도착할 거야." 백스터가 일렀다. "옆에 블레이크 있어?"

둘 다 밉상이었지만 손더스보다는 블레이크가 말을 잘 듣는 편이었다.

"네, 잠깐만요…, 블레이크! 경감님이 너 바꾸래. 그래, 너. 머리는 뭐 하러 만지는 거야? 경감님이 네가 보이겠어? 나도 너 안 보이거든!"

수화기에서 치지직 하는 잡음이 들렸다.

"경감님?" 블레이크가 전화를 건네받자 화면에 묻은 차가운 습기가 뺨에 닿았다. 블레이크는 구름 한 점 없는 밤하늘을 올려다보았다. 어쩐지 비현실적인 느낌이 들었다. 하늘 아래의 아비규환을 덮은 구름 위로 고개를 내민 것만 같았다.

"현장으로 걸어가서 정확히 뭐가 보이는지 얘기해줘."

환상은 깨졌다.

지시를 받은 블레이크는 뼈대만 남긴 채 타버린 차량 주위에 설치한 테이프 아래로 고개를 숙이고 들어갔다. 손전등을 켰다. 불빛이 넓게 퍼지며 차의 잔해에서 뿜어져 나오는 검은 연기를 선명히 비추었다. 연기는 하얀 안개와 뒤엉켜 쓸쓸한 밤하늘을 오염시켰다.

"네, 지금 위치는 '더 몰'입니다. 왕궁 쪽이요. 도로 한가운데 전소한 경찰차가 한 대 있습니다." 가까이 다가가자 깨진 유리와 플라스틱 장식이 발밑에서 부서지고 깨졌다. "운전석과 조수석에 시체가 하나씩 있어요. 목격자 말로는 트라팔가 광장에서 출발할 때부터 차에서 연기가 나왔대요. 몇 초 후에 불길이 치솟았고요."

평소의 블레이크라면 이 시점에 실없는 농담이나 부절적한 발언을 했을 것이다. 하지만 아직 범인이 누구인지도 모르는 네 번째 살인이 얼마나 중요한지 그도 잘 알았다. 거기다 으스스한 분위기와 눈앞의 기괴한 광경까지 더해져 블레이크는 전에 없던 프로 의식을 발휘했다. 지금은 일을 잘하고 싶다는 마음뿐이었다.

"왕궁까지 얼마나 가까워?" 백스터가 물었다.

"그렇게 가깝지는 않아요. 3분의 2쯤 되는 지점 같아요. 하지만 워낙 도로가 길어서요. 목표는 왕궁이었을 거라 생각합니다. 불이 빨리 번지지만 않았어도요."

"시신의 상태를 설명해봐."

피할 수 없는 순간이 왔다. 차 문은 소방관들이 안에 사람이 더 있는지 찾는다고 전부 활짝 열어놓았다. 블레이크는 코를 막고 새까맣게 탄 시체 옆에 무릎을 꿇었다.

"상태가, 음…, 상태가 안 좋아요." 그가 헛구역질을 했다. "어우, 냄새가…." 또 구역질이 올라왔다.

"그럴 거야." 백스터도 그 마음을 이해했다. "뭐가 보여?"

뼈만 남은 차체에서 그을음 섞인 물이 아직까지 뚝뚝 떨어지며 발밑에 타르 같은 웅덩이가 얼어붙었다. 블레이크는 손전등으로 차 내부를 비추었다.

"휘발유 냄새는 확실히 나요. 아주 많이요. 기름 탱크에서 나는 냄새일 수도 있지만 목격자 증언을 종합해보면 안이 휘발유 범벅이었을 거예요. 운전자는 남성입니다. 허, 원래 피부색이 뭔지도 모르겠어요."

블레이크는 손전등으로 불에 탄 몸을 살펴보았다. 가슴 부근에 불안하게 머물던 불빛은 이제 해골이 된 얼굴을 비추었다.

"키는 180센티 정도, 마른 체형입니다. 상의는 다 벗었고요. 온몸이 다 탔어요. 가슴 일부만 빼고요. 거기는 멀쩡해요."

"꼭두각시야?" 백스터는 이미 답을 짐작했다.

"흉터 부분에 방염제 같은 걸 발랐나 봐요." 그러면서 블레이크는 옆자리의 시신으로 손전등을 옮겼다. "조수석에 있는 여자도 비슷해요. 상의는 알몸이고 '미끼'라는 글자는 겨우 보여요. 경찰 벨트와 검은 부츠로 봐서 케리 콜먼 순경이 확실합니다. 이게 콜먼의 순찰차고 1시간 전 무전 호출에 응답하지 않는다는 보고가 들어왔대요."

뒤에서 유리 조각 밟히는 소리가 들렸다. 블레이크가 돌아보니 손더스가 테이프를 들어 과학수사대를 들여보내고 있었다.

"방금 과학수사대 도착했어요." 블레이크는 일어나 차에서 멀어졌다. "뭐 발견하게 되면 알려드려요?"

"아니야. 곧 바니타 총경님이 갈 거야. 그쪽에 보고하도록 해. 나는 내일 갈게."

"알겠습니다."

"그리고 블레이크…."

"네?"

"아주 잘했어."

블레이크는 상관의 의외라는 목소리보다 칭찬에 의미를 두기로 했다.

"고맙습니다."

백스터는 메모한 페이지를 수첩에서 찢은 후 다들 대기중인 레녹스의 사무실로 가서 블레이크가 본 현장 모습을 전했다. 슬슬 명백한 패턴이 보이기 시작했다. 미국에서 살인이 일어나면 시간차만 두고 영국에서도 똑같은 사건이 터진다. 양국에 봉제인형 관련 피해자가 한 명씩 있었고, 이제 경찰 피해자도 동수가 되었다.

"저는 가봐야겠어요." 백스터가 레녹스에게 말했다. "내 구역에서 동료들이 죽어 나가는데 여기 있을 수는 없습니다."

"당연히 그러시겠죠." 레녹스가 다정하게 말했다. 백스터를 생각보다 일찍 쫓아낼 핑계가 생겨 기쁠 따름이었다.

"어차피 같은 사건이에요." 루쉬가 지적했다. "수사를 여기서 하나, 거기서 하나."

"가야 해요."

"비행 편을 준비하라고 할게요." 누가 백스터를 설득해 눌러 앉힐까 봐 레녹스가 얼른 말했다.

"오늘 밤 가능할까요?"

"최선을 다해보겠습니다."

"감사합니다."

"아닙니다." 레녹스가 말하며 백스터에게 손을 내밀었다. "저희가 감사하죠."

백스터는 내일 아침 영국행 비행기를 타기로 했다. 오후에 바니타와 여러 차례 통화하고 에드먼즈와도 두 번 통화했다. 토머스에게는 집으로 간다는 음성 메시지를 남겼다. 그러고 나니 다정하고 세심한 여자친구가 된 기분이었다.

불에 탄 시신의 신원을 확인하기가 쉽지 않을 텐데도 런던 수사팀은 콜먼 순경을 살해한 범인의 정체를 금방 밝혀냈다. 이름은 패트릭 피터 퍼거스. 길가에 버려진 배낭에서 멀쩡한 휴대폰이 수습된 덕분이었다.

상황실에서 경찰을 사건 현장에 배치할 때 사용하는 실시간 GPS 추적 시스템에 따르면, 콜먼의 순찰차는 스프링 가든스에서 예정에 없던 정차를 했다. 그리고 그 시점의 주변 CCTV 9대를 살펴보니, 살인 장면이 포착되어 있었다. 실상은 허무했다.

백발 신사가 폴로티 차림으로 가방을 들고 화이트홀을 걷고 있었다. 횡단보도에 멈춰선 그 앞에서 콜먼 순경의 차가 신호등에 걸렸다. 남자는 길을 건너지 않고 순찰차에 다가가 창문을 두드린 후 조용한 옆길을 가리켰다. 그러는 내내 인자한 미소를 짓고 있었다. 도로 양쪽에서 건축 공사가 진행 중이라 요즘에는 그 길을 지나는 사람이 많지 않았다. 그래서 남자는 아무도 못 보는 새 침착하게 허리를 굽혀 벽돌을 집어 들고 있었다. 콜먼 순경이 차에서 내리자 그는 벽돌로 이마를 내리치고 기절한 그녀를 조수석으로 끌고 갔다. 여러 카메라에 찍힌 영상을 통해 차 안에서 일어난 일을 확인할 수 있었다. 칼, 방염제, 휘발유통…, 전부 사람들 틈에서 순진무구한 얼굴로 들고 다니던 가방 안에서 나왔다.

백스터는 야간 근무를 하는 수사관과 통화를 마치고 몸을 떨었다. 바니타는 살해당한 동료의 신원을 발표하기 위해 기자회견 일정부터 잡았다. 하지만 신원 외에 추가로 밝혀진 사실은 없었다. 기술팀이 회수된 휴대폰을 철저히 조사했지만 중요한 단서는 나오지 않았다. 콜먼 순경과의 연결 고리를 찾을 필요는 없었다. 영상에 나오는 것처럼 범인은 피해자를 무작위로 선택했다. 콜먼은 하필 그 시간, 하필 그 장소에서 경찰을 죽이려는 남자에게 기회를 내주었을 뿐이다.

지금 백스터는 트라이베카에 있는 술집 앞에 서 있었다. FBI 요원들의 단골로 유명한 오래된 펍pub이었다. 일이 끝난 후 몇몇 FBI 요원이 커티스에게 한 잔 하자고 청했고, 같이 가달라는 커티스의 부탁에 백스터와 루쉬의 마음도 약해졌다.

백스터는 숙소로 돌아가야 했지만 밤이 되고 도시의 창문들이 하나둘씩 꼬마전구처럼 불을 밝히는 모습을 보자 묘하게 마음이 편안해졌다. 입에서 차가운 한숨이 빠져나왔다. 다시 안으로 들어가자 온기, 음악, 시끌벅적한 웃음소리가 그녀를 반겼다.

루쉬와 커티스는 바 쪽에서 사람들과 어울리고 있었다. 목소리가 제일 큰 남자가 규정밖에 모르는 동료에 관해 농담을 하는 동안, 커티스는 어색하게 웃으며 장단을 맞추었다.

"그 경찰이 살해당한 영상, 정말 충격이었어요." 비텐디를 기다리며 루쉬가 말했다. "잔인하지 않은 게 더 역겹더라고요. 피해자의 고통이 크지 않았던 건 다행이지만요." 혹시 몰라 뒷말을 얼른 덧붙였다. "다만…."

"너무 쉬웠죠." 백스터가 대신 문장을 맺었다. 그녀도 똑같은 느낌을 받았다. "길에서 아무나 선택하고 주변에 굴러다니는 단단한 물건으로 머리를 때리면 끝이라니."

"맞아요." 루쉬가 고개를 끄덕이며 바텐더에게 신용카드를 건넸다. "피할 가능성이 없었죠. 그냥 무작위…, 운이었어요."

두 사람은 각자의 술을 한 모금 마셨다.

"커티스랑 아침에 공항까지 데려다줄게요." 루쉬가 말했다.

"안 그래도 돼요."

"꼭 데려다 드릴 겁니다."

"정 그렇다면야."

"건배." 루쉬가 말하며 잔을 들었다.

"건배." 백스터도 화답했다. 혀에 톡 쏘는 맛이 닿자마자 긴장이 사르르 풀렸다.

백스터는 몇 번을 시도한 끝에 겨우 키 카드를 넣었다. 방에 들어와서는 신발을 벗어 던지고 가방을 침대에 던졌다. 침대 옆 스탠드를 켜고 문이 열려 있는 작은 창문으로 비틀비틀 다가갔다.

종일 입은 옷에서 빨리 벗어나고 싶어 욕실로 가며 정장 바지를 벗었다. 셔츠 단추를 반쯤 풀고 있을 때 휴대폰 알림이 울렸다. 백스터는 침대에 기어 올라가 가방에서 전화기를 꺼내다 동작을 멈췄다. 토머스가 보낸 문자였다.

"이 시간까지 안 자고 뭐 해?" 소리 내어 혼잣말을 하다가 지금이 몇 시인지 깨달았다. 계획대로라면 벌써 몇 시간 전에 잠자리에 들었어야 했다.

에코 몸에 벼룩이 생긴 것 같아. ♥

토머스에게 답장을 해야 한다는 생각조차 들지 않았다. 하지만 이 문자를 보고 있자니, 호퍼스에게 받은 살인자 파일을 아직 에드먼즈에게 전달하지 않았다는 사실이 떠올랐다. 백스터는 핸드폰으로 에드먼즈에게 해석하기도 힘든 메일을 썼다. 겨우 16개 단어에 오타를 11개나 냈지만 문서를 첨부해 '전송'을 눌렀다.

그러고는 휴대폰을 멀리 던졌다. 그러다 오른쪽 허벅지 안쪽에 남은 흉한 상처를 보았다. 죽을 때까지 봉제인형 사건을 잊지 못할 흔적이었다. 레디니얼 매스…, 그리고 울프의 흔적. 상처를 볼 때마다 백스터는 심장이 철렁 내려앉았다.

불룩 튀어나온 피부를 손가락으로 무심결에 매만졌다. 그날의 한기를 기억하자 온몸에 소름이 돋았다. 바깥의 쌀쌀한 겨울바람과는 차원이 달랐다. 전에 경험한 적 없는 감각이었다. 그녀의 몸에서 흘러나오던 피를 떠올려보았다. 따뜻한 액체가 몸에서 빠져나가자 곤두박질치던 체온도.

백스터는 침대에서 일어나 창문을 닫고 최대한 빠르게 잠옷 바지를 입었다. 혐오스러운 이 흔적을 기억에서 다시 지워야 했다.

11

백스터는 기상 알람을 다섯 번 늦추고서야 겨우 침대에서 몸을 일으켰다. 샤워는 건너뛰고 양치만 한 후 캐리어에 짐을 쑤셔 넣고 서둘러 화장을 했다. 약속 시간을 2분 넘기고 적당히 봐줄 만한 얼굴로 복도에 나와 보니 아직 아무도 없었다.

1분도 되지 않아 루쉬의 방에서 희미하게 앓는 소리가 들렸다. 그러더니 잠금장치가 철컹 소리를 내고 거지꼴을 한 루쉬가 비틀거리며 나왔다. 딱 봐도 양복을 입고 잔 생김새였다. 헝클어진 머리를 어떻게든 정리하려 한 모양인데 소용없었다. 루쉬는 선글라스를 끼고도 손으로 복도의 불빛을 가렸다.

"왔어요?" 루쉬가 쉰 목소리로 인사하며 재킷의 겨드랑이 부분 냄새를 킁킁 맡았다.

표정을 보아하니 작별 포옹은 못 하겠다.

"어떻게 얼굴이 그렇게…?" 루쉬가 말을 하다 멈췄다. 부적절하게 들릴 여지가 있는 말은 피하고 싶었던 것이다.

"그렇게…?" 백스터는 아직 잠들어 있을 투숙객들을 의식해 작은 소리로 물었다.

혹시 잠이 덜 깬 건가? 선글라스 때문에 눈이 보이지 않아 아리송했다.

"…좋아 보이냐고요." 루쉬는 결국 이 말로 결정했다. 부서 전원이 강제로 들어야 했던 성희롱 세미나도 아주 쓸모가 없지는 않았나 보다.

"연습이죠." 백스터가 대답했다. "혹독한 메이크업 연습. 선글라스도 괜찮네요…, 티 안 나고."

"그러니까요." 루쉬가 고개를 끄덕이다 말았다. 아무래도 오늘은 목을 움직이면 안 되겠다.

"그보다 선글라스는 왜 챙겼어요? 밖은 영하 5도예요."

"빛 반사 때문에요." 루쉬가 변명을 했다. "운전할 때 환한 빛으로부터 눈을 보호해야 하잖아요."

"환한 빛이라고요?" 백스터는 납득이 안 된다는 목소리였다.

그 순간 커티스의 방문이 열리고 완벽한 차림의 커티스가 귀에 휴대폰을 대고 나왔다. 언제나 프로다운 커티스는 어제 저녁에도 맥주 한 병으로 끝냈고 밤 9시에 술집에서 나왔다. 동료들에게 먼저 가보겠다고 인사를 하고 백스터와 루쉬를 찾으니 둘은 창가쪽 작은 테이블에 처박혀 있었다. 불행히도 두 사람은 벌써 세 잔째였고 음식을 막 주문했다며 아직 떠날 생각이 없다고 했다.

커티스는 백스터에게 인사를 하고, 루쉬의 흐트러진 차림새를 매섭게 째려보았다. 그러다 못 말리겠다는 듯 고개를 젓고 엘리베이터로 향했다.

루쉬는 순진한 얼굴로 백스터를 돌아보았다.

"안경 덕 좀 봤어요?" 백스터는 피식 웃으며 그를 지나쳐 캐리어를 끌었다.

운전은 커티스가 해야 한다는 결론이 나왔다. 백스터는 뒷좌석에 앉았고 루쉬는 조수석 창문을 열고 히터 송풍구를 최대한 자기 쪽으로 돌려놓았다. 호텔에서 출발하고 얼마 지나지 않아 검은 FBI 차량은 택시의 바다에 휩쓸렸다. 속도가 점점 줄어들어 완전히 정지한 뉴욕의 노란색 택시 행렬은 도로에서 마르고 있는 노란 페인트 같았다.

배경음으로 경찰 무전이 재잘거렸다. 상황실 배치 요원과 도로 위 경찰들이 유쾌한 말투로 꼬리에 꼬리를 물듯 답변을 주고받았다. 잠들지 않는 도시 뉴욕은 어젯밤 유독 잠 못 이루는 밤을 보냈던 모양이었다. 물론 뉴욕 경찰의 무전 코드에 익숙지 않은 백스터는 감으로 이해해야 했지만. 커티스는 흥미로운 호출이 있으면 친절하게 해석해주었다.

런던은 이제 점심시간이었지만 런던 수사팀은 아침을 알차게 보냈다. 백스터는 가장 최근 살인을 저지른 패트릭 피터 퍼거스에 대한 새로운 정보를 전달받고 커티스와 루쉬에게 큰소리로 읽어주었다.

"61세. 컨슈머 케어 솔루션스 주식회사라는 회사에서 지난 2년 반 동안 청소부로 일했어요. 경찰하고는 30년 전쯤 술집에서 싸움을 했을 때 말고는 얽힌 적도 없네요. 유일한 가족은 치매 걸린 노모고…, 세상에!"

"왜요?"

"저녁에 산타클로스 아르바이트를 했어요. 그때도 일을 가는 중이었어요. 충동적으로 죄 없는 경찰을 죽이기로 마음먹기 전에요."

루쉬가 술이 확 깬 얼굴로 백스터를 돌아보고 물었다.

"진짜로요?"

"제발 안드레아 귀에 들어가지 않게 해주세요." 백스터가 혼잣말로 탄식을 했다. "'산타 살인'. 안 봐도 비디오네."

차는 한 번에 몇 미터씩만 움직이며 시티홀 파크를 지나고 있었다. 백스터는 차창 밖을 내다보았다. 당장 눈을 뿌릴 것처럼 짙은 회색으로 변한 하늘에 눈 소식은 아직 없었다. 녹색 표지판을 보니 느리지만 서서히 브루클린 브리지가 가까워지고 있었다.

그때 문자가 한 통 왔다. 토머스가 보낸 문자를 보고 백스터는 혀를 찼다. "또 뭐야?"

몇 시에 도착?
늦은 저녁으로 먹을 것들 사놨어! ♥

뭐라고 답장을 할지 고민하고 있는데 음량을 낮춘 무전기에서 어떤 메시지가 귀에 꽂혔다. 백스터의 관심을 끈 것은 메시지 자체가 아니었다. 무슨 말인지 아예 듣지 못했으니까. 문제는 배치 요원의 목소리였다.

백스터는 지난 30분 동안 배치 요원이 심각한 가정폭력, 헤로인 중독으로 죽은 자, 자살하겠다고 위협하는 남자 등의 신고를 받고 노련하게 경찰들을 현장으로 보내는 소리를 듣고 있었다. 내용을 다 귀담아 듣지는 않았지만 말투는 줄곧 차분하고 침착했다. 방금 전까지는.

"그래서 앞으로 계획이 어떻게…." 두 여자와 달리 눈치를 채지 못한 루쉬가 말을 걸었다.

"쉿!" 커티스가 말을 끊고 무전기 음량을 높였다. 차는 방향을 꺾어 다리에 진입하는 경사로를 오르기 시작했다.

"10-5." 살짝 왜곡된 남자의 목소리가 들렸다.

"다시 말해달라는 거예요." 커티스가 백스터를 위해 통역했다.

배치 요원의 말투가 아까처럼 가벼워졌지만 우려를 애써 감추려는 느낌이 없지는 않았다.

"42 찰리. 10-10F…."

"총기를 소지했을지도 모른대요." 커티스가 속삭였다.

"…그랜드 센트럴 터미널 중앙 홀. 총격 가능성 보고…, 10-6."

"대기 요청이에요." 커티스가 말하는 사이, 차는 도시의 관문인 브루클린 브리지에 가까워졌다. 얼마 전 한 남자의 시체가 매달려 있던 바로 그곳이었다.

여자의 목소리가 다시 들렸다. 말은 더 빨라지고 긴장감으로 딱딱해졌다.

"42 찰리. 34 보이. 34 데이비드. 10-39Q…."

"그건 뭐예요?" 백스터가 물었다.

"추가요. 무슨 상황인지 아직 명확히 모르는 것 같은데, 벌써 지원을 요청하고 있어요."

"…그랜드 센트럴 터미널 중앙 홀. 범인 1명, 무장했고 인질을 데리고 있음…, 사망한 것으로 추정된다."

"뭐라고?" 루쉬는 귀를 의심했다.

"10-5." 경찰 하나가 답했다. 숫자로 표현하고 있었지만 말에서 풍기는 느낌은 비슷했다.

"인질이 죽었는데 어떻게 인질이야." 루쉬가 말했다. "그냥 죽은 사람이지."

배치 요원의 말은 도저히 이해되지 않았다. 그도 추가 정보를 자세히 전달하고 싶었겠지만, 30달러 스캐너만 있으면 누구나 들을 수 있는 공용 채널에 대놓고 모든 사항을 말할 수 없는 상황이 분명했다.

"10-6…, 그랜드 센트럴 터미널. 10-39Q…, 10-10F…, 10-13Z…, 10-11C…."

"이제 경보기가 울렸어요." 커티스가 말했다. "사복 경찰을 지원 병력으로 보내는 중이에요."

"무장한 범인 1명. 총격이 발생했다!" 배치 요원이 말했지만 안 들어도 알 수 있었다. 호출이 들어오는 헤드폰을 통해 날카로운 총성이 발신기로 울려 퍼진 것이다. "확인. 10-10S. 용의자는 시체에 붙어 있다."

루쉬가 커티스를 돌아보았다. "용의자와 피해자가 붙어 있다고? 이거 우리 사건이죠. 맞죠?"

커티스가 사이렌을 켰다.

"미안해요, 백스터. 우리랑 조금 더 같이 있어야겠어요." 그렇게 말한 루쉬가 커티스 쪽으로 고개를 돌렸다. "다리를 지나서…, 헉, 지금 뭐 하는 겁니까?!"

커티스가 중앙선을 넘어 유턴을 해 반대 차선을 탄 차들과 마주했다. 커티스는 도저히 지나갈 수 없게 생긴 좁은 틈 사이를 요리조리 빠져나갔다. 차가 시티홀 파크 밖의 보행자 구역에 올라서자 상인들과 관광객들이 황급히 몸을 날려 피했다. 타이어가 끼이익 소리를 냈다. 왼쪽으로 날아갔다가 오른쪽으로 회전한 차는 고무 타는 연기를 뒤로 한 채 브로드웨이로 향했다.

운전이 거칠기로 유명한 백스터도 안전벨트를 제대로 맸는지 다시 확인해야 했다. 토머스에게 온 문자메시지 창을 꺼 휴대폰을 가방에 넣은 백스터는 선팅된 창문 밖을 흐릿하게 스쳐 지나가는 푸르스름한 도시를 내다보았다. 집에 못 가게 되었다는 말은 나중으로 미뤄야 할 것 같았다.

커티스는 역에서 200미터 거리에 차를 세울 수밖에 없었다. 중앙 출입구에서 도로로 쏟아져 나오는 인파가 끝없이 이어졌기 때문이었다. 세 사람은 꽉 막힌 42번가를 지나 대피 안내 방송이 들리는 방향으로 달려갔다. 역시 목적지에 이르지 못한 채 도로에 버려진 경찰차 세 대를 지나 밴더빌트 애비뉴 입구로 서둘러 들어갔다.

루쉬가 앞장서서 겁먹은 사람들 사이를 뚫어 길을 텄다. 아무도 말을 하지 않는 모습에 불안감이 엄습했다. 경찰 하나가 중앙 홀로 들어가는 입구를 지키고 있었다. 루쉬는 고요한 대피 행렬을 뚫고 그에게 다가갔다.

루쉬가 신분증을 내밀었다. "CIA 루쉬입니다."

젊은 경찰은 입술에 손가락을 대고 아치 쪽으로 손짓을 했다. 그리고 들릴 듯 말 듯 속삭였다. "여기 있어요."

루쉬도 고개를 끄덕이고 목소리를 낮췄다. "책임자 이름이 어떻게 되죠?"

"플랜트요." 경찰이 복도 끝을 가리켰다. "동쪽 발코니로 가보세요."

길을 돌아 중앙 홀의 반대쪽 끝으로 가니 흥분한 채 상황실과 무전을 하고 있는 경찰이 보였다. 소리를 낮춰 따질 때마다 흰 털 섞인 콧수염이 씰룩거렸다.

"새로 들어온 거 있으면 계속 알려줘." 그가 퉁명스럽게 무전을 끊고 처음 보는 얼굴들을 올려다보았다.

"플랜트?" 루쉬의 질문에 남자는 고개를 끄덕였다 "CIA 소속 특별수사관 루쉬입니다." 그런 다음 동료들을 가리켰다. "이쪽은 FBI의 커티스. 이쪽은 백스터…, 설명할 시간이 없습니다. 현재 상황은요?"

백스터는 드넓은 중앙 홀을 슬쩍 보았다. 홀은 인공적으로 하늘처럼 만든 하늘색 천장 아래 삭막한 대리석 바닥이 넓게 펼쳐져 있었다. 잘 보이지 않는 위층도 고개를 빼 쳐다보았다. 서쪽 발코니로 가는 계단 끝에 거대한 아치형 창문 세 개가 있었다.

백스터가 이곳의 상징물처럼 중앙 안내데스크 위에 달려 있는 황동 시계를 보고 있을 때였다. 불현듯 살색이 시야에 들어왔다. 키오스크 유리 창문에 왜곡되어 비친 살색 형상은 나타날 때처럼 금세 사라졌다. 백스터는 뒤편 벽으로 한발 물러났다. 심장이 두근거리고 눈이 커졌다. 방금 본 광경은 그만큼 섬뜩했다.

"놈은 총을 4발 쐈습니다." 플랜트가 상황을 설명했다. "우리 쪽으로는 아니고 전부 천장에 쐈어요." 플랜트는 잠시 허공을 응시했다. "누군가 붙잡고 있어요. 남자요. 놈은 그를…, 다른 사람을 자기 몸에 꿰맸습니다."

침묵이 흘렀다.

"자세히 묘사해주실 수 있나요?" 루쉬는 아무 반응도 하지 않고 평범한 용의자의 인상착의를 묻는 것처럼 행동했다.

"죽은 백인 남성을 등에 꿰매 달았어요."

"가슴에 '미끼'라고 새겨져 있는?"

플랜트가 고개를 끄덕였다.

루쉬는 백스터 쪽을 힐끗 본 다음 플랜트에게 다시 말했다.

"무슨 말 안 하던가요?"

"괴로워하고 있어요. 울면서 뭐라고 중얼거리고 있더군요. 도착했을 때 그 상태였는데 허공에 총을 쏘기 시작해서 일단 후퇴했습니다."

"어쩌다 이런…, 이런 모습으로 여기까지 왔는지 알려졌나요?"

"밴에서 내리는 걸 정문 앞에서 봤다는 목격자들이 있어요. 자세한 내용은 상황실에 전달했습니다."

루쉬가 고개를 끄덕였다. "알겠습니다. 부하들은 어디 있죠?"

"서쪽에 하나, 위층에 하나. 둘은 승강장에서 열차 승객들을 막고 있습니다."

"좋아요." 잠시 생각을 하던 루쉬가 결심을 한 듯 말했다. 그는 구겨진 재킷을 벗고 총을 뽑았다. "이렇게 합시다. 상황이 어떻게 돼도 절대 용의자에게 총을 쏘지 말라고 해요."

"하지만 혹시라도…."

"어떤 상황에서도요. 알겠죠?" 루쉬가 플랜트의 말을 끊고 재차 강조했다. "중요한 인물이라 죽이면 안 돼요."

루쉬가 수갑을 꺼내 플랜트더러 자신의 양손에 수갑을 채우라고 했다.

"루쉬, 지금 대체 뭐 하려는 거예요?" 커티스는 경악했다.

"어서 채워요." 루쉬는 커티스를 무시하고 플랜트에게 재차 지시했다.

"절대 못 가요."

그렇게 말한 커티스에게 루쉬가 속삭였다. "아니, 날 믿어요. 나라고 이러고 싶겠어요? 하지만 범인이 죽어버리면 체포해도 의미가 없잖아요. 반드시 생포해야 해요. 이 기회를 놓치면 사건의 진상을 못 알아낼지도 모른다고요. 누군가는 놈에게 다가가야 해요. 가서 대화를 해야 합니다."

커티스는 도와달라는 눈으로 백스터를 보았다.

"대화도 못 하고 총에 맞을 수 있어요." 백스터가 말했다.

"좋은 지적이에요." 루쉬가 말했다. 잠시 방법을 생각하던 그는 묶인 손으로 어색하게 휴대폰을 꺼내 커티스의 번호로 전화를 걸었다. 핸즈프리로 설정한 전화기는 셔츠 주머니에 들어갔다. "전화 계속 켜놓고 있어요."

"진입하도록." 플랜트가 이어폰에 대고 말했다. "10-4."

그리고 루쉬를 돌아보았다. "ESU(뉴욕 경찰의 특수기동대 – 옮긴이 주)가 3분 후 도착해요. 완전무장한 전술팀이에요."

"4분 후면 용의자가 죽는다는 뜻이죠." 루쉬가 말했다. "출발할게요."

"안 돼요!" 커티스가 작은 소리로 외치며 루쉬에게 손을 뻗었다. 하지만 그는 동굴 같은 홀에 발을 들였고, 커티스의 손은 허공을 휘저었다.

루쉬는 수갑 찬 손을 머리 위로 든 채 천천히 중앙 시계로 다가갔다. 30초마다 나오는 대피 방송을 제외하면, 그의 발자국이 내는 쓸쓸한 메아리밖에 들리지 않았다.

이곳에는 그와 용의자, 둘뿐이었다.

뒤에서 기습을 하고 싶지는 않았다. 상대를 놀라게 하면 꼭 필요한 대답을 듣지 못할 위험이 있었다. 그래서 루쉬는 머릿속에 가장 먼저 떠오른 멜로디를 휘파람으로 불기 시작했다.

커티스는 휴대폰을 스피커폰 모드로 바꾼 다음 높이 들었다. 모두가 거기에 귀를 기울이는 가운데 대리석에 천천히 닿는 루쉬의 발소리가 실제보다 조금 늦게 흘러나왔다. 커티스는 루쉬가 한 걸음 내디딜 때마다 귀를 찢는 총성이 들릴까 긴장하고 있었다.

루쉬는 시계까지 반쯤 다가갔다. 바닥은 빛나는 대리석이 사방으로 뻗어 있어 마치 바다에 표류하는 기분이었다. 옆쪽 발코니에서는 경찰 하나가 넋이 나간 얼굴로 지켜보고 있었다. 그 모습에 더 긴장한 루쉬는 미지의 공포를 향해 걸음을 계속 내디뎠다.

안내데스크와 눈높이가 비슷해졌을 때 루쉬는 휘파람을 멈추고 우뚝 섰다. 죽은 남자가 그를 마주 보고 서 있었기 때문이다. 겨우 스무 발짝 거리에. 남자는 실오라기 하나 걸치지 않은 알몸이었다. 가슴에 새겨진 '미끼'라는 단어에서 아직도 피가 흘러내렸다. 앞으로 푹 숙인 고개가 마치 조악하게 새긴 문신을 읽으려는 것만 같았다. 그에게 가려진 남자는 흐느껴 울기 시작했다. 흐느낄 때마다 어깨가 들썩였고 훼손된 몸이 루쉬 앞에서 이리저리 흔들렸다.

살면서 이렇게 소름 끼치는 광경은 처음이었다.

"그래…, 아니다, 됐어." 돌연 마음이 바뀐 사람처럼 루쉬가 중얼거렸다. 그리고 태연하게 뒤로 돌아서서 왔던 길을 되돌아가려고 했다. 그러자, 남자가 혼란스러운 목소리로 그를 불렀다.

"누구야?"

루쉬는 얼굴을 찡그렸다. 무거운 한숨을 내쉬고 천천히 뒤를 돌아 죽은 남자를 마주했다.

"난 루쉬라고 해." 루쉬가 대답하며 조심스레 몇 발자국 가까이 다가갔다.

"경찰이야?"

"그래, 비슷해. 무기 없고 수갑도 찼어."

루쉬는 계속해서 한 발짝씩 다가갔다.

하지만 남자는 위만 보고 있었다. 40미터 위의 밤하늘에 시선이 고정되었다.

이해가 되지 않았다. 그의 주장이 맞는지 뒤돌아 확인해야 하지 않나? 루쉬도 별이 반짝이는 아름다운 천장을 올려다보았다. 금색으로 칠해진 별들은 별자리로 완벽하게 형체를 갖추었다. 오리온자리, 황소자리, 물고기자리…, 그리고 쌍둥이자리.

천장 그림 속 쌍둥이는 옆에 나란히 앉아 몸이 엉켜 있었다. 복잡하게 꼬인 다리 네 개는 어느 것이 누구의 다리인지 구분되지 않았다. 하나의 존재, 떨어질 수 없는 관계였다.

정신을 차리고 보니 루쉬의 목구멍에서 쓴물이 올라오는 것이 느껴졌다. '죽은' 남자가 숨을 헐떡이며 신음하는 소리가 들렸기 때문이다.

"안 돼…, 인질이 아직 살아 있다." 루쉬가 위험을 감수하고 최대한 큰소리로 속삭였다. 휴대폰을 통해 동료들에게 그의 목소리가 닿기를 빌었다. "반복한다. 인질이 살아 있다!"

★

커티스는 손을 부들부들 떨며 플랜트를 돌아보았다.

"구급대가 필요해요. 기동대가 진입하기 전에 상황 알려주고요."

플랜트는 지시대로 움직였다.

"너무 멀어요." 백스터도 커티스만큼이나 몸이 떨렸다. "혹시라도 잘못되면…, 우리가 더 가까이 가 있어야 해요."

커티스가 고개를 끄덕였다. "따라와요."

루쉬는 두 남자와 가까워졌다. 거대한 검은색 바늘땀으로 엮인 피부가 텐트처럼 불룩 솟았고 피부 사이에 얇게 발라져있는 피는 그들을 샴쌍둥이처럼 하나로 붙여놓는 듯했다. 루쉬는 얼굴에 억지로 무표정을 띠우고 이토록 잔혹한 짓을 벌인 인물을 마침내 응시했다.

옷을 걸치지 않은 피부는 밀랍인형처럼 창백했다. 쌀쌀한 날씨에도 땀이 흘러 눈물과 뒤섞이고 있었다. 남자는 살짝 뚱뚱했고 많아야 열여덟 살 정도로 보였다. 어린아이처럼 덥수룩한 머리는 천장에 그려진 별자리 쌍둥이와 비슷했다. 가슴에 새긴 글자는 상처가 아물어 이제 신체의 일부가 되었다. 피로에 지친 시선이 천장에서 천천히 내려와 루쉬에게 닿았다. 남자는 장전된 총을 들고 있었지만 얼굴에 떠오른 미소만큼은 따스했다.

"괜찮다면 앉아도 될까?" 루쉬가 물었다. 최대한 덜 위협적으로 보이려는 시도였다.

답이 없자 루쉬는 차가운 바닥에 천천히 앉아 책상다리를 했다. "대답을 기다리지도 않을 거면서 왜 질문을 하지?"

루쉬는 본능적으로 남자의 움찔거리는 오른손에 들린 총을 보았다.

"나는 말을 할 수 없어. 나는…, 나는 그러면 안 돼." 초조하게 말을 이은 남자가 귀에 손을 대고 무슨 소리를 들은 것처럼 빈 홀을 둘러보았다.

"내가 무례했네." 루쉬가 사과를 하며 웃었다. "너는 예의를 갖춰 내 이름을 물었는데 나는 아직도 이름도 모르니 말이야."

그리고 참을성 있게 기다렸다. 남자는 어쩔 줄 모르는 표정으로 두통 환자처럼 이마에 손을 올렸다.

"글렌." 그가 대답하고 눈물을 왈칵 터뜨렸다.

루쉬는 계속 기다렸다.

"아놀즈."

"글렌 아놀즈." 루쉬는 동료들이 들으라고 이름을 다시 말했다. 이 대화가 얼마나 잘 들릴지는 미지수였다. "쌍둥이자리네." 루쉬가 천장을 올려다보며 대화의 물꼬를 텄다. 자칫 일을 완전히 그르칠 수 있는 화제였지만 정말 시간이 얼마 남지 않았다.

"맞아." 글렌은 눈물을 흘리며 미소를 짓고 다시 한 번 머리 위의 별들을 감상했다. "내 세상은 언제나 밤이야."

"네게 어떤 의미지? 쌍둥이자리 말이야."

"모든 것."

"어떤 식으로?" 루쉬가 관심을 보이며 물었다. "네가…, 되고자 하는 이상?"

"나 그 자체지. 그분이 만들어주신 나."

텅 빈 홀을 보고 있던 '죽은' 남자가 고통스러운 신음을 흘렸다. 루쉬는 그가 의식을 되찾지 않기를 빌었다. 깨어나 보니 다른 사람 몸에 붙어 있다고 생각해 보라. 누구라 해도 그런 트라우마는 극복하지 못할 것이다.

"그분?" 루쉬가 물었다. "그분이 누구야?"

글렌은 고개를 좌우로 마구 저으며 숨을 거칠게 쉬기 시작했다. 그는 이를 악물고 이마를 더 세게 짚었다.

"이 소리 안 들려?" 글렌이 루쉬에게 외쳤다. 루쉬는 남자의 눈에 무엇이 보이는지 몰라 입을 굳게 다물었다. 한참 기다리니 고통이 가라앉은 듯 보였다. "아니…, 이런 얘기 안 돼. 그분에 대한 얘기를 더 해서는 안 돼. 나는 왜 이렇게 멍청하지? 이래서 이곳에 들어가자마자 바로 해버리라고 말씀하셨던 건데!"

"괜찮아, 괜찮아. 내 질문은 잊어버려." 루쉬가 글렌을 달랬다.

꼭두각시 줄을 움직이는 자의 이름이 나오기까지 얼마 남지 않았다. 하지만 한마디만 잘못해도 머리에 총알이 박힐 것이다. 특수기동대가 입구를 후다닥 지나 글렌과 루쉬가 있는 홀을 포위했다. "그분이 뭐라고 하셨어? 여기로 들어가서 뭘 하래?"

글렌은 질문을 듣지도 않고 흐느껴 울었다. 무의식적으로 총을 올렸다 내렸다 하며 나약한 자신을 꾸짖었다.

점점 상황이 급박해졌다.

"그 사람은 네 형제야?" 루쉬가 피해자를 가리키며 물었다. 간절함에 목소리가 높아졌다. 피해자의 신음도 점점 커지고 있었다.

"아니. 아직." 글렌이 대답했다. "하지만 그렇게 될 거야."

"언제?"

"경찰이 우리를 자유롭게 할 때."

"자유롭게 한다고?" 루쉬가 물었다. "죽인다는 말이야?"

글렌이 고개를 끄덕였다. 그의 맨 가슴에 특공대의 총구에서 뿜어져 나오는 빨간색 레이저 점이 나타났다. 루쉬가 보는 앞에서 점은 글렌의 이마로 올라가 멈췄다.

"널 죽일 사람은 없어, 글렌." 루쉬가 거짓말을 했다.

"하지만 난 죽을 거야. 그분께서 말씀하셨어. 그래야 될 거라고…, 우리가 당신들 중 하나를 죽이면."

루쉬의 시선이 다시 총에 닿았다.

"너는 누구를 해칠 사람이 아니야." 루쉬가 이성을 잃은 남자에게 말했다. "왠지 알아? 진즉에 할 수 있었는데도 안 했잖아. 허공에 총을 쏜 건 사람들을 겁줘서 쫓아내기 위해서였지…, 살리기 위해서. 아니야?"

글렌이 고개를 끄덕이고 엉엉 울기 시작했다.

"이제 괜찮아. 아무 일 없을 거야. 내가 장담해. 총 내려놓자."

잠시 고민을 하던 글렌이 무릎을 꿇으려 몸을 숙였다. 하지만 움직이는 순간 괴로운 신음이 터졌고 피부 깊이 박혔던 바늘땀 하나가 뜯어졌다. 그러자 등에 붙은 남자가 통증 속에서 의식을 차리고 자지러지는 비명을 질렀다. 남자가 몸부림을 치며 둘 사이의 연결 부위를 잡아당겼다. 버둥거리는 두 사람의 몸 위에서 붉은 점이 춤을 추듯 움직였다.

가슴을 스치는 레이저를 본 글렌의 얼굴에 떠오른 감정은 배신감이었다.

글렌은 다음을 예감했다.

"쏘지 마! 쏘지 마!" 루쉬가 일어나서 외치며 강제로 묶인 쌍둥이에게 한 발짝 다가갔다.

경찰이 총을 쏘지 못하도록 번쩍 든 루쉬의 팔에 붉은 레이저 점이 나타났다.

글렌은 그에게 다가올 미래를 마지막으로 한 번 더 올려다본 후 루쉬에게 총을 겨누었다.

"쏘면 안 돼!" 루쉬가 다시 외쳤다. 정보를 얻을 수만 있다면 자신의 목숨 따위는 아깝지 않다고 생각했다.

그때 글렌 뒤에 있는 남자가 몸부림치는 바람에 글렌이 균형을 잃었다. 탕 하는 총소리와 함께 그의 목에 구멍이 뚫렸다. 표적을 빗맞힌 소총이 한발 늦게 재장전되는 소리가 들렸다.

이제 죽어가는 글렌의 총부리가 루쉬를 향했다.

루쉬는 눈을 감고 숨을 참았다. 그의 얼굴에 희미한 웃음이 번졌다.

곧 총성이 귀청을 뚫었다.

12

2015년 12월 12일 토요일
오전 11시 23분

손에 들린 자판기 커피는 맹탕이었고, 이미 20분 전에 차갑게 식어 있었다. 커티스는 응급실에 있는 텔레비전을 멍한 표정으로 올려다보고 있었다. 하지만 뉴욕대 병원 응급실을 찾은 다른 사람들은 음소거한 텔레비전에 전혀 관심이 없었다. 백스터는 커티스의 옆에서 30분째 짧은 문자 메시지를 쓰다 지우다 하기를 반복하는 중이었다. 결국 그녀는 포기하고 휴대폰을 치워버렸다.

"나 더는 못할 것 같아요." 커티스가 중얼거렸다. "만약 그 남자가 죽으면…."

백스터는 뭐라고 반응을 해야 했지만 적절한 말이 떠오르지 않았다. 원래 위로는 젬병이었다. 그래서 나도 그 마음을 이해한다는 뜻의 미소만 애써 지어 보였다. 효과가 있었는지 커티스가 그녀를 쳐다보았다.

"루쉬를 보내는 게 아니었어요." 커티스가 말을 이었다.

"우리가 결정할 사항이 아니었어요." 백스터가 말했다. "루쉬 결정이었죠. 잘했든 잘못했든 본인 판단이에요."

"잘못한 거죠. 완전히 잘못 판단했어요."

백스터는 어깨를 으쓱했다. "우리 일이 다 그렇죠. 정상이 아닌 상황에 휘말리다 보면 결정을 내려야만 해요."

"네, 뭐. 나도 오늘 나름대로 판단을 내렸던 거예요." 커티스가 말했다. "경험에서 나온 얘기 같은데… 당신도 후회하는 결정이 있어요?"

예상 못 한 질문에 백스터는 허를 찔렸다. 예상했다면 기억을 사전에 차단했을 것이다. 목재용 광택제 냄새, 피에 젖은 천이 피부에 들러붙는 느낌, 경찰특공대가 접근하며 바닥을 울리는 진동…, 울프의 새파란 눈….

"백스터?" 커티스의 물음에 백스터가 퍼뜩 현실로 돌아왔다.

그런 생각에 매몰되었던 시간이 얼마나 많았는지도 모르겠다. 다른 선택을 했다면 어땠을까 하는 상상을 하며 스스로를 고문하곤 했다. 머릿속의 시나리오는 훨씬 만족스러운 해답을 내놓았다. 해피엔딩을.

순진하기도 하지. 백스터는 자신을 비웃었다. 이 세상에 해피엔딩 따위가 어디 있다고.

"내가 과거에 내린 결정들이 옳았는지는 여전히 알 수 없고, 아마 평생 모를 거예요." 백스터가 커티스에게 말했다. "우리는 그냥 받아들이고 살아야 해요."

"잘했든 잘못했든 말이죠." 커티스가 말했다.

백스터가 고개를 끄덕였다. "잘했든 잘못했든."

응급실 직원의 안내로 의사가 두 사람에게 다가왔다. 자리에서 일어난 그들은 의사를 따라 조용한 방으로 들어갔다.

"이겨내지 못했습니다." 심란해 보이는 의사는 첫 문장부터 폭탄 발언을 했다.

커티스가 방에서 나갔다. 홀로 남아 대화를 마무리한 백스터가 대기실로 돌아왔을 때도 커티스는 보이지 않았다.

백스터는 일단 루쉬에게 전화를 하기 위해 휴대폰을 꺼내 귀에 댔다.

"루쉬? 백스터예요. 못 일어났대요. 우리 얘기 좀 해요."

맨해튼에서 길을 잃기란 거의 불가능했다. 하지만 정처 없이 1
번가를 거닐던 커티스는 FBI 지부까지 어느 길을 통해 가야 좋을
지 헤매고 있었다. 미드타운에 있는 랜드마크 건물 주변에 대한
지식은 백과사전처럼 빠삭했지만 섬의 끝 쪽은 사정이 달랐다.

불안정한 하늘은 눈을 뿌릴 듯 아직 뿌리지 않고 있었다. 하지
만 눈 대신 매서운 바람이 벌써부터 사람들을 괴롭혔다. 커티스
는 강풍 속에서 몸을 웅크리고 계속 걸었다. 당장이라도 토가 나
올 것 같았다. 속을 좀먹는 듯한 죄책감이 느껴졌다. 뱃속에 있는
독 같은 부담감을 잘라내서 교차로를 지날 때마다 보이는 강물
속으로 처박아버리고 싶었다.

오늘 자신은 죄 없는 남자를 죽였다.

드디어 그 사실을 인정하자 속이 뒤틀렸다. 캄캄한 지하 주차장
입구로 달려가 구역질을 했다.

안 그래도 인생 최악의 날인데 방아쇠를 당긴 후 루쉬와 심한
언쟁까지 벌였다. 무기 없이 무방비 상태로 글렌 아놀즈와 대면하
기로 한 사람은 루쉬였다. 상황이 악화되었을 때 안전한 곳으로
피하지 않고 어이없이 그 자리에 남은 사람도 루쉬였다. 동료가
죽는 모습을 보느냐, 무고한 사람이 죽는 위험을 감수하느냐. 루
쉬만 아니면 커티스가 그런 선택을 할 이유도 없었다.

커티스는 결정을 내렸다.

현장에서 무기를 사용한 것은 이번이 처음이었다. 우등생답게
커티스는 단 한 발의 총알로 두 사람의 목숨을 빼앗았다. 두개골

아래를 관통해 글렌 아놀즈를 즉사시킨 총알은 피해자의 등에 꽂혔다.

몇 밀리미터만 높이 겨냥했어도….

어느 때보다도 친구의 위로가 필요했다.

하지만 루쉬는 커티스가 잘못된 결정을 내렸다고 말했다. 수사를 망쳤다고, 글렌 대신 그냥 자기를 죽게 내버려 뒀어야 한다고 비난했다. 커티스는 다른 것보다 루쉬의 반응이 더 섭섭했다.

콧날이 시큰해진 커티스는 휴대폰을 꺼낸 다음 다른 사람이었으면 '집'이라고 저장했을 번호로 전화를 걸었다. 화면에 '커티스 본가'라는 단어가 떴다.

"제발 엄마가 받아라." 커티스가 속삭였다.

"토비아스 커티스 상원의원입니다." 중저음의 목소리가 무뚝뚝하게 대답했다.

커티스는 입을 열지 않았다. 그냥 전화를 끊을까 갈등하고 있었다.

"엘리엇? 너냐?" 커티스 의원이 물었다. "엘리엇?"

"네, 의원님. 사실 엄마한테 전화를 걸었어요."

"그러니까 나랑은 말하고 싶지 않다?"

"아니…, 아닙니다. 그냥…."

"뭐냐, 어느 쪽이야? 하고 싶지 않으면 하기 싫은 거지."

참았던 눈물이 흘러내렸다. 지금 커티스에게 필요한 건 대화 상대였다.

"응?"

"엄마 바꿔주세요." 커티스가 부탁했다.

"아니, 안 된다. 네 어머니까지 알게 하고 싶지는 않아. 무슨 일인지 내가 모른다고 생각했냐? 레녹스가 곧바로 나한테 전화했어. 너 대신 말이다."

커티스는 잠깐이지만 안도감을 느꼈다. 아버지는 이미 알고 있었다.

모퉁이를 돌자 익숙한 길이 나왔다. 커티스는 추위로 얼어붙은 손에 있던 전화기를 반대쪽으로 바꿔 들었다.

"저 사람을 죽였어요, 아빠…. 아니, 의원님."

"피해자가 죽었어?" 커티스 의원이 조용히 물었다.

"네." 커티스가 울음을 터뜨렸다.

"젠장할, 엘리엇!" 커티스 의원이 벌컥 화를 냈다. "어떻게 그렇게 부주의할 수 있냐? 언론이 이 일을 알게 되면 내가 어떻게 될지 알기나 해?"

"저, 저는…." 커티스가 말을 더듬었다. 아무리 냉철한 아버지라도 이런 상황에서까지 딸의 안부를 묻지 않다니 놀라웠다.

"헤드라인이 어떻게 나올지 뻔히 보이는구나. '미국 상원의원의 멍청한 여식이 무고한 사람을 사살하다.' 나는 끝장이야. 너도 알지? 네가 나를 끝장냈어."

커티스는 가슴이 아파 걸음을 옮길 수도 없었다. 그녀는 얼음 장 같은 계단에 주저앉아 휴대폰에 얼굴을 댄 채 흐느껴 울었다.

"정신 차려, 못난 놈." 꾸짖던 아버지가 한숨을 쉬고 말투를 다정하게 누그러뜨렸다. "미안하다. 엘리엇?"

"네?"

"사과하마. 사안이 워낙 충격적이다 보니 과민반응을 했구나."

"괜찮습니다. 실망시켜드려 죄송해요."

"그런 말은 하지 말자. 앞으로 어떻게 할지를 걱정해야지. FBI와

나, 그리고 너까지 최대한 피해 없이 넘어가려면 어떻게 조사에 응해야 할지 레녹스가 정확히 알려줄 거다."

"제가 죽인 남자는요?"

"뭐, 거건 이미 늦었지." 커티스 의원이 말했다. 마치 연하장을 보낼 사람 목록에서 사람 하나를 빼자는 것처럼 대수롭지 않은 말투였다. "레녹스가 시키는 대로만 말하고 행동해라. 너희 팀이 이 '꼭두각시'인지 뭔지를 해결하거나 범인을 체포할 경우 무조건 네가 영웅으로 보여야 한다. 이해하겠니?"

"네, 의원님."

"좋아."

"사랑해요."

그 말을 하자마자 전화가 툭 끊겼다. 휴, 못 들은 거겠지….

오늘은 누군가의 생일이었다. 매일이 누군가의 생일이기는 하지만.

생일 주인공이 하루 동안 부서 내 유명인으로 등극하고 동료들을 위해 억지로 일당 대부분을 크리스피 크림 도넛에 써버리는 날이다.

에드먼즈는 오늘도 누군가 의무로 돌린 도넛을 들고 책상에 앉았다. 한 입 깨물자 안에 있던 내용물이 키보드로 터져 나왔다. 쓰레기통으로 손을 뻗는데 셔츠가 불편하게 조이는 느낌이 들었다. 재산범죄조사국에 돌아온 후로 거의 6킬로그램이 쪘다. 호리호리한 체격이라 과체중으로 보일 리는 없겠지만 에드먼즈는 움직일 때마다 몇 킬로그램의 군살을 느낄 수 있었다.

에드먼즈는 해외 계좌를 띄워놓은 모니터 화면을 응시했다. 눈이 피로했다. 지금까지 1시간 가까이 일은 하나도 하지 않고, 바깥 도시에 밤이슬이 내려앉는 모습만 보고 있었다. 집중할 수가 없었다. 아침에 백스터가 살인자 세 명에 대한 파일을 보내왔지만 살펴볼 짬이 나지 않았다. 이가 나는 돌쟁이, 잠이 부족한 아내, 그리고 풀타임 근무를 하는 정직원으로서 싫어도 해야 하는 일들까지. 이유는 많았다. 에드먼즈는 빨리 시간이 흐르기만을 빌고 있었다. 창고로 가서 수사에 집중하고 싶다는 마음뿐이었다.

사무실을 둘러본 에드먼즈는 상사의 위치를 확인하고 재빨리 BBC 뉴스 웹사이트를 켰다. 그랜드 센트럴 터미널 사건에 대한 기사들이 속속 뜨고 있었다. 다시 휴대폰을 힐끔 확인했다. 놀랍게도 아직 백스터에게서 연락이 없었다. 에드먼즈는 기사의 섬뜩한 목격담들을 읽으며 언론이란 원래 이런 이야기에 거머리처럼 달라붙어 과장하고 무에서 유를 창조한다는 사실을 가슴에 새겼다. 하지만 설령 기사의 일부분만이 진실이라 해도 이번 일은 유래 없이 소름 끼치는 사건이 확실했다.

더는 기다릴 수 없었다. 에드먼즈는 이메일을 열고 백스터의 뜻 모를 메일에서 첨부 파일을 받아 작업에 착수했다.

커티스와 백스터가 글렌 아놀즈의 시체에 붙어 있던 피해자와 앰뷸런스를 타고 떠난 후, 루쉬는 그랜드 센트럴에 남았다. 가까스로 죽음을 피하고 나니, 듣고 싶은 것은 아내 목소리뿐이었다. 빨리 전화를 해야겠다는 마음에 현장을 황급히 떠나다가 커티스에게 심한 말까지 하고 말았다. 단순한 사과로는 마음의 빚을 다 갚지 못할 것 같았다.

걸어서 병원에 도착한 루쉬는 정문 앞에서 백스터와 만났다. 두 사람은 길을 건너 이스트강이 내다보이는 벤치에 자리를 잡고 앉았다.

"하려는 얘기가 커티스한테 한 행동 얘기라면 나도 잘 알아요." 루쉬가 말을 꺼냈다. "내가 나쁜 놈이죠. 오늘 사과의 의미로 저녁 사려고요."

"아닌데요."

"아니면 무기도 없이 범인과 얘기하러 가서 그래요?"

"혹시 죽고 싶어요, 루쉬?" 백스터가 직설적으로 물었다.

"뭐라고요?" 루쉬가 웃음을 터뜨렸다. 황당하다는 표정이었다.

"나 진지해요."

"네? 아니요! 저기, 누군가는 가야 했고…."

"그거 말고요."

"쏘지 말라고 한 거요? 생포해야 했잖아요. 조금만 있으면 그 이름을 알아낼…."

"그것도 말고요." 백스터가 말을 잘랐다.

그 상태로 대화는 다시 단절됐다. 노숙자 한 명이 손수레를 끌며 뒤를 지나갔다.

"커티스가 당신을 구하려고 나섰을 때 나는 커티스가 있는 자리에 없었어요. 난 이미 꼭두각시 남자의 뒤쪽으로 가서 벽에 붙어 있었죠…, 그러니까 범인과 마주하고 있던 당신을 마주보고 있었어요." 백스터가 말했다.

루쉬는 백스터가 더 자세히 설명해주기를 기다렸다.

"그때 당신이 웃는 걸 봤어요."

"웃어요?"

"첫 번째 총알이 빗나가고 놈이 당신한테 총을 겨눴을 때요. 당신은 눈을 감고…, 웃었어요."

"잘못 본 거 아닐까요?" 루쉬가 이견을 냈다.

"내 눈은 정확해요." 백스터는 그를 바라보며 해명을 요구했다.

"무슨 말을 할지 모르겠네요. 웃었던 기억이 없는데. 웃을 이유가 뭐가 있겠어요? 어쨌든 아니에요. 장담하지만 나는 죽고 싶지 않아요. 약속해요."

"알았어요." 백스터가 말했다. "하지만 내가 경험해봐서 아는데, 누군가 목숨을 걸고 무모한 짓을 벌일 때 상처받는 건 주변 사람들이에요."

잠시 침묵이 흘렀다. 뒤편의 황량한 나무에 앉아 있던 비둘기가 가지를 버리고 떠났다. 두 사람은 비둘기가 루즈벨트섬으로, 또 그 너머의 퀸스보로 브리지로 날아오르는 모습을 보고만 있었다.

"오늘 일은 내가 망쳤어요." 루쉬는 강에서 눈을 떼지 않은 채 말했다. "피해자가 살아 있다는 걸 진작 알았어야 해요. 몇 초만 빨랐어도 상황이 달라졌을 거예요."

"그걸 무슨 수로 알아요?" 백스터가 물었다.

"피를 흘리고 있었거든요."

"피를 흘려요?"

"몸에 새빨간 피가 흘러내리고 있었어요." 루쉬가 자책하며 고개를 저었다. 그러다 백스터를 돌아보았다. "죽은 사람은 피를 흘리지 않거든요."

"그렇군요. 기억해 둘게요." 진지한 동료에게 백스터가 약속했다.

"갑시다." 루쉬가 말했다. "가서 일해야죠."

"일이라뇨? 글렌 아놀즈는 아무 말도 안 했잖아요."

"아니, 했어요. 자기 선택이 아니라고요. 지시를 받고 조종을 당했다는 얘기예요. 다른 살인자들도 그런 건지 궁금해지지 않아요? 비밀 사이비 종교 단체의 열혈 신자 같은 건 애초에 없었을지도 몰라요. 전부 어떤 한 사람의 조종을 받고 그런 짓을 했을지도 모르는 일이에요."

"'그분' 말이군요." 백스터가 스피커폰으로 들었던 잡음 섞인 대화 내용을 떠올렸다.

"네, '그분'이요." 루쉬가 고개를 끄덕였다. "지금까지 완전히 잘못 생각하고 있었어요. 내 생각에 살인자들 사이에는 분명한 연결고리가 있어요. 다들 약점이 있을 거예요. 협박, 위협을 당할 무언가요. 각각의 약점을 알아내면 그걸 이용할 위치에 있는 사람이 보일 거예요."

"그럼 어디서부터 시작할까요?"

"글렌 아놀즈 집을 수색한 팀이 예약증을 발견했어요. 정신과 치료를 받고 있었대요."

"몇 가지…, 고민이 있어 보이기는 하더라고요." 백스터가 완곡하게 표현했다.

"그 고민이 뭔지 정신과 의사보다 잘 알려줄 사람이 어디 있겠어요?"

13

2015년 12월 12일 토요일
오후 2시 15분

백스터와 루쉬가 FBI 지부에 들렀을 때 커티스는 그곳에 없었다. 전화도 받지 않았다. 점심시간을 이용해 머리를 식히러 나간 것인지, 아예 오후에 반차를 낸 것인지 모르겠지만 그럴 만하다는 생각에 일단 커티스 없이 수사를 시작하기로 했다.

루쉬가 손등에 받아 적은 병원 주소로 가보니, 이스트 20번가에서 그래머시 파크를 굽어보는 커다란 건물이 나왔다. 휘황찬란한 주랑 현관의 계단 양옆으로 우람한 기둥이 서 있었다.

화려한 접수대를 지나 잠시 앉아서 기다리라는 지시를 받았다. 백스터는 장소와 어울리지 않는 초라한 옷차림에 괜히 기가 죽었다. 커피머신에도 버튼이 어찌나 많은지 그냥 물만 한 잔 따라 루쉬의 맞은편에 앉았다. 클래식 음악이 고요하고 어색한 분위기를 조금은 풀어주었다.

"커티스하고는 호텔로 가서 얘기해요." 괜스레 루쉬가 말을 꺼냈다. 백스터가 지난 5분 동안 한마디도 하지 않았기 때문이다. "시간이 조금 더 필요할 거예요."

"시간 좀 갖는 걸로는 부족할걸요." 그러면서 백스터는 두 사람이 와 있는 장소를 의미심장한 눈으로 둘러보았다.

봉제인형 살인사건을 둘러싼 소동이 잠잠해지고 당시의 상황을 돌아볼 마음의 여유가 생겼을 때 백스터도 심리 상담을 시작했다. 그전까지 심리상담 같은 것은 나약한 사람들을 위해 존재하는 것이라 생각했다. 일상의 사소한 문제조차 감당하지 못하는 사람이나 받는 거라고. 하지만 아니었다. 감정을 털어놓을 상대로는 그녀를 잘 아는 사람, 비난할 사람, 그녀에게 부담을 줄 사람보다는 생판 남이 훨씬 편했다. 여러 차례 상담을 받으며 백스터는 친구의 죽음을 조금씩 받아들일 수 있었다. 벤자민 챔버스. 백스터에게는 단순한 동료를 넘어 오빠 같은 존재였다.

"전 심리상담 같은 건 필요 없어요." 루쉬가 말했다.

"그러시겠죠, 고민 따위 없는 대단한 분이시니까." 백스터는 발끈했다. 화를 내고 나니 지극히 사적인 문제를 꺼냈다는 생각이 들었다. "얼마나 완벽하면."

"나는 완벽과 거리가 먼 사람이에요." 루쉬의 말투는 차분했다.

"그렇죠? 그러니까 자신을 죽게 놔두라고 명령을 내리겠죠. 당신을 구하려고 무고한 사람을 죽인 친구한테 고래고래 소리나 지르고, 웬 미치광이가 총을 겨누는데 웃기나 하고."

"또 시작이네. 그만하죠?" 루쉬가 말했다.

백스터는 선을 넘었을지도 모른다는 생각에 입을 다물었다. 두 사람은 잠시 말없이 앉아 있었다. 그들을 향해 인상을 쓰던 접수원도 관심을 잃고 고개를 돌렸다.

"나는 기도를 해요." 루쉬는 평소의 온화한 모습으로 돌아왔다. "아까 당신하고 커티스가 병원에 갔을 때도 전 기도를 하러 갔던 거예요. 그곳에서 내 '엿 같은 문제들'에 대해 얘기합니다. 매일요. 다른 사람보다 그런 게 더 많은 것 같아서 무섭거든요."

진심이 느껴지는 말투였다.

"내가 심리상담을 싫어하는 이유는 다른 데 있어요." 루쉬가 말을 이었다. "도움을 구하는 사람을 내가 왜 비난하겠어요? 도움이 필요하지 않은 사람이 어디 있다고. 나는 돈을 받고 얘기를 들어주는 사람을 못 믿을 뿐이에요. 그리고 내가 필사적으로 숨기려는 비밀을 누군가 다 알고 있다고 생각하면 두려워져요. 한 사람이 그런 식으로 다른 사람을 지배해서는 안 돼요."

백스터는 생각해 보지 못한 관점이었다. 의사라면 전문가로서 환자를 객관적으로 보고 있다고 생각했다. 그런 상담을 하는 의사들은 규정을 툭하면 어기는 자신과는 달리 법과 도리를 철저히 지킬 거라 믿었는데 어리석은 판단이었을까? 이야기를 들어주는 그들의 귀 아래 남들처럼 입이 달려 있다는 사실을 외면하고 있었던 것일까?

백스터가 그동안 자신이 정신과 의사들과 나눈 대화를 떠올리며 일일이 분석하고 있는데, 아룬 박사가 들어오라고 했다는 말이 들렸다. 고급스러운 진료실은 대기실과 비슷했지만 창가에 나무 한 그루가 보초를 서듯 서 있어 한결 아늑했다. 아룬 박사가 정돈된 책상 앞에 앉으라고 권했다. 책상 위에는 글렌 아놀즈의 이름이 적힌 두툼한 파일이 놓여 있었다.

"시작하기 전에 신분증을 보여주실 수 있을까요?" 의사가 단호하지만 정중하게 물었다. 그는 백스터의 런던 경찰청 명함을 보고 놀란 표정을 지었지만 따로 묻지는 않았다.

"환자 한 분에 대한 정보가 필요하시다고요. 말 안 해도 잘 아시겠지만 여기 있는 기록들은 의사와 환자 간의 비밀로서 법률의 보호를 받습니다."

"그 사람은 죽었어요."

"아!" 백스터의 깜짝 발언에 아룬 박사가 당황했다. "안타까운 일이네요. 하지만 그런다고 비밀유지 의무가 달라지지는…."

"사람을 죽였거든요." 백스터는 계속 밀고 나갔다. 엄밀히 말해 진실은 아니지만 사연을 그렇게 설명하는 편이 더 쉬웠다.

"그렇군요."

"누구도 못 봤을 끔찍하고 소름 끼치는 방법으로요."

"네." 의사는 단번에 그랜드 센트럴 터미널에서 나온 섬뜩한 기사들을 떠올렸다. "알겠습니다. 어떻게 도와드리면 되죠?"

글렌 아놀즈는 열 살에 중증 분열정동장애 진단을 받았다. 1년 전 쌍둥이 형제가 어린 나이에 뇌혈전으로 사망한 것이 원인이었다. 글렌은 자신도 언젠가 같은 운명을 맞을지 모른다는 불안감으로 하루하루를 버텨야 했다. 극심한 습관성 두통도 겪었다. 글렌은 죽은 쌍둥이 형제를 그리워하며 죽음만 기다리는 삶을 살았다. 날이 갈수록 세상과 단절되어 우울해졌고, 죽은 형제의 삶처럼 자신의 삶도 무의미하고 덧없다고 보았다.

그러다 3년 전부터 지인의 추천을 받고 그래머시 병원으로 이송되었다. 1대1 치료에도, 그룹 치료에도 꼬박꼬박 출석해 장족의 발전을 보였다고 한다. 처방받은 약을 복용하는 동안 가벼운 우울증을 제외한 다른 정신질환은 재발하지 않았다. 간단히 말해 타인을 향한 폭력성이 드러난 적은 단 한 차례도 없었다.

"서비스에 대한 비용은 어떻게 지불했나요?" 루쉬가 물었다.

백스터는 루쉬가 일부러 정신과 의사를 매춘부와 동급으로 엮으려고 저런 질문을 한 것인지 궁금했다.

"이 병원 진료비가 싸게 먹힐 것 같지는 않아서요." 루쉬가 덧붙였다.

"건강보험으로요." 아룬 박사는 다소 부당하다는 목소리로 대답했다. "보험금이 아주 넉넉했어요. 형제였던 아이가 사망한 후 부모가 보험을 최대치로 들어놨던 것 같습니다. 이후에 정신병 진단을 받았으니…." 의사는 어깨를 으쓱하며 문장을 마무리했다.

"선생님의 '전문적인 소견'으로는…." 루쉬가 말을 꺼냈다.

백스터가 루쉬를 노려보았다. 또 무슨 말을 하려는 걸까.

"…지난 몇 주 동안 글렌은 어땠습니까?" 루쉬가 물었다.

"네?"

"병이 재발했을지도 모른다는 징후가 보였나요? 약을 끊었을 가능성은요?"

"글쎄요, 저야 모르죠." 아룬 박사는 당혹스러워했다. "본 적이 없는걸요."

"뭐라고요?" 백스터가 물었다.

"다음 주에 첫 상담이 잡혀 있었어요. 죄송합니다. 알고 계시는 줄 알았는데요. 저는 밴섬 박사님 환자 명단을 넘겨받았어요. 박사님은 지난 금요일에 병원을 그만두셨고요."

백스터와 루쉬가 서로를 바라보았다.

"지난 금요일이라고요?" 백스터가 물었다. "원래 계획됐던 건가요?"

"아, 그럼요. 제가 이 병원에 오기 위해 두 달 전에 면접을 봤으니까요."

백스터는 한숨을 쉬었다. 단서를 잡았다고 생각했는데 아니었나 보다.

"아무튼 그분과도 얘기를 해봐야겠네요." 루쉬가 말했다. "연락처를 부탁드려도 될까요?"

무섭게 생긴 접수원이 전화번호 두 개를 알려줬지만 둘 다 전화를 받지 않았다. 접수원은 밴섬 박사의 자택 주소를 출력해 건넸다. 웨스트체스터 카운티면 맨해튼에서 차로 50분 떨어진 곳이었다.

FBI는 글렌 아놀즈가 죽인 피해자의 신원을 아직 확인하지 못했고, 글렌 아놀즈의 시신은 병원 시체 안치실에서 법의학 연구소로 운송 중이었다. 커티스가 여전히 전화를 안 받는 상황에서 백스터와 루쉬는 헛걸음을 하더라도 둘이서 먼저 박사를 찾아가 보기로 했다.

백스터는 최대한 마음을 비우고 루쉬에게 방향을 읽어주었다.

"왼쪽에 골프장이 보이면 곧장 비버 스왐프 브룩이라는 개천을 건너야 해요. 그런 다음 로커스트 애비뉴에서 우회전해요."

"간단하네요."

차는 전원주택 단지 같은 주택가의 막다른 골목에 다다랐다. 예쁘게 가지치기를 한 산울타리가 곡선 형태의 진입로를 감싸 안고 있었다. 뉴욕 북부에는 폭설이 내렸던 듯 울타리 위에 눈이 몇 센티미터나 쌓여 있었다. 깨끗하게 쓸어낸 눈 아래로 젖은 자갈길이 보였다. 널따란 정원마다 완벽한 눈사람이 위풍당당하게 서 있고, 자그마한 발자국들이 눈사람을 에워싸고 있었다. 각양각색의 외장재가 주택 벽을 장식하고 있는 모습이 마치 북유럽 마을의 겨울 풍경 같았다. 이렇게 고요한 이곳으로부터 차로 불과 1시간 거리인 타임스 스퀘어에서는 언제나 대혼란이 벌어지고 있다니 실감이 나지 않았다.

"도시 계획을 입안한 사람이 이 동네는 비밀에 붙이고 싶었나 봐요." 루쉬가 번지수를 찾으며 말했다. 이렇게 그림 같은 동네에 가족들과 살면 어떨까 하는 상상을 멈출 수 없었다.

"여긴 이름이 뭐죠? 개똥 거리?" 루쉬가 물었다.

백스터가 웃음을 터뜨렸다. 생경한 이름에 루쉬도 따라 웃었다.

차도 끝에서 진입로로 방향을 꺾어 차고 쪽으로 올라가자, 어둑어둑한 석양빛 아래에서 자동 센서불이 들어왔다. 어째 빈손으로 돌아갈 가능성이 커 보였다. 집 안에서는 불빛 하나가 보이지 않았다. 이웃들과 달리 이 집은 눈을 쓸지 않아 진입로, 정원, 현관 앞까지 온통 밟지 않은 눈으로 뒤덮여 있었다.

주차를 하고 고요한 정원에 내렸다. 바람이 불자 어느 집 현관에 달린 풍경wind chime이 은은한 음악을 연주했고, 멀리서 자동차 한 대가 속도를 내는 소리가 들렸다. 백스터는 생전 처음 느끼는 추위에 충격을 받았다. 도심보다 체감 온도가 몇십 도는 낮은 것 같았다. 두 사람은 흐린 달빛 속에서 뽀득뽀득 눈을 밟으며 현관으로 걸어갔다. 주변에 서 있는 키 큰 나무들의 색과 윤곽이 점점 희미해졌다.

루쉬가 벨을 눌렀다.

반응이 없었다.

백스터는 화단을 밟고 커다란 창문 안을 들여다보았다. 창틀에는 꼬마전구가 못으로 고정되어 있었다. 불이 들어오지 않는 전구는 방치된 듯한 루쉬의 집을 떠오르게 했다. 눈을 가늘게 뜨고 있으니 조금씩 어둠이 익숙해졌다. 저 안쪽에 있는 다른 방에서 따스한 불빛이 얼핏 보였다.

"불이 켜져 있는 것 같아요." 백스터가 큰소리로 알리자 루쉬가 문을 두드렸다.

백스터는 화단을 밟고 지나가 열은 불빛이 보였다고 느낀 방이

폭두각시 살인사건 147

있는 측면 쪽으로 돌아갔다. 창문 안을 다시 들여다봤지만 집 안은 암흑이었다. 백스터는 한숨을 쉬고 루쉬에게 가서 말했다.

"휴가 갔나 봐요. 크리스마스가 얼마 안 남긴 했죠."

"아마도요."

"옆집에 가볼까요?"

"아니, 오늘은 여기까지 해요. 너무 춥네요. 명함 남기고 내일 아침에 다시 전화해 봐요." 루쉬는 벌써 따뜻한 자동차로 돌아가고 있었다.

"오늘 저녁 사준다고 약속하지 않았나요?" 백스터가 상기시켜 주었다.

"아, 그거. 커티스 찾으면요. 백스터한테는 무례한 행동 안 했잖아요."

"조금은 무례했어요."

"맞아요." 루쉬가 미소를 지었다. "조금은 무례했던 것도 같네요."

두 사람은 차에 올라타 히터를 켰다. 차머리를 돌린 루쉬는 맞은편 집 쪽에서 깜박이는 불빛을 길잡이 삼아 긴 진입로를 내려가며 그의 드림하우스를 마지막으로 한 번 더 돌아보았다. 연석을 밟고 내려간 차는 다시 맨해튼으로 향했다.

몇 분이 지났다. 밤의 어둠은 흐릿해진 마지막 불빛까지 집어삼켰다. 바로 그때, 사람이 살지 않는 듯했던 집 안 어딘가에서 따스한 불빛이 다시 나타나 어둠을 밝혔다.

식탁에서 잠들었던 토머스가 눈을 뜨고 보니, 에코가 엉덩이로 그의 얼굴을 누르고 있었다. 일어나 앉는 순간 오븐레인지 시계의 숫자가 오전 2시 19분으로 바뀌었다. 식탁 중앙에는 백스터를 위해 요리했지만 차갑게 식은 저녁이 놓여 있었다. 옆에 있는 휴대폰을 확인했다. 새로 온 문자도, 부재중 전화도 없었다.

토머스는 여자친구도 이번 뉴욕 사건과 관련이 있을 것이라는 생각에 온종일 새로운 뉴스에 촉각을 곤두세웠다. 백스터에게 연락하고 싶은 마음이 간절했다. 잘 있냐고, 얘기할 사람이 필요하면 내가 있다고 말해주고 싶었지만 꾹 참아야 했다.

지난 몇 달 사이 백스터는 점점 더 멀어지고 있었다. 애당초 백스터가 그의 여자이거나 했던 때가 있었는지도 확신할 수 없었다. 백스터는 붙잡으려 하면 할수록 그를 밀어내는 듯했다. 에드먼즈조차 그녀에게 부담 주지 말라고 했으니 말 다했지. 토머스는 자신이 애정 결핍이라는 생각을 단 한 번도 해본 적 없었다. 오히려 자신감과 독립심 빼면 시체인 남자였다. 하지만 불합리하기 짝이 없는 일도 피하지 못하는 직업의 여자친구를 만난 후로 토머스는 늘 불안에 떨어야 했다.

여자친구가 아직 살아 있는지 연락을 받고 싶다는 마음도 '집착'일까?

백스터는 하루 종일 커피로만 연명하며 며칠 밤을 지새우기도 했다. 무시무시한 사건들을 쫓아 밤이고 낮이고 도시를 누볐다. 끔찍한 사건을 무수히 목격한 그녀는 공포에도 둔감해졌다. 토머스가 가장 걱정하는 점도 그것이었다. 백스터는 아무것도 두려워하지 않았다.

두려움은 이로운 감정이었다. 두려워하는 사람은 위험을 경계하고 주의한다. 안전을 찾는다.

토머스는 혹시 몰라 남겨둔 접시를 들고 일어나 에코의 밥그릇에 음식을 부었다. 에코는 맛 좋은 비스킷 더미를 쓰레기로 만들었다는 표정으로 식탁에서 그를 내려다보았다.

"잘 자, 에코."

토머스는 불을 끄고 2층에 있는 침실로 올라갔다.

노트북 불빛이 눈 밑 다크서클에 그림자를 드리워 에드먼즈는 초췌한 환자처럼 보였다. 그는 주전자를 올리고 두툼한 스웨터를 벗었다. 온풍기가 작은데도 성능은 제법 탁월했다. 옆에 놓인 스탠드 받침대를 보니, 잔디 깎는 기계만 아니었다면 자신이 낡아빠진 창고가 아니라 그럴듯한 사무실에서 일을 하고 있다는 자기최면이 가능했을지도 모른다.

에드먼즈는 몇 시간째 살인자들의 금융 거래 내역을 살펴보는 중이었다. 블레이크는 경찰을 살해한 61세 방화범 패트릭 피터 퍼거스에 대한 경찰청 수사 내용을 착착 보고해주었다. 백스터에게 블레이크에 대해 얘기를 잘해주겠다는 조건이 달려 있었지만 에드먼즈는 약속을 지킬 생각이 없었다.

수감 중이던 도미닉 버렐의 계좌를 확인하는 데는 몇 분도 걸리지 않았다. 하지만 강물에 빠진 첫 번째 살인자 마커스 타운젠드의 경우는 달랐다. 에드먼즈는 수없이 많은 이체 내역과 잔액 목록에서 눈을 뗄 수 없었다. 언제 처음으로 부정 거래를 했는지 단박에 보였다. 무수한 계좌의 잔액이 늘어날수록 자신감도 커진 듯했다.

어찌 보면 예견된 참사였다. 점점 대범해진 부정행위를 보며 에드먼즈는 중독의 냄새를 맡을 수 있었다. 숫자들은 쭉 늘어나다 2007년 중반에 갑자기 끊겼다. 타운젠드에게는 최악의 실수였다.

에드먼즈는 당시의 상황을 그려볼 수 있었다. 사무실에 경찰이 들이닥치고 자료들을 조사한다. 막대한 재산을 잃게 된다는 위협에 그는 더 큰 처벌을 면하려고 순순히 죄를 인정한다. 타운젠드의 비극은 그렇게 시작되었다. 계속되는 벌금에 재산을 뜯기고 때마침 2008년 금융 위기로 세계 금융 시장이 무너지며 그나마 손에 쥐고 있던 재산도 휴지조각이 되었다.

남은 것은 파산뿐이었다.

메디나의 계좌로 넘어가기 전에 에드먼즈는 '거리에서 성공으로' 운동 본부의 웹사이트를 열었다. 타운젠드가 다른 사람의 시체를 브루클린 브리지에 매달았을 시점까지도 회원으로 속해 있던 곳이다. 집도 없고 사회로 돌아가기에 너무 멀리 온 사람들이 출근 첫날을 맞아 셔츠와 넥타이를 차려입은 사진들을 보고 있으니 나름 감동적이었다. 그 때문일까, 에드먼즈는 사이트 창을 쉽게 닫을 수 없었다.

그러다 회원들의 실제 수기 중 하나에서 하이퍼링크를 발견했다. 링크를 클릭하자 사이트 내 다른 페이지가 떴다. 목록의 세 번째 항목에 이르렀을 때 에드먼즈는 흥분해서 남은 커피를 무릎에 쏟고 말았다. 시계를 보고 손가락으로 시간을 계산한 후 백스터에게 전화를 걸었다.

백스터는 깊은 잠에 빠져 있었다. 호텔로 돌아와 커티스를 만났고 루쉬는 진심 어린 사과를 했다. 커티스는 내키지 않아 하면서도 같이 저녁을 먹었다. 파란만장한 하루를 보내고 다들 진이 빠진 터라 오늘은 저녁만 먹고 일찍 자리를 마무리했다.

백스터가 요란하게 울리는 휴대폰에 손을 뻗고 허스키한 목소리로 전화를 받았다. "에드먼즈?"

"지금 자요?" 에드먼즈가 따졌다.

"그래, 잔다! 웃겨. 너는 자도 괜찮고 나는…, 잠깐, 아니다. 왜 여태 안 자고 있어?"

"파일 받은 거 보고 있죠." 당연한 질문을 한다는 투의 대답이 돌아왔다.

백스터가 하품을 했다.

"괜찮아요?" 에드먼즈가 물었다.

이제는 에드먼즈도 백스터와 대화를 하는 법을 터득했다. 이렇게 물었을 때 오늘 아침에 일어났던 그랜드 센트럴 사건에 대해 얘기할 마음이 있었다면 먼저 얘기를 꺼냈을 것이다. 만약 얘기할 기분이 아니었다면 한 단어로만 반응을 할 테고, 그럴 경우에는 백스터 쪽에서 먼저 말할 때까지 화제를 바꿔야 한다.

"응."

"자료가 더 필요해요." 에드먼즈가 말했다.

"알아. 내일 '더 몰'이랑 그랜드 센트럴 사건 파일 구해다 줄게."

"런던 파일은 이미 입수했어요."

백스터는 어떻게 그걸 손에 넣었는지 알고 싶지도 않아 묻지 않고 넘어갔다.

"모든 인물의 병원 진료 기록 전체를 찾아서 보내줘요." 에드먼즈가 요구했다.

"진료 기록? 알았어. 특별히 찾는 단서가 있는 거야?"

"모르겠어요. 그냥 감이에요."

백스터는 무엇보다도 에드먼즈의 직감을 믿었다.

"내일 보내줄게. 아니, 이따가."

"고마워요. 전화 끊을게요. 얼른 다시 자요."

"에드먼즈?"

"네?"

"넌 강력팀을 왜 떠났는지 잊으면 안 돼."

에드먼즈는 그 말에 깔린 뜻을 잘 알았다. 네가 걱정된다는 백
스터만의 표현 방식에 웃음이 나왔다.

"안 잊어요."

14

"빙의입니다!"

백스터는 옷을 입다 말고 멈춰 섰다. 호텔방 텔레비전을 켜는 게 아니었다. 전국으로 나가는 유명 아침 방송이니 살인사건을 다룬다고 해도 놀랍지 않았다. 하지만 지금은 이야기가 엉뚱한 곳으로 튀고 있었다.

"빙의라고 하셨습니까?" 깔끔한 차림의 뉴스 진행자가 물었다.

"맞습니다. 빙의."

방송에 나올 때마다 논란을 몰고 다니는 쇼 목사 제리 필스너 주니어가 강한 남부 사투리로 말하며 고개를 끄덕였다. "이 일을 벌이는 건 아주 오래전 세상으로 내려온 단 하나의 존재입니다. 고뇌와 고통을 향한 끝없는 욕망에 이끌려, 망가진 영혼들의 몸을 옮겨 다니지요. 나약하고 부도덕한 인간을 아무나 골라 괴롭히는 겁니다. 우리가 스스로를 보호하는 방법은 하나밖에 없어요. 유일한 구원은 하나님이십니다!"

옆에 있던 여성 진행자가 조심스럽게 말을 꺼냈다. "그러니까 목사님 말씀은…, 영혼이 있다는 건가요?"

"천사죠."

여성 진행자는 당황한 표정으로 파트너를 쳐다보며 다음 질문을 할 차례라는 눈치를 주었다.

"타락 천사입니다." 목사가 더 구체적으로 설명했다.

"그럼…." 남성 진행자는 쉽게 말을 잇지 못했다. "이 타락 천사들이…."

"한 명입니다." 목사가 말을 잘랐다. "하나만 있으면 돼요."

"그러니까 누구인지는 몰라도 이 타락 천사가…."

"아, 저는 누구인지 압니다."

게스트가 다시 말을 가로채자 진행자들은 당황했다.

"쭉 알고 있었어요. 원하신다면 이름을 말할 수도 있습니다. 많은 이름 중 하나는…."

오늘 방송은 무조건 대박을 터뜨린다는 기대감에 부풀어 두 진행자는 몸을 앞으로 숙였다.

"…'아자젤(Azazel: 최초의 인간인 아담에게 복종하라는 신의 명을 어긴 죄로 하늘에서 추방당한 타락 천사. 염소의 뿔을 가진 남자의 모습을 하고 있다. - 옮긴이 주)'입니다." 목사가 속삭이자마자 완벽한 타이밍으로 방송이 끊기고 광고가 나왔다.

백스터는 머리카락이 쭈뼛 서는 느낌이었다. 새로 나온 과일맛 사탕의 깜찍한 광고가 시끄럽게 화면에 번쩍거렸다.

목사는 열렬히 주장을 펼쳤다. 기괴한 살인사건에 관해 목사가 내놓은 가설은 런던과 뉴욕 경찰, FBI, CIA가 지금까지 밝혀낸 사실보다도 설득력이 있어 보였다. 하지만 뉴스가 다시 시작되고 넓은 황무지를 가로지르는 흙길 끝에 하얀색 목조 교회가 서 있는 영상이 나오자 백스터는 온몸에 소름이 돋았다.

먼 도시에서까지 벌떼처럼 몰려든 신도들이 허깨비처럼 나무 뒤에 나타났다. 나들이옷을 차려입은 이들은 누구보다 먼저 구원을 받고 싶어 난리였다. 다 허물어져 가는 교회를 둘러싼 신도들이 다섯 줄로 불어났다. 구원을 갈구하는 이들은 목사의 말을 한 마디도 빼놓지 않고 귀담아들었다.

정말 재수 없는 광경이었다. 미국의 벽지 마을에 양 떼처럼 몰려든 이 사람들은 남의 불행을 이용해 헛소리 같은 망상을 퍼뜨리는 파렴치한 기회주의자 목사에게 자신의 모든 것을 내맡기고 있었다. 뻔뻔스럽게도 목사는 성실한 경찰이 둘이나 포함되어 있는 피해자들을 '나약하고 부도덕하다'라는 말로 묘사했다.

백스터는 정말 종교가 싫었다.

그렇지만 화면에서 눈을 뗄 수가 없었다. 목사는 교회에 모인 숭배자들과 각자의 집 소파에 편안히 앉아 구원을 받고자 하는 무수한 시청자를 위해 마지막 인사를 전했다.

"오늘 여기 계신 훌륭한 분들과 거울 속의 제 모습을 보고 있으면 말입니다, 무엇이 보이는지 아십니까?"

신도들은 숨을 죽이고 답을 기다렸다.

"죄인…, 저는 죄인들을 봅니다. 여기에 완벽한 사람은 없습니다. 하지만 하나님의 자식들로서 우리는 더 나은 내가 되기 위해 노력하며 일생을 바칩니다!"

박수가 터져 나왔다. 사람들은 맞는 얘기라고 수군댔다. 이따금 "아멘."이라고 외치는 소리도 들렸다.

"그런데 말입니다." 목사가 계속했다. "저는 그 너머를 봅니다. 우리가 살고 있는 이 세계를 보십시오. 그러면 어떤 기분이 드는지 아십니까? 겁이 납니다. 증오가 너무 많습니다. 학대가, 악의가 넘쳐납니다. 그렇다고 교회에 도움을 구할 수 있을까요? 불과 지난주에 또 다른 성직자가, 하나님을 섬겨야 할 자가 일곱 살 소년을 추행한 혐의로 고발되었습니다! 이곳은 안전하지 않습니다! 저도 하나님을 사랑하지만 하나님께서는 이곳에 안 계세요!"

쇼맨십이 뛰어난 목사는 얼이 빠져 있는 사람들에게서 시선을 떼고 카메라를 정면으로 바라보았다.

"하나님을 믿지 않는 분들에게 한마디 하겠습니다…, 한번 스스로 물어보세요. 신이 있다면 어쩌시겠습니까? 천국이 있다면 어쩌시겠습니까? 지옥이 있다면 어쩌시겠습니까? 만약…, 만약에…, 우리가 사는 이곳이 지옥이라면요?"

백스터는 전화를 끊고 무거운 한숨을 쉬었다.

가려져 잘 보이지 않는 유리 너머로 레녹스의 사무실이 보였다. 레녹스는 책상에서 일어나 커티스에게 격려의 의미로, 하지만 불편해 보이는 포옹을 했다. 레녹스 지부장은 예상과 달리 커티스를 굶주린 늑대들에게 던지지 않으려는 듯했다. 바니타 총경도 백스터에게 그럴 수 있을까? 백스터는 터무니없는 상상에 고개를 저었다.

백스터는 조금 전까지 런던에 있는 바니타와 35분간 통화를 했다. 어제는 그랜드 센트럴 터미널 사건 이후로 연락할 기회가 좀처럼 없었다. 바니타는 백스터의 기분이 어떤지 형식적으로 묻고는, 미국에서 들어온 보고와 일치하는지 확인할 수 있도록 당시 상황을 자세히 설명하라고 했다. 두 사람은 런던에서도 조만간 끔찍한 살인이 일어날 가능성이 있으며 현재로서는 수사에 조금도 진전이 없다는 데 의견이 모아졌다. 그래서 백스터가 런던 경찰청을 대표해 뉴욕에 남아 있고, 바니타가 런던 쪽에서 진두지휘하기로 합의를 보았다.

백스터는 레녹스와 커티스가 나오기를 기다리는 틈을 타 토머스에게 문자를 보냈다. 그러고 보니 집에 못 가게 되었다는 말을 여태 하지 않았다. 집을 나올 때부터 다투고 나왔고, 가뜩이나 어색한데 연락마저 하지 않으면 문제가 더 심각해지겠다는 생각이 들었다.

나야. 에코는 잘 있어? 나중에 얘기해. ♥

레녹스가 커티스를 뒤에 달고 지부장 사무실에서 나왔다.
"살인사건들에 대해 의논 좀 하게 모두 회의실에 모일 수 있나?"
3분의 1 이상이 자기 자리에서 일어나 회의실로 들어왔다. 북적이는 회의실에 못 들어가고 밖에 서 있는 사람들을 보니 제리 필스너 주니어 목사의 교회 밖 풍경이 연상되었다. 백스터는 안으로 비집고 앞으로 들어가 루쉬, 커티스, 레녹스의 옆자리에 앉았다. 루쉬는 대형 화이트보드에 살인자 다섯 명에 대한 정보를 적어두었다.

미국 뉴욕	영국 런던
1. 마커스 타운젠드 장소: 브루클린 브리지 수법: 교살 피해자: 봉제인형 살인사건 관련	3. 도미닉 버렐 장소: 빨마쉬 교도소 수법: 자상 피해자: 봉제인형 살인사건 관련
2. 에드와도 메디나 장소: 33관할서 수법: 고속 추돌 피해자: 경찰	4. 패트릭 피터 퍼거스 장소: 더 몰 수법: 둔기에 의한 외상 피해자: 경찰
5. 글렌 아놀즈 장소: 그랜드 센트럴 수법: 불쾌 피해자: - ?	?

"다들 모였나?"

레녹스가 무의미하게 물었다. 회의실 벽 뒤에 서 있는 사람도 한둘이 아니었기 때문이다.

"좋아. 아직 모르는 사람도 있을 테니 소개부터 해야겠군. 런던 경찰청의 백스터 경감과 CIA의 루우스 특별수사관도 자리에 함께해주셨다."

"루우스가 아니라 루쉬입니다." 루쉬가 정확한 이름을 알려주었다.

"루츠?" 레녹스가 다시 발음해 보았다.

"로치(roach: 바퀴벌레를 뜻하는 발음 - 옮긴이 주) 아니고요?" 앞줄에서 근육질인 남자가 물었다.

"아닙니다." 루쉬는 당혹스러웠다. 저 남자의 말이 정답이라면 루쉬는 자기 이름도 모르는 바보라는 뜻이다.

사람들이 웅성거리며 루쉬의 이름을 갖가지 부정확한 발음으로 부르기 시작했다.

"루즈?"

"로즈?"

"루시?"

"루쉬입니다." 루쉬가 다시 정중하게 바로잡았다.

"우리 옆집 사람은 확실히 로치라고 발음하던데." 앞줄 남자는 계속 고집을 부렸다.

"그분 성함이 로치라서 그런 건 아니고요?" 루쉬가 따졌다.

"루쉬예요." 커티스가 사람들을 향해 말했다. "'우쒸'라고 할 때처럼요."

"알았어! 알았어!" 레녹스가 외치며 소동을 가라앉혔다. "그만 본론으로 돌아가지, 제발. 조용! 말씀하시죠…, 루쉬 요원."

자리에서 일어난 루쉬가 브리핑을 시작했다.

"자…, 이번 사건의 살인자들입니다." 그러면서 화이트보드를 가리켰다. "이해하기 쉽도록 간단하게 정리를 해봤습니다. 이걸 보고 의견 있으신 분?" 루쉬가 아이들을 대하는 학교 선생님처럼 물었다.

로치 부인의 이웃이 목을 큼큼 가다듬었다.

"개 같은 놈들이 우리 동료 두 명을 살해했으니 놈들에게 뜨거운 맛을 보여줘야 합니다. 예아!" 근육질 남자가 자기 말에 환호하고 박수를 치자 다른 몇 명도 따라 했다. "아자!" 남자가 흥분해서 소리를 질렀다.

"좋아요." 루쉬는 참을성 있게 고개를 끄덕였다. "더 확실한 의견은 없을까요? 네?"

"뉴욕과 런던의 살인이 똑같이 진행되고 있습니다." 누군가 말했다.

"맞습니다." 루쉬가 말했다. "그 말은 당장이라도 런던 칸에 '불쾌 - ?'라고 쓸 수 있다는 뜻이죠. 여기서 '왜'라는 질문이 나옵니다. 대체 무슨 이유로 다른 곳 아닌 이 두 도시에 전쟁을 선포했을까요?"

"주식 시장?" 누군가 외쳤다.

"부가 집중된 곳이라?"

"언론의 관심을 얻으려고?"

"우리는 모든 가능성을 조사해야 합니다." 루쉬가 말했다. "좋습니다. 이 표를 보고 또 어떤 추측을 할 수 있을까요?"

"살인 수법이요." 벽 뒤에서 목소리가 들렸다. 어떤 여자 수사관 하나가 사람들을 밀고 앞으로 나왔다. "수법이 다 다르다는 것은 어느 정도 자유가 있었다는 말입니다. 목표, 어쩌면 기간까지는 주문을 받지만 나머지는 각자 알아서 하는 방식 같습니다."

"맞습니다!" 루쉬가 칭찬했다. "그렇다면 이 얘기로 넘어가야겠죠. 우리는 이 사람들 각각에 초점을 맞춰야 합니다. 글렌 아놀즈는 누구를 해칠 사람이 아니었어요. 전혀요. 누군가로부터 꼭두각시처럼 이용을 당한 겁니다. 여기 계신 분들을 다섯 팀으로 나누겠습니다. 한 팀이 살인자 한 명씩을 맡아요. 목표는 남에게 이용당할 만한 요소를 찾는 겁니다. 일단 떠오르는 것부터 말해 보면 타운젠드는 돈이겠죠. 메디나는 이민자 신분일 테고, 버렐의 경우는 마약이나 방 배정 같은 교도소 내 특혜가 있을 겁니다. 퍼거스는 병든 노모, 아놀즈는 죽은 형제와 전반적인 정신 건강 문제가 있어요."

다들 열심히 받아 적었다.

"그리고 여기 백스터 경감으로부터 이들의 의료 기록을 되도록 빨리 전달해달라는 요청이 있었습니다." 루쉬가 덧붙였다.

레녹스가 그게 무슨 소리냐는 듯 커티스에게 눈빛을 쏘면서도 말했다. "당장 그러라고 지시하죠."

루쉬는 고개 숙여 감사하다고 인사했다.

그리고 회의실에 모인 사람들에게 다시 한 번 말했다. "뭐든 발견하는 즉시 저나 커티스, 백스터에게 연락해주세요. 저희가 사건을 전체적으로 살펴보면서 유사점이나 패턴을 찾겠습니다. 잘 부탁드립니다."

루쉬가 마무리 인사를 하며 회의를 끝냈다.

레녹스가 그와 백스터, 커티스를 따로 불렀다.

"기자회견과 회의가 연속적으로 잡혀 있으니 백스터 경감님은 오늘 저와 다니시죠."

백스터로서는 예상했던 일이었다.

"앞으로 계획은?" 레녹스가 특정 인물을 지목하지 않고 물었다.

"법의학 연구소부터 가려고 합니다. 어제 시신 두 개가 다 거기가 있으니 그중…, 피해자 신원을 확인할 수 있으면 좋겠죠." 루쉬는 커티스를 의식해 단어를 신중히 골랐다. "글렌 아놀즈를 맡은 팀에게 정신과 의사를 찾고, 친구나 이웃과 인터뷰를 하라고 지시해놨어요."

"좋습니다."

백스터와 루쉬가 회의실을 나간 후, 레녹스가 커티스를 붙잡았다. "진료 기록은 왜 달래?"

"모르겠습니다."

"알아내. 전에 했던 대화 잊지 않았지? 이렇게 된 이상 무조건 '우리'가 사건을 해결해야 해. 만약 저 여자가 뭐라도 숨기고 있으면 곧장 다음 비행기에 태워 보낼 거야."

"알겠습니다."

레녹스는 고개를 끄덕이고 커티스가 동료들을 따라 나갈 수 있게 길을 비켜주었다.

"그럼 글렌 아놀즈가 계속 약을 먹고 있었던 건가요?" 커티스는 이해할 수 없었다.

"그건 아닌데 약을 먹기는 했어요." 아담한 체구의 여자가 돋보

기안경 너머로 쳐다보며 아리송하게 대답했다.

그녀는 커티스도 여러 번 만난 적 있는 법의학자였다. '스토미 데이stormy day'라는 이름을 어떻게 잊을까. 지금까지의 경험으로 봤을 때 이 여자의 말을 듣고 혼란스러운 기분이 든다면 지극히 정상이었다. 스토미가 커티스와 루쉬에게 파일을 건넸다. 그 안에는 부검 중 실시한 혈액 검사 결과지도 들어 있었다. 커티스와 루쉬는 봐도 무슨 뜻인지 알지 못했다.

현재 그들은 이스트 26번가에 있는 OCME 허시 법의학 연구소 로비에 앉아 있었다. 뉴욕대 응급실에 있던 시체 두 구는 남쪽으로 세 블록 이동해 병원의 부속 건물 중 하나인 이곳으로 왔다. 특이하게 로비에서 미팅을 하는 이유는 커티스가 시신을 보지 않도록 루쉬가 사전에 전화로 요청을 했기 때문이다.

커티스가 알았으면 펄쩍 뛰었을 행동이었다. 하지만 루쉬는 건물 중심에 있는 어두운 연구실이 아니라 밝고 쾌적한 로비에 앉아 있으라는 말을 들었을 때 커티스의 얼굴에 떠오른 안도감을 보았다. 여기 있으면 그녀가 쏴 죽인 남자의 밀랍인형 같은 시체와 대면하지 못할 테니까.

백스터는 아직 도착하지 않았다. 레녹스가 기자회견 등등을 한다고 '대여'해 가는 바람에 백스터는 FBI 지부에서 탈출하지도 못했다.

스토미가 뭔 소리인지 모를 종이를 가리키며 말했다.

"정확히 뭘 먹고 있었는지는 모르지만 정말, 정말 먹으면 안 되는 약이었어요. 처방을 받은 항정신병 치료제는 전혀 검출되지 않았는데, ETH-LAD와 벤조디아제핀이 미량 검출되었습니다."

커티스는 멍한 표정이었다.

"벤조디아제핀 부작용 중에 자살 충동이 있어요."

"아."

"ETH-LAD는 LSD의 동생 격인 약이고요. 글렌 아놀즈 같은 병력을 가진 사람에게 최악의 약이 있다면 아마 이 두 가지일 거예요. 환각이 나타나고 현실감이 떨어지죠. 항정신병 치료제를 끊었으니 금단 증상도 있었을 거고요. 그랜드 센트럴 천장이 살아 움직인다고 생각했을걸요?" 상대적으로 보수적인 사람들 앞에서 히피 정신을 드러냈다는 생각에 스토미가 헛기침을 했다. "더 구체적인 테스트를 위해 콴티코(FBI 연구소가 있는 곳 - 옮긴이 주)에 혈액 샘플을 보냈고, 집에 다른 약이 있는지 찾아보라고 요청해 놨어요."

"결과 나오면 전해드릴게요." 커티스가 메모하며 말했다.

"명백히 드러난 사실 말고 글렌 아놀즈에 관해서는 그 정도가 전부네요. 사실 상황이 조금 특이해요. 원래는 시신을 현장에 보존해야 하는데 사고 특성상 다른 사람 혈액과 조직을 뒤집어쓴 채로 앰뷸런스에 실려 갔잖아요. 응급실에서 둘을 잘라내야 했고요. 오염 정도도, 사후 접촉도 보통 문제가 아니에요."

"피해자는 어떻습니까?" 루쉬가 물었다.

"노아 프렌치. 이틀 전 실종 신고가 들어온 그랜드 센트럴 매표소 직원이었어요."

루쉬가 어떻게 알아냈냐는 듯 대단하다는 표정을 지었다.

"딱히 테스트를 할 필요도 없었어요." 스토미가 설명을 계속했다. "팔에 문신이 있었거든요. 'K.E.F. 3-6-2012.' 보나 마나 아들 아니면 딸이죠. 그 날짜에 뉴욕에서 태어난 아이들 기록을 찾아 이니셜을 대조했더니 딱 한 명이 나오더라고요."

"천재적이네요." 루쉬가 씩 웃었다.

"그러니까요. 피해자는 약물이 주입된 상태였어요. 일종의 아편제요. 자세한 내용은 파일에 다 있어요." 스토미가 말을 하다가 안내데스크 쪽에 시선을 빼앗겼다. "일행이에요?"

뒤를 돌아보니 백스터가 남자 접수원과 한판 붙기 직전이었다. 접수원은 백스터가 무슨 말을 하는지 영문을 모르겠다는 표정이었다. 일이 커지기 전에 스토미가 막으러 자리에서 일어났다.

루쉬는 커티스를 돌아보고 말했다.

"제대로 된 단서가 나왔네요. 이 정신과 의사를 꼭 만나야 해요."

"네. 그래야죠."

그러더니 커티스가 파일의 금속 링을 열고 혈액 검사지를 뺐다. 루쉬가 어리둥절한 표정으로 물었다.

"어, 지금 뭐 하는 거예요?"

"명령을 따르는 중이에요."

"증거를 인멸하래요?"

"확실한 단서가 나오면 FBI와 CIA 내에서만 공유하래요."

"아니…, 나는 좀 그런데." 루쉬가 말했다.

"나는 안 그런 줄 알아요? 하지만 '명령'인 걸 어떡해요."

스토미가 백스터를 달고 이쪽으로 다가왔다. 커티스는 아직도 종이를 손에 들고 있었다.

"숨겨요." 커티스가 그렇게 말하면서 종이를 루쉬에게 던졌다.

루쉬는 커티스가 던진 종이를 다시 커티스에게 던졌다.

"싫습니다! 말할 거예요."

"안 돼요!"

소파 등받이에 루쉬의 코트가 걸쳐져 있었다. 커티스가 구겨진 종이를 루쉬의 코트 주머니에 찔러 넣은 순간, 백스터가 옆자리에 와서 앉았다. 커티스는 탐탁지 않다는 루쉬의 표정을 무시하고 다시 스토미의 이야기에 귀를 기울였다.

★

레녹스와 함께 그랜드 센트럴 터미널 사건의 세부 정보를 공식 확인하는 기자회견에 참석했던 백스터는 레녹스에게 놀라고 또 감동했다. 무고한 남자를 죽인 요원의 이름을 밝히라는 거센 압박을 꿋꿋이 거부했던 것이다. 레녹스는 이 사건이 정신적으로 불안정한 한 남자의 책임이라고 강조했다. 어쩔 수 없이 총을 쏜 FBI 요원은 용기 있는 행동을 한 것이었으며 규정을 따랐을 뿐이라고 했다.

레녹스는 능수능란한 솜씨로 부하 요원을 사건의 피해자로 바꿔놓았다. 비난조로 질문하던 기자들의 말투도 한결 부드러워졌다. 백스터는 수사 진행 상황을 묻는 질문에 예전과 마찬가지로 사전에 연습한 대답을 기계처럼 찍어 내며 임무를 완수했다.

드디어 회견장을 나와 휴대폰을 확인하니 여러 가지 소식이 와 있었다. 요청대로 수사팀은 살인자들의 의료 기록을 하나씩 입수할 때마다 백스터에게 보내주었다. 현재까지 들어온 것은 에드와도 메디나, 도미닉 버렐, 마커스 타운젠드의 기록이었다. 백스터는 자료를 곧장 에드먼즈에게 전달한 후 법의학 연구소로 향했다.

에드먼즈는 휴대폰 화면을 힐끔 내려다보았다. 진동이 울리며 이메일 세 통이 연이어 도착하고 있었다. 백스터의 이름을 보고 자리에서 일어난 에드먼즈는 화장실로 직행해 문을 잠그고 첨부 파일을 받았다. 첫 번째 문서를 대충 훑자마자 찾던 내용이 보였다. 두 번째 문서를 열었을 때도 몇 페이지 만에 같은 단어를 발견했다. 에드먼즈는 세 번째 문서를 클릭하고 읽기 시작했다. 갑자기 그의 눈에서 빛이 나는 듯했다. 에드먼즈는 문을 벌컥 열고 화장실에서 뛰어나와 엘리베이터로 달려갔다.

백스터 일행이 법의학자와 미팅을 막 끝내고 1번가로 나오는데, 백스터의 휴대폰이 울렸다. 다른 사람 전화였다면 무시했겠지만 이건 그럴 수 없었다.

"에드먼즈?" 백스터가 동료들과 거리를 두며 전화를 받았다.

"전부 심리 상담을 받고 있었어요!" 에드먼즈가 흥분해서 대뜸 말했다.

"누구?"

"살인자들이요. 그게 연결고리예요! '거리에서 성공으로' 사이트에 들어가 보니 자립을 돕는 심리 상담 서비스가 있다고 했거든요. 뭔가 짚이더라고요. 패트릭 피터 퍼커스 자료에는 어머니 병으로 재정적 부담이 생겨서 신경 쇠약에 걸렸다는 부분이 있어요. 상담을 받는 것도 당연하죠. 그리고 이것도 들어봐요."

"뭔데?"

"마커스 타운젠드는 '거리에서 성공으로' 단체에서 하는 무료 인생 코칭에 참가했어요. 에드와도 메디나는 딸 이민 신청이 거부된 후 우울증에 걸렸고요. 살인하기 전날 밤에도 알코올 중독자 모임에 참석했어요. 도미닉 버렐도 재활 계획에 따라 매주 의무적으로 상담을 받았어요."

백스터는 미소를 지었다. 역시 에드먼즈였다. 실망시키는 법이
없었다.

"당연한 얘기지만 글렌 아놀즈도 어렸을 때부터 심한 정신병을
앓고 있었어." 백스터가 흥분해서 말했다. "안 그래도 지금 정신과
의사를 찾는 중이야."

"빨리 찾아요. 그럼 5명 중 5명이라는 말이잖아요!" 에드먼즈는
거의 고함을 지르고 있었다. "자. 이제 말해요."

"무슨 말?"

"나 없으면 안 되겠죠?"

백스터는 전화를 끊었다.

백스터가 전화하는 잠깐 사이에, 커티스는 어떻게 하면 백스터
를 레녹스에게 넘기고 루쉬와 단둘이 웨스트체스터 카운티로 가
서 밴섬 박사를 만날 수 있을지 고민을 했다. 루쉬와 이야기하던
커티스가 입을 다물었다. 백스터가 웬일로 웃으며 다가오고 있었
기 때문이다.

"이 '밴섬'이라는 정신과 의사를 꼭 찾아야겠어요." 백스터가
자신 있게 말했다.

루쉬는 커티스를 보며 피식 웃었다.

15

"…그러니까 히브리어로 '아자즈'가 '힘'이고 '엘'이 '신'을 뜻한다면 그 순서를 따졌을 때 '아자젤'이 '신을 능가하는 힘'이라는 주장이 있어요. 그리고 여기 보면 '어둠'과 관련이 있는 동물들, 예를 들어 박쥐, 뱀, 들개 같은 게 '숙주 간의 부정한 영혼을 유지하는 데 특히 좋은 통로'라네요."

"제발 다른 얘기 하면 안 돼요?" 운전대를 잡은 커티스가 투덜대며 고속도로에서 빠져나가기 위해 방향 지시등을 켰다. "이제 정말 소름 돋으려고 해요."

오늘 아침 루쉬는 요즘 채널만 돌리면 나오는 제리 필스너 주니어 목사의 방송 중 하나를 우연히 봤다며 차로 이동하는 동안 이 초자연적 내용을 구글에서 검색하고 있었다.

그러는 내내 백스터는 잠을 자려고 용을 썼다.

차는 어느새 시골길을 지나기 시작했다. 벌거벗은 나무는 외딴길을 달리는 차량을 향해 울퉁불퉁 마디가 진 가지를 내밀었다.

"알았어요. 그런데 이건 정말…." 루쉬가 흥분하며 휴대폰 화면을 아래로 내리며 검색 내용을 읽으려 했다.

커티스는 못마땅해 콧김을 뿜었다.

자다가 또 깨버린 백스터가 입가에 흐른 침을 닦았다.

"대천사 라파엘에게 붙잡힌 타락 천사 아자젤은 검게 변한 날개를 내려놓고 하나님께서 창조하신 가장 깊고 어두운 구덩이에 갇혔다. 지구에서 가장 외진 불모지의 뾰족한 바위 아래에 묻혀 그는 목숨을 부지했다. 잘린 날개의 찢어진 깃털이 무덤을 채웠다. 심판의 날, 불구덩이에서 뜨겁게 타기 전까지 다시는 빛을 볼 수 없었다."

"고맙기도 해라." 백스터가 하품을 했다.

"마음에 안 들어요, 루쉬." 커티스가 소름 끼치는 이야기에 몸을 부르르 떨었다.

"얼마 안 남았어요." 루쉬가 약속하고 목을 가다듬었다. "무한한 어둠 속에서 아자젤은 광기에 사로잡혔다. 사슬의 속박에서 벗어날 수 없게 되자 그는 몸에서 영혼을 찢고 천 개의 영혼으로서 영원히 이 땅을 떠돌고 있다."

루쉬가 휴대폰을 무릎에 내려놓았다.

"이젠 나도 소름이 돋는데요."

밴섬의 집으로 가는 얼어붙은 진입로에 이르자 자그마한 눈송이가 앞 유리에 부드럽게 내려앉았다. 일기 예보에 따르면 오후부터 폭설이 내리고 밤부터 내일 아침까지는 강한 눈보라가 예상된다고 했다.

커티스는 어제 루쉬가 남긴 타이어 자국을 따라 차를 몰았다. 백스터는 창밖에 늘어선 집들을 보았다. 사람이 살지 않는 듯한 모습은 그대로였다. 하지만 어제 오후와 달리 마당의 눈밭에 깊은 발자국이 찍혀 있었다.

"누가 왔었어요." 백스터가 뒷좌석에서 희망적으로 말했다.

커티스가 주차를 하고 세 사람은 쌀쌀한 바깥으로 나왔다. 맞은편 집 이웃이 호기심 어린 눈으로 보고 있었다. 참견하지 않기를 바랐지만 이쪽으로 다가오는 모습이 보였다. 여자는 두 번이나 미끄러질 뻔하며 진입로를 올라왔다.

"먼저 가요."

루쉬는 커티스와 백스터를 현관으로 먼저 보내고 오지랖 넓은 이웃을 막으러 갔다. 이 아주머니가 넘어져서 고관절이라도 다치면 수사가 더 지연될 수 있었다.

"무슨 일이시죠?" 참견하기 좋아하는 이웃의 전형적인 멘트였다.

"제임스 밴섬 박사님을 만나러 왔습니다." 루쉬는 웃음으로 안심시켜 이웃을 돌려보내려 했다.

이웃은 초인종을 누르는 커티스를 의심스럽게 쳐다보았다. 쉽게 갈 것 같지 않았다.

"날이 춥네요." 루쉬는 따뜻한 집으로 돌아가 하던 일이나 하라고 은근한 암시를 하고 있었다.

백스터가 큰소리로 노크를 했지만 역시 응답이 없었다.

"저 집 보안이 얼마나 철저한데." 이웃은 노골적으로 경계심을 드러내며 말했다.

"그렇군요." 루쉬가 신분증을 내밀었다. "문 앞에 경찰 셋이 와 있어도 그럴까요?"

이웃은 곧바로 경계를 풀었다. 그러고는 동상에 걸릴 듯 파랗게 변한 손으로 휴대폰을 꺼냈다.

"휴대폰으로 전화해봤어요?"

"네."

"테리Terry 번호로는 안 해보셨죠?" 그녀가 전화기를 귀에 가져갔다. 밴섬 박사의 부인인 테리라는 사람에게 전화를 걸고 있는 중이었다. "사람이 참 착해요. 아이들도 그렇고. 우리 동네 사람들은 서로…."

"좀 닥쳐요!" 저 멀리 현관문 앞에서 백스터가 소리치자 이웃의 얼굴이 붉으락푸르락 변했다.

잠시 후 백스터는 커티스를 돌아보며 말했다. "안에서 이 소리 들려요?"

쭈그리고 앉아 현관문 밑에 달린 우편함을 여는데, 전화신호음 소리가 끊겼다.

"빨리 다시 걸어 봐요!" 백스터가 참견쟁이 이웃에게 멀리서 외쳤다.

몇 초 후, 다시 작게 윙윙거리는 소리가 났다. 열린 우편함 틈으로 휴대폰이 단단한 바닥 위에서 진동하는 소리가 들렸다.

"전화기가 집 안에 있어요!" 백스터가 루쉬에게 큰소리로 알렸다.

"어머." 이웃이 의아하다는 듯 말했다. "흠, 이상하네. 테리는 아이들이 찾는다고 항상 휴대폰을 들고 다니는데. 집 안에 있는 거 아니에요? 목욕 중인가 봐요."

이웃은 진심으로 걱정하는 얼굴이었다.

"백스터! 우편함을 열고 다시 들어봐요." 루쉬가 외쳤다.

루쉬는 휴대폰을 꺼내 어제 걸었던 밴섬 박사의 번호를 다시 눌렀다. 연결되기를 기다리는 동안 심장이 두근거렸다.

백스터는 좁은 문틈에 귀를 바짝 붙이고 소리에 귀 기울였다.

"오, 바깥 날씨는 끔찍하지만 불은 아주 따스해…. Oh, the weather outside is frightful…."

그 소리에 놀란 백스터가 젖은 땅바닥에 엉덩방아를 찧고 넘어지고 말았다. 바로 문 뒤에서 크리스마스 노래로 설정된 휴대폰 소리가 큰소리로 터져 나왔던 것이다.

이제 루쉬가 놀란 이웃을 돌아보고 말했다. "그만 가세요!"

그는 총을 꺼내며 현관문 쪽으로 달려갔다.

백스터는 젖은 땅바닥에 쓰러진 상태로 커티스가 발로 자물쇠를 차는 모습을 보고만 있었다.

"우리에게 달리 갈 곳이 없으니…. And since we've no place to go…."

또 노랫소리가 들렸다.

커티스가 다시 발차기를 했다. 문이 활짝 열리며 크리스마스 벨소리가 흘러나오는 휴대폰이 위풍당당한 크리스마스트리 밑으로 날아갔다. 밴섬 박사의 휴대폰이 현관문 바로 아래 놓여 있었던 것이다.

"FBI입니다! 누구 없어요?" 큰소리로 커티스가 외쳤다.

루쉬와 백스터도 집 안으로 들어갔다. 루쉬는 위층으로 올라갔고 백스터는 복도를 지나 주방으로 향했다.

"밴섬 박사님?" 위층에서 루쉬 목소리가 들렸다.

집 안은 따뜻했다. 컨트리풍으로 예쁘게 꾸민 주방 한가운데에 차갑게 식은 네 사람 몫의 점심 식사가 있었다. 주황색 수프 표면에는 두꺼운 막이 생겼다.

"누구 없습니까?" 커티스가 다른 방에서 외쳤다. 루쉬는 계속 쿵쿵대며 위층을 돌아다녔다.

백스터는 식탁을 내려다보았다. 그릇 4개 중 3개 옆에 바삭하게 구운 황금색 롤빵이 먹다 남은 채로 놓여 있었다. 바닥에 간간이 떨어진 가루와 부스러기는 백스터가 온 방향 쪽으로 길을 표시하고 있었다. 일정치 않은 자취를 따라 복도를 반쯤 되돌아간 백스터는 좁아 보이는 벽장 문 앞에 섰다.

"계세요?" 백스터는 사람이 있는지 불러보았다. 조심스럽게 문을 당겨서 열자 어두운 지하로 내려가는 가파른 나무 계단이 나왔다. "누구 없어요?"

전등 스위치를 찾아 벽을 더듬으며 계단을 한 칸 내려갔다. 체중이 가벼운 편인데도 발밑에서 나무가 삐걱거렸다.

"커티스!"

백스터가 외치고 휴대폰을 꺼내 내장된 손전등을 켰다. 하얀 불빛이 계단에 쏟아졌다. 조심스럽게 두 걸음을 더 내디뎌보았다. 앞으로 다가갈수록 어두운 지하실이 조금씩 밝아졌다. 다음 계단에 발을 올리는데 뭔가 물컹한 것이 밟혔다. 백스터의 발목이 꺾였다.

백스터가 차가운 돌벽에 붙어 계단 아래로 추락했다.

"백스터?" 커티스 목소리가 들렸다.

"아래요!" 백스터가 끙끙대며 외쳤다.

먼지와 곰팡이로 퀴퀴한 냄새가 나는 바닥에 누워 백스터는 머릿속으로 팔다리의 상태를 하나씩 확인했다. 멍이 들었고 이마의 딱지가 벗겨졌고 부츠 속의 발목이 욱신거렸지만 크게 다치지는 않은 듯했다. 휴대폰은 바닥에서 두 칸 위에 있는 계단에 떨어져 백스터를 넘어뜨린 롤빵에 스포트라이트를 비추고 있었다.

"짜증나게." 백스터는 인상을 쓰며 몸을 일으켰다.

커티스가 문가에 나타났다. "백스터?"

"여기요." 백스터가 위로 손을 흔들었다.

루쉬가 이쪽으로 달려오는지 위쪽에서 무거운 발소리가 들렸다.

"괜찮아요?" 커티스가 물었다. "불을 켜지 그랬어요."

백스터가 발끈해서 따지려는 순간, 커티스가 위로 손을 뻗어 문 옆에 달려 있는 줄을 당겼다. 경쾌하게 딸깍 소리가 났다.

"내가 쓸 만한 걸 찾은 것 같네요." 커티스가 자화자찬했지만 백스터는 무시했다.

백스터의 커다란 눈은 어둠을 향하고 있었다. 먼지를 뒤집어 써 숨쉬기도 어려웠다. 천장에 홀로 달려 있던 전구가 서서히 살아나 며 주황색 불빛을 뿌렸다.

"백스터?"

백스터는 갑자기 맥박이 두 배로 빨라졌다.

전등 가까이 있던 형체는 서서히 사람의 모습을 드러냈다. 그 옆에는 한 명이 더 있었다. 둘 다 바닥에 엎드려 있었고, 얼굴은 피 묻은 마대자루로 덮여 있었다.

전구에 완전히 불이 들어오기도 전에 백스터는 본능적으로 도 망칠 준비를 했다. 무릎을 딛고 일어나려던 그녀가 뒤쪽에서 시 신 두 구를 더 발견했다. 똑같이 머리에 피 묻은 마대자루를 쓰 고 엎드려 있었다. 하지만 몸집이 앞서 발견한 성인 두 명의 절반 밖에 되지 않았다.

"왜 그래요?" 커티스가 다급하게 물었다.

백스터는 계단을 정신없이 기어 올라갔다. 발목도 발목이지만 겁이 나서 다리에 힘이 풀렸다. 복도로 쓰러지듯 올라온 백스터 가 발로 문을 닫고 숨을 몰아쉬었다. 누가 쫓아 올라와 문을 열 기라도 할까 봐 부츠 발로 문 아래쪽을 굳게 막고 있었다.

커티스는 지원을 요청해야 한다는 예감에 휴대폰을 들었다. 루 쉬는 백스터 옆에 무릎을 꿇고 앉아 백스터가 지하실 상황에 대해 설명해주기를 잠자코 기다렸다. 백스터가 그를 향해 고개를 돌리고 숨을 헐떡였다. 얼굴에 닿은 숨결이 따뜻했다.

"찾은 것 같아요…, 밴섬 가족."

루쉬는 바깥쪽 현관 테라스에 앉아 진입로를 가득 채운 차들의 지붕에 쌓이는 눈을 지켜보았다. 테라스로 떨어지는 눈송이 하나를 붙잡고 손가락으로 문지르자, 원래 아무것도 없었던 것처럼 녹아서 사라졌다.

기억이 하나 떠올랐다. 네 살인가, 다섯 살 때 정원에서 뛰어놀던 어린 딸의 기억이. 추운 날씨에 몸을 꽁꽁 싸맨 딸은 혀끝으로 눈송이를 잡으려 했다. 하얀 구름을 올려다보며 신기해하던 모습이 눈에 선했다. 구름이 머리 위에서 산산이 부서지고 있었다. 딸은 조금도 두렵지 않은 목소리로 물었다. 하늘이 무너지고 있는 거냐고.

잊기 힘든 새로운 발상이었다. 죽어가는 세상을 목격한다는 생각이 비현실적이기 때문이었을까, 아니면 그저 바라보며 눈송이를 붙잡는 것 말고는 무엇도 할 수 없는 무력함이 인상적이었기 때문이었을까. 오늘 루쉬는 눈 내리는 하늘 아래에서 더없이 가혹하고 이해하기 힘든 광경을 목격했다. 구름이 흘리는 피를 맞으며 루쉬는 그 기억의 의미가 그때와는 달라졌음을 깨달았다.

더 큰 공포가 다가오는 중이었다. 지켜보는 것 외에 그들이 할 수 있는 일은 전혀 없었다.

★

밴섬의 집 지하실로 다른 사람들도 들어오면서, 21세기에 생산

된 전구들로 지하실 내부를 밝히자, 지하실은 여느 범죄 현장과 다르지 않았다. 전문 요원들이 눈물을 훔치고 있었고, '잠시 비켜 주세요.'라는 요청이 쉴 새 없이 들린다는 점만 빼면 그랬다. 과학 수사대가 지하실에서 현장을 보존하는 동안, 나머지는 가족이 죽음을 맞기 전 모여 있던 주방에서 증거를 채취했다. 사진사 두 명은 이 방, 저 방을 옮겨 다니며 모든 것을 카메라에 담았고, 경찰견들도 집 근처를 수색하기 시작했다.

백스터와 커티스는 위층에 있었다. 둘은 거의 한 시간째 한마디 말도 없이 수사에 도움이 될 단서를 찾았다.

몸싸움의 흔적은 없었다. 죽은 의사의 몸에는 '미끼'가 아닌 '꼭두각시'라는 낙인이 찍혀 있었다. 하지만 의아하게도 다른 가족의 시신은 깨끗했다. 밴섬 가족은 결박당한 상태로 뒤통수에 한 발씩 총을 맞아 차례차례 처형되었다. 사망 추정 시간은 18시간에서 24시간 전이었다.

어린아이가 연루된 범죄 현장의 분위기는 격한 분노가 끓어오르기 마련이다. 백스터는 아이가 없고 자녀 계획도 없었다. 아이를 좋아하지 않아 웬만하면 피해 다녔지만, 그런 그녀조차도 같은 감정을 느꼈다. 다들 분노에 휩싸여 프로 의식을 발휘했다. 밤을 지새우더라도, 끼니를 거르더라도, 가족을 만나지 못하더라도 이 사건에 열정을 바칠 각오가 되어 있었다. 그래서였을까, 바깥 테라스에 앉아 농땡이를 피우는 루쉬를 보자, 백스터는 뚜껑이 열렸다.

백스터는 욱신대는 발목 통증을 무시한 채 아래층으로 뛰어 내려갔다. 씩씩거리며 열려 있는 현관문을 지난 다음 의자에 앉아 있는 루쉬를 뒤에서 밀어 넘어뜨렸다.

"아야!" 앞으로 한 바퀴 구른 루쉬가 아프다고 외쳤다.

"이게 무슨 짓이에요, 루쉬?!" 백스터가 윽박질렀다. "다들 안에서 서로 돕는 거 보고도 여기서 엉덩이나 뭉개고 싶어요?"

그때 멀리서 집 주변을 돌던 경찰견 부대가 걸음을 멈췄다. 저 면 셰퍼드 한 마리가 이쪽으로 사납게 짖어대자, 경찰이 녀석에게 무어라 큰소리로 외쳤다.

"전 아이들 죽은 현장은 안 봐요." 루쉬는 그렇게만 말하고 일어났다. 짖던 개는 관심을 잃고 다시 걷기 시작했다.

"누구는요? 누구는 저기 있고 싶어서 있는 줄 알아요? 어쩌겠어요? 우리 일이잖아요!"

루쉬는 아무 말 없이 옷에 묻은 눈을 털었다.

"내가 봉제인형 살인사건 이전에 있었던 방화 살인사건을 맡았던 거 알죠? 나랑 울프는…." 굽힐 줄 모르던 백스터가 말을 흐렸다. 지금까지는, 문제의 전 파트너를 언급하지 않으려고 의도적으로 노력했었다. "나랑 울프는 27일 동안 죽은 여자아이들 27명을 봐야 했어요."

"저기, 나도 트라우마가 있어서 그래요…, 일을 하다가. 그때 이후로 죽은 애들은 안 봅니다. 절대." 루쉬가 설명했다. "어쩔 수 없어요. 여기서 내 할 일 하고 있잖아요. 됐죠?"

"아니, 되긴 뭐가 돼."

그러면서 집 안으로 돌아가려던 백스터가 눈과 얼음을 한 움큼 쥐었다. 루쉬는 얼굴을 찌푸리며 상의에 묻은 눈을 다시 털었다. 잠시 후, 단단한 눈덩이가 루쉬의 옆머리를 세차게 가격했다.

현장에서 철수했을 때는 이미 밤이 깊어진 후였다. 예보대로 폭설이 오고 있었다. 새까만 하늘을 배경으로 반짝이는 눈이 조명이 비추고 있는 앞마당에 내려앉았다. 백스터와 커티스가 집에서 나와 보니 루쉬는 여전히 그 자리에 웅크리고 앉아 있었다.

"둘이 얘기 좀 해요."

커티스가 자리를 피했다.

백스터는 털모자를 쓰고 루쉬 옆에 앉아 평화로운 정원을 내다보았다. 그러다 힐끔 곁눈질을 했다. 이마에 난 상처가 컸다.

"이마는 미안해요." 백스터가 그렇게 말하자, 따스한 숨결이 구름 같은 입김으로 변해 하늘로 올라갔다. 늘어선 경찰차 뒤로 이웃집에 걸린 크리스마스 조명이 번쩍거렸다.

"사과할 필요 없어요." 루쉬는 인자한 미소를 지었다. "이렇게 아플지 몰랐잖아요."

백스터는 죄를 지은 표정이었다. "사실은 안에 돌을 넣었거든요."

루쉬가 피식 웃었다. 곧이어 둘 다 웃음을 터뜨렸다.

"여기는 어땠어요?" 백스터가 물었다.

"음, 계속 눈이 내리고 있었어요."

"유용한 정보네요. 그건 나도 알아요."

"이해가 되지 않아요. 이제는 자기 자식까지 죽인다고요? 이게 가능한 패턴인가요?" 루쉬가 한숨을 쉬었다. "각 팀에 다른 정신과 의사들 신원부터 확인하라고 전달했어요. 그리고 그래머시 병원에 있는 밴섬의 환자 명단도 달라고 요청했어요."

루쉬는 글렌 아놀즈의 몸에서 발견된 불법 약물을 백스터가 아직 정확히 모른다는 사실을 다시 떠올렸다. 이따 저녁에 커티스에게 이 문제를 따져야겠다고 결심했다.

"혹시 몰라서요." 고개를 갸웃한 백스터에게 루쉬가 해명했다. "하지만 내가 여기 앉아서 했던 것 중 가장 중요한 일은 증거 수집이었어요." 루쉬가 순백의 정원에 세워진 작은 천막을 가리켰다. "살인자의 발자국이에요."

"아닐 수도 있어요."

"아니, 확실해요."

루쉬는 휴대폰에서 사진첩 앱을 열고 오후에 찍은 사진을 찾아 백스터에게 건넸다. 반짝이는 가루눈이 날리는 하늘 아래에는 죽을 때까지 그녀의 악몽에 찾아들 그림 같은 집이 꼼짝 않고 서 있었다. 백스터가 타고 온 FBI 차량이 차고 앞에 서 있었고, 얼음판 위에는 타이어 자국이 선명하게 찍혀 있었다. 지금은 눈에 덮여 사라졌지만 깊이 찍힌 발자국 한 쌍이 가장 짧은 경로로 현관에서부터 정문까지의 정원을 가로질렀다.

"이웃 사람이나 신문 배달부였을 수도 있어요." 백스터가 말했다.

"아니에요. 다시 봐요."

백스터는 화면에 집중해 사진을 확대했다.

"집에서 나가는 발자국만 있고, 집으로 들어가는 발자국이 없어요!"

"바로 그거예요." 루쉬가 말했다. "어젯밤에는 눈이 내리지 않았죠. 내가 확인했어요. 기동대가 출동하기 전에 그쪽으로 돌아가 봤거든요. 백스터, 나, 커티스, 옆집 아주머니 발자국을 빼면 이것만 남아요."

"그 말은…, 살인자가 어제 여기 있었다는 거네요! 어제 우리가 집 앞에서 나올 때 갑자기 불이 켜졌었잖아요. 그때 바로 그 안

에 있었어요!" 백스터는 숨이 턱 막혔다. "아악! 잡을 수 있었는
데!"

흥분을 가라앉힌 백스터가 루쉬에게 휴대폰을 돌려주었다.

그들은 잠시 말없이 앉아 있었다.

"밴섬 가족을 죽인 게 꼭두각시 줄을 움직이는 놈일까요? 당신
이 말한 아자젤?" 백스터가 물었다.

"모르겠어요."

"세상에, 루쉬. 이게 대체 무슨 일일까요?"

루쉬는 서글픈 미소를 지은 채 테라스 지붕 너머에서 점점 굵
어지고 있는 눈발을 향해 손을 뻗었다.

"…하늘이 무너지고 있어요."

16

눈보라는 일기 예보보다 일찍 찾아왔다. 하늘에서 떨어진 하얀 눈이 뉴욕을 몇 센티미터나 덮었고 차가운 바람이 사납게 휘몰아쳤다. 히터가 달아오르기도 전에 백스터 일행을 태운 차는 뉴잉글랜드 고속도로에서 방향을 틀었다. 앞에 파손된 자동차의 잔해를 보니 눈보라가 벌써 오늘 밤의 첫 번째 희생양을 찾은 듯했다. 백스터의 차량은 번쩍이는 비상 라이트를 켜고 거북이처럼 움직이는 차량 행렬에 합류했고 마침내 1번 국도에 올라탔다.

백스터는 뒷자리에서 꾸벅꾸벅 졸고 있었다. 차창 밖의 세상은 정지 화면과도 같았다. 은은하게 불을 밝힌 대시보드에서 불어오는 히터 바람은 뜨거우면서도 가죽 냄새가 났다. 타이어가 눈을 가르고 나아가는 소리는 잔잔한 시냇물 소리만큼이나 마음을 편안하게 했다. 그러는 동안 경찰 무전기는 의미 없이 떠들어댔다. 자동차 사고, 술집 난투극, 강도 사건 등 다양한 목소리가 들렸다.

너무나 힘든 하루였다. 이번 사건과 연관된 사람이라면 다 비슷할 것이다. 백스터는 현장에서 프로답게 아무렇지 않은 척 허세를 부렸다. 지금까지 잔혹한 사건들을 접할 때마다 보인 염세적인 태도가 그녀를 지배했다. 하지만 어두운 차 뒷좌석에 앉아 있는 지금, 눈앞에는 지하실밖에 떠오르지 않았다. 앞으로 쓰러진 시신들. 손발이 묶이고 마대자루로 눈이 가려진 채로 온 가족이 학살을 당했다.

이러면 안 된다는 걸 알면서도 토머스나 티아, 아직 연락을 주고받는 몇 안 되는 친구들과 자신의 처지를 비교해보니 억울함마저 느껴졌다. 이들이 일상에서 경험할 지독한 공포는 어느 정도일까? 출근길에 비를 맞는 것? 스타벅스 커피에 우유가 잘못 들어간 것? 동료가 모멸적인 말을 한 것?

누구도 강력계 형사의 삶을 이해하지 못했다. 무엇을 봐야 하고, 무엇을 기억해야 하는지 상상조차 하지 못한다. 인정하고 싶지 않지만, 결국 형사는 일 외에 모든 것이 지극히 하찮아 보일 수밖에 없다.

"괜찮아요, 백스터?" 루쉬가 앞좌석에서 돌아보았다.

백스터는 누가 말을 걸었는지도 몰랐다. "네?"

"날씨가 점점 험악해져요." 루쉬가 다시 말해주었다. "잠깐 어디 들러서 뭐 좀 간단히 먹자는 얘기하고 있었어요."

백스터는 어깨를 으쓱했다.

"'아무거나'래요."

루쉬가 백스터의 몸짓을 커티스에게 말로 전했다.

백스터는 다시 창문으로 고개를 돌렸다. 얼어서 반짝이는 표지판에 따르면 그들은 현재 마마로넥에 진입하고 있었다. 마마로넥이 어딘지 모르겠지만. 이렇게 많은 눈은 생전 처음 보았다. 중심 도로에 늘어선 건물들도 눈보라에 가려 잘 보이지 않았다. 루쉬와 커티스는 눈을 가늘게 뜨고 차를 세울 곳을 찾았다.

"내 외투 좀 이리 줄래요?" 슬슬 나가면 마땅한 곳을 찾을 수 있다고 자신하는지 루쉬가 물었다.

백스터는 옆자리에서 코트를 집어 들었다. 루쉬가 고맙다고 인사하며 앞좌석 사이로 코트를 받아 드는데, 주머니에서 무언가가 떨어졌다. 백스터는 발밑 공간에 손을 뻗어 구겨진 종이를 쥐었다. 루쉬에게 물건을 다시 건네려던 백스터가 멈칫했다. 종이 윗부분에 적힌 것은 글렌 아놀즈의 이름이었다.

짙은 색 눈동자로 루쉬의 뒤통수를 주시하며 백스터는 조심스럽게 종이를 펼쳤다.

"왼쪽에 저거 뭐예요?" 중심 도로에 차 여러 대가 서 있는 방향을 가리키며 커티스가 물었다.

"'다이너 앤드 피자'!" 루쉬가 흥분해서 외쳤다. "다들 괜찮죠?"

"그럼요." 백스터는 대충 대답하고 주변 건물들에서 나오는 간헐적인 불빛으로 구겨진 종이에 적힌 글자를 읽으려 했다. 조각난 오렌지색 불빛들이 종이의 일부만을 보일 듯 말 듯 비추었다.

의심의 여지가 없었다. 이건 부검에서 나온 혈액 검사 결과였다. 나열된 약과 화학 물질 목록만으로는 무슨 뜻인지 알 수 없었지만 법의학자는 중요하다고 생각한 항목들에 동그라미를 쳐두었다.

왜 이걸 숨겼을까? 솔직하게 물어볼까 고민하고 있을 때, 루쉬가 웃으며 뒤를 돌아보았다.

"당신은 모르겠지만 나는 꼭 맥주를 마셔야겠어요."

백스터도 웃어 보이고 무릎에 놓인 종이를 공 모양으로 구겼다. 그사이 커티스는 앞차를 따라 주차장으로 들어갔지만 자리가 하나도 없었다. 루쉬의 설득에 커티스는 내키지 않지만 차를 그냥 길가에 세우기로 했다. 백스터는 털모자를 쓰고 장갑을 꼈다. 루쉬는 앞 유리에 CIA 배지를 남겼다. 배지를 본 사람이라면, 눈 밑에 있는 화단인지, 마당인지를 차바퀴로 마구 짓밟았어도 조금은 용서할 터였다.

차에서 내리니 주차장 바닥은 온통 흙탕물이었다. 세 사람은 추위에 몸을 잔뜩 웅크리고 식당으로 향했다. 가게 입구부터 가게 유리창 옆으로 구불구불 이어진 줄에는 최소 스무 명 넘는 사람이 서 있었나. 안에 들어오면 몸을 녹이고 정답게 얘기하며 따뜻한 식사를 할 수 있다고 감질나게 예고하는 유리창은 가게 안으로 들어가고야 말겠다는 사람들의 마음을 더 애타게 했다. 백스터는 줄 끝으로 가는 루쉬와 커티스에게 전화 한 통을 하고 오겠다고 양해를 구했다.

통화 내용이 들리지 않을 정도로 도로까지 걸어 나갔다. 그곳에 서 있는 자그마한 교회는 크리스마스카드 표지에 찍힌 그림 같았지만 맞은편 던킨도너츠가 서정적인 분위기를 다 망쳐놓고 있었다. 백스터는 재빨리 에드먼즈에게 전화를 걸었다. 연결음이 몇 번 들리더니 음성 사서함으로 넘어갔다.

"할 얘기가 있어. 전화해." 백스터는 용건만 말했다.

멀리서 보니, 커티스와 루쉬는 아까보다 1센티미터도 전진하지 못하고 있었다. 백스터는 그리로 돌아가지 않은 채, 낮은 턱에 걸터앉아 전화를 기다리며 빨리 연락이 오기를 빌었다.

꼭 에드먼즈와 통화를 해야 했다.

앞줄에 서 있던 가족이 입장하면서, 커티스와 루쉬는 가게 입구 쪽으로 만족스럽게 두 걸음 다가갔다. 길 건너에서 백스터의 실루엣이 보였다. 휴대폰 화면 불빛이 얼굴을 밝히고 있었다.

"뭔가 단서를 잡았다고 생각했는데." 커티스가 아쉬워했다. "이렇게 됐네요. 또 막혔어요."

커티스는 글렌 아놀즈를, 또 그녀가 죽일 수밖에 없었던 남자를 생각하고 있는 듯했다. 사실 루쉬는 놀라웠다. 불과 24시간 전만 해도 절망에 빠져 있던 사람이 이렇게 멀쩡한 활동을 하고 있다니. 교도소 폭동이 벌어진 날 밤, 루쉬는 커티스와 통화하며 그녀가 유력 정치인 가문 출신이라는 사실을 알게 되었다. 그 얘기를 듣고 나니 레녹스의 편애, 과잉보호가 더 뚜렷하게 느껴졌다. 레녹스는 커티스를 위해서라면 기꺼이 규정을 무시했다.

어쩐지 이상했다. 커티스는 가족과 상관없이 자신이 선택한 일로 성공하겠다는 결심이 대단했다. 하지만 정말 모르는 걸까? 그녀가 성공했다고 과시하는 굵직굵직한 사건과 실적, 빠른 승진부터가 본인의 신분과 가족 덕분이라는 것을? 이번 일도 다른 사람이었다면 진작 사건에서 손을 떼고 몇 주간의 감사와 평가를 받았을 것이다.

"진전이 있어요." 루쉬가 안심하라는 미소를 지었다. "범인의 계획대로라면 우리는 밴섬 가족을 찾지 못했어야 해요. 아직은요. 다른 시신들은 보란 듯이 내걸었죠. 하지만 이번에는…, 무대도, 관객도 없었어요. 숨겨져 있었단 말이에요. 우리가 올바른 방향으로 가고 있다는 거예요. 꼭두각시였던 밴섬이 죽었어요. 밴섬은 살인을 강요당하고 있었을지도…, 어쩌면 그걸 거부했을 수도 있고요."

커티스는 고개를 끄덕이고 움직이는 줄을 따라 앞으로 몇 걸음 더 옮겼다.

"우리가 구할 수 있었다면 얼마나 좋았을까요." 커티스가 말했다.

루쉬가 전에도 말했지만 살아 있는 용의자를 체포할 기회는 글

렌 아놀즈가 처음이었고, 어쩌면 마지막일지도 몰랐다. 글렌 아놀
즈만 살아 있었어도 지금 간절히 필요로 하는 정보들을 얻을 가
능성이 컸다. 그 기회를 날린 사람은 커티스였다. 루쉬는 커티스
의 얼굴을 바라보았다. 커티스는 만약 그때 자신이 그랜드 센트럴
에서 다른 선택을 했더라면 밴섬 가족을 제때 구할 수 있었을까
궁금해 하는 표정이었다.

"우리는 한 팀으로 일해야 해요." 루쉬가 말했다.

커티스는 루쉬의 시선을 따라 백스터를 보았다. 백스터는 막힌
울타리 너머로 홧김에 휴대폰을 던졌다가 다시 찾으려고 끙끙대
고 있었다.

그 모습에 두 사람은 웃음을 지었다.

"전 상관에게서 명령을 받았어요." 커티스가 말했다.

"바보 같은 명령이죠."

커티스는 어쩔 수 없다는 듯 어깨를 으쓱했다.

"백스터를 따돌리는 건 수사에 도움이 되지 않아요. 오늘 일을
봐요." 루쉬가 말했다.

"그래요, 오늘 일을 봐요." 커티스도 지지 않았다. "백스터는 정
신과 의사를 주목해야 한다는 걸 알고 있었어요. 어떻게 알았을
까요? 우리 쪽에서 준 정보는 아니었어요. 백스터도 뭔가 숨기고
있어요. 그 생각은 안 해봤어요?"

루쉬는 한숨을 쉰 다음 잠시 커티스를 빤히 바라보았다.

"레녹스가 나를 따돌리라고 하면 어떻게 할 겁니까?"

커티스는 다소 불편한 표정으로 망설였다. "따돌려야죠."

그녀는 마음이 갈팡질팡하고 있었지만 그렇다고 사과하거나 물
러날 생각도 없는 것 같았다.

"그냥 그렇게?" 루쉬가 물었다.

"네, 그냥 그렇게."

"내가 문제를 해결해줄게요." 루쉬가 말했다. "내가 백스터한테 약에 대해 말하면 되잖아요. 나보고 비밀을 지키라고 명령한 사람은 없어요. 그런 명령 받았어도 무시했을 거고요."

"그렇게 되면 나는 레녹스에게 보고해야 해요. 내가 당신에게 부탁을 했는데 무시했다고 기록으로 남겨야 하고요. 그러면 레녹스는 당신을 사건에서 빼겠죠."

이제 커티스는 루쉬와 눈을 마주치기도 힘들었다. 앞에서 또 한 무리가 가게로 들어가며 줄을 당겼다. 가게 입구가 얼마 남지 않았다. 커티스는 다시 루쉬를 보았다.

"이러니까 미안해지잖아요." 커티스가 말했다. "내가 칠리 치즈 프라이 살게요."

루쉬는 상처받았다는 표정을 풀지 않았다.

커티스가 한숨을 쉬었다. "밀크셰이크도요."

백스터에게는 좋은 소식과 나쁜 소식이 있었다. 좋은 소식은 휴대폰을 찾았다는 것이었다. 알고 있는 모든 욕설과 긴 막대기의 힘이 컸다. 나쁜 소식은 아직도 에드먼즈의 연락이 없다는 것이었다. 추워서 계속 몸이 떨렸고 부츠에 눈이 들어가 양말까지 젖었다. 다시 에드먼즈에게 전화를 걸었지만 이번에도 음성 사서함으로 넘어갔다.

"나야. 오늘 일진이 안 좋네. 네 정신과 의사 이론이 맞았던 것 같아. 그런데…, 말하자면 복잡해. 나중에 설명해줄게. 그보다, 다른 문제가 있어. CIA 요원 말이야. 데이미언 루쉬. 그 사람 좀 알아봐 줘. 무슨 말 할지 아는데, 아니야. 망상이 도진 게 아니라고. 이 세상 모든 사람이 내 뒤통수를 노리고 있지 않다는 것도 알아. 뭘 찾은 게 있어서 그래. 믿어줘. 그냥…, 뭐가 나오는지 봐. 알았지? 그래. 끊을게."

그때 루쉬 목소리가 들렸다.

"칠리 치즈 프라이…."

그는 백스터와 겨우 몇 미터 거리에 서 있었다.

백스터가 놀라서 힉 소리를 내고 미끄러지며 땅바닥으로 넘어졌다.

루쉬가 일으켜주려고 얼른 다가왔다.

"됐어요."

백스터가 쏘아붙이고는 바닥을 딛고 일어나 쑤시는 엉덩이를 움켜쥐었다.

"우리 테이블 나왔다고 말해주러 왔어요. 커티스가 칠리 치즈 프라이 산대요."

"금방 갈게요."

백스터는 루쉬가 길 건너 식당으로 돌아가는 모습을 보며 두근거리는 마음을 가라앉혔다. 어디까지 들었을까? 하지만 들었든 못 들었든 중요하지 않다.

루쉬는 뭔가를 감추고 있었다.

어떻게 해서든 이유를 알아내야 한다.

17

확인 완료. 그 사람 진짜 악당이던데요? 대단한 촉이에요!:)
점심때 전화할게요. (^^)

에드먼즈는 백스터의 응징을 각오하고 '전송' 버튼을 눌렀다.

"또 전화질이냐?"

맞은편 책상에서 어떤 수사관 하나가 코맹맹이 소리로 물었다.
에드먼즈는 질문을 무시하고 휴대폰을 주머니에 넣었다.

에드먼즈는 잠깐 딴 짓을 하는 사이 로그아웃된 컴퓨터에 다
시 로그인했다. 그는 툭하면 징징거리고 높은 사람한테만 알랑방
귀를 뀌는 저 인간을 혐오했지만 어쩔 수 없이 같이 일해야 했다.
마크 스미스라는 평범하기 그지없는 이름보다도 볼 게 없는 놈이
었다. 서른 살씩이나 된 남자가 머리카락은 덥수룩하고, 두 사이
즈 더 큰 정장을 입고 다녔다. 안에 입은 셔츠의 겨드랑이 부분이
누렇게 변색되었다는 것은 안 봐도 뻔했다. 사무실 전체에 찌든
침대 냄새가 풍겼다.

마크가 헛기침을 했다. "야, 너 또 전화질하는 거 봤다고."

에드먼즈의 반응이 없자, 그는 다시 시비를 걸어왔다.

에드먼즈는 내면에 있는 백스터를 불러낸 다음, 한심한 동료에
게 컴퓨터 옆으로 중지를 들어 올렸다.

"이것도 보여?"

에드먼즈는 그러고 나서 다시 컴퓨터 화면을 보았다.

평소라면 이런 식으로 남에게 적대감을 드러내지 않지만 오늘은 그럴 이유가 있었다. 지금은 상상하기 힘들지만 한때 에드먼즈는 이 히찮은 인간을 위시한 직장 동료들에게 꼼짝도 하지 못했다. 괴로운 감정이 쌓이고 쌓여 급기야는 매일 아침 출근이 두려워졌다.

다 지나간 이야기였다. 이후 에드먼즈는 짧은 기간이지만 강력범죄수사팀으로 전근해 봉제인형 살인사건을 수사했다. 그리고 시종일관 거슬리고, 때로는 불쾌하고, 툭하면 변덕을 부리지만, 본받을 점이 넘치는 사수 백스터를 만났다.

백스터를 깔보는 사람은 아무도 없었다. 백스터가 그렇게 허락하지도 않았기 때문이다. 지위가 더 높거나 잔소리할 자격이 있는 사람조차도 자신을 함부로 대하지 못하도록 딱 선을 그었다.

에드먼즈는 백스터의 황소고집을 생각만 해도 웃음이 나왔다. 백스터는 남의 인생을 악몽으로 만들 수도 있는 사람이었다.

마침내 전근 신청을 하기로 결심했던 날이 생생하게 떠올랐다. 강력팀 수사관은 그의 오랜 꿈이었다. 대학에서도 범죄심리학을 공부했으니까. 하지만 에드먼즈는 숫자를 계산하고 패턴을 발견하는 데 재능이 있었다. 거기에 결여된 자신감 문제까지 더해져 안정적인 재산범죄조사국에 들어갔던 것이다. 그러다 티아를 만났다. 동거를 시작하고 임대주택을 얻었다. 깨끗하게 관리하지도, 현대적으로 보수를 하지도 못하는 집에서 티아는 덜컥 임신을 했다. 그때 인생 전체의 노선이 확정된 듯했고…, 그것이 문제였다.

마크와 그 졸개 때문에 유독 힘든 하루를 보낸 날, 에드먼즈는 회의를 빠지고 꿈을 이루기 위해 전근 신청서를 제출했다. 그 사실을 알아낸 동료들은 면전에 대고 비웃었다. 집에 와서는 티아와 한바탕 싸우고 소파로 쫓겨났다. 사귀기 시작한 이래 처음 있는 일이었다. 하지만 에드먼즈의 의사는 확고했다. 동료들이 싫었다. 일이 따분했다. 그는 재능과 실력을 낭비하고 있었다. 이 모든 것이 완벽한 동기 부여가 되었다.

그러니 재산범죄조사국으로 돌아가겠다는 결정이 얼마나 힘들었겠는가. 이곳으로 돌아와 6개월 전 비운 책상에 다시 앉은 첫날, 모두들 에드먼즈가 낙제했을 거라며 수군거렸다. 강력팀 수사관으로서 자질이 부족했을 거라고. 원래 시체보다는 엑셀이 더 어울리는 놈이라고. 하지만 사실 짧은 기간 동안 에드먼즈는 강력범죄수사팀에서 큰 성공을 거두었다. 그가 없었으면 봉제인형 살인사건은 해결되지도 못했다. 에드먼즈가 싸움꾼이 되어 재산팀으로 돌아온 것도 그 이유 때문이었다. 이 자들은 역사에 남을 사건에서 그가 어떤 공을 세웠는지 몰랐다.

누구도 알 수 없었다.

수사관 에드먼즈의 눈부신 공로는 기밀 사항으로 감춰졌다. 런던 경찰청의 완전무결함을 해치지 않을 반쪽짜리 진실들만 대중들 앞에 쏟아졌다. 덩달아 폭스 수사관의 진실도 드러나지 않았다. 에드먼즈는 런던 경찰청의 수치스러운 비밀과 그날 피로 얼룩졌던 법정 안에서의 진실을 아는 몇 안 되는 사람 중 하나였다. 하지만 침묵을 지킬 수밖에 없었다. 백스터를 위해서.

비통한 마음으로 에드먼즈는 울프의 실종과 관련한 공식 입장 발표문을 보관하고 있었다. 가끔씩 꺼내 읽으며 남의 잔디가 항상 푸르지만은 않다는 사실을 되새기곤 했다. 이제는 알 것 같았다. 내가 어느 잔디에 서 있는지는 중요하지 않았다.

어차피 다 썩었기 때문이다.

…봉제인형 살인사건의 수사 과정에 다수의 문제가 제기되고 있고 제포 당시 레다니엘 매스를 폭행해 영구적인 장애를 남겼다는 혐의가 있으므로 윌리엄 폭스 경사를 수배해 해명을 요구하고자 합니다.

현재 소재와 관련한 정보가 있는 분은 즉각 경찰에 연락해 주시기 바랍니다.

해명.

경찰 조직이 울프에게 원하는 것은 고작 해명이었다.

생각만으로도 구역질이 났다. 울프는 그의 행방을 알아내려는 경찰의 허접한 시도를 잘도 피해 다녔다.

직접 알아볼까 하는 마음도 있었지만 불가능했다. 만약 에드먼즈가 울프를 잡는다면 백스터가 울프의 탈출을 도왔다는 사실이 드러나고 만다. 억울해도 울프가 자유롭게 돌아다니는 부당한 현실을 고분고분 받아들일 수밖에 없었다. 에드먼즈는 그가 사건 해결에 기여한 역할이 고작 가십거리가 되어 돌아다니는 소리를 듣고만 있어야 했다.

그래서 에드먼즈는 동료, 일, 인생에 환멸을 느꼈다. 재산범죄조사국에 있는 다른 사람 눈에 그는 여전히 별 볼 일 없는 존재였다.

"여기서 휴대폰 사적 사용은 금지 아닌가." 마크가 중얼거리며 컴퓨터 전원을 켰다.

에드먼즈는 그가 아직 옆에 있는지도 몰랐다.

"저리 꺼져, 마크."

주머니에서 휴대폰이 진동했다. 에드먼즈는 보란 듯이 전화기를 꺼내 티아의 문자에 답장을 했다.

"그건 그렇고…" 마크가 말을 걸었다.

"나한테 말 시키지 마."

"…어제 어디 갔었어?" 마크는 흥분을 감추지 못했다. "오후에 아무 데도 안 보이던데? 너한테 물어볼 게 있었거든. 너 어디 갔는지 아냐고 물었더니 게이티스도 모른다더라."

마크가 웃음을 머금고 말했다. 저 교활한 뱀 같은 놈은 에드먼즈가 백스터와 정말 중요한 문제들에 대해 이야기하려고 자리를 비우자마자 상사의 사무실로 미끄러져 들어갔다.

"부장님께는 네가 중요한 전화를 받으러 갔나 보다고 얘기했어." 마크는 끈질겼다. "휴대폰을 옆에 두고 몇 분에 한 번씩 보는 이유가 있겠지."

에드먼즈는 주먹을 움켜쥐었다. 성격상 싸움과 거리가 멀었고 누구와 몸싸움을 할 체격도 아니었지만 이상하게 마크만 상대하면 분노가 치밀어 올랐다. 에드먼즈는 잠시 저 못생긴 대가리를 붙잡아 컴퓨터 모니터에 처박는 상상에 빠졌다. 그러다 다시 일을 하려니 컴퓨터가 또 로그아웃되어 있었다. 아직 아침 9시도 안 된 시각이었다. 하루는 공식적으로 시작되지도 않았다.

에드먼즈는 무거운 한숨을 쉬었다.

깜박 잠들었던 백스터가 자세를 고쳐 앉았다. 특별히 놓친 얘기는 없었다. 백스터의 눈앞에서 조사를 받으며 횡설수설하던 여자는 여전히 횡설수설 지껄이고 있었다.

백스터와 루쉬, 커티스는 뉴욕 9번 관할경찰서에서 방을 한 칸씩을 차지한 채 '거리에서 성공으로' 회원 17명을 빠르게 조사하는 중이었다. 17명 모두 선의에서 비롯되었지만 나중에 보니 의도와 다른 결과를 불러왔을 가능성이 있는 무료 '인생 코칭'에 참가한 사람들이었다.

신원이 확인된 살인자 다섯 중 고급스러운 그래머시 병원에서 밴섬 박사에게 치료를 받은 환자는 글렌 아놀즈뿐이었다. 에드와도 메디나의 상담사는 비용이 저렴한 필립 이스트였고, 이스트는 '거리에서 성공으로' 회원인 마커스 타운젠드의 '인생 코치'로도 있었다. 커티스가 교도소에서 인터뷰하고 심지어 시시덕거리기까지 한 알렉시 그린 박사는 확인할 것도 없이 도미닉 버렐과 관련이 있었다. 하지만 패트릭 피터 퍼거스가 심리 치료를 받았다는 기록은 아직 나오지 않았다.

끈질기게 연락해도 필립 이스트와 알렉시 그린에게서 소식이 없자, 양국 수사팀은 사건에 정신과 의사나 심리치료사가 개입했을 가능성을 한층 더 굳혔다. 하지만 전체적인 구도는 여전히 미궁에 빠져 있었다. 두 남자가 살인을 배후에서 조종했는지, 그들도 밴섬 박사와 비슷한 모습으로 나타날지 모를 일이었다. 그래서 커티스는 고객 명단부터 살펴보자고 제안했다. 하지만 아직까지는 아무 수확이 없었다.

백스터는 인터뷰를 끝내고 커피를 가지러 일어났다. 루쉬가 옆방에서 한창 대화를 하고 있었다. 백스터는 보이지 않는 누군가와 농담을 하며 웃고 있는 루쉬를 잠시 의심스럽게 바라보았다. 그러다 문득 떠올랐다. 밴섬 가족이 전부 살해당한 현장을 아직 에드먼즈에게 전해주지 않았다.

수사팀은 단서를 한 가지 더 발견했다. 지난밤 집에서부터 냄새를 따라 이동하던 경찰견 부대는 개천 건너 몇백 미터 떨어진 갓길에 이르렀다고 했다. 사건이 일어난 날 아침 그 길에 파란색 혹은 초록색 밴이 서 있었다는 이웃 주민의 목격담도 있었다. 하지만 시골 도로 특성상 교통 카메라에 뭐라도 포착될 가능성은 0에 가까웠다.

빨리 에드먼즈에게 상황 설명을 해야 했다.

백스터는 인터뷰 차례를 기다리는 사람들을 지나 이스트 5번가로 나왔다. 경찰서 맞은편 벤치에 누가 데워놓은 자리가 있었다. 백스터는 그 자리에 앉아 경찰서 옆 건물들을 바라보았다. 전형적인 뉴욕 느낌이었다. 한 건물은 보수 공사를 진행하고 있었다.

왠지 우울해진 백스터는 휴대폰을 꺼내 에드먼즈에게 전화를 걸었다.

1보 전진하면 2보 후퇴하고 있었다.

에드먼즈는 부장이 사무실을 비울 때까지 기다렸다가 토머스의 지난주 카드 사용 내역을 엑셀 시트에 불러왔다. 프린터를 쓰는 사람이 없는지 재빨리 확인한 후 '인쇄' 버튼을 클릭하고 책상에서 일어났다. 프린터가 따뜻한 종이를 뱉어냈다. 종이를 주워모으고 있자니 평소보다 많다는 생각이 들었다. 곧 크리스마스가 다가오기 때문인지.

그때 주머니에서 휴대폰이 울렸다. 에드먼즈는 최대한 티를 내지 않고 화면을 내려다보았다. 뒤통수에서 마크의 따가운 시선이 느껴졌다. 에드먼즈는 프린트한 종이를 재킷 주머니에 쑤셔 넣고 전화를 받으러 밖으로 달려 나갔다.

에드먼즈가 사라지자마자 마크는 컴퓨터가 로그아웃되지 않도록 팔을 뻗어 마우스를 움직였다. 그런 다음 옆으로 빙 돌아 에드먼즈의 컴퓨터 앞에 앉았다.

"너 무슨 꿍꿍이냐?" 작게 혼잣말을 하며 열려 있는 페이지를 훑었다. BBC 뉴스, 맨해튼 지도, 업무용 이메일.

에드먼즈의 개인 이메일 탭을 발견한 마크의 눈이 반짝였다. 하지만 실망스럽게도 클릭하니 '로그아웃' 페이지가 나왔다. 하지만 중요하지 않았다. 필요한 것은 이미 입수했다. 화면에는 토머스 올콕이라는 사람의 금융 거래 내역이 떠 있었고, 그 자의 사생활을 침해해도 된다는 영장은 어디에도 보이지 않았다. 국가 공권력의 민간인에 대한 불법 조사는 대단히 심각한 범죄였다.

마크는 기뻐서 어쩔 줄 모르는 표정으로 게이티스 부장에게 증거로 제출하기 위해 토머스의 기록을 인쇄했다.

드디어 녀석의 덜미를 잡았다.

18

몸이 사시나무처럼 떨렸다.

충동적으로 전화를 한다고 나온 터라 백스터는 추운 날씨에 오래 통화할 복장이 아니라는 사실을 간과했다.

백스터는 잠자코 듣고 있는 에드먼즈에게 밴섬 가족, 집 근처에서 목격된 수상한 차량, 루쉬의 주머니에 들어 있던 혈액 검사지에 대해 설명했다.

"뭔가 이상해." 백스터가 말했다. "과대망상이 아니라니까. 늘 어딘가에 전화를 하고 있거든? 부인한테 한다고는 하는데 볼 때마다 전화기를 붙들고 있어. 현장에서도 뒤만 돌아보면 사라져서 할 일은 안 하고 수수께끼의 인물과 통화만 해."

"지금 선배가 할 일은 뭔데요? 나랑 통화하는 건 아닐 거 아니에요." 에드먼즈는 중립적인 입장을 내놓았다.

"이거랑은 다르지."

"부인과 통화할 수도 있죠."

"야, 무슨. 누가 부인하고 얘기를 그렇게 많이 하냐? 같은 나라에 살 만큼 사이가 좋지도 않은데. 딱히 애정을 갈구하는 타입으로 보이지도 않고." 추워서 이가 딱딱 부딪쳤다. 백스터는 다리를 세워 몸을 최대한 동그랗게 말았다. "사람이 좀…, 비밀스러워. 이상한 쪽으로. 그런데 이제 중요한 증거까지 숨기고 있잖아. 제발 부탁해. 알아봐 줄 수 있지?"

에드먼즈는 망설였다. 백스터의 동료를 캐고 다녀서 좋을 게 없기 때문이다.

"알았어요. 그런데 내가…"

"잠깐만." 백스터가 말을 잘랐다. 경찰서 정문에서 루쉬와 커티스가 달려 나오고 있었다. 백스터가 벌떡 일어났다.

"필립 이스트를 찾았대요!" 커티스가 길 건너에서 외쳤다.

"가야겠어." 백스터는 에드먼즈에게 말하고 전화를 끊었다.

서둘러 자동차 쪽으로 달려가니 루쉬가 백스터의 코트와 가방을 품에 안겨주었다.

"감사. 그런데 모자는 안 갖고 오셨네요." 백스터는 방금 뒷조사를 부탁한 남자에게 고맙다는 표현을 과하게 하고 싶지는 않았다.

세 사람은 차에 올랐다. 커티스가 도로로 후진을 하자 바퀴가 빙그르르 돌았다. 백스터는 코트를 걸치다 무릎을 내려다보았다. 무릎에는 코트 안에 있던 털모자와 장갑이 떨어져 있었다.

에드먼즈는 통화를 마치고 사무실로 돌아갔다. 기분 좋게도 마크의 책상은 비어 있었다. 다시 컴퓨터에 로그인을 한 다음, 온종일 지겨워서 찔끔거리던 업무를 재개하려던 순간, 감시의 시선이 느껴졌다. 부장 사무실에서 보고 있던 마크가 에드먼즈와 눈이 마주치자 시선을 피했다.

조금 불안해진 에드먼즈는 업무와 상관없는 탭을 다 닫고 만일을 대비해 토머스의 보고서를 가방 밑바닥에 넣었다.

FBI 지부에 도착한 백스터 일행은 실망에 빠졌다. 필립 이스트의 변호사가 먼저 도착해 조사실에 들어가 있었기 때문이었다. 틀림없이 자신의 의뢰인에게 질문을 받아도 대답하지 말라고 조언했을 것이다.

　레녹스 지부장은 커티스가 도착할 때까지 기다리고 있었다. 레녹스가 인사도 없이 본론을 말했다.

　"변호사를 데리고 왔어. 여기 있는 동안 최대한 알아내. 방금 변호사가 나한테 별별 협박을 다 늘어놓더라고. 추가로 30분까지는 붙잡아둘 수 있지만 그 이상은 불가능할 거야."

　"변호사가 누구예요?" 함께 FBI 지부 사무실로 걸어 들어가며 커티스가 물었다.

　"리처." 레녹스가 대답했다.

　"이런."

　리처라면 커티스도 상대한 경험이 있었다. 유능하고 수사를 잘 방해하기로 유명한 변호사로, 주로 부자나 권력자의 의뢰를 받아 돈과 오만한 태도에서 비롯된 문제들을 해결해주었다. 게다가 리처는 자신의 아버지와도 비슷했다. 아무래도 오늘은 필립 이스트에게서 아무것도 얻어내지 못할 것 같다.

　"행운을 빌어." 조사실 앞에서 레녹스가 말했다. 그러더니 손을 뻗어 안으로 들어가려는 백스터를 가로막았다. "경감님은 말고요."

　"뭐라고요?" 백스터가 따져 물었다.

　루쉬도 항의를 하려 했지만 레녹스는 완강했다. "안에 리처가 있기 때문에 안 돼요. 한마디 할 때마다 소송감이 될 겁니다."

　"하지만…"

"보는 건 괜찮아요. 왈가왈부하지 맙시다."

백스터는 머뭇거리는 루쉬를 손짓으로 들여보내고, 자신은 발을 쿵쿵 구르며 조사실 옆에 딸린 작은 방으로 들어갔다.

루쉬는 조사실에 들어가 커티스의 옆자리에 앉았다. 테이블 맞은편에 앉은 리처는 듣던 대로 독하고 거만한 인상이었다. 나이는 50대 후반, 길쭉하고 각진 얼굴에 머리카락이 빽빽했고 하얗게 센 머리는 구불거렸다. 반면 의뢰인은 잠을 못 자고 식사도 제대로 못한 듯 보였다. 얼마나 말랐는지 올이 다 풀린 낡은 양복도 헐렁했다. 필립 이스트는 푹 꺼진 눈으로 방 안을 초조하게 둘러보았다.

"안녕하세요, 필립 이스트 씨." 커티스가 상냥하게 말했다. "리처 변호사님, 또 뵙네요. 두 분 뭐 마실 것 좀 드릴까요?"

필립 이스트가 고개를 저었다.

"됐어요." 리처가 대답했다. "참고로 말하자면 이제 질문은 네 개 남았습니다."

"그래요?" 루쉬가 물었다.

"네."

"정말요?"

리처가 커티스를 돌아보며 말했다. "이 친구한테 나를 적으로 돌려서 좋을 것 없다고 말을 해주지 그래요."

"그런가요?" 루쉬가 세 번째 질문을 했다.

커티스가 테이블 밑으로 루쉬를 걸어찼다.

옆방에서 백스터가 답답함에 고개를 저으며 중얼거렸다.

"나를 들여보냈어야지."

"궁금하군요." 리처가 말했다. "FBI는 대체 무슨 자격으로 설명도 없이 제 의뢰인을 하찮은 범죄자처럼 취급하고 여기까지 끌고 온 겁니까? 범죄에 가담했다는 설명도 없이 말입니다."

"전화를 했었는데요." 루쉬의 말투는 가벼웠다. "가족과 집을 떠나 숨은 것은 그쪽 의뢰인이고요." 그러면서 필립 이스트를 돌아보았다. "아닌가요, 필립?"

"필립 씨께 수사와 관련해 몇 가지 질문이 있어서 모셨을 뿐입니다. 다른 의도는 없어요." 커티스는 고약한 변호사를 달래려 했지만 소용없었다.

"그래요, 그 수사라는 거." 리처가 빈정댔다. "지부장이 FBI가 현재 무슨 의도를 갖고 있는지 친절하게 설명을 해주더군요. 그것도 우리 소지품을 압수한 후에 말이지요. 그 기발한 발상은 정말 타의 추종을 불허하는 것 같네요. 어떤 미친 꼭두각시 한 명을 치료했던 정신과 의사가 시체로 발견됐다…. 그래서 그런 기발한 아이디어를 떠올린 거겠죠. 나머지 심리 치료를 했던 정신과 의사들도 범죄에 가담했다고…, 참 대단해요."

"의뢰인께서는 두 명의 살인자에게 심리 치료를 해준 정신과 의사였습니다." 커티스가 말했다.

리처가 한숨을 쉬었다. "그건 아니죠. 한 명에게 정신과 전문의로서 심리 치료를 해준 건 맞습니다. 하지만 다른 한 사람은 달라요. 자유 시간을 쪼개서 노숙자를 위한 자선 단체에 봉사를 한 거예요. 칭찬해야 마땅하지 않습니까?"

필립 이스트가 커다란 눈으로 루쉬를 힐끔 보다가 다시 테이블로 고개를 숙였다.

"전에도 필립을 변호한 적이 있나요?" 루쉬가 골칫거리 변호사에게 물었다.

"그게 무슨 상관인지 모르겠군요."

"저는 상관이 있다고 봅니다."

"좋습니다." 리처가 말했다. "이스트 씨를 변호하는 건, 이번이…, 처음입니다." 목소리에 날이 서 있었다.

"수임료는 누가 지불하죠? 방식은요?"

"자, 이거야말로 상관이 없는 질문입니다."

"왜냐하면 잘은 몰라도 당신 몸값이 그렇게 쌀 것 같지는 않아서요." 루쉬가 말을 이었다. "당신은 돈 많고 뒤가 구린 인간들의 똥을 치워주는 청소대장 아닙니까."

리처가 미소를 지으며 의자에 기대앉았다. 루쉬는 물러나지 않았다. "죄송하지만 저는 파트타임 심리 치료를 받으면서 싸구려 정장을 입는 의뢰인이 당신 같은 똥청대장에게 변호를 의뢰했다는 게 믿어지지 않아서…"

다들 무슨 말이냐는 표정을 지었다.

"…똥 치워주는 청소대장요." 루쉬가 줄임말을 풀어 설명했다. "그냥 질문만 몇 개 하려는 건데, 사실 그건 가족과 도망치기 전에도 할 수 있었어요."

"지금까지 일방적으로 사람을 매도하고 오만한 장광설만 늘어놓던 분이 제대로 된 질문을 하시겠습니까?" 리처가 물었다.

"질문은 어차피 하나 마나입니다." 루쉬가 말했다. "대답하지 않을 테니까요. 그래서 나는 말을 할 겁니다."

루쉬가 커티스에게 앞에 놓인 서류철을 달라고 손짓했다.

필립 이스트가 불안하게 루쉬를 쳐다보았다. 커티스도 꺼림칙

한 표정이었지만 서류철을 밀어주었다. 루쉬가 서류철을 휘리릭 넘겼다. "나를 의심이 너무 많다고 해도 좋습니다, 필립. 하지만 당신이 사라졌다는 소식을 들었을 때, 나는 당신이 죄책감으로 도망쳤다고 생각했어요. 그런데 이렇게 만나니 확실히 알겠네요. 당신은 지금 두려워서 도망치고 있는 겁니다."

루쉬가 페이지를 넘기던 동작을 잠시 멈췄다가 고개를 돌렸다. 그는 서류철에서 사진을 꺼내 테이블 중앙으로 던졌다.

"맙소사!" 리처가 숨을 헉 들이마셨다.

"루쉬!" 커티스가 외쳤다.

하지만 필립 이스트는 반응이 없었다. 필립은 백스터가 발견한 상태 그대로 머리에 마대자루를 쓰고 일렬로 쓰러진 밴섬 가족의 흑백사진만 뚫어져라 보고 있었다.

"제임스 밴섬입니다. 정신과 의사…, 당신처럼 심리 상담을 했죠."

루쉬는 설명하던 와중에도 필립의 모습에서 무언가를 포착했다. 필립 이스트는 무의식적으로 헐렁한 셔츠를 앞으로 잡아당기고 있었다. "옆에 쓰러진 사람은 아내이고, 뒤에는 두 아들입니다."

필립 이스트는 갈등하고 있었다. 사진에서 눈을 떼지 못하는 듯했다. 빨라지는 숨소리가 작은 방을 채웠다.

"밴섬은 우리에게 아무 말도 안 했어요." 루쉬는 후회가 된다는 듯 과장된 연기를 했다. "본인이 가족들을 보호하고 있다고 생각했겠죠."

리처가 손을 뻗어 테이블 위에 섬뜩한 사진을 뒤집어놓고 말했다. "저희는 이만 일어나겠습니다, 루쉬 요원." 그러면서 자리에서 일어났다.

루쉬의 이름을 한 번에 똑바로 발음한 사람은 리처가 처음이었다. 하지만 차라리 이름을 기억하지 못했으면 하는 사람이기에 루쉬는 오히려 불쾌했다.

"아―아직 질문 안 끝났어요!" 커티스가 더듬거렸다.

"그러시겠죠." 리처가 대꾸했다.

"필립." 루쉬가 필립을 불렀지만 리처는 의뢰인을 서둘러 방에서 내보내려 했다. "필립!"

필립 이스트가 뒤를 돌아보았다.

"우리가 당신을 찾을 수 있으면, 그들도 당신을 찾을 수 있어요." '그들'이 누구인지 아직 모르지만 이 말은 엄연한 진실이었다.

"무시해요." 리처가 필립 이스트를 끌고 압수된 소지품을 받으러 갔다.

"안 돼!" 분주한 사무실을 걸어 나가는 두 남자를 보며 커티스가 한탄했다. "아무것도 못 건졌어요."

"이대로 보낼 수는 없어요." 루쉬가 주머니에서 수갑을 꺼냈다.

"하지만 레녹스가…."

"레녹스는 꺼지라고 해요."

"필립을 조사실로 다시 데리고 오기 전에 우리가 수사팀에서 쫓겨날 거예요."

"그래도 당장 수사는 더 진행될 거 아니에요."

루쉬는 커티스를 밀치고 엘리베이터를 기다리는 두 남자에게로 달려갔다.

"필립!" 루쉬가 사무실을 가로지르며 외쳤다.

엘리베이터 문이 열리고 두 사람이 올라탔다.

"필립!" 문이 닫히고 있었다. "기다려요!"

루쉬는 몇 명인가를 넘어뜨리고 마지막 몇 미터를 전력으로 질주해 좁아지는 틈새에 손을 넣었다. 금속 문이 덜컹 하며 다시 갈라졌고, 리처와 이스트의 모습이 드러났다. 작은 엘리베이터 안에는 한 사람이 더 있었다. 코트와 모자로 감싸서 거의 알아볼 수 없었지만, 백스터였다.

"몇 층 가세요?" 백스터가 태연하게 물었다.

루쉬는 모르는 척 재빨리 수갑을 다시 주머니에 넣고 명함을 꺼내 필립에게 건넸다.

"혹시 뭐라도 생각이 나면…." 루쉬가 엘리베이터 안을 대고 그렇게 말하는 사이, 문이 스르르 닫혔다.

커티스도 루쉬 옆에 도착했다. 구경꾼들은 관심을 잃고 흩어지기 시작했다.

"그냥 보내준 거예요?" 커티스가 어리둥절해 물었다.

"그럴 리가요."

퇴근 시간까지 남아있는 30분이 왜 이렇게 길게 느껴지는 것인지. 에드먼즈는 빨리 집으로 가 살인사건에 집중하고 싶었다. 오후 내내 백스터에게 들은 소식만 그의 머릿속을 채웠다. 인정하고 싶지 않았지만 가슴이 설레였다. 풀리지 않는 퍼즐을 즐기는 에드먼즈에게 이번 사건은 도전의 기쁨을 주었다. 심리 상담이라는 연결고리가 나오면 그림이 완성될 것이라 확신했었다. 하지만 문제는 오히려 더 복잡해졌다.

"잠깐 좀 볼까?" 바로 뒤에서 마크가 물었다.

컴퓨터 화면만 멍하니 보느라 전혀 눈치를 채지 못한 에드먼즈는 깜짝 놀랐다.

"게이티스가 부장실로 들어오래." 마크는 웃음을 감추지 못하고 덧붙였다.

어제 오후 일로 벌을 받을 것쯤은 예상하고 있었다. 에드먼즈는 자리에서 일어나 마크를 따라갔다. 가벼운 꾸지람이나 듣겠지. 길어지지 않기를 바랄 뿐이었다.

그러나 문턱을 넘는 순간 에드먼즈의 예상에 전혀 없던 광경이 펼쳐졌다. 게이티스 부장의 맞은편에 토머스가 앉아 있었던 것이다. 문제는 어제의 전화 통화가 아니었다. 마크가 부장실 문을 닫았다. 에드먼즈는 의자에 앉아 토머스를 초조하게 힐끔거렸다.

마크가 책상 끝에 있는 의자를 끌고 왔다.

"이렇게 뵙기를 청해 죄송합니다, 토머스 올콕 씨." 게이티스가 말을 꺼냈다.

머리카락이 한 올도 없는 땅딸보 부장은 화가 나서 눈을 부릅뜨고 있었다.

"괜찮습니다." 토머스가 친절하게 대답했다.

"제게 선생님과 관련한 보고가 들어왔거든요. 직접 모셔서 진상을 규명하는 것이 최선이겠다고 생각했습니다."

흘러가는 상황이 심상치 않았다. 에드먼즈는 이해가 되지 않았다. 증거를 남기지 않으려고 얼마나 조심했는데.

"가장 중요한 질문부터 하죠." 게이티스가 말했다. "두 분이 서로 아는 사이입니까?"

"네, 압니다." 토머스가 에드먼즈에게 미소를 지었다. "알렉스 에드먼즈는 제 친구예요. 전에 제…, 여자친구와 함께 일했고요."

토머스도, 에드먼즈도 묘한 표정을 지었다. 백스터와 '여자친구'

라는 표현이 너무 어울리지 않았기 때문이다. 마크는 신이 나서 구경을 하고 있었다. 에드먼즈의 목이 날아가는 장면을 하나도 놓치고 싶지 않았다.

"그리고 에드먼즈, 이렇게 묻기 조금 어색하군 그래. 옆에 계신 분이 자네 '친구'라니 말이야. 토머스 씨가 불법적인 활동을 했다고 생각하나?"

"그럴 리가요."

마크는 흥분을 참지 못하고 이상한 소리를 조그맣게 냈다.

"그것 참 재미있네. 토머스 올콕 씨, 제 말이 충격일 수도 있겠습니다. 이 친구가 부정한 금융 거래를 탐지하는 소프트웨어를 악용해 토머스 씨의 개인 은행 계좌와 신용카드 내역을 훔쳐보고 있었습니다." 게이티스 부장은 분노에 찬 눈으로 에드먼즈를 보았다.

마크가 자랑스럽게 인쇄물을 꺼내 책상에 올려놓았다.

"음…, 오해하신 것 같네요." 토머스가 난처한 표정이었다. "제가 부탁한 겁니다."

"뭐라고요?!" 마크가 자기도 모르게 불쑥 말했다.

"다시 말씀해주시겠습니까?" 게이티스 부장도 물었다.

"하아, 저 때문에 친구가 곤란해졌다니 미안해지네요." 토머스가 말했다. "제가 과거에 도박에 빠졌던 때가 있었습니다. 그래서 알렉스에게 제 계좌를 감시해달라고 부탁했어요. 계좌를 보고 있다가 만약 제가…, 다시 도박에 중독되는 것 같으면 저를 말려 달라고요. 부끄러운 일이지만 저는 제 자신을 잘 압니다. 증거가 없으면 절대 인정하지 않을 거거든요. 에드먼즈는 정말 좋은 친구예요."

"네, 토머스는 4개월 동안 내기도 한 건 안 했어요." 에드먼즈가 뿌듯하다는 듯 거들었다. 한술 더 떠 기특하다고 토머스의 등을 두드리며 활짝 웃기까지 했다.

"어쨌든 불법이잖아!" 마크가 그에게 비난했다.

"마크! 나가!" 드디어 인내심을 잃은 게이티스가 명령했다.

에드먼즈는 슬그머니 중지를 세워 마크를 향해 옆머리를 긁었다. 손 모양은 일어나 방을 나가는 마크만 볼 수 있었다.

"그렇다면 에드먼즈가 하는 조사를 다 알고 계셨다는 말씀입니까?" 게이티스가 토머스에게 물었다.

"전부 알고 있었습니다."

"그렇군요." 게이티스가 다시 에드먼즈 쪽을 보았다. "하지만 마크 말도 일리가 있어. 의도가 어떻든 간에 내부 프로그램을 그렇게 악용하는 건 범죄야."

"네, 부장님." 에드먼즈도 인정했다.

게이티스는 선택지를 고려하며 깊은 한숨을 쉬었다.

"일단 주의를 주는 것으로 끝내지. 이렇게 넘어간 걸 후회하지 않게 해줘."

"그럼요, 부장님."

에드먼즈는 토머스를 건물 밖까지 배웅했다. 건물 입구를 나오자마자 두 친구는 깔깔거리며 웃음을 터뜨렸다.

"도박 문제라." 에드먼즈가 코웃음을 쳤다. "머리 회전이 대단한데요."

"뭐, 진실을 말할 수는 없잖아요? 여자친구가 사람을 심각하게 못 믿어서 매주 감사를 받지 않으면 나를 떠날지도 모른다고 어떻게 말해요." 말투는 가벼웠지만 토머스는 8개월을 사귀고도 여전히 백스터의 신뢰를 얻지 못했다는 데 상처를 받은 듯했다.

토머스와 가까워질수록 에드먼즈는 이러지도 저러지도 못하는 입장이 되었다. 불법 조사를 계속하는 것은 새 친구에 대한 배신이었다. 하지만 토머스와 백스터의 관계를 지킨다는 명분이 있었다. 반대로, 토머스와 친해졌으니 조사를 그만하겠다고 했다 치자. 그러면 백스터는 다시 상처받기 싫다고 토머스와 당장 헤어질 게 뻔했다. 결국 에드먼즈는 토머스에게 모든 것을 실토하기로 했다. 토머스는 존경스러울 정도로 침착하게 그 이야기를 받아들였다. 화를 내지도 않고 병적인 편집증을 앓는 백스터가 안쓰럽다고만 했다. 그는 어차피 숨길 것도 없다며 백스터에게 계속 주간 보고서를 전해도 된다고 허락했다. 백스터를 잃느니 그편이 낫다면서.

토머스는 백스터에게 딱 맞는 남자였다. 에드먼즈는 그렇게 확신했다. 백스터도 깨닫는 날이 올 것이다.

"저 차를 쫓아가 줘요!"

백스터가 택시 뒷좌석에 올라타 외쳤다. 뉴욕을 상징하는 노란 택시에 타서 실제로 이런 말을 하게 되다니 가슴이 뛰었다.

리처 변호사와 필립 이스트는 FBI 뉴욕 지부가 있는 건물 앞에서 헤어졌다. 지하철로 가면 좋으련만 점점 궂어지는 날씨에 필립 이스트는 무리하게 택시를 타기로 결정한 듯했다. 가장 유력한 단서를 놓치겠다는 생각에 덜컥 겁이 난 백스터는 뒤에 오는 택시를 잡으려다 차에 치일 뻔했다.

뉴욕 금융 지구를 느릿느릿 지나는 동안 노란 택시에 계속 눈을 고정하고 있으니, 야바위 게임에서 구슬이 든 컵을 찾고 있는 듯한 기분이 들었다. 맨해튼에서 벗어나 고속도로에 오르자, 교통량이 눈에 띄게 줄어들었다. 이제는 필립 이스트를 놓칠 일이 없겠다 싶어 백스터는 휴대폰을 꺼냈다. 루쉬와 커티스가 출동할 준비를 마치고 연락을 기다리고 있을 것이다.

백스터는 창밖에 있는 도로 표지판을 재빨리 찾아 짧은 문자 메시지를 보냈다.

레드훅 방향 278번

'전송'을 누르고 나니 어디선가 익숙한 루이지애나 억양이 들렸다. 라디오에서 제리 필스너 주니어 목사가 말하고 있었다. "아무 것도 남지 않을 때까지 조각조각 쪼개는 겁니다."

"음…, 제가 엑소시즘(악령 쫓기 의식 - 옮긴이 주)을 잘 모르고, 또 설령 안다고 해도…, 주로 공포 영화에서 봤지만요." 진행자가 농담을 했다. "거기에는 진행 단계가 있죠?"

"3단계요. 맞습니다."

"하지만…, 그건 그저 무서운 영화에 나오는 것뿐 아닌가요? 설마 이 '꼭두각시'들에게도 악령이 깃드는 것 같은 일이 벌어지고 있다는 말씀이신가요?"

"왜요, 저는 진지합니다. 3단계 중 첫 번째 단계는 '악마의 침투' 입니다. 희생양을 선택하는 단계지요. 얼마나 들어가기 쉬운지 시험하고…, 존재를 드러냅니다. 두 번째 단계는 '억압'으로, 목표물의 삶을 확실하게 지배합니다. 심리적인 괴롭힘에 박차를 가하다 보면, 해당 인물은 자기가 제정신인지 의심하게 됩니다."

"세 번째 단계는요?" 진행자가 물었다.

"'빙의'입니다. 이 시점에서 희생자의 의지가 깨집니다. 지배자를 초대하는 시점도 이 3단계예요."

"초대한다고요?"

"사전적인 의미와는 다릅니다." 목사가 해명했다. "하지만 언제나 선택의 여지는 존재합니다. 만약 굴복하기를 '선택'한다면…, 들어오라고 허락하는 '선택'을 하는 겁니다."

백스터는 몸을 앞으로 기울여 기사에게 말했다. "그거 좀 꺼주실래요?"

19

2015년 12월 14일 월요일
오후 12시 34분

백스터를 태운 택시가 프로스펙트 파크 동쪽 입구 밖에 서 있는 동안, 100미터 앞에서 필립 이스트도 택시비를 치렀다. 필립은 1분 넘게 제자리에 머물며 지나가는 차와 맞은편 공원을 불안한 눈으로 살펴보았다. 미행이 없다는 데 안심한 듯 그는 백스터가 있는 방향으로 조금 올라오다가 방향을 틀었다. 그가 들어간 곳은 고급스럽게 생긴 아르데코풍(1920~30년대에 유행한 직선적이고 기하학적인 건축양식 - 옮긴이 주) 아파트 단지였다.

택시에서 내리던 백스터는 기사에게 바가지를 썼다. 기사는 거스름돈을 찾는답시고 일부러 시간을 끌었다. 저 남자를 쫓아서 뉴욕을 가로질렀을 정도면 표적을 놓치느니 8달러 50센트를 포기하지 않겠냐는 것이 기사의 속셈이었다. 백스터는 다가오는 차를 피해 길을 건너고 필립을 따라 단지 입구로 들어갔다.

기사 때문에 필립을 놓쳤다는 생각에 속이 울렁거릴 즈음, 조금 있으니 1층 복도에서 문 자물쇠를 여는 소리가 들렸다. 그 소리를 따라가자 필립이 복도 끝에 있는 문으로 들어가는 것이 보였다. 천장에 달린 전구가 깨져 복도는 어두컴컴했다. 백스터는 복도 끝으로 성큼성큼 다가가 아파트 호수를 기억해두었다.

백스터는 다시 밖으로 나가 맞은편 공원 입구에 있는 벤치에 자리를 잡았다. 여기에서라면 남들 눈에 띄지 않으면서 감시를 할 수 있을 것이다. 백스터는 추워서 몸을 웅크린 채 휴대폰을 꺼내 루쉬에게 소식을 전했다.

커티스와 루쉬가 12분이면 도착한다고 답장한 것이 벌써 15분 전이었다. 백스터는 질척한 눈에 발을 굴렀다. 몸을 움직여 체온을 유지하려는 목적도 있었지만 다른 것보다 참을성이 점점 바닥나고 있었다.

"메리 크리스마스!" 인품 좋아 보이는 노신사가 백스터 앞을 지나며 미소를 지어 보였다. 그는 백스터의 우거지상을 '당장 내 앞에서 꺼져'라는 의미로 정확하게 이해했다.

왜 이렇게 늦는지 루쉬에게 다시 전화를 걸었을 때였다. 낯선 차량 한 대가 아파트 단지 앞에 불법 주차를 했다. 루쉬의 차량이 아니었다.

백스터가 벤치에서 일어나면서 루쉬에게 다시 전화를 걸었다.

"늦어도 5분이면 가요!" 루쉬가 수화기 너머로 미안하다는 듯 다시 약속했다. "백스터?"

백스터는 루쉬의 말을 듣는 둥 마는 둥 불법 주차한 차량이 더 잘 보이는 곳으로 위치로 옮겼다. 후드를 쓴 남자가 차에서 내렸다. 남자는 뒷좌석 문을 밀어서 열고 커다란 배낭을 꺼냈다.

"백스터?"

"여기 문제가 생긴 것 같아요." 백스터가 말했다. 그녀는 아파트 로비로 들어간 남자를 쫓아 벌써 길을 건너고 있었다. "방금 초록색 밴이 여기 차를 세웠는데, 운전자가 행동이 수상해요."

수화기 너머로 루쉬가 백스터의 말을 커티스에게 전하는 소리가 들렸다. 얼마 후 휴대폰 스피커를 통해 우렁찬 사이렌 소리가 울려 퍼졌다. 루쉬가 차량 지붕 위에 경광등을 켠 것이다.

백스터는 입구로 가는 질척한 길을 가볍게 뛰어 아파트 유리문 손잡이에 손을 뻗었다. 남자는 아파트 로비에서 몇 미터 앞에 쭈그리고 앉아 배낭을 보고 있었다. 뛰다가 갑자기 멈추는 바람에 넘어질 뻔한 백스터가 벽돌 벽에 등을 밀착하고 몸을 숨겼다.

"2분이에요, 백스터. 거의 다 왔어요." 루쉬가 사이렌 소리보다 크게 목소리를 높였다. "갈 때까지 기다려요."

백스터는 벽 너머를 힐끗 내다보았다. 남자는 유리문 뒤에서 뭔가를 조립하고 있었다. 아직 얼굴이 보이지는 않았다. 잠시 후 남자가 가방에서 총을 꺼냈다. 소음기를 부착해 길어진 총을 재킷에 숨긴 그는 배낭을 닫고 다시 일어났다.

"2분으로는 안 돼요." 백스터가 속삭였다. "이 아파트 안에 필립 이스트 가족이 있을지도 모른다고요."

루쉬가 뭐라고 할 새도 없이 백스터는 전화를 끊었다. 가만히 있을 수는 없었다. 밴섬 가족의 모습은 지금도 그녀의 기억에 생생히 남아 있었다.

백스터는 주 출입구로 이동했다. 그 인물은 어두운 복도를 지나 필립이 들어간 아파트 문 앞에 멈춰 섰다. 시간을 끌어야 했다. 백스터는 가방에서 열쇠를 꺼내 고요한 로비에 짤랑짤랑 소리를 냈다. 남자가 이쪽으로 고개를 돌리는 것 같았다. 백스터는 평범한 주민인 양 그가 있는 쪽으로 복도를 유유히 걸었다.

걸음을 최대한 천천히 했다. 남자는 백스터가 지나가기를 기다린다는 티를 노골적으로 드러내며 지켜보고 있었다.

몇 걸음 거리까지 가까워졌을 때 백스터는 고개를 들고 상냥하게 웃어 보였다. "메리 크리스마스!"

남자는 반응하지 않았다. 겨울 재킷의 후드를 얼굴 앞까지 덮어쓰고 코와 턱 사이에서 끈을 당겨 묶었다. 확신할 수 있는 정보는 백인, 평균 키와 체중, 진갈색 눈동자뿐이었다. 한 손은 여전히 재킷 안에 두었다. 총의 자루 부분을 감싸 쥐고 있을 게 틀림없었다.

루쉬와 커티스는 아직도 소식이 없었다. 그래서 백스터는 즉흥적인 계획에 따라 열쇠를 바닥으로 떨어뜨렸다.

"엇." 백스터가 그렇게 내뱉고 열쇠를 줍기 위해 무릎을 꿇었다. 가장 길고 뾰족한 것은 토머스 집 열쇠였다. 백스터는 열쇠를 손가락 사이에 끼고 아쉬운 대로 무기를 만들었다. 남자가 짜증스레 눈을 굴렸다. 지금이 기회였다.

백스터는 재빨리 몸을 일으켜 열쇠를 손가락 사이에 끼운 주먹을 후드 틈으로 찔렀다. 열쇠가 빰에 제대로 꽂혔다. 둘은 함께 아파트 문으로 쓰러졌고, 남자는 고통에 찬 비명을 질렀다.

남자가 백스터를 맞은편 벽으로 밀어붙이면서 재킷 안에 숨겼던 무기를 꺼내는 순간, 백스터가 몸을 날려 후드 안에 있는 코를 발로 후려 찼다. 이렇게 하면 눈물이 찔끔 나 앞이 보이지 않는다. 역시 울프는 좋은 스승이었다.

순간적으로 앞이 안 보이는 남자는 되는 대로 손을 휘두르다 무거운 총으로 백스터를 강타했다.

그때 찰칵 하는 소리와 함께 자물쇠가 돌아가고 근심 가득한 얼굴이 문틈에 나타났다. 그쪽으로 관심이 돌아간 남자는 발로 문을 활짝 열어 필립 이스트를 뒤로 넘어뜨렸다.

집 안에서 누군가 비명을 질렀고, 소리 죽인 총성 세 발이 연달아 터져 나왔다.

"안 돼!"

소리치며 일어난 백스터도 집 안으로 서둘러 들어갔다.

"녹색 밴이에요!" 루쉬의 외침에 커티스가 유턴을 해 반대쪽 차선으로 접어든 다음 가속 페달을 밟았다.

루쉬는 빨리 백스터에게 가야 한다는 생각에 총부터 꺼내고 안전벨트를 풀었다. 커티스가 사이렌을 끄고 브레이크를 꽉 밟자, 발밑에서 ABS 브레이크 장치가 다다다닥 떨렸다. 차는 백스터가 말한 밴의 색 바랜 뒷문과 1미터도 안 되는 거리에 끼이익 소리를 내며 멈췄다.

차에서 뛰어내린 루쉬가 아파트 입구를 향해 겨우 몇 걸음 옮겼을 때, 1층 창문 하나가 요란한 소리를 내며 깨졌다. 돌아보니 창문을 통해 나온 한 남자가 눈 위를 구르며 어설프게 착지를 하고 있었다. 순간 둘의 눈이 마주쳤다. 남자는 얼른 몸을 일으켜 세우고 반대 방향으로 황급히 달아났다.

"백스터를 찾아요!" 루쉬가 커티스에게 외치고, 용의자를 쫓기 시작했다.

커티스는 총을 들고 아파트 입구로 달려 들어갔다. 창문이 깨진 방향의 1층 복도에서 주민 몇몇이 집 밖으로 나와, 벽이 총알에 맞아 부서진 파편으로 둘러싸인 문 쪽을 쳐다보고 있었다.

"백스터?" 커티스가 외쳤다.

커티스가 총을 겨눈 채 문에 다가가자 시체가 보였다. 필립 이스트는 바닥에 누워 생명이 꺼진 눈으로 천장을 바라보고 있었다. 검붉은 피가 바닥에 있는 베이지색 카펫에 스며들고 있었다.

"백스터?" 다시 백스터를 불러보는 커티스의 목소리가 심하게 떨렸다.

어느 방에서 울음소리가 흘러나왔다. 조심스럽게 접근하던 커티스는 걸음을 멈추고 욕실 문을 발로 차서 열었지만 비어있었다. 좁은 주방도 비어 있었다. 거실로 이동하자 절반이 초토화되어 있었다. 가구들은 산산조각이 나서 쓰러졌고, 커다란 유리 테이블은 반짝이는 가루 더미가 되어 카펫 위에 쌓여 있었다. 한 여자가 어린아이 셋을 품에 안고 보호하고 있었다. 커티스가 구하러 온 사람인지, 죽이러 온 사람인지 확신하지 못하는 게 분명했다.

거실 반대편에는 백스터가 쓰러져 있었다. 누군가가 깨진 유리 테이블 위로 백스터를 던져버린 것처럼 보였다. 몸에 깔린 백스터의 왼쪽 팔이 부자연스러운 각도로 꺾여있었다.

"백스터!" 커티스가 놀라서 숨을 들이마셨다.

얼른 달려가 백스터의 맥박을 확인했다. 다행히 손가락 끝에서 세찬 고동을 느끼고 커티스는 안도감의 한숨을 내뱉었다. 백스터가 욕설을 내뱉는 소리까지 들었을 때는 얼굴에 미소가 번졌다.

"우리…, 우리 남편은?" 필립 이스트의 아내가 고통스럽게 숨을 헐떡이며 물었다.

고개를 저을 수밖에 없었다.

울음을 터뜨린 여자 옆에서 커티스는 무전으로 앰뷸런스를 요청했다.

루쉬는 대형 아파트 단지와 주변 건물 측면에 놓인 미로 같은 골목 깊숙이 들어와 있었다. 빙판길로 변한 바닥에서 보이지 않는 발자국을 쫓다가 완전히 길을 잃고 말았다. 되돌아 나와도 또 막다른 골목이었다. 머리 위의 은색 하늘은 밀실 공포증을 유발하는 통로의 천장에 불과했다.

교차로에 이르러 루쉬는 걸음을 멈췄다. 콘크리트 길이 사방으로 뻗어 있었다.

눈을 감고 정신을 집중했다. 타닥타닥 뜀박질 소리가 루쉬의 바로 뒤에서 지나가는 듯했다. 루쉬가 휙 뒤를 돌아보았다.

하지만 아무도 보이지 않아 루쉬는 모퉁이를 다시 돌았다. 도망치는 남자가 택할 수 있는 길은 그곳뿐이었다. 좁은 골목 벽에 어깨가 스쳤다.

다음 모퉁이에서 방향을 틀었을 때, 루쉬는 팔을 올려 몸을 막고 뒤로 나자빠졌다.

거대한 허스키 한 마리가 앞발을 들고 뒷발로 서 있었다. 이빨을 드러낸 개는 둘 사이의 철조망을 미친 듯이 씹으며 으르렁거렸다.

루쉬는 천천히 팔을 내리고 동물이 가까이 오지 못한다는 판단 하에 다시 일어났다. 하지만 뻣뻣한 철사를 계속 뜯어대는 녀석을 보자 등줄기가 오싹해졌다.

루쉬는 무언가에 홀린 듯 개에게 다가갔다. 15센티미터도 안 되는 거리에 루쉬가 얼굴을 대고 허스키의 검은 눈을 응시하자….

갑자기 녀석이 어디 다친 것처럼 낑낑거리더니 앞발을 내리고 다른 골목으로 사라졌다.

동물의 발소리가 멀어졌고, 이내 고요가 찾아왔다. 루쉬는 고개를 절레절레 흔들었다. 완전히 바보가 된 기분이었다. 동물들이 부정한 영혼의 통로라는 쇼 목사의 정신 나간 이론에 흔들리다니…. 루쉬는 땅바닥에서 총을 집어 들고, 어두운 미로를 통해 다시 필립의 아파트로 돌아 나갔다.

5분 후, 아파트로 돌아온 루쉬는 복도에 쓰러진 필립 이스트의 시신을 보고 걸음을 멈췄다. 가슴 여기저기 총알구멍 세 개가 뚫려 있었다. 옆에 쭈그리고 앉자 두꺼운 카펫이 발밑에 납작하게 눌렸다. 총알이 찢어놓은 셔츠 사이로 아무렇게나 새긴 익숙한 표식이 언뜻 보였다. '꼭두각시'였다.

루쉬는 피곤한 눈을 문질렀다. "젠장."

티아는 저녁 7시부터 일찌감치 소파에서 잠이 들었다. 밤 9시 20분, 에드먼즈는 겨우 레일라를 재우고 아래층으로 돌아갔다. 퇴근 후 저녁을 차리고 고양이 화장실을 치운 다음 산더미처럼 쌓인 빨래를 하고 이틀 치 설거지를 했다. 티아를 안아서 침실로 데리고 올라가니 모범 남편이 된 듯했다.

시간이 촉박해지고 에너지도 바닥났지만 오늘만큼은 일할 자격을 얻었다는 느낌이 들었다. 에드먼즈는 주방으로 가서 진한 커피를 만들었다. 잠들면 안 된다. 도시 반대편으로 운전해 가려면 정신을 차려야 했다.

오후에 공식적인 주의를 받은 만큼 더 이상 재산범죄조사국 소프트웨어로 루쉬의 뒷조사를 하는 위험을 감수할 수는 없었다. 에드먼즈는 한정된 자원을 활용해 아주 기본적인 정보를 수집했다. 정보가 많지는 않았지만 추가 조사가 필요하다는 이상 징후는 확실히 존재했다.

이번에는 백스터가 제대로 짚었는지도 모른다.

인사과 인트라넷에 깊이 파묻혀 있던 과거 조직도를 찾아낸 에드먼즈는 강력범죄수사팀 옛 동료가 한때 마약과에서 루쉬와 일한 적 있다는 사실을 발견했다. 그는 다행히 아직 퇴근 전이었다.

그는 루쉬를 '바늘처럼 날카롭다', '조금 특이한 구석이 있다'라고 묘사하면서도 전반적으로 '쿨한 친구'라고 했다. 백스터가 묘사한 루쉬와 크게 다르지 않았다. 하지만 루쉬의 신앙에 대해 물었을 때, 동료는 푸하하 웃음을 터뜨리고 말했다.

"그 친구보다는 내가 더 신앙심이 깊을걸."

헤비메탈을 즐겨 듣고 팔뚝에는 '신은 죽었다'라는 문신이 새겨져 있는 이 형사가 루쉬를 두고 그렇게 말할 정도라면…, 말 다했다.

이어 강력팀 옛 동료는 경호사령부에 있는 또 다른 친구에게 전해 들은 루쉬 이야기를 들려주었다. 루쉬는 2004년 경호사령부에서 전출되었다. 아니, 전출된 줄 알았다고 했다. "잘렸어. 사람들 추측으로는 말이야. 송별회도 안 하고, 준비된 후임자도 없었으니까. 말 그대로 하루아침에 사라진 거야. 다시는 얼굴을 볼 수 없었대. 부장은 당연히 길길이 날뛰었지."

에드먼즈는 도와줘서 고맙다고 인사한 다음, 다음에 만나 술이나 한 잔 하자며 피차 지킬 생각 없는 약속을 했다.

퇴근하기 전 루쉬의 집 주소도 구할 수 있었다. 지금 같은 밤이면 30분도 걸리지 않을 거리였다. 에드먼즈는 까치발을 한 채 복도로 나가 코트와 스카프로 무장한 다음, 고리에서 자동차 키를 꺼내 살금살금 집 밖으로 나갔다.

★

"여기 작게 그늘진 부분 보이죠? 팔꿈치 관절이 깨진 겁니다."

의사가 명랑한 말투로 태연하게 설명했다.

"멋지네요." 백스터가 한숨을 쉬었다. "이제 가도 되죠?"

이리 찌르고 저리 찌르는 의사와 간호사들에 둘러싸여 3시간째 병실에 갇혀 있으니, 백스터는 인내심이 한계에 도달하고 있었다.

후드 쓴 남자와 몸싸움을 벌인 후 온몸이 쑤시고 멍이 들었다. 깨진 유리 테이블 때문에 자잘한 상처 수십 개가 얼굴을 장식했다. 점점 늘어나는 백스터의 부상 목록에는 부러진 손가락 세 개와 깨진 팔꿈치도 추가되었다.

의사는 먼저 자리를 뜨면서 환자에게 깁스용 팔걸이 보호대를 가져다주라고 간호사에 지시했다.

"오늘 정말 용감했어요." 둘만 남았을 때 커티스가 말했다.

"바보 같았던 거죠." 백스터는 말을 하다가 통증 때문에 얼굴을 찡그렸다.

"어쩌면 둘 다일 수도 있고요." 커티스가 미소를 지었다. "루쉬가 그러는데 현장에서 회수한 배낭 속에 갈색 마대자루 여러 개와 접착테이프가 있었대요. 5명을 묶기에 충분한 양이래요. 그 사람들을 구한 거예요."

민망한 나머지 백스터는 칭찬을 못 들은 척했다. "루쉬는 어디 갔어요?"

"어디 갔겠어요?" 커티스의 대답은 루쉬가 언제나처럼 전화 통화를 하고 있다는 의미였다.

커티스는 백스터의 풀 죽은 표정을 알아차리고 기운을 북돋아 줘야겠다고 느꼈다. "끝이 아니에요, 알죠? 수사팀에서 리처를 다시 잡아 왔어요. 필립의 가족은 경찰 보호하에 현재 조사 중이고요. 이제 필립 이스트의 금융 거래와 통화 내역을 다 볼 수 있게 됐어요. 백스터 열쇠와 옷에서 나온 DNA도 과학수사대에서 신속하게 처리하고 있고요. 일이 진척되고 있어요."

간호사가 허둥대며 밝은 보라색 팔걸이를 들고 돌아왔다.

"이거 하세요." 그러면서 백스터에게 팔걸이를 건넸다.

커티스와 백스터는 내키지 않는 표정으로 흉물을 바라보았다.

"검은색은 없어요?" 두 사람이 합창했다.

"없어요." 간호사의 목소리는 날카로웠다. "그리고, 이건 선택 사항이니까…"

"선택 사항이라고요?"

"네."

"그럼 그쪽이 가져요." 백스터는 당장 팔걸이를 간호사에게 다시 안겼다. 그리고 커티스를 향해 웃어 보였다. "갑시다."

에드먼즈는 고물이 다 된 볼보Volvo 차량의 약한 실내조명에 비추어 아까 받은 루쉬의 자택 주소를 다시 확인했다. 그는 조명이 꺼진 루쉬의 집 밖에 차를 세우고 있었다.

차 안에서도 루쉬 집 창문에서 벗겨진 페인트 부스러기와 경사진 진입로 틈을 뚫고 자란 잡초가 잘 보였다. 훨씬 잘 가꾸어놓고 살 수 있을 집인데, 지금은 버려졌다는 느낌이 더 강했다.

금방이라도 쓰러질 것 같은 이 집은 언덕 위의 흉가로 동네 아이들의 상상력을 자극하고 있을 것이다. 에드먼즈는 한 번도 본 적 없는 루쉬에게 분노를 느꼈다. 그와 티아, 레일라는 허름한 연립주택 단지에서 살았고, 이마저도 집세를 내고 나면 최저생활비만 남았다. 그런데 루쉬는 부유한 교외 주택 단지의 그림 같은 거리에 서 있는 아름다운 집을 소유하고 있으면서도 저런 상태로 방치해놓았다.

에드먼즈는 차에서 내려 최대한 소리를 내지 않고 운전석 문을 닫았다. 주변에 사람이 없는지 다시 확인한 후, 캄캄한 집을 향해 진입로를 올랐다. 안타깝게도 차가 보이지 않았다. 번호판이 있으면 조사에 유용하게 쓰일 텐데. 그래도 비슷한 역할을 할 쓰레기통 두 개가 집 옆쪽에 있었다.

에드먼즈는 손전등을 비추며 비밀스러운 CIA 요원과 관련이 있을 무언가를 찾아 재활용품을 뒤지기 시작했다. 그러다 쓰레기통 뒤에 쭈그리고 몸을 숨겼다. 옆집에서 나온 노인이 울타리 위로 머리를 쑥 내밀었기 때문이다. 에드먼즈는 긴 다리를 몸 가까이 끌어당겼다.

"이놈의 여우 새끼들." 노인이 투덜거렸다.

곧 집으로 다시 걸어가는 소리, 문을 닫는 소리, 문을 잠그는 소리가 들렸다. 이어 불이 꺼졌다.

에드먼즈는 이제 겨우 숨을 쉴 수 있겠다고 판단했다. 오후에 공식적인 주의까지 받았는데, CIA 요원의 사유지에 무단침입하다 걸리면 끝장이다. 에드먼즈는 무모한 자신을 원망했지만 몸은 반응하고 있었다. 짜릿하게 흐르는 아드레날린이 심장에 더 세차게 펌프질을 하라고 요구했다. 스타카토로 끊어져 나오던 입김도 일정해졌다. 에드먼즈의 몸 상태는 속도를 점점 높이는 증기기관차 같았다.

나이 든 이웃이 신경을 껐다는 확신이 생긴 후에야 에드먼즈는 그곳을 벗어나 옆길을 따라 뒷마당으로 향했다. 길게 자란 잔디가 바짓단에 축축한 얼룩을 남겼다. 부서진 울타리와 텅 빈 토끼장 옆에는 어울리지 않게 새것 같은 인형의 집이 놓여 있었다.

집 안에 불빛이 없지는 않았다. 에드먼즈가 테라스 문으로 안을 엿보고 있을 때 복도에서 전화벨이 울렸다. 벨이 다섯 번 울리고 여자가 전화를 받았다. "당신이야? 우리 둘 다 자기 너무 너무 보고 싶어!"

에드먼즈가 놀라서 작은 소리로 욕을 내뱉으며, 고개를 숙이고 온 길을 기어갔다. 최대한 모습을 숨긴 채 쓰레기통을 지나 진입로를 내려갔고, 차에 올라타 라이트를 켜지도 않고 출발했다. 라이트를 켜지 않은 상태에서는 차량번호판을 식별하기 힘들다는 것을 알았기 때문이다. 일단 안전한 대로로 나온 후 에드먼즈는 헤드라이트를 켜고 속도를 높였다. 심장이 아직도 빠르게 뛰었다.

발견한 것은 없었다. 하지만 집으로 가는 내내 에드먼즈의 얼굴에는 미소가 걸려 있었다.

20

2015년 12월 14일 월요일

오후 7시 54분

호텔에 들어서자 뜨거운 공기가 커티스와 루쉬를 덮쳤다. 천장에서 산업용 히터가 돌아가는 소리보다 더 큰소리로 누군가 성질을 부리고 있었다. 익숙한 목소리를 따라가니 허름한 바가 나왔다. 두꺼운 구형 텔레비전에서는 몇 분 후 스포츠 경기가 시작될 모양이었다. 지나치게 밝은 조명은 80년대풍 인테리어의 결점을 전부 부각시켰다. 짙은 벽지는 니코틴과 30년 동안 쏟아진 술로 얼룩져 있었다.

"혼자 한다니까!" 백스터가 커다란 잔에 든 와인을 바닥에 쏟으며 바텐더에게 우겼다.

그러면서 칸막이를 친 창가 자리로 가서 털썩 앉다가 다친 팔을 테이블에 부딪쳐 크게 욕설을 내뱉었다.

"그래서 팔걸이를 차라는 건데." 중얼거린 루쉬가 커티스에게 속삭였다.

이런 곳에서도 커티스는 텔레비전에서 미국 국가가 울려 퍼지자 허리를 똑바로 세우고 가슴에 손을 얹었다. 텔레비전 속에서 경기장을 가득 메우고 맥주를 마시며 핫도그를 흡입하는 관중들도 합창을 했다.

"미국인들이란." 백스터가 혀를 쯧쯧 차며 고개를 저었다.

루쉬는 자부심으로 눈물을 글썽이고 있는 커티스를 돌아보았다.

그사이 국가 연주가 끝나고 본 조비 공연 앙코르에 더 어울릴 법한 박수갈채가 쏟아졌다.

"아니…." 루쉬가 선뜻 말을 못 꺼내며 백스터 앞에 놓인 술잔을 가리켰다. "그거 마셔도 돼요? 진통제 먹는데?"

백스터의 따가운 눈빛이 날아왔다. "이 정도 자격은 있지 않아요?"

루쉬는 말을 말기로 했다. 테이블에 합류한 커티스도 걱정스러운 눈으로 커다란 와인 잔에 담긴 술을 보았다. 진상 손님이 두 번째 잔을 주문하지 않기를 바라며 바텐더가 잔을 가득 채운 듯했다.

"그거 마셔도…." 커티스가 말을 하려다가, 고개를 저어 경고하는 루쉬를 보고 입을 다물었다.

화제를 바꾸기 위해 그녀는 테이블에 놓인 책을 집어 들고 표지에 적혀 있는 책 제목을 읽었다. "〈빈센트 바스티안 신부: 메리 에스포지토의 엑소시즘 이야기〉…, 아직도 이 얘기예요?"

커티스의 손에서 책을 낚아챈 루쉬가 접어서 표시해둔 페이지로 넘겼다.

"자. 들어 봐요. 실제 빙의를 당한 사람이 쓴 글이에요. '밤은 낮에도 나를 따라다니며 괴롭혔다. 태양은 존재했지만 검은 하늘에서 이글이글 타오르고 있었다. 모든 색이 촛불로 비춘 것처럼 흐릿해졌고 나는 그림자가 되어 그와 한 몸을 공유해야만 했다.'"

루쉬가 고개를 들자 두 여자는 멍한 표정을 짓고 있었다. 백스터는 와인을 쭉 들이켰다.

"쌍둥이자리 남자도 그랜드 센트럴에서 별을 보며 말했어요.

'내 세상은 언제나 밤이야.'" 루쉬가 설명했다. "봐요, 이래도 아니라고 할 수 있냐고요."

"아니에요!" 백스터와 커티스가 입을 모아 대답했다.

"여기에 의미를 너무 부여하는 것 같아요, 루쉬." 와인의 힘으로 더 지혜로워진 백스터가 말했다. "없는 연결고리를 만들어내고 있잖아요. 신과 유령이 모든 문제를 설명해주지 않아요. 그냥 사람이 병신 같은 거지."

"옳소, 옳소." 커티스가 고개를 끄덕였다. 그녀는 빨리 화제를 바꿔야겠다고 생각했다. "레녹스는 백스터가 공무 중에 부상을 당해서 떠날 거라고 하던데요."

"흥, 꿈 깨라고 해요." 백스터가 비웃으며 대화를 종결했다. "그래, 뭐 새로 나온 거 있어요?"

"밴은 폐차였어요." 루쉬가 말했다. "여러 사람의 DNA 범벅이겠죠. 어느 게 누구 지문인지 분리하는 데만 며칠이 걸릴 겁니다. 필립 아내와 아이들은 아무것도 모르는 눈치고요. 필립 이스트가 며칠 전 집에 와…."

"우리가 밴섬을 찾기 시작한 날에요?"

"맞아요." 백스터의 질문에 루쉬가 답했다. "미친 사람처럼 짐을 꺼내더니, 가방을 싸서 떠나야 한다고 가족한테 소리를 질렀답니다."

"전에 담당했던 환자가 스토킹을 해서 그런다고 둘러댔다는데 부인 말로는 몇 주 전부터 이상했대요." 커티스가 덧붙였다.

"아니, 부인한테 남편 가슴에 '꼭두각시'라는 단어가 왜 새겨져 있는지 물어볼 생각도 안 했어요?" 백스터가 입을 놀렸다.

"둘이…, 스킨십을 하지 않았대요." 커티스가 어깨를 으쓱하며 말했다.

백스터는 무거운 한숨을 쉬고 와인 잔을 비우며 말했다. "나는 이만 올라갈래요. 오늘 사람 손을 너무 많이 타서 샤워를 해야겠어요."

"옷 벗는 거 도와줘요?" 커티스가 물었다.

"고맙지만 됐어요." 백스터는 방금 여자에게 유혹당한 기분이 들어 얼굴을 찌푸렸다. "혼자 할 수 있어요."

누군가 커티스의 문에 노크했다.

"옷 벗는 것 좀 도와줄래요?"

백스터는 커티스의 얼굴에 번진 미소를 볼 수 없었다. 반쯤 벗다 만 셔츠가 머리에 걸려 있었기 때문이다.

"금방 내 방 열쇠 찾아서 갖고 나올게요." 커티스가 웃음 섞인 기침을 내뱉고 자기 방 안으로 들어간 후 호텔 복도가 시끄러워졌다.

"뭘 봐요?" 백스터가 어떤 사람을 향해 쏘아붙이는 소리가 들렸다.

커티스는 백스터를 방으로 데리고 들어왔다. 텔레비전에서는 영국 방송이 나오고 있었다. 소리를 줄여놨지만 뉴스는 민심과 어긋나는 의회의 새로운 결정을 정리해 보도하고 있었다. 커티스는 약간의 묘기를 부려 백스터를 셔츠에서 해방시킬 수 있었다. 민망해진 백스터가 수건으로 몸을 가렸다.

"고마워요."

"천만에요."

"미친년!"

커티스는 충격을 받은 표정이었다. "뭐라고요?"

"당신 말고요." 백스터가 해명했다. 그녀는 텔레비전에서 눈을 떼지 않은 채 리모컨을 더듬어 찾아 볼륨을 높였다.

영국은 한밤중이라 녹화된 뉴스만 연이어 내보내고 있었다. 백스터의 시선을 사로잡은 것은 안드레아 홀이 진행하는 저녁 뉴스의 마지막 꼭지였다. 세련된 앵커 뒤에 있는 대형 화면에 피로로 찌든 백스터의 얼굴이 등장했다. 안드레아는 유행을 선도하는 빨간 머리에 금발 브릿지를 넣었다. 내일 오후가 되기도 전에 전국 여자들 절반이 저 머리를 따라 할 것이다.

"죄송합니다." 안드레아가 감정에 복받쳐 말했다. "많이 알고 계시리라 생각하지만 백스터 경감과 저는 개인적으로도 아주 가까운 친구…"

"미친년!" 백스터가 같은 말을 반복하고 씩씩거렸다. 커티스는 눈치껏 침묵을 지켰다.

"…저를 비롯해 전 제작진은 용의자와 격돌한 백스터 경감이 하루빨리 쾌유하기를 빕니다." 안드레아는 심호흡을 하고 본심으로는 조금도 걱정하지 않는 사람처럼 금세 냉정한 프로 앵커의 모습을 되찾았다.

"네. 그럼 런던 경찰청의 지나 바니타 총경과 말씀을 나눠보도록 하겠습니다. 안녕하세요, 총경님."

런던을 배경으로 백스터의 상관이 화면에 나타났다.

"안녕하세요, 안드레아 홀 씨."

바니타는 안드레아가 가뜩이나 안 좋은 상황을 더 심각하게 만드는 재주가 있다는 사실을 잘 알았다. 그래서 이 야심만만한 기자와 직접 인터뷰를 해 지뢰밭을 안전하게 빠져나가기로 한 게 분명했다.

"종교를 믿으시나요, 총경님?" 시작부터 안드레아가 대뜸 물었다.

"저는…." 바니타의 표정을 보니 벌써 안전한 곳과 멀어진 듯했다. "그건 주제에 벗어난…."

"새로운 소식이 없는 것으로 보아 경찰 측에서는 최근의 섬뜩한 살인사건들과 관련해 확실한 단서를 아직 잡지 못했다는 생각이 드는데요. 지금까지의 정황으로 보면, 비뚤어진 한 사람의 계획을 서로 명확한 관계가 없는 사람들이 실행하고 있지 않나요? 그러니까 범죄를 실행하는 실행범과 그들을 사주하는 교사범이 따로 있냐는 얘깁니다."

"글쎄요…, 저희는 지금도…."

"아자젤."

"무슨 말씀인지-."

"제리 필스너 주니어 목사의 이론에 대해 들어보셨겠죠?"

"그럼요." 계속 말이 끊기던 바니타가 세 글자로 된 한 문장을 겨우 완성했다. '제리 필스너'라는 그 광신도를 모르기는 불가능했기 때문이다. 그는 섭외되는 족족 모든 방송에 얼굴을 들이밀었다.

"그래서요?"

"그래서…?"

"필스너 목사는 현재 상황을 무척 신선한 관점으로 설명하고 있죠."

"그렇습니다."

"경찰이 그 주장에 가능성을 두고 있는지 여쭤 봐도 될까요?"

바니타가 미소를 지었다.

"전혀 아닙니다. 귀한 인력을 그런 한심한 가설에 낭비할 수 없죠."

안드레아가 웃었다. 화면에 보이는 바니타도 긴장이 풀린 듯했다.

"그런데 정말 그럴까요?" 안드레아가 깊은 생각에 잠긴 연기를 하며 물었다. "제 말은, 미국도 그렇지만 우리나라에서도 모든 종교 시설의 출석률이 기록적으로 증가하고 있다고 합니다."

상황을 깨달은 바니타의 표정이 싹 바뀌었다. 안드레아는 덫이 있는 곳으로 그녀를 교묘하게 이끌고 있었다.

"런던 경찰청은 그분들을 존중-."

"종교를 믿으면 어리석은 걸까요, 총경님?"

"그럴 리가요. 하지만-."

"그럼, 지금 말씀은 수사팀에서도 '타락 천사' 이론을 하나의 가능성으로 보고 있다는 건가요?"

가엾게도 바니타는 무척이나 혼란스러워 보였다.

"아니. 그런 말이 아닙니다. 제 말은-." 바니타는 당황하고 있었다.

"저는 수사관이 아닙니다." 안드레아가 계속했다. "하지만 이런 가능성이 조금이라도 있지 않을까요? 성경에서 영감을 얻어 살인을 저질렀을 가능성 말입니다. 어쩌면 신을 거역한 타락 천사라는 개념에서 착안했을 가능성이 없다고 보십니까?"

바니타는 피해를 최소화할 방법을 계산하느라 아무 말도 하지 못했다.

"총경님?"

"네…, 아니요. 저희는-."

"어느 쪽이라는 거죠?" 안드레아가 답답하다는 표정으로 양손을 들어 올렸다. "경찰이라면 당연히 모든 가능성을-."

"네." 바니타가 단호히 말을 잘랐다. "그 가능성도 살펴보고 있습니다."

갑자기 카메라가 안드레아의 풀샷을 잡았다.

"안 돼." 백스터는 안드레아 홀의 트레이드마크를 예감하고 중얼거렸다. 안드레아는 사건을 더 자극적으로 보도하는 데 귀재였다.

안드레아 뒤편의 화면이 빠르게 깜박이고 지지직거리더니, 바니타를 화면에서 지워 버렸다.

"자, 여러분." 안드레아가 전 세계 시청자들을 향해 말했다. "런던 경찰청은 타락 천사들을 사냥하고 있습니다."

"저 여자가 하는 말, 대체 무슨 소리예요?" 커티스가 물었다.

"원래 저래요."

"말이 안 되잖아요!"

"그런 건 중요하지 않아요. 일단 저 여자가 말을 하면…. 또 시작했네요." 백스터는 무슨 말이 나올지 각오를 하고 들었다.

"…내일 오전 6시부터 저 안드레아 홀과 함께해주십시오. 엽기적이고 끔찍한 살인사건의 모든 것을 전해드리겠습니다. 경찰의 수사 방향에 따라 앞으로 이 사건을 이렇게 부르고자 합니다. 이름하여…, '아자젤 살인사건'입니다."

"안 돼!" 백스터가 절망스러운 소리를 내며 텔레비전을 끈 다음 고개를 절레절레 흔들었다.

"괜…, 괜찮아요?" 커티스가 걱정스럽게 물었다.

"괜찮아요."

하지만 백스터는 수건 한 장만 두르고 있다는 사실이 뒤늦게 떠올랐다. 드러난 맨살을 가리려 수건을 조금 더 끌어 올렸다. "그냥 자야겠어요."

방 안을 어색한 고요가 감쌌다. 백스터의 바람과 달리 커티스는 방을 나가지 않고 구석에 있는 책상에 앉았다.

"사실 전부터 단둘이 얘기하고 싶었어요." 커티스가 말했다.

백스터는 욕실 문가를 맴돌며 애써 불편한 감정을 숨겼다. 토머스 앞에서도 헐벗고 서 있으려면 쑥스러운데, 하물며 만난 지 얼마 되지도 않은 여자와 이런 상태로 대화를 하게 생겼다.

커티스는 알고서 하는 말인지 모르고서 하는 건지 알 수 없는 말을 꺼냈다. "이제 심리 상담사들과 관련이 있다는 단서가 확실해졌으니 의미 없는 얘기일지도 모르겠네요. 하지만 계속 숨기고 있으려니 마음에 걸리더라고요. 법의학자가 글렌 아놀즈의 혈액 검사에서 이상한 점을 발견했어요."

백스터는 몰랐던 척 놀란 표정을 지었다. 문제의 검사지는 책상 위 서류철에서 삐져나와 있었다.

"간단히 말해 아놀즈는 정신과 약을 안 먹고 있었어요. 그런데 정신 상태를 악화시킬 다른 약들을 먹고 있었죠. 하지만 어쩔 수 없이…, 백스터에게는 알리지 않았어요. 미안해요."

"알겠어요. 말해줘서 고마워요." 백스터가 미소를 지었다. 브래지어 차림으로 타인과 진심을 이야기하는 상황은 그녀에게 무리였다. 빨리 끝내고 싶다는 마음뿐이었다.

"음, 그럼 나는 이만 샤워를…." 백스터가 욕실을 가리키며 말했다.

"그럼요." 커티스가 방에서 나가려고 일어났다.

백스터는 커티스가 나가는 길에 자신을 안으려고 하지 않을까 걱정했다. 우려는 현실이 되었고 백스터는 포옹을 받으며 질겁해서 몸을 움츠렸다.

"우리 한 팀 맞죠?" 커티스가 미소를 지으며 물었다.

"당연하죠." 백스터가 동의했다. 그리고 커티스의 면전에서 문을 닫았다.

★

"테이블에 엎어치기까지 당했으면 열 받아서 집으로 돌아가야 정상 아니야?"

FBI 지부 회의실로 향하는 길에서 터덜터덜 걷고 있는 백스터를 발견한 레녹스가 커티스에게 속삭였다. 젊은 요원이 레녹스의 지시에 따라 인쇄물을 한 아름 안고 회의실로 들어왔다.

모두 자리에 앉은 후, 레녹스는 백스터의 무수한 상처에 대해 단 한 마디 언급이나 치사 없이 곧장 회의의 첫 번째 안건으로 들어갔다.

루쉬는 화이트보드 표에 오른쪽으로 한 칸을 추가해놓았다.

미국 뉴욕	영국 런던	?
1. 마커스 타운젠드 장소: 브루클린 브리지 수법: 교살 피해자: 봉제인형 살인사건 관련	3. 도미닉 버렐 장소: 벨마쉬 교도소 수법: 자상 피해자: 봉제인형 살인사건 관련	6. ? 장소: 웨스트체스터 카운티 수법: 총상 피해자: 정신과 의사와 가족
2. 에드와도 메디나 장소: 33관할서 수법: 고속 추돌 피해자: 경찰	4. 패트릭 피터 퍼거스 장소: 더 몰 수법: 둔기에 의한 외상 피해자: 경찰	7. ? 장소: 브루클린 수법: 총상 피해자: 심리치료사
5. 글렌 아놀즈 징소: 그랜드 센트럴 수법: 불패 피해자: - ?	?	?

"브루클린에서 확보한 발자국은 밴섬 집에 있던 것과 일치한다." 레녹스가 말했다. "사용한 총기도 일치한다는 결과가 나왔고. 게다가 수법이 겹친 것도 이번이 처음이지. 개인적인 의견이지만 밴섬과 필립 이스트의 죽음은 계획에 없었다고 생각해. 꼭두각시는 사망했지만 미끼는 없었다. 누군가 절박해서 행동한 거야. 꼬리가 잡히지 않으려고 한 거지. 다른 의견은 없을까?" 레녹스가 루쉬와 커티스를 보며 물었다.

"하나 있습니다. 그 '누군가'가 전문 범죄자가 아니라는 사실요. 백스터가 싸움에서 크게 밀리지 않았고, 필립 이스트를 죽이기는 했지만 총알 세 발이 급소를 명중하지는 않았어요. 사인은 과다 출혈이었죠." 루쉬가 말했다. "그렇게 보면 확실히 절박하다는 이론에 무게가 실립니다."

"우리가 관심을 보이자마자 이 사람들이 죽은 게 우연일까요?" 커티스가 물었다.

"아니. 우연일 수 없어." 레녹스가 커티스의 의견에 동의했다. "그건 그렇고 두 건의 살인을 저지른 용의자에 대한 정보는 대강의 신장과 체중뿐이다. '백인 남성, 갈색 눈동자'라는 애매한 묘사도 있고."

백스터는 '애매한'이라는 말에 깔린 조롱을 무시했다.

"필립 이스트가 머물고 있던 집 소유자는요?" 누군가 질문했다.

레녹스가 서류를 몇 페이지 넘겼다.

"어…, 키런 골드만. 필립 이스트와 친구 사이라는군. 원래 자기 집은 공실로 두고 보수 공사할 돈을 모으고 있었어."

"그럼 아무 단서도 못 찾은 거네요?" 아까 그 수사관이 물었다.

"아니, 찾아냈어." 레녹스가 말했다. "배후에서 조종하는 사람의 신원이 확인되었다. 누가 줄을 움직이는지 드디어 알아냈어."

"정말이에요?"

다들 멍한 얼굴로 레녹스의 다음 말을 기다렸다.

"우리의 '아자젤'을 소개하지…." 안드레아 홀 덕분에 그 이름을 사용하는 언론이 점점 늘어나더니, 이제는 FBI마저 이 사건의 범인을 두고 몸을 바꿔 다니는 타락 천사 '아자젤'이라는 표현을 쓰고 있었다.

레녹스가 실종된 영국 정신과 의사의 사진을 들어 보인 순간, 커티스의 심장이 내려앉았다. 죄 없는 남자를 죽인 것도 모자라 FBI의 수배 1순위 용의자를 알아보지도 못하고 철없는 학생처럼 같이 시시덕거렸다니.

"아자젤은 바로…, 알렉시 그린." 레녹스가 선언했다. "그린은 필립 이스트와 밴섬을 만나기 위해 작년에만 다섯 차례 대서양을 건넜어. 모두 잘 알다시피 교도소에 있던 도미닉 버렐의 심리 상담을 맡기도 했지. 몰랐던 사실이 나왔는데, 경찰을 살해한 방화범 패트릭 피터 퍼거스가 다니던 청소 업체가 알렉시 그린의 병원과도 계약이 되어 있었다는 거야. 따라서 그린이 비공식적인 경로로 퍼거스를 끌어들이고 조종 혹은 설득할 기회는 충분히 존재해."

"알렉시 그린의 동기가…, 정확히 뭐죠?" 백스터가 물었다.

레녹스는 눈에 쌍심지를 켜면서도 프로답게 대답했다. "아직 찾고 있습니다." 그러고는 다시 부하들에게 알렸다. "하지만 모든 꼭두각시를 이어주는 연결고리가 알렉시 그린이다. 이 자가 맞아. 우리의 최우선 순위는 알렉시 그린을 체포하는 거야."

"잘 모르겠는데요." 백스터가 말했다. "개입은 확실하다고 쳐도 조종까지? 무슨 이유로요?"

"동의합니다." 루쉬가 백스터를 지지하고 나섰다.

"그래요?" 레녹스가 짜증스럽게 물었다. "이걸 보면 생각이 달라질 겁니다. 우리 조사가 끝난 후 필립 이스트는 프로스펙트 파크로 돌아가는 택시 안에서 전화를 한 통 했습니다. 누구와 통화를 했을까요? 맞혀볼 사람?"

다들 가만히 있는 것이 상책이라고 생각해 대답하지 않았다.

"맞습니다. 알렉시 그린이에요. 필립 이스트는 가족과 숨으려고 각고의 노력을 한 사람입니다. 나름대로 잘했어요. 사람을 잘못 믿은 게 문제였지만요. 그런 사람이 전화로 그린에게 조언을 구했습니다. 그리고 30분 후, 누군가 필립 이스트의 집 앞에 나타나 그를 살해하죠."

루쉬는 이해가 되지 않았다.

"알렉시 그린이 본인 휴대폰을 사용하고 있었다면 우리가 왜 여태 못 찾고 있을까요?"

"아닙니다. 대포폰이었고 통화 시간이 짧아서 추적도 불가능했어요."

루쉬는 더 이해가 되지 않았다.

"그런데 그 전화 주인이 알렉시 그린인지 어떻게 압니까?"

"통화 내용을 듣고 있었으니까요." 레녹스가 어깨를 으쓱했다. "우리가 비싼 변호사를 달고 왔다는 이유로 유력한 단서를 그냥 걸어 나가게 둘 거라고 생각했다면 오산입니다."

루쉬는 FBI 지부장의 야비한 작전에 감명을 받았다. 당시 레녹스는 감쪽같이 연기를 하고 있었지만, 지금 생각해 보니 리처는 자신과 의뢰인의 소지품이 압수당했다고 화를 냈었다.

"점점 증거가 쌓이고 있다. 줄을 움직이는 인물은 알렉시 그린이며, 우리는 수단과 방법을 가리지 않고…." 레녹스가 말을 흐렸다. 다들 브리핑에 집중하지 못하고 회의실 바깥 사무실 쪽 창문을 보고 있었기 때문이다. 회의 실 바깥에서 요원들이 정신없이 뛰어다녔다.

레녹스가 회의실 문을 열고 뛰어가는 젊은 요원을 붙잡았다.

"무슨 일이야?"

"아직 잘 모르겠습니다. 무슨 시체가 발견…."

그때 사무실에 있는 모든 전화기가 동시에 울리는 듯한 소리가 났다. 레녹스는 가장 가까운 책상으로 가 전화를 받았다. 상대방의 말을 들으며 눈이 점점 커졌다.

"커티스!" 레녹스가 외쳤다. "타임스 스퀘어 교회, 브로드웨이로!" 레녹스는 다짜고짜 큰소리로 명령했다.

커티스가 벌떡 일어났고 백스터와 루쉬도 커티스를 따라 회의실을 나서려 했다.

그 뒤로 레녹스가 회의실에 남은 사람들에게 상황을 설명하는 소리가 들렸다.

"모두 주목! 방금 중대한 사고 소식이 들어왔다…."

21

2015년 12월 15일 화요일
오전 10시 3분

커티스가 운전대를 잡고 빠른 속도로 도시를 가로지르는 동안 세 사람 모두 말을 하지 않았다. 뉴욕 경찰의 무전 교신은 쉬지 않고 계속되었다. 다급한 메시지가 서로 겹쳐졌고 지원 요청이 들어올 때마다 배치 요원은 더 많은 병력을 현장으로 보냈다. 교회에 가 있는 경찰들이 열린 채널로 전달할 수 있는 정보는 많지 않았지만 하나같이 섬뜩했다.

"…전부 다 시체…."

"…벽에 매달려…."

"…전원 사망."

웨스트 51번가에 더 가까워질수록 도로가 꽉 막혀 커티스는 인도로 차를 몰았다. 두 블록 앞에서 젊은 경찰이 손을 흔들었다. 그는 브로드웨이를 긴급 폐쇄하기 위해 세운 허접한 플라스틱 바리케이드를 녹은 눈 위로 끌어 길을 터 주었다. 텅 빈 도로로 가속 페달을 밟자 전방 교차로에 아무렇게나 세워진 경찰차들이 보였다. 푸른 경광등 불빛이 사방으로 번쩍이고 있었다.

맞은편 목적지까지는 차를 타고 갈 수 없었기 때문에 그나마 가까운 파라마운트 플라자 건물 앞에 급히 정차한 다음, 세 사람은 차에서 내려 뛰어가기 시작했다. 백스터는 엉뚱한 방향으로 가고 있다는 생각이 들었다. 쌍둥이처럼 생긴 건물들 사이에 교회로 보이는 건물은 하나도 없었다. 배기가스 얼룩이 진 건물 전면이 거리 양쪽에 늘어서 있어서 이런 곳에 교회가 있을 것 같지는 않았다. 커티스와 루쉬를 따라 커다란 브로드웨이의 옛 극장으로 들어가는 동안에도 백스터는 상황을 파악하지 못했다.

화려한 1930년대풍 로비는 타락과의 불편한 만남이라고 할 수밖에 없는 풍경이었다. 적혀 있는 문구들은 삶에 오직 하나님만 있으면 된다고 말하고 있었다. 하지만 겁에 질린 경찰들의 얼굴을 보고 있노라면 이런 생각이 들었다. 어쩌면 하나님께서 오늘 하루는 휴가를 낸 것이 아닌가 하는.

열린 문 너머로 강당 내부가 언뜻 보였다. 손전등 불빛이 금색 천장과 핏빛 커튼의 상단을 훑고 지나갔다. 쇼를 준비 중이라는 듯 커튼은 내려와 있었다.

백스터는 두 사람을 따라 문을 지났다.

아름다운 홀에 세 발짝 내딛자마자 세 사람은 걸음을 멈췄다.

"어떻게 이런!" 커티스가 속삭였다. 루쉬는 도저히 믿을 수 없다는 표정으로 주위를 둘러봤다.

백스터는 둘 사이를 비집고 들어가자마자 후회했다. 영화관에서 극장으로, 극장에서 다시 교회로 모습을 바꾼 이곳은 오늘 최후의 변태를 거쳤다. 타락한 돌연변이. 이 땅에 지옥이 출현했다. 앞에 보이는 풍경을 눈에 담고 있으니 머리가 어지러웠다. 잊고 있던 느낌이 떠올랐다. 지저분한 켄티시 타운 아파트의 커다란 창문에 매달려 있던 봉제인형 시신을 처음 발견했을 때처럼 심장이 철렁 내려앉았다.

머리 위로 셀 수 없는 와이어가 교차되어 무대에서 발코니로, 천장에서 카펫 깔린 바닥으로, 장식된 벽에서 벽으로 이어졌다.

극장용으로 제작된 푹신한 붉은 객석 의자 위로 질긴 와이어가 거미줄처럼 뻗어나갔다.

거미줄처럼 쳐진 와이어에 곤충처럼 걸려 있는 사람들의 몸은 희한하면서도 소름 끼치게 익숙한 각도로 꺾여 있었다. 부자연스러운 몸은 모두 훼손된 상태였다. 알몸에는 상처가 선명했다.

백스터는 넋을 잃고 앞장을 섰다. 대강당 안으로…, 지옥 깊숙이.

내부를 수색하는 손전등 불빛이 벽에 음산한 그림자를 드리웠다. 엉망이 된 몸들은 무서울 만큼 다 똑같아 보였다. 먼저 와 있던 경찰 수십 명이 끔찍한 현장을 돌아다니며 수군거리는 소리가 들렸다. 명령을 내리거나 지시를 하는 사람은 없었다. 뭘 해야 할지 모르는 사람은 백스터만이 아니었다.

방황하던 손전등이 위에 매달린 시체 하나를 지나며 환한 빛을 검은 피부에 뿌렸다. 백스터는 뭔가 이상하다는 생각에 가까이 다가갔다. 상대적으로 더 잔인하게 꺾이고 뒤틀린 몸을 훑는 동안 끼익끼익 하는 으스스한 소리가 점점 커졌다.

"여기 좀 비춰볼래요?" 백스터가 겨우 들릴 법한 목소리로 지나가는 경찰에게 물었다.

경찰은 드디어 할 일이 생겼다는 데 안도하고 손전등을 천장 쪽으로 비추었다.

"이런 게 몇 개 더 있어요." 위에서는 나무로 만든 몸이 부드럽게 흔들리고 있었다. "몇 개인지는 모르겠지만요."

백스터와 경찰은 공중에 매달려 있는 가짜 사람들을 올려다보았다. 마네킹들은 실물 크기지만 눈, 코, 입은 없었다. 동그란 계란형 머리, 광택을 낸 나무에 기이하게 난 나뭇결 모양까지…, 마리

242

오네트(실로 매달아 조작하는 꼭두각시 인형 - 옮긴이 주)가 무대 앞 허공에 떠 있었다.

속이 빈 몸통에 새겨진 낯익은 단어는 '미끼'.

하지만 강당 내부가 어두워 팔다리가 꺾여 있는 형체 중에서 어느 것이 진짜 사람의 시체이고, 어느 것이 나무로 된 마네킹인지 구분할 수 없었다.

얼마가 지났을까, 커티스가 갑자기 한 발짝 옆으로 이동했다. 머리 위로 신분증을 들어 올린 그녀가 외쳤다. "FBI 소속 특별수사관 엘리엇 커티스입니다! 지금부터 현장은 제가 지휘하도록 하겠습니다. 보고할 일이 있으면 이쪽으로 오세요. 언론과 접촉할 때도 저를 통해야 합니다. 그럼 협조 부탁드리겠습니다."

백스터와 루쉬는 눈빛만 주고받고 아무 말도 하지 않았다.

"커티스, 멀리 가지 마요!" 루쉬가 속삭이듯 외쳤다. 커티스가 더 멀리 이동해 강당 한가운데에 있는 좌석 사이에 섰기 때문이다.

그곳은 이 극장의 진정한 무대였다. 모든 시신과 마네킹들이 그 지점을 바라보고 매달려 있었다. "커티스!"

루쉬가 다시 불렀지만 커티스는 무시하고 옆에 있는 경찰에게 진짜 시신과 나무 마네킹의 숫자를 세라고 지시했다. 어차피 꼭 해야 할 일이었다.

백스터는 가장 가까이 매달린 시신을 향해 몇 걸음 다가갔다. 희생자는 60대로 보였다. 입이 벌어진 상태였고 '미끼'라고 적힌 가슴의 상처도 생긴 지 얼마 안 된 것 같았다. 어두운 조명 속에서 멍과 같이 푸릇푸릇한 시체의 피부색을 확인할 수 있었다. 발가락 끝이 붉은색 카펫을 스칠락 말락 했다.

그때 갑자기 위에서 쿵쿵대는 소리가 들려 백스터는 화들짝 놀랐다. 하지만 곧 발코니에서 손전등 불빛이 퍼졌다. 한 용감한 경찰이 위층을 확인하러 간 것이다. 커티스가 몇 줄 떨어진 강당 중앙에서 불안한 표정으로 백스터를 향해 웃어 보였다. 커티스는 한 남자의 시체 아래에 서 있었다.

수군대는 소리는 더 많은 사복 경찰이 홀을 채우며 작게 웅성거리는 소리로 커졌다. 나방이 불꽃 주위에 날아드는 느낌이었다. 어두운 홀을 비추는 손전등 수도 점점 많아졌다.

늘어난 불빛이 근처에 매달린 시체 네 구를 비추는 순간, 백스터는 새로운 사실을 알아차렸다. 황급히 휴대폰을 찾아 내장된 손전등을 켠 그녀가 발코니 바로 아래에 매달린 시체와 심하게 뒤틀려 무대에 홀로 떠 있는 몸을 약한 불빛으로 번갈아 비추어 보았다. 백스터는 그 중 한 명의 여성 피해자 시신으로 달려갔다. 백스터는 피해 여성을 고정하는 와이어 밑을 지나 글자가 새겨진 벗은 가슴에 불빛을 비추었다.

"백스터?" 루쉬가 갑자기 이상한 행동을 하는 백스터를 보고 서둘러 다가왔다. "왜 그래요?"

"뭔가…."

백스터가 얼른 고개를 돌리고 커티스 뒤에 있는 마르고 창백한 몸을 손전등으로 비추었다.

커티스가 어리둥절한 표정으로 이쪽을 보았다.

"백스터?" 루쉬가 다시 물었다.

"미끼예요." 백스터가 작은 소리로 대답했다.

"그게 왜요?"

"이게 다 미끼예요. 전부 다." 백스터가 설명하며 걱정스럽게 주위를 둘러보았다. "그럼 꼭두각시들은 어디 있죠?"

그때 백스터의 뺨에 피가 한 방울 떨어졌다. 본능적으로 손을 올리자 피가 얼굴에 흐릿하게 번졌다.

루쉬는 옆의 있는 시체를 올려다보았다. 자그마한 몸에 익숙한 단어가 새겨져 있었고, 아직도 한 줄기의 붉은 피가 배꼽 근처로 흘러내리고 있었다.

"시체에서는 피가 흘러나오지 않는데…." 루쉬가 그렇게 중얼거리며 백스터를 옆으로 끌었다.

이번에는 백스터도 손을 뿌리치지 않았다. 두려움 섞인 눈으로 루쉬를 돌아볼 뿐이었다. 그 순간 백스터의 휴대폰 손전등 불빛이 커티스 옆에 있는 피해자를 비추었다. 불빛을 받은 몸이 유령처럼 하얗게 빛났다.

커티스가 백스터와 루쉬가 나누는 이야기가 무슨 얘기인지 궁금해 자기 쪽으로 오라고 손짓할 때였다. 창백한 피부 밑에서 근육이 꿈틀했고, 하얗고 길쭉한 팔 하나가 와이어를 스스로 풀었다. 손에 들린 무언가가 불빛을 받아 반짝였다.

총을 뽑을 새도, 옆을 보라고 커티스에게 경고할 새도 없었다. 다시 살아난 시체는 단 한 번의 부드러운 동작으로 커티스의 목을 그었다.

백스터가 입을 벌리고 움직이지 못하는 동안 루쉬는 남자의 가슴에 총을 세 발 쏘았다. 귀가 먹먹해지는 총성과 함께 팽팽한 와이어에 매달린 남자가 격렬하게 몸을 떨었다.

곧이어 고요한 강당에는 와이어들이 작게 진동하는 쇳소리밖에 들리지 않았다.

그제야 상황을 이해한 커티스가 커다래진 눈으로 루쉬와 눈을 마주쳤다. 그리고 자신의 목에서 손을 뗐다. 커티스의 손은 적갈색 피로 흠뻑 젖어 있었다. 무대에 커튼이 내려오듯, 많은 양의 피가 흰 블라우스로 쏟아져 내렸다. 커티스가 휘청거리다가 늘어선 의자 밑으로 쓰러졌을 때 백스터는 이미 그쪽으로 달려가고 있었다.

"다들 나가요!" 루쉬가 외쳤다. "나가!"

그때 와이어에 꺾인 채 매달려 있던 몸들이 갑자기 사방에서 줄을 풀기 시작했다. 햇빛이 비치는 밖으로 앞 다투어 달아나는 경찰들의 외침이 강당 안에 메아리치며 귀가 찢어질 정도로 커졌다.

거미줄의 주인이 나타난 것이다.

무자비한 사격이 시작되었다.

루쉬는 총알이 자신의 몇 센티미터 옆을 스쳐 지나가는 소리를 들었다.

위에서는 누군가 울부짖었다. 잠시 후, 위층 발코니에 있던 경찰이 추락해 루쉬의 발밑에 피투성이로 쓰러졌다.

루쉬는 총구를 앞으로 겨누고 백스터가 있는 강당 중앙으로 달려갔다.

반대편에서 쾅쾅거리는 요란한 소리가 났다. 총성은 아니었다. 탈출하던 경찰들이 간절하게 울부짖는 소리가 이어졌다. 뒤를 돌아 무슨 소리인지 확인할 필요도 없었다. 희망이 죽어가는 소리였다. 육중한 나무문이 닫히며 그들을 안에 가두는 소리도 났다. 더 이상 하나님의 손길이 미치지 못하는 곳으로 만드는 소리.

백스터는 쓰러진 커티스를 굽어보고 있었다. 사방에서 학살이 계속되는 와중에도 맥박과 숨소리를 확인하며 피 묻은 손으로 치명적인 상처를 압박하고 있었다.

"약하지만 맥박이 있어요!" 백스터가 안도해 숨을 내쉬고 루쉬를 올려다보았다.

"일단 커티스 권총집에서 총을 꺼내요. 우리라도 나가야 해요."

루쉬의 냉정한 지시는 백스터에게 입력조차 되지 않았다. "아녜요. 커티스를 여기서 데리고 나가야 해요."

"빨리 커티스의 총⋯, 꺼내요. 어서!" 루쉬가 다시 말했다.

그를 올려다보는 백스터의 표정이 일그러졌다. 갑자기 하얀 무언가가 루쉬를 향해 전속력으로 질주해 왔기 때문이다. 방심한 루쉬는 총을 겨우 한 발밖에 쏘지 못했다.

다리 아래쪽을 맞은 공격자가 통로 옆 의자와 충돌해 쓰러진 사이, 루쉬는 커티스 위로 몸을 굽혀 권총집에서 총을 꺼냈다. 그런 다음 백스터를 붙잡고 거칠게 일으켜 세웠지만 백스터는 순순히 따르지 않았다.

"이거 놔요! 커티스는 아직 살아 있단 말이에요!" 끌려가면서도 백스터가 악을 썼다. "아직 살아 있다고!"

"우리가 해줄 수 있는 게 아무것도 없어요!" 루쉬가 외쳤지만 백스터가 저항하는 소리, 메아리치는 총성에 묻혀 들리지 않았다.

출구가 막힌 경찰들이 칼, 날카로운 도구, 와이어 같이 급조한 무기에 의해 하나둘 쓰러지며 구역질나는 죽음의 소리가 울려 퍼졌다. 문을 열기 위해 문을 긁고 있는 몇 명도 있었지만 이미 포위된 상태였다. "우리는 아무도 도울 수 없다고요."

그러다 루쉬는 백스터를 놓쳤다. 아까 총에 맞았던 남자가 깔쭉깔쭉한 금속 조각을 루쉬에게 휘두른 것이다. 루쉬는 허리춤이 톱니 모양으로 길게 찢어졌다. 루쉬가 옆구리를 움켜쥐며 뒤로 물러나 고통으로 얼굴을 찡그렸다. 그러면서도 루쉬는 커티스의 총 손잡이로 땅에 쓰러진 남자를 세차게 내리쳐 기절시켰다. 그런 다음 백스터의 손에 총을 들려주었지만 백스터는 멍한 표정으로 그것을 내려다보기만 했다.

아직 와이어에 움직임 없이 매달려 있는 몸체도 여럿 있었다. 정말로 죽었는지, 꼭두각시 마네킹인지, 참을성 있게 차례를 기다리고 있는 살인자인지 알 방법이 없었다. 가까이 다가가 알아볼 생각도, 시간도 없었다. 뒤편 어둠에서 창백한 몸 두 개가 더 나타나 통로를 달려오고 있었기 때문이었다.

"백스터, 우리라도 빨리 가야 해요…, 빨리!" 루쉬가 단호히 말했다.

백스터는 쓰러진 커티스를 어쩔 수 없이 두고 온 곳에서 아직도 애타는 시선을 떼지 못하고 있었다. 그때 옆에 있는 의자가 터지며 사방으로 나무 조각과 충전재를 날렸다. 누군가 그들에게 총을 쏘고 있었던 것이다.

루쉬와 백스터가 무대를 향해 전력으로 달리는 동안 발코니에서 서투른 사격이 계속되었다. 나무 마리오네트 하나가 바닥으로 쿵 소리를 내며 떨어졌다. 총알이 떨어진 틈을 타, 루쉬는 무대 옆쪽 계단으로 앞장섰다. 계단을 오르며 스포트라이트 속에 홀로 뒤틀려 있는 사람이 살아 있는지 그쪽을 쳐다보았다.

백스터와 루쉬가 커튼을 가르고 어두운 백스테이지로 들어가자, 여러 명이 탐욕스러운 눈으로 고개를 돌렸다.

머리 위로 금방이라도 무너질 듯한 사다리들이 벽에 걸쳐져 있고, 두꺼운 밧줄이 천장에서 올가미처럼 대롱거렸다. 어디선가 놈들이 추격해 오는 소리가 들렸다.

루쉬와 백스터는 맨발이 나무 바닥을 쿵쿵 밟으며 뛰는 소리에 쫓기며, 밀실과도 같은 낡은 건물의 내부를 지났다. 의지할 것은 어둠 속에서 초록색 화살표를 환히 밝히는 '비상구' 표시뿐이었다.

둘은 총을 든 채 열려 있는 문들을 계속 지났다. 지저분한 복도에 끝도 없이 존재하는 교차로 때문에 좀처럼 속도가 나지 않았다.

소리는 바로 뒤까지 그들을 추격했다.

루쉬가 제자리에서 뒤를 돌아 어둠을 바라보았다. 하지만 그곳에 백스터는 없었다.

"백스터?" 루쉬가 작은 소리로 부르며 백스터가 끌려갔을 가능성이 있는 세 갈래 길을 응시했다. 거친 외침과 빠르게 달려오는 발소리가 그를 둘러싸는 듯했다. "백스터?"

루쉬는 결심하고 한쪽 길을 따라가기 시작했다. 나머지 두 개의 길보다 조금이나마 더 밝다는 사실을 근거로 한 선택이었다. 반쯤 지났을 때 작게 수군거리는 목소리의 메아리가 두 배로 커졌고, 유령처럼 생긴 형체 세 개가 앞 모퉁이를 돌아 나왔다.

"젠장." 루쉬는 다시 뒤로 돌아 반대쪽으로 달렸다.

도망쳐야 한다는 간절한 마음을 다리가 따라잡지 못해 허우적거렸다. 이러다 앞으로 고꾸라질 것만 같았다. 루쉬는 백스터가 사라진 교차로를 지나 계속 달렸다. 뒤에서 들리는 외침은 광기와 난폭함이 더 커졌다. 사냥감의 최후를 감지한 포식자들이 미친 듯이 달려들었다.

루쉬는 뒤를 돌아보지도 못한 채 무작정 총을 쏘았다. 총알은 아무 벽에나 구멍을 낼 뿐이었다. 백스터의 이름을 큰 소리로 불러보았다. 아직 움직일 수 있다면 다급한 목소리를 듣고 도망치기를 간절히 바랐다.

잠시 후 총알이 떨어지며 총이 찰칵찰칵 소리를 냈다. 루쉬는 빈 페인트 깡통을 뛰어넘었다. 몇 초 후, 그 깡통이 바닥을 요란하게 구르는 소리가 났다. 놈들이 가까워지고 있다는 뜻이었다.

앞에 급커브가 나오는 바람에 루쉬는 삐끗하고 벽에 충돌했고, 그 덕분에 다른 방향으로 몸을 틀었다. 조금 더 복도를 달리자 그 끝에는 비상구가 있었다.

가느다란 틈 사이로 햇빛이 비추고 있었다. 비상구를 향해 전력 질주를 하는 동안 추격자들의 숨소리가 귀에 들렸다. 루쉬는 비상문으로 몸을 던졌다.

드디어 환한 햇살이 눈을 찔렀다.

돌격소총이 철컥하며 그를 맞이했다. 누군가 큰소리로 명령했다.

"ESU다! 움직이지 마! 무기 버려!"

차가운 바람에 눈물이 맺혔다. 루쉬는 고분고분 명령에 따랐다.

"천천히 무릎 꿇어!"

"괜찮아요. 그만해요." 귀에 익은 목소리는 단호했다. "내 동료예요." 백스터의 목소리 같았다.

루쉬의 눈앞에 흐릿한 검은 형체가 보이더니, 이내 시야가 또렷해지자 무장을 한 특수기동대 대원이 보였다.

고개를 들어 맞은편 건물을 보니, 익숙해 보였다. 교회의 긴 복도와 미로 같은 창고를 빠져나와 루쉬는 웨스트 51번가로 다시 나온 것이었다.

루쉬는 백스터를 발견하고 안도의 한숨을 쉬었지만, 백스터는 어떤 반응을 보이지도, 그에게 다가오지도 않았다.

"안에 들어갈 수 있습니까?" 루쉬가 특수기동 대원에게 다급히 물었다. "안에 여자가 하나 있습니다. FBI 요원인데ㅡ."

기동대원은 그의 말을 잘랐다.

"곧 강당 문을 부술 겁니다."

"저도 들어가겠습니다."

"여기 딱 계시죠." 남자가 루쉬의 제안을 거부했다.

"제가 안 가면 제때 못 찾을 수도 있어요!"

루쉬가 몸을 돌려 교회 정문으로 다가가려 하자, 기동대원이 AR-15 돌격소총을 루쉬에게 들이밀었다.

백스터가 그 둘을 제지하려고 서둘러 다가왔다.

"여긴 됐어요." 백스터가 특수기동 대원에게 말하며 루쉬의 앞을 가로막고 그를 밀쳤다. 그는 쑤시는 가슴을 움켜쥐었다.

"제 발로 죽으러 가게요?" 백스터가 물었다. "죽고 싶지 않다면서요. 약속했잖아요."

"아직 커티스가 안에 있어요!" 루쉬가 말했다. "혹시라도 내가…, 내가…."

"커티스는 죽었어요, 루쉬!" 백스터가 말을 잘랐다. 그러다 목소리를 낮추고 속삭였다. "죽었다고요."

그때 어디선가 작게 우르릉 소리가 났다. 곧이어 교회 전면 벽이 폭발하며 도로 쪽으로 무너져 내렸고, 거대한 불덩이가 휘감겨 올라가더니 유리창이 산산조각 났다.

백스터와 루쉬는 귀를 막고 뒤로 비틀거리며 물러났다. 구름 같은 연기가 그들이 서 있는 도로를 완전히 집어삼켰다. 눈이 따끔거렸다. 이제는 앞을 볼 수도 없었다. 흙먼지가 눈꺼풀 아래를 긁어댔다. 루쉬가 백스터의 손을 잡고 어디론가 이끌었다.

자동차 문이 열리는 소리가 들렸다.

"들어가요!" 백스터를 차에 태운 루쉬가 반대쪽으로 돌아 옆자리에 올라탔다.

이제야 숨을 쉴 수 있었다. 백스터는 눈을 비비고 간신히 떴다. 그녀와 루쉬는 교차로 한복판에 버려진 순찰차 안에 있었다. 검은 연기가 창문으로 흘러들어온 탓에 루쉬의 얼굴도 잘 보이지 않았다. 때 이른 밤의 어둠이 찾아왔다.

누구도 먼저 말을 꺼내지 못했다. 지난 20분을 돌이켜 보며 몸을 떨고 있을 뿐이었다.

그때 두 번째 폭발이 일어났다. 백스터는 숨을 쉴 수 없었다. 이번 소리가 들린 곳은 교회가 아니라 근처였다. 하지만 순찰차 내부 말고는 아무것도 보이지 않았다. 세 번째 폭탄이 터지는 소리에 백스터가 눈을 질끈 감았다. 마지막으로 네 번째 폭발이 일어나는 순간 루쉬가 백스터를 감싸 안았다.

한참 뒤, 주위의 연기가 흩어지며 낮 하늘이 조금씩 드러나기 시작했다. 루쉬를 밀친 백스터가 마스크 대신 옷소매로 코와 입을 가리고 밖으로 나왔다. 아까 길에 서 있던 기동대원이 보이지 않았다. 루쉬도 반대쪽 문으로 차에서 내렸다.

처음으로 타오르기 시작한 불덩어리가 도시 심장부의 상공을 물들이기 시작했다. 뉴욕의 스카이라인 위로 시커먼 연기가 피어오르는 이미지는 방금 겪은 광란의 모습과 비슷했다.

"저기가 어디예요?" 백스터가 연기에서 눈을 떼지 못하고 물었다.

"타임스 스퀘어." 루쉬가 속삭였다.

고요는 금세 깨졌다. 시끄러운 사이렌 소리, 경보기 소리, 사람들의 목소리가 파도처럼 밀려들었다.

"아." 백스터는 멍하니 고개를 끄덕였다. 두 사람은 불타는 도시를 무력하게 보고만 있었다.

★

첫 번째 상담
2014년 5월 6일 화요일
오전 9시 13분

서둘러야 했지만 루카스 키튼은 액자가 비뚤어진 모습을 보고서 집을 나설 수 없었다. 설령 그냥 나갔다 해도 5분 만에 차를 돌릴 테니 약속시간에 더 늦고 말 것이다.

현관문을 두드리는 소리가 계속됐지만 루카스는 액자로 다가가 조심스럽게 한쪽을 올렸다. 액자 유리 뒤에 묻힌 기억을 외면하려 피나는 노력을 했지만…, 늘 그렇듯 의지가 버티지 못했다. 셀 수 없는 시간 동안 그는 이 벽 앞에 서서 완벽한 장밋빛 추억에 잠기곤 했다.

사진을 바라보는 동안 다급한 노크 소리도 사라졌다. 사진 속의 그는 아내와 두 아들에 둘러싸여 있었다. 온 가족이 촌스럽게 유니버설 스튜디오 로고가 찍힌 옷을 맞춰 입었다.

루카스는 과거의 자신을 물끄러미 바라보았다. 당시에는 턱수염을 무성하게 길렀다. 살짝 나오기 시작한 중년의 뱃살이 기념품점의 유치한 티셔츠 아래로 드러나 보였다. 그때도 숱이 없었지만 볼품없는 뻣뻣한 머리카락이 지금보다는 휑한 정수리를 잘 감춰주었다. 그는 철저하게 연습한 표정을 짓고 있었다. 인터뷰를 하거나 의무적으로 사람들을 만날 때를 대비해 준비한 표정은 언제나처럼 거짓된 행복을 연기했다.

몸은 가족과 함께 있을지언정 정신은 다른 곳에, 더 중요한 문제에 가 있었다. 루카스는 그랬던 자신을 증오했다.

문을 두드리던 사람이 어느새 초인종을 누르기 시작했다. 날카로운 소리가 루카스를 자기혐오에서 벗어나게 했다. 루카스는 황급히 계단을 올라 현관 입구에 있는 대형 거울로 넥타이 매무새를 확인했다.

"귀찮게 해드려 죄송합니다, 사장님. 이러다 늦으실 것 같아서요." 문을 열자 운전기사가 사과했다.

"사과할 필요 없네, 헨리. 자네가 귀찮게 안 하면 어디를 가든 제시간에 못 도착할 텐데…. 기다리게 해서 내가 미안하지." 루카스가 미소를 지었다.

헨리는 곧바로 앞좌석에 올랐다. 이 억만장자를 수도 없이 차에 태웠던 그는 루카스가 문을 대신 열어주는 것을 싫어한다는 사실을 잘 알았다.

"오늘 목적지는 새로운 곳이네요." 헨리가 출발하며 말을 걸었다.

루카스는 즉답을 하지 못했다. 솔직히 말없이 앉아 있었으면 했다.

"일 끝나고는 내가 알아서 돌아올까 해."

"정말이세요?" 헨리가 묻고 운전석에서 몸을 앞으로 기울여 하늘을 올려다보았다. "비가 올 것 같은데요."

"괜찮아." 루카스가 안심시켰다. "자네는 돌아오는 것까지 수행한 걸로 해서 비용 청구하고 어디 가서 맛있는 점심 사 먹도록 해."

"감사합니다, 사장님."

"헨리, 이런 말해서 미안하지만 내가 차 안에서 확인할 메일이 조금 있어. 이번…, 미팅을 하기 전에."

"알겠습니다. 조용히 있을 테니 뭐든 필요한 게 있으면 말씀해 주세요."

기사는 기분이 상하지 않은 듯했다. 만족한 루카스는 휴대폰을 꺼내고 도착할 때까지 빈 화면만 내려다보았다.

한창때 루카스는 연예인, 정재계 거물, 세계 정상도 무수히 만나보았다. 하지만 알렉시 그린의 병원에 도착해 미니멀하게 꾸민 대기실에 앉았을 때만큼 긴장한 적은 없었다. 그는 병원에서 건넨 양식을 작성하며 쉬지 않고 발을 떨었다. 땀 때문에 펜을 쥐기도 힘들었다. 손톱을 얼마나 깨물어댔는지 손톱 둘레가 선홍색 피로 물들었다.

접수대의 전화가 울리자 숨을 쉴 수 없었다.

잠시 후, 맞은편 문이 열리고 굉장한 미남이 나타났다. 요즘 숱이 빠지고 있는 자신의 머리카락 사진을 분석하고 있어서일까, 루카스는 알렉시 그린의 머리에서 눈을 뗄 수 없었다. 알렉시 그린은 유명 영화배우들처럼 머리카락을 뒤로 매끈하게 넘긴 스타일을 하고 있었다. 그는 흡사 영화배우처럼 보였다.

"루카스, 알렉시 그린이라고 합니다." 그린이 인사를 하고 오랜 친구처럼 반갑게 악수를 했다. "자, 들어오세요. 뭐 드릴까요? 차? 커피? 물 한 잔 하시겠어요?"

루카스는 고개를 저었다.

"필요 없으세요? 그렇다면 와서 앉으시죠." 알렉시 그린이 웃으며 조용히 문을 닫았다.

루카스는 20분 넘게 한마디도 하지 않았다. 알렉시 그린은 재킷 지퍼를 만지작거리는 루카스를 참을성 있게 보고만 있었다. 루카스가 고개를 들자 남자의 두 눈과 잠깐 마주쳤지만 금세 무릎에 올려놓은 재킷으로 시선을 떨궜다. 그러더니 눈물을 터뜨렸다. 루카스가 손으로 얼굴을 감싸고 흐느껴 우는 동안에도 알렉시 그린은 입을 열지 않았다.

거의 5분이 지났다.

루카스는 붉어진 눈을 닦고 깊이 숨을 들이마셨다.

"죄송합니다." 사과했지만 루카스는 다시 울 것만 같았다.

"괜찮습니다." 알렉시 그린이 위로했다.

"그냥…, 선생님…, 제가 어떤 고통을 겪었는지 아무도 이해하지 못할 겁니다. 다시는 전으로 돌아가지 못하겠죠. 사랑하는 사람이 있는데, 진심으로 사랑하는 그 사람을 잃으면…, 괜찮아지면 안 되는 거잖아요. 아닌가요?"

알렉시 그린은 괴로워하는 남자 쪽으로 몸을 기울이고 책상에 둔 티슈를 한 움큼 건넸다.

"괜찮아지는 것과 삶을 통제하지 못한다는 사실을 인정하는 것 사이에는 큰 차이가 있죠." 알렉시 그린이 다정하게 말했다. "저를 보세요, 루카스."

루카스는 망설이다가 정신과 의사와 한 번 더 눈을 마주쳤다.

"진심으로 제가 도와드릴 수 있을 것 같다는 생각이 드네요." 알렉시 그린이 말했다.

루카스는 눈물을 닦고 웃으며 고개를 끄덕였다.

"네…, 네. 저도 그렇게 생각해요."

22

2015년 12월 15일 화요일
오후 2시 4분

백스터는 에드먼즈, 바니타, 토머스에게 똑같은 문자를 보냈다.

무사함. 곧 돌아갈 예정.

휴대폰 전원을 끈 백스터는 아직 운행하는 몇 안 되는 열차 중 하나를 타고 코니아일랜드로 향했다. 그저 맨해튼에서, 충격을 받은 사람들에게서 벗어나야 했다. 도시 위에 걸려 있는 푸른 하늘을 더럽히는 검은 구름 네 개에서, 살인자의 메시지로부터 멀어지고 싶다는 마음뿐이었다.

오는 동안 불안한 기색의 승객들은 각자 내릴 역에서 하차했다. 열차에 혼자 남은 백스터도 인적이 없어 황량한 역에 내렸다. 도심보다 강하고 차가운 바람이 불어 외투를 여몄다. 백스터의 목적지는 바다였다.

겨울이라 유원지는 영업을 하지 않았다. 놀이기구는 차갑게 얼어붙었고, 주위의 가판대와 매점은 판자로 막아 큼직한 자물쇠를 달아두었다.

백스터는 겉모습에 가려진 진정한 공허함을 보여주는 풍경 같다고 생각했다. 밝은 불빛과 신나는 음악은 별 볼 일 없는 실체에서 주의를 흐트러뜨리기 위한 환영에 지나지 않았다. 오늘 아침 그 많은 사람도 비슷한 환영에 이끌려 타임스 스퀘어로 향했을 것이다. 세계에서 가장 유명한 관광지에서 사람들은 번쩍이는 광고판을 넋을 잃고 바라보았을 것이다. 평소라면 거들떠보지도 않을 상품일 텐데도.

원망의 방향이 틀렸다는 걸 알면서도 백스터는 온갖 상품을 대중의 눈앞에 들이미는 기업들에 역겨움을 느꼈다. 반짝이는 코카콜라 전광판 앞에서 죽다니…. 그보다 허무한, 아까운 죽음이 또 있을까?

더는 생각하고 싶지 않았다. 아니, 아무 생각도 하고 싶지 않았다. 커티스 생각은 더더욱 싫었다. 그들이 버리고 갔기 때문에 커티스는 그 끔찍한 곳에서 죽음을 맞았다.

루쉬에게 비겁하다고 욕하고 따졌지만 백스터는 알았다. 루쉬에게 끌려간 것은 자신의 뜻이었다. 진심으로 그곳에 남고 싶었다면 커티스의 옆을 떠나지 않았을 것이다. 그래서 루쉬에게 더 화가 났다. 둘이 함께 내린 결정이었으니까.

'같이' 커티스를 버리고 나왔다.

백스터는 유원지를 지나 산책로를 계속 걸었다. 눈앞에는 바다와 눈밖에 보이지 않았지만…, 그저 하염없이 걸었다.

다음 날 아침, 백스터는 일찍 일어나 아침을 걸렀다. 루쉬와 얼굴을 마주하고 싶지 않았기 때문이었다. 상쾌하고 아름다운 겨울날이었다. 하늘에 구름 한 점이 없었다. 백스터는 테이크아웃 커피를 사서 페더럴 플라자까지 걸어갔다. 보안 검색대를 통과한 후 엘리베이터를 타고 사무실로 들어갔다. 사무실 안은 조용했다.

회의실에 제일 먼저 도착한 그녀는 버릇처럼 맨 끝 구석 자리로 향했다. 자리에 앉고서야 이유를 깨달았다. 백스터와 울프는 회의나 교육 시간에 늘 뒷자리를 차지했다. 두 사고뭉치는 보이지 않는 곳에서 장난을 치기로 유명했다. 추억에 잠길 때가 아니었지만 웃음이 나왔다. 그날 핀레이는 차별적인 언행을 금지해야 한다는 교육을 받던 중 깜박 조는 실수를 저질렀다. 장장 20분에 걸쳐 백스터와 울프는 졸고 있는 핀레이가 모르게 그의 의자를 회의실 뒤를 보도록 조금씩 돌려놓았다. 강사가 그 사실을 알고 핀레이에게 호통을 쳤을 때 그의 얼굴에 떠오른 표정은 정말 가관이었다. 강사가 핀레이를 '게으른 스코틀랜드 촌놈'이라 부르며 교육도 급작스럽게 중단되었다.

하지만 지금 그런 생각을 하기에는 중요한 문제가 너무 많았다. 백스터는 일어나 앞쪽으로 자리를 옮겼다.

9시 5분 전이 되자 모든 자리가 채워졌다. 사그라지지 않는 분노가 회의실을 뒤덮고 있었다. 루쉬가 들어왔을 때 백스터는 눈을 마주치지 않으려고 일부러 고개를 돌렸다. 남는 의자가 없어 루쉬는 다들 피하는 맨 앞에 앉아야 했다.

커티스의 죽음을 생각하지 않으려고 애썼지만 여기 회의실에 오는 바람에 수포로 돌아갔다. 레녹스가 회의실에 들어온 지 20초도 되지 않아 대형 터치스크린 화면을 켜고 커티스의 사진을 띄운 것이다. 사진 속 커티스는 FBI 정복을 입고 행복한 미소를 짓고 있었다. 저렇게 큰 사진에서도 피부에 잡티 하나가 없었다.

백스터는 배를 주먹으로 한 방 맞은 기분이었다. 눈물이 고일까 봐 일부러 눈을 바쁘게 움직이며 회의실을 둘러보았다.

사진 아래에는 이렇게 쓰였다.

특별수사관 엘리엇 커티스
1990~2015

레녹스는 잠시 고개를 숙이고 묵념을 했다.

그러고는 목을 가다듬고 말했다.

"아무래도 신께서 천사가 한 명 더 필요하셨나 봅니다."

백스터는 당장 자리를 박차고 나가고 싶었지만 꾹 참았다. 놀랍게도 루쉬가 벌떡 일어나 회의실을 나갔다.

껄끄러운 정적을 깨고 레녹스가 회의를 시작했다.

우선 레녹스는 '안타깝지만' 오늘로 백스터와 마지막임을 알린다음, 백스터에게는 사건에 '귀중한' 도움을 줘 감사하다는 인사를 했다. 백스터를 제외한 나머지에게는 이제부터 진정한 수사의시작이다, '앞으로는' 국토안보부, 뉴욕 경찰 대테러국과 긴밀히 공조할 것이라 알렸다. 그리고는 커티스의 역할을 대신할 요원을 소개했다.

"우리는 어제 오전 한 국가기관의 수사 기관으로서 당해서는안 될 일을 당했다." 레녹스가 말했다. "같은 실수를 반복하지는않을 것이다. 이제 와 생각하니 뻔히 보이는 일이었다. 처음에는봉제인형 살인사건의 유명세를 이용해 언론의 관심을 불러일으키고, 그랜드 센트럴에서 기괴한 쇼를 벌여 전 세계에서 이 사건을떠들어대게 했지. 또 경찰을 죽임으로써 우리가 과한 대응을 하도록…, 미끼를 놓은 거다."

레녹스가 요약하자 불편한 침묵이 뒤따랐다. 범인의 의도대로움직이고 있다는 경고가 처음부터 명백했는데 아무도 눈치를 채지 못했다.

"우리는 놈들에게 모든 것을 쏟아 부었어." 레녹스가 말을 멈추고 수첩을 내려다보았다. "어제 교회와 타임스 스퀘어 사이에서 우리는 NYPD와 ESU 팀을 포함해 병력 22명을 잃었다. 물론 커티스 요원도. 지금까지 사망자 수는 총 160명에 달했다. 하지만 수색 작업이 계속 진행 중이고 병원에 있는 중상자들도 있으니 앞으로 숫자는 크게 늘어날 거야."

레녹스가 커티스의 사진을 올려다보았다.

"우리는 모두에게 빚을 지고 있어. 반드시 이 짓을 벌인 자들을 추적해…."

"잡아서 죽여 버려야죠." 누군가 작은 소리로 말했다.

"…다만 철저히 프로다운 마음가짐으로 우리 동료들에게 예우를 갖추자. 분명 그러기를 바랄 거야." 레녹스가 덧붙였다. "이제는 내 얘기도 지겹겠지. 체이스 요원에게 마이크를 넘기도록 하겠다."

커티스의 후임자라는 체이스라는 남자가 자리에서 일어났다. 백스터는 어차피 그를 미워할 작정이었지만 다행히 실제로 보니 마음껏 싫어해도 될 사람이었다. 체이스는 사무실에서도 FBI 보호구를 절반이나 착용하고 있었다. 멋져 보이려는 의도가 아니고서야 저럴 수는 없었다.

"시작하겠습니다." 체이스가 브리핑을 시작했다. 쓸데없이 많이 껴입은 옷 아래로 땀을 뻘뻘 흘리고 있을 게 분명했다. "어제 테러 공격에 이용된 차량 두 대가 확인되었습니다."

잠시 후, 회의실에 사진 두 장이 배포되었다. 첫 번째 사진의 하얀색 밴은 골목길에 서 있었고, 두 번째 사진 속의 하얀색 밴은 보행자 공간에 주차되어 있었다.

"보시다시피 똑같이 생긴 차량 두 대를 발견했습니다. 번호판도 가짜고, 최대의 피해 규모를 노리기 위해 위치를 잡았죠." 체이스 가 말했다.

"골목인데요?" 앞쪽에서 여성 요원이 물었다.

"사람은 물론 구조물도 노린 겁니다." 체이스가 정확히 설명했 다. 두꺼운 장갑 때문에 종이 한 장을 들고 있기도 버거워 보였 다. "이 밴이 골목길에 서 있었던 건 광고판과 타임스 스퀘어 볼 을 무너뜨리기 위해서였습니다. 평소 같으면 미드타운으로부터 열 블록 앞에서 유인해 애초에 접근을 차단했을 겁니다. 브로드웨이 교회에서 사건이 발생한 지 한 시간이 채 안 되는 바람에 경계가 소홀해져 대가를 치른 거죠."

"나머지 두 번의 폭발은요?" 누군가 물었다.

"마지막 폭발은 지하에서 일어났습니다. 지하철이 아니라 지하 도에서요. 배낭 같은 가방으로 추정하지만 추적하려면 시간이 조 금 걸릴 겁니다. 교회의 경우는 문이 열리며 폭발이 일어난 것으 로 보여요. 추측을 해보자면, 나무 마네킹 안에 C-4가 있었다는 보고를 받았습니다. 우리 쪽에서 문을 파괴하는 순간 그게 폭발 한 거예요."

체이스는 머리가 긴 영국인 정신과 의사의 최근 사진을 들어 올렸다.

"제1 용의자, 알렉시 그린 박사는 땅으로 꺼졌는지 종적이 묘연 합니다. 본인은 숨을 수 있다고 생각하겠지만 틀렸습니다. 자기가 우리보다 영리하다고 생각하지만 그것도 틀렸어요. 이 개자식에 게 수갑을 채우기 전까지 우리에게 휴식이란 없는 말입니다. 자, 이제 최선을 다합시다."

백스터는 비행기 창가 좌석에 몸을 묻었다. 어제 오후부터 공항 경계 태세가 강화되어 보안 검사에만 한 시간 반이 걸렸다. 회의가 끝나고 백스터는 레녹스의 사무실로 호출을 받아 가식적인 작별 인사를 나눴다. 그러고 나서 루쉬와 만나지 않도록 적절한 타이밍을 노려 FBI 지부에서 탈출했다. 인사도 하지 않고 떠나는 건 예의가 아니겠지만 백스터는 루쉬를 믿지 않았다. 가끔은 짜증 날 정도로 특이한 사람이었다. 그렇지 않을 때는 진짜 이상한 사람이라고 생각했다. 게다가 지금 그의 얼굴을 본다면 인생 최악의 사건만 떠오를 것이 뻔했다. 끔찍하고 한편으로는 수치스러운 어제를 기억하고 싶지는 않았다.

앞으로 루쉬를 안 봐도 된다니 얼마나 다행인가.

백스터는 어제 저녁 뉴욕 거리를 정처 없이 배회한 터라 온몸에 힘이 없었다. 몇 킬로미터를 걸었는지도 모르겠다. 하지만 간신히 호텔에 돌아오자 잊으려고 애썼던 생각들이 다시 떠올라 결국 밤새 단 한 순간도 편히 쉬지 못했다.

비행기 앞좌석 등에 달린 주머니에서 싸구려 플라스틱 이어폰을 꺼내 귀에 꽂았다. 그런 다음 잠이 올 것 같은 라디오 방송을 틀고 눈을 감았다.

어느새 비행기 엔진 소음 소리가 귀에 익숙해졌다. 아늑하게 불을 밝힌 객실로 따스한 바람이 불어오는 편안한 소리가 들렸다. 백스터는 담요를 끌어 올리고 불편한 자세를 바꾸다 문득 이상함을 느꼈다. 그러고 보니 담요를 덮지 않고 잠이 들었었다.

곧바로 잠이 달아나 백스터는 눈을 떴다. 코앞에 낯익은 얼굴이 보였다. 그는 입을 벌리고 조용히 코를 골고 있었다.

"루쉬!" 백스터가 외치는 소리에 근처에 있던 사람 최소 7명이 자다가 깼다.

루쉬는 어리둥절해 잠시 주위를 둘러보았다. "왜요?"

"쉿!" 뒤에서 누군가 소리를 냈다.

"무슨 일이에요?" 루쉬가 걱정스레 속삭였다.

"무슨 일이냐고요?" 백스터의 목소리는 여전히 컸다. "여기서 뭐 해요?"

"어디요?"

"아니…, 여기! 대체 비행기 왜 탔냐고요!"

"손님, 목소리를 낮춰주시겠습니까?" 통로에서 깐깐한 승무원이 말했다. "다른 승객분들께 방해가 됩니다."

백스터가 빤히 승무원을 쳐다보자 승무원은 다시 기우뚱거리며 사라졌다.

"어제 사건이 미국에 대한 테러 공격의 마무리라고 가정했을 때 영국에서도 비슷한 규모의 공격이 일어날 가능성에 대비해야 해요." 루쉬가 거의 들리지 않는 목소리로 속삭였다. "가장 유력한 단서가 알렉시 그린인데, 마지막으로 목격된 곳이 런던이었어요. 커…." 루쉬는 커티스의 이름을 말하려다 멈췄다. "그는 교도소에서 우리랑 잠깐 마주친 직후에 사라졌어요."

"커티스." 백스터가 툭 내뱉었다. "그 이름을 왜 안 불러요? 어차피 죽을 때까지 우리 두 사람을 따라다니며 괴롭힐 이름이에요. 우리한테는 총도 있었잖아요. 그런데 노력도 안 해보고 그냥 거기 죽게 놔뒀어요!"

"그런다고 구할 수는 없었어요."

"그걸 어떻게 알아요!"

"아니, 알아요!" 루쉬가 평소답지 않게 버럭 화를 냈다. 그러더니 통로 건너편에서 괴로워하는 노부인에게 미안하다고 손짓한 후 목소리를 낮췄다. "나는 알아요."

두 사람은 잠시 말없이 앉아 있었다.

"커티스는 백스터가 자기 때문에 죽는 걸 원하지 않았을 거예요." 루쉬가 다정하게 말을 이었다. "그냥 두고 떠나지 않았다는 것도 알았고요."

"커티스는 이미 의식이 없었어요." 백스터가 대꾸했다.

"지금 말이에요. 이제는 알아요. 하늘에서 우리를 내려다보고…."

"진짜, 헛소리하려면 입 닥쳐요!"

"너나 닥쳐라." 앞에서 누군가 꿍얼거렸다.

"같잖은 종교 얘기 꺼내기만 해봐요. 나는 키우던 햄스터를 잃어버린 멍청한 꼬마가 아니에요. 그러니까 하늘에 있는 요정님이 어쩌니 하는 허튼소리는 혼자만 생각하라고요. 알았어요?"

"알았어요. 사과할게요." 루쉬가 항복의 의미로 양손을 들어 올렸다.

하지만 백스터는 아직 끝나지 않았다.

"우리는 커티스가 더러운 바닥에서 피를 흘리며 죽어가게 내버려 뒀어요. 그런데 저 위에 있는 어느 좋은 곳에서 감사하고 있을 거라고요? 그따위 망상으로 자위하는 소리를 내가 가만히 앉아서 들을 줄 알아요? 커티스는 죽었어요! 그러면 끝난 거예요! 고통을 느끼고 그다음은 존재하지 않아요. 그게 마지막이라고요."

"미안해요. 내가 괜히 말을 꺼내서…." 루쉬는 백스터의 신랄한

독설에 충격을 받았다.

"당신은 지성인이잖아요, 루쉬. 우리가 하는 일부터가 증거 수집으로 이루어지는데…. 확실한 사실을 믿어야죠. 그런데 웬 영감이 구름 위에 앉아 우리를 기다리고 있다는 말을 믿는다는 게…, 나는 도무지 이해가 안 돼요."

"그만하면 안 될까요? 부탁이에요." 루쉬가 말했다.

"커티스는 죽었다고요. 알겠어요?" 백스터는 울고 있다는 사실을 이제야 깨달았다. "냉동 서랍에 차가운 고깃덩이가 되어 있단 말이에요. 우리 때문에. 내가 남은 평생 그 짐을 안고 살아야 한다면 당신도 그래야 정상이에요."

백스터는 그제야 이어폰을 끼고 창문으로 고개를 돌렸다. 속에 담긴 말을 한바탕 터뜨린 탓에 여전히 숨을 몰아쉬고 있었다. 어두운 유리창에 그녀의 모습이 보였다. 분노에 찼던 표정이 죄책감에 시달리는 표정으로 점차 바뀌었다.

사과할 마음은 없었다. 백스터는 고집을 부리며 눈을 감고 다시 잠에 빠져들었다.

런던 히스로 공항에 내렸을 때 루쉬는 변함없이 다정하고 상냥했다. 그럴수록 백스터의 죄책감은 더 깊어졌다. 백스터는 계속해서 말을 거는 루쉬를 철저히 무시하고 비행기에서 먼저 내렸다. 처음 나온 짐 중에는 백스터의 캐리어도 있었다. 그녀는 수화물 컨베이어에서 캐리어를 낚아챈 다음, 캐리어 바퀴를 끌며 토머스가 기다리고 있을 밖으로 나갔다.

10분 후, 캐리어 바퀴가 백스터 근처로 다가오는 소리가 들렸다. 루쉬가 다가오는 것 같았지만 정면에 있는 만남의 장소만 뚫어져라 보고 있다. 그런데 바퀴 소리가 금방 다시 멀어졌다. 슬쩍 뒤를 보자 루쉬는 택시 승강장으로 향하고 있었다.

무심코 캐리어를 내려다본 백스터는 깜짝 놀랐다. 가방 위에 그녀의 화려한 모자와 장갑이 놓여 있었기 때문이다. 백스터가 우울하게 고개를 저으며 중얼거렸다.

"나는 정말 인간도 아니야."

23

2015년 12월 17일 목요일
오전 9시 34분

"안녕하세요, 보스!"

"좋은 아침."

"잘 오셨어요, 경감님."

"고마워."

"에이씨. 왜 왔대?"

런던 경찰청에 들어서자 몇몇을 제외하고는 우호적인 인사가 쏟아졌다. 백스터는 5분 동안 사람들에게 시달리다 겨우 사무실로 몸을 피할 수 있었다.

아침에 토머스의 차를 타고 그의 집으로 가서 상쾌하게 샤워를 하고 옷을 갈아입었다. 아침 식사를 하는 동안 토라진 에코는 구석에서 나오지 않았다. 백스터가 자기를 일주일 가까이 낯선 곳에 버려뒀다는 사실을 믿을 수 없는 모양이었다. 하지만 백스터는 토머스의 집에서 드디어 집에 돌아왔다는 느낌이 들었다. 토머스의 집은…, 토머스는 그녀가 돌아와야 할 곳이었다.

지금이 몇 시인지, 심지어 오늘이 며칠인지도 모른 채 백스터는 출근했다.

얼른 사무실 문을 닫은 후 눈을 감고 심호흡을 했다. 누가 좋은 아침이라고 인사하러 들어오지 못하도록 백스터는 문을 몸으로 누르고 있었다.

"좋은 아침."

천천히 눈을 뜨자, 그녀의 책상 앞에 루쉬가 앉아 있었다. 졸린 기색 하나 없이 활기 넘치는 얼굴이었다. 짜증나게.

그때 누군가가 노크를 했다.

"들어와요!" 백스터가 외쳤다. "아, 어서 와요, 짐Jim."

콧수염을 기른 중년 남자가 들어와 의아한 눈으로 루쉬를 바라보았다.

"안녕하세요. 사건 기록 좀 하러 왔습니다." 짐은 낯선 사람의 눈치를 보고 있었다.

"괜찮아요." 백스터가 짐을 안심시키고 루쉬에게 설명했다.

"짐은 사라진 폭스 수사관 수색을 담당하는 분이에요."

짐이 앉을 생각도 하지 않고 물었다. "그래서…, 울프 봤어요?"

"아뇨."

"좋아요. 다음 주에 봅시다." 짐은 그대로 문을 닫고 나갔다.

또 누가 찾아올지 몰라 마음을 단단히 먹었지만 더 이상 방문객은 없었다.

"아, 자리 비켜줘야죠." 루쉬가 백스터의 의자에서 일어나 싸구려 플라스틱 의자로 옮겼다. "템스 하우스(영국 정보청 보안부인 MI5의 본부 – 옮긴이 주)에서 대테러부 부장과 미팅하기로 스케줄이 잡혀 있어요. 10시 반. 괜찮죠? 돌아와서는 12시에 SO15(영국의 대테러 수사대 – 옮긴이 주)와 만날 예정이고요."

"마음대로 해요."

"같이 가면 어떨까 했어요." 루쉬가 조심스럽게 덧붙였다.

"그랬어요?" 백스터가 한숨을 쉬었다. "알았어요. 대신 운전은 내가 해요."

"쭉, 쭉 불어요…."

두 번 삑삑 소리가 나고서야 젊은 경찰은 백스터의 입에서 음주 측정기를 뗐다. 루쉬는 인도에 엎드려 아우디에 깔린 자전거 파편을 건지고 있었다. 구급대원이 쫄쫄이를 입은 자전거 운전자의 상태를 확인했지만, 몇 군데 가벼운 찰과상이 전부였다. 한편 루쉬는 연석에 가만히 앉아 눈에 띄게 떨고 있었다.

"다 끝난 거죠?" 백스터가 모두를 향해 말했다.

이도 저도 아닌 대답이 들렸다. 백스터는 주머니에서 명함을 꺼내 씩씩대는 자전거 주인에게 건넸다. 루쉬도 마지못해 일어나 백스터와 다시 차에 올랐다. 자전거 몸체의 탄소 섬유 조각 몇 개를 콘크리트에 더 튀기며 인도에서 내려간 백스터의 차는 밀뱅크로 다시 달리기 시작했다.

"이거 조수석 수납함에 넣어줄래요?" 백스터가 자전거 주인에게 준 경찰 명함 뭉치를 건넸다.

명함을 받아 든 루쉬가 멈칫했다.

"이거 바니타 명함인 거 알아요?"

백스터는 그것도 모르냐는 듯 인상을 썼다.

루쉬는 여전히 그녀를 빤히 보고 있었었다.

"내 앞으로 보험금 청구가 더 들어오면 큰일 난단 말이에요." 백스터가 설명했다. "11건 전에 교통국에서 최후통첩을 받았거든요. 기회가 생기면 핀레이 쇼 명함을 만들든 해야지. '핀레이'도 여자 이름으로 쓸 수 있죠?"

"전혀요."

"흠, 나는 될 것 같은데…. 그리고 뭐 어때요?" 백스터가 자신 있게 말했다. "핀레이는 은퇴해서 신경도 안 쓸 거예요."

루쉬는 꺼림칙하다는 표정을 지우지 못했다.

꽉 막힌 도로에서 약 1.5미터를 전진하는 몇 분 동안 침묵이 흘렀다. 루쉬는 가볍게 말을 걸어보기로 했다.

"돌아와서 남자친구가 좋아하겠어요."

"그런가 봐요." 백스터는 예의상 똑같은 멘트로 화답했다. 로봇이 말하는 것처럼 감정 없는 말이 입에서 술술 흘러나왔다. "얼굴 자주 보게 돼서 가족이 좋아하겠어요."

루쉬는 한숨을 쉬었다. "택시 기사 따라서 런던 관광을 하고 오니까 이미 출근하고, 학교 가고 없더라고요."

"아쉽겠네요. 오늘은 늦지 않게 끝내 보자고요. 가서 가족이랑 시간 보내게요."

"좋죠." 루쉬가 씩 웃었다. 그러다 정말로 하고 싶던 말을 꺼냈다. "백스터가 했던 말 생각해봤어요. 커티스는…."

"그 얘기는 그만해요!" 백스터가 말을 잘랐다. 어제 가슴을 할퀴었던 감정이 다시 살아나고 있었다.

정적이 길어졌다.

"아니, 말을 하지 말라는 얘기가 아니라!" 백스터가 화를 냈다. "그냥 다른 얘기 하면 안 돼요?"

"어떤 얘기요?"

"아무거나. 모르겠어요. 딸이나 뭐 그런 얘기 해 봐요."

"애들 좋아해요?" 루쉬가 물었다.

"아니요."

"그럴 줄 알았어요. 음, 우리 딸은 엄마처럼 머리카락이 새빨간 색이에요. 노래 부르는 걸 좋아하고요. 물론 노래를 부를 때 옆에 있으면 귀가 멀 각오를 해야 하지만요."

백스터가 미소를 지었다. 그녀도 울프에게 종종 비슷한 말을 들었기 때문이었다. 한번은 칼을 휘두른 마약 딜러를 함께 체포한 후, 점심으로 먹을거리를 사오는 동안 놈에게 노래나 불러달라고 부탁한 적도 있었다.

"수영, 춤도 좋아해요." 루쉬는 딸 얘기를 계속했다. "생일에 사달라는 선물은 매년 똑같아요. 바비, 바비…, 또 바비."

"열여섯 살이요?"

"누가 열여섯이에요?"

"아니, 그 FBI 친구가 자기 딸이랑 동갑이라고 했잖아요. 열여섯."

영문을 모르겠다는 표정을 짓던 루쉬가 웃음을 터뜨렸다.

"와. 뭐든 놓치는 법이 없군요? 맥팔렌은 친구가 아니에요. 잘못 알고 있다고 말하는 것도 귀찮고 해서 그냥 가만히 있었던 거죠. 딸은 여섯 살이에요. 비슷하긴 하네요." 루쉬가 미소를 지었다.

드디어 차가 교차로를 벗어나 횡단보도를 지났다.

"이름이 뭐예요?"

루쉬는 잠시 망설이다가 대답했다. "엘리…, 아니, 엘리엇. 엘리엇이에요."

와일드 부장은 의자에 기대어 앉아 부하 직원과 눈빛을 주고받았다. 백스터는 지금 10분째 혼자 떠드는 중이었다. 그동안 루쉬는 말없이 고개만 끄덕였다.

와일드는 국가 안보를 담당하는 기관에서 중책을 맡은 사람답지 않게 굉장히 젊어 보였고 온몸에 자신감이 넘쳐흘렀다.

"경감님." 백스터의 말이 끝날 기미가 보이지 않자 와일드가 끼어들었다. "걱정하시는 바는 압니다만…."

"하지만…."

"…그래서 저희와 상의를 하러 오셨겠죠. 하지만 저희는 이미 경찰 수사 내용을 잘 알고 있고, 이미 팀을 꾸려 FBI에서 보내온 정보로 이 문제에 관해 대책을 세우고 있습니다."

"하지만 저는…."

"모르시나 본데요." 와일드가 강압적으로 말을 잘랐다. "영국 런던은 지난 15개월 동안 이미 '심각' 단계를 유지했습니다. 무슨 말씀인지 아시겠죠."

"그러니까 한 단계 높은 '위급' 단계로 올리시라고요!"

"죄송하지만 그게 버튼을 누르는 것처럼 간단한 문제가 아닙니다." 와일드가 거만하게 웃었다. "테러 경보 단계를 올릴 때마다 드는 국가 비용이 얼마인지 아십니까? 수십억입니다. 거리에 무장한 경찰이 돌아다니고, 군대가 동원되고, 사람들은 출근을 못 하고, 해외 투자가 막히고, 주가가 곤두박질치고, 이런 문제가 끝도 없어요. '위급' 단계를 선언하면 우리가 대대적인 공격을 받을 예정이고 막을 방법이 전혀 없다는 사실을 전 세계에 인정하는 꼴입니다."

"그러니까 문제는 돈이라는 거군요?"

"어느 정도는요." 와일드가 백스터의 말에 인정했다. "일단 단계를 높이려면 테러 가능성을 100퍼센트 확신하는 게 더 중요합니다. 그런데 아니잖아요. '심각' 단계를 유지하면서 대중들이 잘 알고 있는 대규모 테러를 7건이나 막아냈습니다. 알려지지 않은 수는 훨씬 많고요. 간단히 말해, 아자젤 살인사건…."

"누가 그런 이름을 쓴다고…."

"…과 관련된 사건이 터진다는 구체적인 얘기가 지금쯤 들어왔어야 단계를 높일 수 있습니다."

백스터가 고개를 저으며 쓴웃음을 지었다.

루쉬는 그 표정의 의미를 알았다. 백스터가 MI5 요원들에게 돌이킬 수 없는 말을 하기 전에 얼른 끼어들었다.

"교회에서 학살이 벌어지고 10분도 되지 않아 타임스 스퀘어에서 폭발이 일어난 게 그저 우연의 일치라는 말씀은 아니겠죠?"

"당연히 아닙니다." 와일드가 쏘아붙였다. "하지만 이런 생각은 안 해보셨습니까? 뉴욕 경찰이 공격을 받은 틈을 타 다른 단체가 테러를 저질렀을지도 모르는 일 아닙니까?"

백스터와 루쉬는 아무 말도 하지 못했다.

"교회에서 사용된 폭발물 소재가 도로에서 폭발한 장치와 일치하지 않는다는 사실은 FBI에서 이미 확인해주었습니다. 그리고 '영국이 미국을 따라 간다'는 가설 말입니다. 그런 사건은 두 건뿐이에요. 두 건 다 국내는 물론 미국에서도 대대적으로 보도됐고요."

백스터가 떠난다고 일어났다.

"테러를 일으키겠다는 메시지가 보고된 적 있었나요?" 사무실을 나서며 백스터가 물었다. "자기가 폭탄을 터뜨리고 사람들을 죽였다고 나선 사람이 있었어요?"

와일드가 답답하다는 표정으로 말했다. "아니요. 아직 없었습니다."

"왜 그런지 알아요?" 백스터는 이미 복도로 나가 있었다. "아직 사건이 안 끝났으니까요."

"머저리들!" 백스터가 밀뱅크로 나오자마자 외쳤다. 그들의 머리 위로는 템스하우스의 거대한 아치가 위풍당당하게 솟아 있었다. 강에서는 차가운 바람이 휘몰아쳤다.

루쉬는 듣고 있지 않았다. 휴대폰에 들어온 이메일을 읽느라 정신이 없었다.

"교회에서 아직 살아 있는 살인범 하나를 발견했대요!"

"정말요? 어떻게요?"

"백스테이지 복도에서 파편 더미에 깔려 있었다나 봐요. 폭발이 일어난 지점과 멀리 떨어져서요. 혼수상태인데 레녹스가 깨워야 한다면서 안 된다는 의사한테 우기고 있대요."

"훌륭하네요." 백스터가 말했다. 레녹스 지부장을 좋아하지는 않지만 바니타라면 그렇게 용감한 결단을 내리지 못했을 것이다. 어려운 선택은 수사관의 몫이었고, 바니타는 그런 수사관을 희생양으로 만드는 사람이었다.

"인위적으로 일찍 깨우면 영구적인 뇌 손상을 입을 가능성이 있대요."

"더 잘 됐네요." 백스터가 어깨를 으쓱했다. "옳은 행동을 하면 어쩔 수 없는 부작용이 따르잖아요. 안타깝지만."

오후 8시 38분, 에드먼즈가 비틀거리며 현관문을 넘어 들어가자, 베이비파우더, 갓 싼 대변, 토스트 냄새가 코를 찔렀다. 레일라는 목청껏 악을 쓰고 있었다.

"알렉스? 자기야?" 침실에서 티아가 외쳤다.

에드먼즈는 주방을 지나며 안을 슬쩍 보았다. 도둑이라도 맞은 듯 어지러웠다. 계단을 올라가니 티아가 딸을 안고 계단 끝에 서 있었다. 티아는 완전히 기가 빠진 듯 보였다.

"어디 갔다 오는 거야?"

"술집."

"술집?"

에드먼즈가 순진하게 고개를 끄덕였다.

"취했어?"

에드먼즈는 멋쩍어 어깨만 으쓱했다. 딱 한 잔만 마실 계획이었지만 백스터에게 들을 소식이 어마어마하게 많았다. 이제 와 생각해 보니 백스터의 주량을 맞추어 마시다 보면 항상 다음 날 속이 안 좋았던 것 같다.

"아침에 말했잖아." 에드먼즈가 바닥에 떨어진 물건들을 주우며 방으로 걸어갔다.

"아니지." 티아가 바로잡았다. "에밀리 백스터가 오늘 돌아온다는 얘기만 했어. 에밀리가 귀국하면 당연히 달려가서 같이 술을 마실 거라고 생각했어야 해?"

"우린 사건 얘기를 하려고 한 거라고!" 에드먼즈가 불쑥 말했다.

"아니. 당신은 아니지! 그건 에밀리 백스터 사건이고! 당신은 재산범죄조사국이잖아!"

"내가 도와줘야 돼."

"그거 알아? 두 사람 그 이상한 관계…, 좋다 그거야. 한심한 애완견처럼 그 여자만 졸졸 따라다니고 싶으면 마음대로 해."

"이게 다 무슨 소리야? 자기도 백스터 좋아하잖아! 우린 모두 친구잖아!"

"기가 막혀!" 티아가 비웃었다. "그 여자는 제정신이 아니야. 장난치나 싶을 정도로 무례하고 말이야. 세상에 그렇게 편협한 사람은 처음 봤어. 거기다 고집은 또 얼마나 센지."

에드먼즈가 반박하려 했지만 아무 말도 할 수 없었다. 티아의 지적은 흠잡을 데 없이 타당했다. 백스터를 맹비난하는 일장 연설을 티아가 사전에 연습했다는 의심이 들 정도였다.

엄마의 목소리가 커지자 레일라까지 더 큰 소리로 울기 시작했다.

"그 여자가 하룻밤에 와인을 얼마나 마시는지는 봤어? 미쳤어!"

에드먼즈의 배가 동의하듯 꾸르륵거렸다. 역시 타당한 지적이었다.

"그렇게 권위적인 여자가 좋아? 그럼 그렇게 해 주지! 가서 물 마시고 토스트 먹고 술이나 깨!" 티아가 소리를 질렀다. "오늘 밤 레일라는 당신이 보는 거야. 나는 소파에서 잘 거니까!"

"알았어!"

"그래!"

티아가 방을 나가는 에드먼즈를 향해 곰 인형을 던졌다. 에드먼즈는 곰 인형을 집어 들고 아래층으로 내려가며, 백스터가 그 곰 인형을 레일라의 첫 번째 생일 선물로 줬을 때를 떠올렸다. 그렇게 어색해할 수가 없었다. 백스터는 그토록 기본적인 인간관계에도 서툰 사람이었다. 그 생각을 하면 슬퍼지곤 했다.

티아는 에드먼즈에게 이 세상 무엇보다 사랑하는 존재였다. 티아의 마음도 충분히 이해했다. 하지만 티아는 그의 친구가 어떤 일들을 겪으며 버티고 있는지 상상조차 하지 못했다. 지난주에도 백스터는 지독한 공포와 참담한 상실감에 시달려야 했다. 에드먼즈는 백스터가 이번 일을 무사히 마무리할 때까지 수단과 방법을 가리지 않고 온 힘을 다해 도울 작정이었다.

백스터에게는 그가 필요했다.

★

입회식
2015년 11월 24일 화요일
오후 9시 13분

이제 그녀의 차례였다.

모두가 바라보는 시선이 느껴졌지만 그녀는 움직이지 않았다.

이미 짐작하고 있었지만 뒤를 힐끗 보니 확실하게 알 수 있었다. 저세상으로 가지 않는 한 여기서 나가는 길은 없다는 것을.

그녀는 할 수 없었다.

"사샤?" 귀에 부드럽게 속삭이는 소리가 들렸다.

알렉시 그린이 그녀 옆에 서 있었다.

사샤는 속으로 다시금 되뇌었다. 다른 사람들 앞에서는 알렉시 그린의 이름을 부르면 안 된다고. 아무나 그분의 이름을 부를 수는 없었다. 하지만 알렉시 그린은 그녀가 특별하다고 말했는걸.

"같이 갈까요?" 알렉시가 다정하게 말하며 손을 내밀었다. "어서요."

두 사람은 군중 사이를 걸었다. 사샤의 왼편에 있는 사람들의 시련은 이미 끝났지만 오른편에 있는 사람들은 사샤의 비겁함 때문에 더 오랫동안 불안하게 기다려야 했다.

그린은 사샤를 앞으로 이끌었다. 매끈한 바닥에 붉은 얼룩의 자취가 남았다. '형제' 한 명이 중간에 의식을 잃었기 때문이다. 처음 보는 남자가 감정 없는 눈으로 사샤를 응시했다. 손에는 피 묻은 칼이 들려 있었다. 칼은 닦지 않은 채 그녀의 몸에 상처를 낼 것이다. 그것이 핵심이었다. 모두가 하나 되는 것. 서로 동등한 존재로 연결된다.

"준비됐어요?" 알렉시 그린이 물었다.

사샤는 고개를 끄덕이고 가쁜 숨을 쉬었다.

그린이 사샤의 뒤로 이동해 블라우스 단추를 풀고 블라우스를 어깨 아래로 내렸다.

하지만 낯선 사람이 칼을 들어 올린 순간, 겁을 먹고 움찔한 사샤가 휘청거리다가 뒤에 있는 알렉시 그린의 품에 안겼다.

"죄송해요…, 죄송합니다…." 사샤가 연신 사과를 했다. "할 수 있어요."

그녀가 감정 없는 눈의 남자에게 다시 한 발짝 다가가 눈을 감고 고개를 끄덕였다.

남자가 한 번 더 칼을 들었다. 피부에 차가운 금속이 닿았다.

"죄송해요. 죄송해요. 죄송해요." 사샤가 울음을 터뜨리며 몸을 피했다. "저 못 하겠어요."

사람들 앞에서 흐느껴 우는 사샤를 알렉시 그린이 꼭 안아주며 달랬다. "쉿…, 쉿…."

"뭐든 시키는 대로 할게요. 맹세해요." 사샤가 말했다. "전 여기서 떠날 수 없어요. 하지만 이것만은…, 못 하겠어요."

"하지만 사샤, 내가 왜 이걸 해 달라고 하는지 이해하죠?" 알렉시 그린이 물었다.

그는 그녀에게 배신당했다는 눈초리를 보내고 있었다. 칼날로 낙인을 새기는 것이 차라리 덜 고통스러웠을 것이다.

"네."

"말해 봐요. 아니다, 모두에게 들려줘요." 알렉시 그린이 사샤를 안았던 팔을 풀며 말했다.

사샤가 목을 가다듬었다.

"전 선생님을 위해 무엇이든 할 것이고, 저희의 주인이신 선생님을 어디든 쫓아갈 것이며, 선생님 말씀이라면 무조건 따를 것을 증명합니다." 하지만 사샤가 구부러진 칼날을 보고 다시 흐느껴 울었다.

"좋아요. 하지만 본인이 원하지 않으면 안 해도 됩니다." 알렉시 그린이 안심시켰다. "정말로 할 수 없겠어요?"

사샤가 고개를 끄덕였다.

"알겠어요…, 에드와도, 이리 와 봐요!" 알렉시 그린이 외쳤다.

줄을 선 사람들 사이에서 한 남자가 나왔다. 그는 조금 전 몸에 두른 붕대를 불편한 듯 잡아당겼다.

"사샤와 친구 사이죠?"

"네, 알렉…, 죄송합니다. 그린 박사님."

"사샤를 도와줘야겠어요."

"감사합니다." 사샤가 작은 소리로 말했다. 에드와도가 다가와 사샤의 어깨에 팔을 올렸다.

알렉시 그린은 사샤의 손을 너그럽게 꼭 쥐었다가 놓아주었다.

사샤와 에드와도가 원래 자리로 반쯤 다가갔을 때, 그린이 두 사람을 다시 불렀다.

"에드와도." 알렉시 그린은 모든 사람이 볼 수 있는 위치에 두 친구를 세웠다. "사샤는 우리 형제가 되지 않기로 결심한 것 같아요. …죽이세요."

에드와도가 놀라서 무슨 말을 하려고 돌아보았지만 이미 판결을 내린 알렉시 그린은 관심을 끊고 다른 쪽으로 걸어가고 있었다. 어떻게 할지 난감해진 에드와도는 고개를 돌려 사샤와 마주보았다.

"에드와도?" 친구의 달라진 표정을 보며 사샤가 숨 막히는 소리를 냈다. 이제는 구경꾼들에 가려 출구도 보이지 않았다. "에드와도!"

에드와도의 눈에 눈물이 고였고 이내 사샤의 얼굴로 혼란스러운 주먹이 날아왔다.

사샤가 쓰러지며 손을 내젓다가 에드와도의 붕대를 잡아 뜯었다.

에드와도가 무릎을 꿇고 그녀 위로 몸을 굽히자, 사샤에게는 에드와도의 가슴에 새겨진 '꼭두각시'라는 글자밖에 보이지 않았다. 그래서인지 마지막 순간에도 마음은 편안했다. 사샤의 두개골을 단단한 바닥에 내리찍는 것은 그녀의 친구가 아니었기 때문이다. 그는 이미 사라지고 없었다.

24

2015년 12월 17일 목요일
오후 3시 36분

유리벽에 막혀 웅웅거리는 소리를 들으며 레녹스와 체이스는 몬테피오 병원 로비를 성큼성큼 지나갔다. 누가 내부 상황을 언론에 흘렸는지 시위대가 병원 앞으로 대거 몰려들었다. 범인은 보나 마나 환자를 혼수상태에서 깨우면 안 된다고 주장하는 의사일 것이다. 시위대는 카메라 뒤에서 피켓들을 상하로 움직이며 눈앞에 나타났다 사라졌다를 반복했다. 시위대는 치명적인 뇌 손상을 입은 남자를 조기에 깨우기로 한 FBI의 결정에 맞서 항의를 하고 있었다.

"하! 기억력들이 그렇게 없나." 레녹스가 안내판을 따라 집중치료실로 가며 중얼거렸다.

체이스는 그 말을 듣지 못했다. 상관과 보폭을 맞추는 동시에 전화를 대신 받느라 바빴기 때문이다. 걸음을 내디딜 때마다 다양한 부위에 착용한 보호구가 마찰하며 귀에 거슬리는 소리를 냈다.

"예, 이해합니다…, 그렇죠…, 앞서 말씀드린 것처럼 현재는 통화가 어렵습니다."

그때 반대 방향에서 갈색 롱코트를 입은 중년 남자가 이쪽에 과도한 관심을 보이며 다가오고 있었다. 레녹스가 체이스에게 주의를 주려는 찰나, 남자가 주머니에서 카메라와 녹음기를 꺼냈다.

"레녹스 요원, FBI가 법보다 우위에 있다고 생각하십니까?" 비난조로 묻는 남자를 체이스가 벽으로 밀어붙였다. 레녹스는 앞만 보고 복도를 걸었다. "판사에, 배심원에, 사형 집행인까지. 이제 다 하시려고요?"

체이스에게 제지를 당하면서도 남자는 몸부림을 치며 레녹스의 뒤에 대고 계속 소리쳤다.

"가족이 동의하지 않았습니다!"

레녹스의 자신감 넘치는 태도는 흐트러지지 않았다. 중환자실 입구는 경찰 두 명이 지키고 있었다. 안으로 들어가니 한층 더 긴장감이 흘렀다. 구석의 수레에 놓여 있는 제세동기는 불길한 느낌을 주었다. 간호사 세 명이 와이어와 튜브를 옮기면서 들었다 놨다 하는 동안 의사는 주사기를 준비했다. 레녹스에게 알은체를 하는 사람은 아무도 없었다. 레녹스는 병상의 남자를 살펴보았다.

20대였지만 청소년처럼 빼쩍 말랐다. 심한 화상이 오른쪽 몸 대부분을 뒤덮었고 가슴에 네 글자짜리BAIT 거짓말을 새긴 피부도 옆구리 쪽으로 흘러내렸다. 그는 미끼로 가장한 꼭두각시, 피해자로 가장한 살인자였다. 단단한 목 지지대가 머리를 고정했고 두개골을 드릴로 뚫은 작은 구멍에는 피 묻은 얇은 튜브가 꽂혀 있었다.

"다시 말씀드리지만 저는 절대 동의할 수 없습니다." 의사는 손에 든 주사기에서 눈을 떼지도 않았다. "이 조치에 전적으로 반대하는 게 제 입장이에요."

"알고 있습니다." 레녹스가 말했다. 그때 체이스가 안으로 들어왔다. 레녹스는 한 명이라도 아군이 생겨 마음이 놓였다.

"이 정도 뇌 손상을 입은 환자를 깨어나게 하려면 엄청난 위험이 따라요. 이 환자는 정신질환 병력까지 있으니 걷잡을 수 없이 상태가 악화될 겁니다."

"알아두죠!" 레녹스는 더 강한 어조로 말했다. "시작할까요?"

의사가 고개를 절레절레 젓고 환자 옆에 섰다. 구멍에 첫 번째 주사기가 들어갔다. 병상에 누워 있는 남자의 몸으로 약물을 흘려보내는 정맥관과 연결된 지점이었다. 천천히, 아주 천천히 주사기 밀대를 누르자 이미 튜브 안에 있던 맑은 액체가 뿌옇게 변했다.

"크래시카트 준비해요." 의사가 간호사들에게 지시했다. "두개내압을 최대한 낮게 유지해야 합니다. 맥박과 혈압 지속적으로 모니터하고. 갑니다."

레녹스는 움직임 없는 몸을 지켜보았다. 내면의 동요는 절대 드러내 보이지 않을 것이다. 어떻게 되든 이제 어차피 FBI에서 설 자리는 없어졌다. 전국적인 뉴스거리를 만들고 상부의 직접적인 명령을 무시하고 의사의 승낙을 얻으려 거짓말까지 했으니… 다만 희생하는 보람이 있기를 바랄 뿐이었다. 지금까지 놓치고 있던 단서를 유일하게 생존한 이 살인자가 알려줄 수 있기를 간절히 바랐다.

그때 갑자기 환자가 헉 하고 숨을 쉬었다. 눈이 번쩍 뜨였다. 불쑥 일어나 앉으려던 환자는 생명 유지 장치의 튜브와 와이어에 걸려 다시 누워야 했다.

"자, 자. 안드레? 안드레, 진정해요." 의사가 환자의 어깨에 손을 올리고 달랬다.

"BP 152에 92입니다." 간호사 한 명이 외쳤다.

"나는 로슨이라고 해요. 여기는 몬테피오 병원이고요."

안드레가 방 안을 둘러보았다. 그는 다른 사람 눈에는 보이지 않는 공포를 응시하며 두려움 섞인 눈이 더 커졌다.

"심박수 92, 계속 증가하고 있습니다. BP가 너무 높아요." 간호사가 걱정스럽게 말했다.

"죽지 마, 죽으면 안 돼." 남자가 격렬하게 몸부림을 치기 시작하자 레녹스가 중얼거렸다.

로슨 박사가 두 번째 주사기를 들고 다른 구멍에 꽂았다. 몇 초만에 발버둥을 치던 환자가 진정하고 잠이 들락 말락 한 상태가 되었다.

"BP가 떨어지고 있어요."

"안드레, 여기 이분이 몇 가지 질문을 하고 싶대요. 그래도 괜찮을까요?" 의사는 안드레가 거부하지 못하도록 친절한 미소를 지었다.

정신이 혼미해진 남자가 고개를 끄덕였다. 로슨 박사는 레녹스에게 자리를 비켜주었다.

"안녕, 안드레." 레녹스가 웃으며 다정한 말투로 인사했다. 지금까지 이런 말투로 심문을 한 적은 단 한 번도 없었다.

"최대한 간단하게 해요. 짧고 단도직입적인 질문으로요." 의사가 경고하며 뒤로 물러나 환자의 상태 변화를 모니터했다.

"알겠어요." 레녹스가 환자를 다시 돌아보았다. "안드레, 이 사람 알아보겠어요?"

그녀가 보여준 것은 알렉시 그린의 사진이었다. 턱까지 길러 정성껏 손질한 머리카락은 유명 록스타 부럽지 않았다. 한참 만에 안드레가 고개를 끄덕였다.

"이 사람을 만난 적 있어요?"

현실과 꿈 사이를 넘나들며 안드레가 다시 고개를 끄덕였다. "우리는…, 다…, 반드시…." 발음이 불분명했다.

"언제요? 그게 언제였어요?" 레녹스가 물었다.

안드레는 기억할 수 없다는 듯 고개를 저었다. 뒤에서 계속 삑삑 하고 울리던 소리가 점점 커지고 있었다. 레녹스가 로슨 박사를 돌아보자 박사는 '계속해요'라는 뜻으로 보이는 손짓을 했다. 레녹스는 불안하지만 계속하기로 했다. 남자의 가슴에 칼로 그어 쓴 글자들을 가만히 내려다보았다. '미끼'라는 단어는 앙상한 몸통 절반을 차지했다.

"가슴에 누가 이렇게 했어요?" 레녹스가 물었다.

"다른."

"다른? 다른 누구요? 다른…, 꼭두각시?" 마지막 말은 속삭임에 가까운 소리로 흘러나왔다.

안드레가 고개를 끄덕였다. 말이 쉽게 나오지 않아 숨을 내쉬고 헐떡였다.

"우리 다…, 같이."

"'같이'라니, 무슨 뜻이죠?"

대답이 없다.

"교회에 있을 때?"

레녹스의 질문에 안드레가 고개를 저었다.

"교회에 가기 전에 다 같이 모인 적 있어요?"

안드레가 고개를 끄덕였다.

"이 사람도 거기 있었고요?" 레녹스가 알렉시 그린의 사진을 다시 들어올렸다.

"네."

레녹스는 흥분해서 의사를 돌아보고 물었다.

"이 정도 상처면 얼마나 됐을까요?"

의사는 일어나 상처를 뜯어보았다. 겨드랑이 바로 아래의 여린 부분을 찌르자 안드레가 움찔했다.

"딱지, 염증, 감염 상태로 대충 추측을 해보면 2주 정도요. 3주일 수도 있고요."

"알렉시 그린이 미국에 마지막으로 왔던 시기와 일치합니다." 뒤편에서 체이스가 확인해주었다.

레녹스는 환자를 돌아보았다.

"교회에 폭탄이 터진다는 거 알았어요?"

안드레는 부끄러워하며 고개를 끄덕였다.

"다른 폭탄도 알았어요?"

올려다보는 표정이 멍했다.

"알았군요." 레녹스는 표정에서 답을 얻고 말했다. "안드레, 어떻게 만남이 이루어졌는지 말해줘요. 어디로 가야 하는지 어떻게 알았어요?"

레녹스는 숨을 죽이고 기다렸다. 이 자들이 연락을 주고받는 수단만 알아낼 수 있다면 추가 피해자가 생기기 전에 메시지를 가로챌 수 있다. 허약해진 남자는 기억을 끄집어내려고 애를 쓰고 있었다. 그가 손을 귀로 들어 올렸다.

"휴대폰으로?" 레녹스가 물었지만 믿기지는 않았다. 살인자들의 통화 기록, 메시지, 앱, 데이터는 이미 수사팀에서 철저한 조사를 거쳤다.

안드레가 답답해하면서 고개를 저었다. 그러더니 머리 위에 있는 기계로 손을 올렸다.

"컴퓨터?"

안드레가 귀를 툭툭 쳤다.

"휴대폰 화면?" 레녹스가 물었다. "휴대폰에 메시지가 왔어요?"

안드레가 고개를 끄덕였다.

레녹스는 혼란스러운 얼굴로 체이스를 돌아보았다. 컴퓨터를 가리키는 것 같기도 하고, 휴대폰을 뜻하는 것 같기도 했다. 일단은 휴대폰 문자메시지를 말하는 것 같았다.

이 남자에게서 더 많은 정보를 얻어내기는 불가능해 보였다. 하지만 레녹스는 의사가 자신을 제지하기 전까지 심문을 끝낼 생각이 없었다.

"메시지에 다른 얘기도 있었어요? 교회 이후에 어떻게 하라는 지시 사항 같은 거?"

안드레가 신음하기 시작했다.

"안드레?"

"심박수가 다시 상승 중입니다." 간호사가 말했다.

"메시지에 뭐라고 쓰여 있었어요, 안드레?"

"혈압이 올라가고 있어요!"

"여기까지입니다. 진정제 놓도록 하죠." 로슨이 날카롭게 말하며 앞으로 나왔다.

"잠깐만!" 레녹스가 소리쳤다. "그들이 뭐라고 했어요?"

안드레는 작은 소리로 뭐라고 속삭이며 눈에 보이지 않는 곳에서 그를 괴롭히는 존재를 찾아 이리저리 고개를 돌렸다. 레녹스는 무슨 말을 하는지 들으려 몸을 더 가까이 기울였다.

"…다…, 전부…, 죽…, 부 다…, 여…, 전부 다 죽여…"

그때 레녹스의 권총집에서 총이 흘러내렸다.

"총!"

레녹스가 외치며 무기를 든 환자의 손을 붙잡았다. 하지만 안드레는 벌써 레녹스의 총을 빼앗아 총을 발사시켰다.

몸싸움이 벌어지며 모니터 기계가 미친 듯이 번쩍이고 삑삑거렸다. 로슨 박사와 간호사들은 바닥에 납작 엎드렸다. 두 번째 총알이 천장의 전구를 깨뜨리며 침대에 유리 비가 내려왔다. 체이스가 황급히 침대에 묶인 남자 위로 몸을 날렸고 다른 요원은 쇠약해진 환자를 양손으로 쉽게 제압했다.

"기절시켜요!" 체이스의 명령에 의사는 후다닥 일어나 주사기를 쥐었다.

총구를 건물 바깥쪽 벽으로 안전하게 돌려놓은 상태에서 환자는 조금씩 의식을 잃어갔다. 마침내 축 늘어진 손에서 총이 떨어졌다.

레녹스가 총을 다시 권총집에 꽂아 넣고 체이스에게 안도의 미소를 지어 보였다.

"마지막 20초만 빼면 잘 끝난 것 같군!"

백스터는 짜증나는 라디오 아침 방송을 끈 다음 해머스미스 역 입구를 지켜보았다. 우박이 자동차 앞 유리에 부딪혀 얼음 조각 모양으로 깨지고 있었다.

몇 분 후, 늘 그렇듯 전화기를 귀에 댄 루쉬가 역에서 나왔다. 루쉬는 백스터의 검은색 아우디 쪽으로 손을 흔들고 통화가 끝날 때까지 입구를 맴돌았다.

"장난해?" 백스터가 혼잣말로 중얼거렸다.

화가 나서 경적을 울리고 시동을 걸자, 루쉬가 억수 같은 비를 맞으며 뛰어와 조수석에 올라탔다. 빈 샌드위치 용기와 반쯤 마신 스포츠음료 병이 발밑에서 우두둑 밟혔다.

"좋은 아침. 태워줘서 고마워요." 루쉬가 인사를 건넸고, 차는 풀럼 팰리스 로드로 나아갔다.

백스터는 대답 없이 라디오를 다시 켰다. 그러다 귀가 썩을 것 같아 또 다시 라디오를 끄고 할 수 없이 대화를 시작했다.

"혼수상태에 빠졌다는 녀석은 어때요?"

FBI는 밤사이 전 수사팀에게 수사 경과를 알렸다.

"아직 살아 있어요." 루쉬가 말했다.

"잘된…, 일이겠죠. 조금 더 오랫동안 레녹스를 믿어볼 수 있다는 뜻이니까요." 백스터가 말했다.

루쉬는 놀라서 백스터를 보았다.

"왜요? 여태까지 본 관리직 중에 정말 해야 할 일을 해낸 관리직은 레녹스가 처음이란 말이에요." 변명하던 백스터가 화제를 바꾸기로 했다. "그러니까, 그동안 수사팀이 살인자들 문자메시지를 전혀 확인하지 않았다는 거예요?"

바깥의 비는 점점 거세지고 있었다.

"그보다는 조금 더 복잡한 것 같아요." 루쉬가 대답했다.

"흐음."

"그…, 깨진…, 뭐라더라…, 인터넷에…, 데이터 저장소…, 그걸 해독할 거라나 봐요." 루쉬가 설명했지만 아무것도 설명되지 않았다. "알렉시 그런 집은 수색했어요?"

"우리 지금 거기 가기로 하고 만난 거잖아요. 정신 차려요!" 백스터가 말했다.

시내 중심가를 달리며 루쉬는 불이 들어온 상점들을 아쉬운 눈으로 바라보았다.

"사실은 배가 고파서 정신이 없네요. 배 안 고파요?" 루쉬가 물었다.

"안 고파요."

"나는 아침 안 먹었거든요."

"왜 그러고 살아요." 백스터가 한숨을 쉬고 차를 세웠다.

"역시 백스터밖에 없어요. 뭐 먹을래요?" 루쉬는 벌써 빗속으로 나가고 있었다.

"아뇨."

루쉬가 문을 닫고 달려오는 차를 피해 길 건너 빵집에 들어갔다. 조수석에 놓고 간 휴대폰이 보였다. 백스터는 잠시 전화기를 보다가 고개를 돌리고 빵집만 응시했다. 하지만 시선이 서서히 조수석으로 내려왔다. 손가락은 초조하게 운전대를 두드렸다.

"에라, 모르겠다!"

백스터가 가죽 시트에 놓인 휴대폰을 얼른 집어 들었다. 화면은 잠겨 있었다. 하지만 화면을 스와이프하니 비밀번호가 걸려 있지 않았다. 백스터는 아이콘을 터치하고 통화 내역을 훑어보기 시작했다.

"뻔질나게 통화하는 게 대체 누구야?"

발신 번호 목록에서 똑같은 번호가 자꾸 눈에 띄었다. 런던 지역 번호였다. 어제 오후에는 거의 1시간마다 그 번호로 전화를 걸었다.

어떻게 할까.

백스터는 빵집을 힐끔 보고 '통화' 버튼을 누른 다음 휴대폰을 귀에 댔다. 심장이 쿵쾅거렸다. 연결음이 들렸다.

"빨리. 빨리. 빨리."

누군가 전화를 받았다. "당신이야…?"

그때 차 문이 열렸다.

백스터가 전화를 끊고 재빨리 휴대폰을 조수석에 던지자마자 루쉬가 차에 올랐다. 온몸이 흠뻑 젖어 있었다. 희끗희끗한 머리카락이 진해져 평소보다 젊어 보였다. 루쉬는 엉덩이를 들고 깔고 앉았던 휴대폰을 꺼내 무릎에 두었다.

"모닝빵 샀어요." 루쉬가 백스터에게 빵을 건네며 말했다. "혹시 몰라서요."

맛있는 냄새가 났다. 백스터는 빵을 낚아채고 차를 출발시킨 다음 재빨리 차도로 끼어들었다.

베이컨 에그 롤빵의 포장지를 풀던 루쉬가 무언가를 알아차렸다. 바지와 닿은 휴대폰 앞면에서 깜박거리는 빛이 나오고 있었던 것이다. 루쉬가 슬쩍 옆을 보았다. 백스터는 침수되다시피 한 도로만 보고 있었다. 잠시 백스터를 유심히 보던 루쉬는 화면을 스와이프해 다시 제대로 잠갔다.

25

2015년 12월 18일 금요일
오전 8시 41분

"잠깐 진정해 봐요!" 에드먼즈가 속삭이며 재산범죄조사국 사무실에서 뛰어나와 복도를 서성이며 통화를 이어갔다.

최근 며칠간 잠을 제대로 자지 못하다 보니 피로에 지친 몸은 더 많은 휴식을 요구했다.

저쪽 엘리베이터에서 갑자기 부장이 내리는 바람에 에드먼즈는 고장 난 화장실로 숨어 목소리를 더 낮췄다.

"루쉬라는 사람도 그럴 만한 이유가 있겠죠."

"내가 이 사건에 합류하고 나서 계속 거짓말만 하는데?" 백스터도 속닥거렸다.

현재 백스터는 알렉시 그린이 임차해 살고 있던 나이츠브리지 펜트하우스의 침실에 서 있었다. 궁궐같이 넓은 침실 바닥에 비싼 옷들이 마구 뒹굴었고 옷장과 서랍장은 텅 비었다. 속이 파인 매트리스에서 스프링과 충전재가 창문 근처 양탄자로 쏟아져 나왔다. 창문 너머로 해롯 백화점 건물이 보였다. 수색팀은 텔레비전을 벽에서 뗀 후 스크린과 후면 패널도 분리했다.

수색은 빈틈없이 진행되고 있었다.

루쉬가 옆방을 뒤지고 다니는 소리가 들렸다.

"생각해 보라고. 33관할서에서 둘이 뭘 찾는 걸 내 두 눈으로 똑똑히 봤는데, 부인했어. 커티스가…" 백스터가 말을 멈췄다.

"말한 독극물 검사 결과는 재킷 주머니에 구겨져 있었어. 오늘은 어젯밤에 어디 있었는지도 속이잖아."

"그걸 어떻게 알아요?"

"집에 있는 사람이 밤새도록 몇 시간에 한 번씩 집에 전화할 이유가 뭐야?"

"부인이 전화 받았을 때 물어보지 그랬어요?" 지금 와서는 아무 쓸모가 없는 제안이었다.

"시간이 없었단 말이야." 백스터가 작은 소리로 짜증을 냈다. "생각해 봐. 가족과 관련한 상황 전체가 이상해. 자기 딸이 몇 살인지도 모르는 사람이 어디 있어? 언제는 열여섯이라고 했다가, 언제는 여섯 살이라고 하고. 내 생각에는…, 뭔가 정상이 아니야."

"그렇게 얘기한다면야…" 에드먼즈가 말을 하다 말았다. "가정에 소홀한 게 불법은 아니잖아요. 그 사람 사생활이 사건과 무슨 상관이에요?"

"나도 몰라! 전부 다…, 모르겠어."

백스터가 입을 다물었다. 루쉬가 다른 침실에서 복도로 나왔기 때문이었다. 입이 쩍 벌어지게 하품을 하고 팔을 들어 기지개를 켜자 새하얀 배가 드러났다. 루쉬는 명랑하게 손을 흔들고 주방으로 들어갔다.

"들어가야겠어." 백스터가 속삭였다.

"어딜요?" 에드먼즈가 물었다. "그 사람 집에 말이에요?"

"오늘 밤에. 어차피 집에 데려다주기로 했거든. 화장실을 써야 한다고 말해 볼 거야. 실패하면 그냥 억지로 밀고 들어가야지."

"안 돼요!"

"방법이 없잖아. 도저히 못 믿겠어. 뭘 숨기고 있는지 알아내야 해."

"혼자는 불안해요." 에드먼즈가 말했다.

"뭔가 수상하다고 너도 인정하는 거지?"

"아니요. 아무튼…, 그냥…, 거기서 만나요. 시간 정해서 알려줘요."

"알았어."

백스터가 전화를 끊었다.

"예쁘네요." 갑자기 들린 소리에 백스터가 화들짝 놀랐다. 루쉬가 문가에 서 있었다.

루쉬는 알렉시 그린과 미모의 여성이 담긴 커다란 사진을 들고 있었다. 더없이 행복해 보이는 커플이었다. 평화로운 협만에 석양이 깔리는 아름다운 풍경도 두 남녀로부터 시선을 빼앗지 못했다.

"이 여자가 누구인지 확인해야 해요." 백스터가 말하며 루쉬 옆을 지나쳤다. "여기는 다 봤어요."

"이건 시간 낭비예요." 루쉬는 손님방에 깔린 잡동사니 더미 위에 사진을 도로 내려놓고 백스터를 따라 복도로 나왔다. "이미 경찰청 수색팀에서 1센티도 안 남기고 보고 갔다고요."

"내가 그걸 모를까 봐요?"

"그냥 그렇다는 말이에요."

"됐어요." 백스터가 호화롭게 꾸민 주방에 들어섰다. 화강암으로 된 싱크대는 스포트라이트 조명 아래 반짝반짝 빛났고, 건물의 상층부를 감싼 발코니 너머로 회색빛 도시가 펼쳐졌다. "여기 또 뭐가 없는지 알아요? 알렉시 그린이 뉴욕 절반을 날려버리자고 마음을 먹게 만든 이유. 그게 없어요. 왜 그런 위험한 짓을 벌였을까요? 이렇게 멋진…." 백스터가 말을 흐렸다.

루쉬가 그녀를 빤히 바라보고 있었기 때문이다.

"왜요?" 그래도 루쉬가 시선을 피하지 않자 백스터는 불안해졌다. "뭐예요, 루쉬?"

"여기가 맨 위층 펜트하우스 맞죠?"

"네."

루쉬가 백스터를 향해 달려왔다. 본능적으로 백스터는 손에 힘을 주었다가 다시 풀었다.

루쉬는 백스터 옆을 그대로 지나쳐 발코니 문을 당겨 열고 있었다. 넓은 아파트로 차가운 바람이 들어와, 바닥을 굴러다니는 서류와 사진들을 날렸다. 백스터도 루쉬를 따라 비 내리는 테라스로 나갔다.

"날 밀어요."

"뭐라고요?" 백스터가 날이 잔뜩 선 목소리로 물었다.

"나를 위로 밀어 올려달라고요." 루쉬가 말했다. "한 층 더 위인 옥상으로요."

"아!" 백스터가 안도감에 한숨을 쉬었다. "그건…, 싫은데요."

단념하지 않고 루쉬는 젖은 난간 위로 기어올랐다.

"어쩌려고요, 루쉬!"

루쉬가 평평한 옥상 가장자리를 붙잡고 몸을 끌어올리려 했지만 결과는 실패였다. 백스터는 버둥대는 루쉬의 다리를 피해, 위쪽으로 루쉬의 엉덩이를 밀어주었다. 꼴은 우습지만 마침내 옥상으로 올라간 루쉬가 시야 밖으로 사라졌다.

그때 백스터의 휴대전화가 울렸다.

"백스터입니다." 백스터가 전화를 받았다. "아…, 넵…, 알겠습니다." 전화를 끊은 백스터가 난간으로 고개를 빼꼼히 내밀고 위를 보고 외쳤다.

"루쉬!" 차디찬 비가 얼굴을 때렸다.

옥상 돌출부에서 루쉬의 머리가 쑥 나왔다.

"위에 뭐 있어요?" 백스터가 물었다.

"지붕요." 루쉬가 머쓱하게 대답했다.

"기술팀이 우리한테 뭐 보여줄 게 있대요." 백스터는 아래로 내려오는 도중 루쉬의 바짓가랑이가 찢어진 것을 못 본 척했다.

"갈까요?"

"자, 이게 아주 흥미진진해요." 일명 '테키(컴퓨터 마니아를 칭하는 말 - 옮긴이 주) 스티브'라고 불리는 기술팀 직원이 말했다. 노트북은 이런저런 기기를 거쳐 휴대전화에 연결되어 있었다. 스티브가 다양한 전선 사이를 부산스럽게 움직이며 말했다. "'더 몰' 살인자의 휴대폰을 한 번 더 살펴봤어요."

"누가 처음부터 일을 똑바로 했으면 그럴 필요도 없었겠죠." 백스터가 비난조로 말했다.

"에이, 지금 우리들 중 누가 잘했다 잘못했다 손가락질은 하지 맙시다." 스티브가 말했다.

그러다 스티브가 어색하게 미소를 지었다. 백스터가 정말로 그를 향해 손가락질하고 있었기 때문이다.

"아무튼, 뭘 발견했어요. 저게…." 스티브가 테이블에 놓인 값비싼 신형 휴대폰을 가리켰다. "…패트릭 피터 퍼거스의 기기예요."

그러고는 노트북을 두드렸다.

경쾌한 알림음이 들렸다.

"문자메시지가 왔으면 봐야죠." 스티브가 신이 난 목소리로 백스터에게 말했다.

백스터는 못마땅한 표정을 지으며 휴대전화를 들고 익숙한 문자 아이콘을 클릭했다.

"안녕, 보스. 윙크.'" 백스터가 큰소리로 문자를 읽었다.

"잠깐만요." 스티브는 흥분을 감추지 못한 채 시계를 보며 초를 셌다. "됐다. 다시 읽어볼래요?"

백스터는 짜증스러운 소리를 냈다. 인내심이 한계에 다다르고 있었다. 하지만 화면을 다시 보자, 짧은 메시지는 사라지고 없었다. 당황한 백스터가 핸드폰의 '뒤로' 버튼을 누르고, 퍼거스의 수신 문자 목록을 살폈다.

"없네!"

"자동 삭제되는 일회용 메시지예요." 스티브가 자랑스럽게 말했다. "방금 만들어낸 용어를 쓰자면 '자살 문자'라고나 할까요. 저 폰에는 복제 메시지 앱이 깔려 있었어요. 생긴 건 보통 앱과 똑같아요. 기능도 99.9퍼센트는 똑같고요. 특정 전화번호로 문자메시지를 받을 때까지는 말이죠. 그때는 방금 같은 현상이 나타나고 문자메시지를 복구할 수 없어요."

백스터가 루쉬를 돌아보았다. 루쉬는 대화 내용을 다 이해하기도 힘든 듯했다.

"어떻게 생각해요?" 백스터가 루쉬에게 물었다. 스티브는 입이 찢어져라 웃으며 장비를 만지작거리고 있었다.

"그러니까 정리를 해볼게요." 루쉬가 장비를 살피며 말했다. "패트릭 피터 퍼거스가 예순한 살의 천재 기술자 산타클로스라는 건가요?"

"아니죠." 스티브가 말했다. "이건 제대로 만든 앱이에요. 제조 단계부터 기기에 넣어둔 거예요."

"어디서요?"

"지금 미국 쪽이랑 같이 알아보고 있어요. 그쪽이 갖고 있는 기기 수가 훨씬 많으니까요."

"뭐 보여줄 거 있다면서요?" 백스터가 여기 온 용건을 꺼냈다.

"있죠." 스티브가 씩 웃었다. "S-S 모바일 본사 서버는 캘리포니아에 있어요. 모든 자살 문자도 거기서 나왔고요. 문자메시지는 전부 다른 번호로 전송되었어요. 기기에서는 데이터를 복구할 수 없어도 최초 발신된 서버에는 기록이 남아 있을 거예요. FBI가 1시간 안에 파일을 공유해준다고 했어요."

백스터는 행복에 가까운 표정을 지었다.

스티브가 짧은 메시지를 하나 더 쓰고 만족스럽게 '엔터' 키를 눌렀다. 그러자 백스터가 들고 있던 휴대폰이 핑 하고 울렸다.

고맙다는 말은 됐어요 :-)

본부의 프린터는 쉴 새 없이 종이를 삼키고 다시 토해냈다. 백스터와 팀원들이 이걸 다 읽으려면 몇 시간은 걸릴 것이다.

안 그래도 바쁜데 런던의 범죄자들이 평소보다 더 날뛰는 바람에 FBI가 S-S 모바일 서버에서 회수한 산더미 같은 메시지들을 분류할 인력은 많지 않았다. 소집된 인원은 겨우 여섯 명으로 대부분 연차를 쓰고 쉬고 있던 사람들이었다.

백스터가 형광펜 뚜껑을 뽑았다.

그들은 널 이해하지 못해, 에이든. 우리와는 달라. 너는 혼자가 아니야.

"이게 뭔 개소리야?" 백스터가 중얼거리며 해당 페이지를 따로 분류했다.

4시간이 지났다. 충고하고 도발하고 지시하는 단편적인 문자들은 섬뜩했지만 그런 문자로 살인을 강요하기는 힘들다는 생각이 들었다. 이것이 모든 팀원의 일치된 의견이었다.

그보다 한밤중에 왔다가 흔적도 없이 사라지는 이 교묘한 메시지들은 오프라인 모임과 모임 사이에 세뇌를 하는 역할이었다. 혼자 있는 시간을 이용해 나약한 사람들을 무기로 만들고 있었다.

"과대망상을 자극하는 것 같아요. 본인이 아무 가치 없는 사람이라고 느끼게 하는 거죠." 백스터가 말하며 다른 메시지를 형광펜으로 칠했다. 에드먼즈가 심리학 용어를 쓰며 지껄일 때 늘 짜증을 냈는데 지금 그녀는 꼭 에드먼즈처럼 말하고 있었다. "그런 사람들에게 위대해지고 삶의 의미를 이룰 수 있다고 약속하고 있어요. 혼자서는 절대 불가능한 것들을요."

백스터가 생각을 정리할 동안 루쉬는 가만히 기다렸다.

"사이비예요." 백스터가 말했다. "전통적인 의미로는 아니지만 집단의 히스테리가 개인의 소망을 달성한다는 점은 똑같아요."

"아자젤 말이죠." 루쉬가 말했다. "알렉시 그린 박사."

"경감님!" 본부 저편에서 한 수사관이 외쳤다. 그녀는 종이 한 장을 머리 위로 마구 흔들고 있었다. "뭔가 찾은 것 같아요…"

백스터가 그쪽으로 달려갔고 루쉬도 바짝 뒤를 쫓았다. 백스터는 여자 수사관의 손에서 종이를 낚아채 짧은 메시지를 읽었다.

시카모어 호텔, 12월 20일 오전 11시.

줄스 텔러가 마지막으로 한 번 더 당신을 초대합니다.

"뭐예요?" 루쉬가 물었다.

미소를 지은 백스터가 놈의 계획대로라면 복구되지 말았어야 할 메시지를 건넸다.

"줄스 텔러?" 루쉬는 어디서 들어본 이름이라고 생각했다. "마지막 모임을 예약했던 이름이에요." 백스터가 설명했다. "이게 알렉시 그린의 가명이 틀림없어요. 그가 어디로 올지 우리가 정확히 알아낸 거예요."

"저건 뭐예요?" 루쉬가 뒷좌석을 돌아보며 물었다.

백스터는 지금 퇴근길 꽉 막힌 도로를 뚫고 루쉬를 집까지 태워다주고 있었다.

"숙제요."

"내가 도와줄까요?" 루쉬가 물으며 상자에 손을 뻗었다.

"아니! 내가 알아서 해요."

"다 보려면 몇 시간은 걸릴 거예요!"

"내가 알아서 한다고 했죠."

루쉬는 포기하고 창밖을 내다보았다. 상점 창문마다 조잡한 겨울맞이 장식이 달려 있었다. 괜히 기분만 울적해져 루쉬는 백스터를 돌아보았다.

"이틀 남았어요."

"네?"

"메시지에 따르면 이틀 남았다고요." 루쉬가 자세히 덧붙였다. "알렉시 그린의 집회 말이에요. 어떻게 하고 싶어요? 아침에 시카모어 호텔을 좀 살펴볼까요?"

"어차피 내일 일은 아무도 몰라요." 백스터가 말했다.

"무슨 뜻이에요?"

어깨만 으쓱하고 말이 없던 백스터가 입을 열었다. "일요일까진 그곳에 아무도 못 들어가요."

루쉬는 백스터를 유심히 바라보며 그녀가 툭 던진 말을 머릿속으로 되뇌어보았다.

"하지만 드디어 우리가 한 발 앞질렀어요." 백스터가 말했다. "알렉시 그린은 우리가 메시지를 찾은 걸 몰라요. 딱 한 번뿐인 기회라고요. 자칫하면 놈이 숨어버릴 수도 있어요."

"여기서 왼쪽으로!" 루쉬가 길을 알려주었다.

백스터가 핸들을 꺾자 차가 연석을 치고 낙엽이 떨어진 거리로 미끄러져 올라갔다. 에드먼즈의 고물 볼보가 보였다. 백스터는 그 옆을 지나 에드먼즈의 차만큼이나 엉망으로 보이는 루쉬의 집 앞에 차를 세웠다.

"태워줘서 고마워요. 내일 아침에는 혼자 갈게요. 그러는 편이 더 편하죠?"

"그렇죠."

"알았어요, 그럼." 루쉬가 미소를 지었다.

차에서 내린 루쉬는 어색하게 손을 흔들고 가파른 진입로를 올라갔다.

백미러로 차에서 내린 에드먼즈가 보였다. 백스터는 루쉬가 집에 들어갈 때까지 기다렸다가 차에서 내렸다. 밤공기가 쌀쌀했다.

에드먼즈에게 고개를 끄덕여 보인 백스터가 심호흡을 했다. 그러고는 낡은 현관문을 향해 경사로를 걸어 올랐다.

26

2015년 12월 18일 금요일
오후 6시 21분

멋대로 자란 담쟁이덩굴이 현관문을 감싸고 있었다. 담쟁이 잎
사귀는 저녁 들어 내리기 시작한 차가운 비를 맞고 파르르 몸을
떨고 있었다.

백스터는 두 번 노크하려다 멈칫했다. 문을 두드리는 순간 루
쉬와의 파트너 관계는 씁쓸한 결말을 맞는다는 사실을 깨달았기
때문이었다.

나무문이 어긋나 생긴 틈으로 주황색 불빛이 흘러나와 어둠을
가르면서 백스터의 재킷 어깨 부분을 비추었다. 백스터는 길 건너
편에 자리를 잡은 에드먼즈를 돌아보았다. 자신 없는 미소를 지
어 보인 그녀가 다시 집 쪽으로 몸을 틀었다.

"하는 거야." 백스터가 혼잣말을 속삭이고 문을 날카롭게 두드
렸다.

응답이 없었다. 이번에는 더 크게 노크를 했다.

한참 만에 마룻바닥을 밟으며 다가오는 발소리가 들렸다. 자물
쇠가 철컹 돌아가고 문이 조심스럽게 몇 센티미터 열렸다. 금속
체인이 걸린 문의 틈새로 루쉬가 밖을 내다보았다.

"백스터?"

"아." 백스터가 민망한 듯 미소를 지었다. "미안한데 윔블던까지
차가 엄청 막힐 것 같아서요. 지금 방광이 터질 지경이거든요."

루쉬는 바로 대답하지 않았다. 루쉬의 얼굴이 문 뒤로 사라지며 뒤편의 낡은 벽지가 백스터의 눈에 들어왔다. 먼지 뭉치가 죽어가는 집에서 서둘러 탈출하려다 서로 뒤엉킨 것처럼 많아 보였다.

루쉬가 한쪽 눈만 내밀고 말했다.

"지금은 좀…, 좀 그래요."

백스터가 한 발짝 앞으로 이동했다. 동료의 비밀스러운 태도에 전혀 이상함을 느끼지 않는 사람처럼 여전히 웃고 있었다.

"금방 나올게요. 약속. 길어야 2분이에요."

"엘리가…, 학교에서 뭘 옮아 왔어요. 상태가 많이 안 좋아서…."

"내가 지금 우리 집이랑 반대 방향까지 당신을 태워다준 거 잊지 않았죠?"백스터가 말을 자르고 열린 문을 향해 작게 한 발짝을 더 옮겼다.

"네, 그럼요." 루쉬가 재빨리 대답했다. 그 스스로도 지금 얼마나 무례한 행동을 하고 있는지 알고 있었다. "이렇게 하면 어때요? 저쪽에 테스코 마트가 있거든요. 거기 가면 화장실 있을 거예요."

"테스코 마트에 가라고요?" 백스터가 물었다. 이제는 얼굴에서 웃음기를 지우고 앞으로 조금씩 다가가고 있었다.

"네."

루쉬는 백스터의 갑작스러운 변화를 알아차렸다. 백스터는 그의 몸이 미처 가리지 못하는 공간을 살피고 있었다.

두 사람은 한참 동안 서로를 빤히 바라보았다.

"정 그렇다면 그냥 거기로 갈게요." 백스터가 여전히 루쉬를 보며 말했다.

"그렇게 해요. 정말 미안해요."

"됐어요." 백스터가 말했다. "그럼 가볼게요."

"잘 가-."

그때 갑자기 백스터가 루쉬 쪽으로 몸을 던졌다. 그 바람에 충격으로 체인이 현관문에서 뜯어졌다.

"백스터!" 루쉬도 있는 힘껏 백스터를 밀어냈다. "그만해요!"

백스터는 루쉬가 문을 닫지 못하게 문틀 사이에 한쪽 발을 꼈다. 그 순간 그녀의 동공이 흔들렸다. 먼지로 덮인 나무 바닥에 넓은 핏자국이 말라붙어 있었기 때문이었다.

"비켜요, 루쉬!" 루쉬가 좁은 틈 사이로 백스터의 부츠를 밟자 백스터가 외쳤다.

힘이 더 센 쪽은 루쉬였다.

"그냥 나 좀 내버려 둬요! 제발!" 그렇게 소리치는 루쉬의 목소리는 간절했다. 그가 마지막으로 온몸의 체중을 실어 문을 닫았다. "그냥 가요, 백스터. 내가 이렇게 빌게요!" 애원하는 목소리는 문에 막혀 잘 들리지 않았다.

"젠장!" 자물쇠가 다시 걸리는 소리에 백스터가 욕설을 뱉었다. "지금부터 벌어지는 일은 다 루쉬 당신 책임이에요!"

백스터는 다친 발로 문을 걷어차고 절뚝거리며 진입로를 내려왔다. 중간까지 올라온 에드먼즈가 팔을 내밀었다. 어차피 내민 손을 안 잡을 것은 알고 있었다.

"바닥에 피가 있었어." 백스터가 말했다.

"정말 이럴 거예요?" 에드먼즈는 물으면서도 이미 전화를 걸고 있었다. 상황실에서는 즉각 전화를 받았다.

"백스터?" 에드먼즈가 스피커를 손으로 가리고 속삭였다. "정말이죠? 잘못 짚은 거면 큰일 나요."

백스터는 잠깐 더 생각했다. "확실해. 여기로 출동하라고 해."

문은 저항 한 번 없이 열렸다. 현관문이 부서지고 경첩에서 떨어진 나사가 흩어졌다. 경찰특공대의 선발대가 안으로 달려 들어간 후 남자를 붙잡으라는 명령이 떨어졌다. 그는 텅 빈 복도에 조용히 앉아 있었다.

루쉬는 여전히 고개를 숙이고 움직이지 않았다.

"무장한 상태입니까?" 팀장이 경계의 눈초리로 루쉬에게 물었지만 의미 없는 질문이었다. CIA 요원의 손은 비어 있었기 때문이다.

루쉬는 고개를 젓고 중얼거렸다. "제 총은 해체해 놨습니다. 식탁에요."

특공대 팀장은 차분하게 앉아있는 루쉬에게 계속 총을 겨눈 채 부하 대원을 시켜 식탁을 확인하게 했다. 그사이 다른 특공대원들은 허물어져 가는 집 안으로 들어갔다.

마지막 대원을 따라 들어가던 백스터와 에드먼즈가 문간에서 멈춰 섰다. 바닥을 저만큼 적시려면 몇 리터의 피가 필요한 걸까? 안에 발을 들이자 발밑에서 부서진 문이 흔들렸다. 먼지와 곰팡내가 코를 찔렀다. 천장에 딱 하나 있는 노란색 전구가 벗겨진 벽지를 비추고 있었다. 최소한 40년은 묵은 듯했다.

백스터는 고향에 돌아온 느낌이었다. 경찰이 된 후로 대부분의 시간을 보낸 곳들과 다르지 않았다. 닫힌 문 뒤에 썩은 진실을 숨겨놓은 곳. 정상적인 겉모습을 내세우고 어둠을 감춰둔 공간. 이곳은 범죄 현장이었다.

백스터가 에드먼즈를 돌아보았다.

"내가 뭐랬어." 우쭐한 말투였지만 지금 그녀가 느끼는 안도감과 슬픔을 숨길 수는 없었다.

두 사람은 오른쪽에 있는 문을 지나 빈방으로 들어갔다. 벽에 젖은 얼룩이 번져 있었다. 바닥 일부분도 빗물에 물들어 있었다. 백스터는 복도에 있는 루쉬를 넘어 앞으로 나아갔다. 어떻게 이럴 수 있냐는 눈빛은 일부러 보지 않으려 했다.

넓은 계단 앞에 서서 보니 이 집은 현관에서 봤을 때보다 더 형편없었다. 벽토가 드러나고 벽마다 깊은 균열 자국이 났다. 썩은 계단도 한두 개가 아니었다. 스프레이 페인트로 대충 X자를 쳐 밟지 말아야 할 곳을 표시했다. 1층에 있는 주방은 폭격을 맞은 생김새였다. 백스터는 언젠가 잊기를 바라는 며칠 전 뉴욕의 모습이 다시금 떠올랐다.

"올라가. 난 여기 있을게." 백스터가 에드먼즈에게 말했다.

그러면서 루쉬를 다시 힐끗 보았다. 루쉬는 백스터와 에드먼즈 사이의 바닥에 앉아 다 포기한 듯 손으로 얼굴을 감싸고 있었다. 하얀 셔츠 뒷면이 먼지로 검게 변했다.

에드먼즈가 목숨을 걸고 계단을 오르는 동안, 백스터는 지저분한 주방으로 들어갔다. 옆 공간과 구분하는 벽체의 잔해가 바닥 여기저기에 떨어져 있었다. 몇 개 안 남은 찬장은 통조림과 맛없는 인스턴트 식품을 쌓아놓은 삭막한 진열대나 다름없었다. 부서진 타일 뒤편에는 전선도 튀어나와 있었다. 운 나쁘게 루쉬 가족과 저녁 식사를 하게 된다면 저기에 감전을 당해 탈출하면 되겠다는 생각이 들었다.

"짐승들도 아니고." 특공대원 하나가 작은 소리로 내뱉었다. "누가 이러고 살죠?"

백스터는 남자의 말을 무시한 채 테라스 문으로 걸어가 어두운 정원을 내다보았다. 화려하고 관리가 잘된 인형의 집이 얼핏 보였다. 폐가와 같은 이 집이 부러워할 모습이었다. 길게 자란 잔디가 인형의 집을 통째로 삼키려는 듯 벽을 가리고 있었다.

에드먼즈가 위층으로 올라가니 양쪽 방을 수색하는 소리가 들렸다. 아예 떨어진 천장 일부분이 조각조각 낡은 카펫 위에서 밟혔다. 어디선가 물이 뚝뚝 떨어지는 소리도 들렸다. 조금만 더 일찍 왔다면 지붕으로 쏟아지는 햇살도 볼 수 있었을 것이다.

길고 하얀 전선이 계단 앞의 바닥을 가로질렀다. 그곳에는 이 집에 사람이 살고 있다는 첫 번째 증거가 놓여 있었다. 자동응답기의 LED 램프가 경고하듯 반짝였다.

저장 공간 부족

에드먼즈는 수색팀을 뒤로 한 채 홀로 앞으로 나아갔다. 복도 끝에 있는 문에 다다르니 뱃속이 불안하게 요동을 쳤다. 흰색으로 칠한 나무문 아래에서 은색 빛이 빠져나오고 있었기 때문이다. 익숙한 느낌에 맥박이 빨라졌다. 집의 다른 부분과 달리 빛나는 듯한 그 문은 에드먼즈를 빨리 들어오라고 부르고 있는 듯했다. 봉제인형 시체를 위에서 비추던 한 줄기 불빛과도 같이.

문 뒤에 무엇이 있을지 보고 싶지 않았다. 하지만 백스터에 비하면 에드먼즈는 끔찍한 광경을 많이 보지 않았다. 평생 잊지 못

할 공포를 경험하더라도 친구를 위해서 먼저 확인해야 한다.

마음의 각오를 한 에드먼즈가 장식 문고리를 돌리고 천천히 문을 밀어서 열었다.

그리고 목청껏 외쳤다. "백스터!"

백스터가 죽음의 계단을 조심성 없이 올라오는 소리가 들렸다. 에드먼즈는 다시 복도로 나가 수색팀에 별일 아니라며 손짓을 했다.

백스터가 쿵쿵거리며 다가와 물었다. "왜?"라고 물어보는 얼굴에 걱정이 가득했다.

"틀렸어요."

"무슨 소리야?"

에드먼즈가 무거운 한숨을 쉬었다.

"잘못 짚었다고요." 그러면서 열린 문 쪽으로 고갯짓을 했다.

백스터는 의아하다는 표정으로 에드먼즈를 지나 방으로 들어갔다. 작지만 예쁘게 꾸민 침실이었다. 좁은 침대는 동물 인형으로 넘쳐났고 그 뒤 벽에는 직접 공들여 그린 화려한 벽화가 있었다. 선반 위에 늘어진 꼬마전구가 반짝이며 일렬로 세워둔 가요 CD에 마법 같은 분위기가 연출되었다.

아늑한 방의 구석에 놓인 바비 인형 집에 다가가자, 창틀에 놓인 세 장의 사진이 보였다. 사진 속에서 지금보다 흰 머리가 적은 루쉬가 활짝 웃고 있었다. 예쁘게 생긴 여자아이도 루쉬의 목마를 탄 채로 인형을 들고 환히 웃었다. 그 옆에는 더 젊은 루쉬와 미모의 아내가 아기를 안고 있는 사진, 소녀가 눈밭에 서 있는 사진이 놓여 있었다. 정원은 낯설었지만 인형의 집은 밖에서 본 것과 같았다. 아이는 눈송이를 잡는다고 혀를 내밀고 있었다.

마지막으로 백스터는 발밑을 내려다보았다. 그녀의 발이 침대 옆 푹신한 카펫에 펼쳐놓은 침낭을 밟고 있었다. 베개 옆에는 남색 양복 상의를 깔끔하게 개어두었다. 작은 방을 이 완벽한 상태에서 조금도 건드리지 않으려는 조심스러운 마음이 보였다.

백스터는 눈물을 닦았다.

"하지만…, 항상 가족한테 전화를 하는데…" 백스터가 속삭였다. 정말로 토할 것만 같은 기분이었다. "내가 전화를 했을 때도 부인이 받았어. 너도 여기 왔을 때 누가 있었다며…" 백스터가 말을 잇다가 에드먼즈가 옆에 없는 것을 보고 말끝을 흐렸다.

침대에서 어벙해 보이는 펭귄 인형을 들어 올렸다. 사진 하나에 있던 장난감 인형이다. 펭귄은 백스터의 모자와 비슷한 주황색 털모자를 쓰고 있었다.

그러고 있는데 여자의 목소리가 빈집에 울려 퍼졌다.

"당신이야? 우리 둘 다 자기 너무 너무 보고 싶어!"

백스터는 인형을 침대에 내려놓고 어리둥절해 귀를 기울였다. 어디서 들어본 듯한 목소리가 점점 커졌다. 다시 문으로 온 에드먼즈가 번쩍이는 자동응답기를 들고 있었다.

"자, 아빠한테 잘 자라고 인사해야지, 엘리…"

마지막으로 삐 소리와 함께 녹음된 메시지가 끊겼고 백스터와 에드먼즈는 한참을 말없이 서 있었다.

"망할." 한숨을 쉰 백스터가 방을 나가 계단 끝을 향해 외쳤다. "다들 나가요!"

수색팀이 무슨 말이냐는 표정으로 얼굴을 내밀었다.

"다들 나가라고!"

백스터는 툴툴거리는 수색팀을 계단 아래로 몰아 복도에 붙인 다음, 앉아 있는 루쉬를 지나 비 내리는 바깥으로 내보냈다. 마지막으로 에드먼즈만 남았다. 에드먼즈는 선뜻 떠나지 못하고 부서진 현관문 근처를 서성였다.

"저 여기서 계속 기다리고 있을까요?" 에드먼즈가 물었다.

백스터는 고맙다고 미소를 지었다. "아니야. 집으로 가."

이제 집에는 루쉬와 백스터 둘뿐이었다. 백스터는 아무 말 없이 지저분한 바닥에 앉았다. 옆에 있는 루쉬는 깊은 생각에 잠긴 것처럼 반응이 없었다. 문이 사라진 탓에 억수같이 쏟아지는 비가 복도 끝으로 흘러넘치기 시작했다.

몇 분 동안 가만히 앉아 있던 백스터가 마침내 용기를 냈다.

"나는 쓰레기예요. 완전히 구제 불능인 쓰레기."

단호한 선언에 루쉬가 백스터를 돌아보았다.

"방금 나간 애 있죠. 조금 짜증나고 범생이 같은 빨간 머리…." 백스터가 이야기하기 시작했다. "이 거지같은 세상에서 내가 유일하게 믿는 사람이에요. 걔 하나요. 다른 사람은 없어요. 남자친구도 믿지 못한다니까요. 8개월을 만났는데…, 못 믿어요. 겁이 나서 그 사람 금융 거래 내역을 받아 봐요. 이용당할까 봐, 상처받을까 봐. 또…, 나도 뭔지 모르겠어요. 한심하죠?"

"넵." 루쉬가 진지하게 고개를 끄덕였다. "그건 한심하네요."

두 사람은 서로를 보고 웃었다. 백스터가 추워서 몸을 더 웅크렸다.

"이 집을 산 직후였어요." 루쉬가 폐가와 같은 집을 둘러보며 말을 꺼냈다. "시내로 갈 일이 있었어요. 엘리가…, 아이가 다시 아프기 시작했거든요. 그 어린애 폐가…." 루쉬는 말을 잇지 못하고 빗줄기가 거세지는 복도 끝을 바라보았다. "2005년 7월 7일 목요일이었어요."

백스터가 손으로 입을 틀어막았다. 그 날짜는 모든 런던 사람의 기억에 각인되어 있었다.

"전문가를 만난다고 그레이트 오몬드 스트리트 병원으로 가는 길이었어요. 그냥 평범하게 지하철을 타고 가고 있었는데, 모든 게 한순간에 달라졌어요. 사람들이 비명을 지르더군요. 사방에 연기와 먼지가 눈을 찔렀어요. 하지만 그런 건 중요하지 않았어요. 딸이 내 품에 안겨 있었으니까요. 딸은 의식을 잃었지만 숨은 쉬고 있었어요. 하지만 작은 다리가 완전히 이상하게 구부러져서…." 루쉬는 잠시 말을 멈추고 감정을 다스렸다.

백스터는 꼼짝도 할 수 없었다. 여전히 입을 가린 채 루쉬의 다음 말을 기다리고 있었다.

"그러다 몇 미터 앞에서 열차 지붕에 깔려 쓰러져 있는 아내를 봤어요. 구할 수 없었어요. 그럴 수 없다는 걸 처음부터 알고 있었어요. 그래도 어떻게 가만히 있어요. 엘리를 데리고 나갈 수도 있었어요. 벌써 러셀 스퀘어 쪽 터널로 달려가는 사람들도 있었거든요. 하지만 시도라도 해야 하잖아요?

"난 열차 지붕을 잡아당기기 시작했어요. 내가 움직일 수도 없는 거였는데, 그때 엘리를 데리고 나갔어야 해요. 먼지에, 재에, 아이가 그런 걸 어떻게 견디겠어요. 그러다 다른 쪽 열차 지붕도 무너졌어요. 남은 사람들이 패닉하기 시작했어요. 나도 패닉했고요. 엘리를 안고 사람들을 따라 터널 속 선로를 따라 나가는데, 누군가 이렇게 소리치는 거예요. 선로에 열차가 아직 다닐 수 있지 않냐고. 그 말에 좌절한 사람들이 갑자기 멈춰 섰어요. 나도 그랬죠. 아이를 데리고 나갈 길이 있다는 걸 알면서도 나는 그냥 기다렸어요. 다른 사람들이 나가지 않는다는 이유로요.

"다수가 내린 결정에 생각 없이 복종한 거죠. 그래서 아이를 제 때 데리고 나가지 못했어요. 할 수 있었지만…, 하지 않았던 거예요."

백스터는 어떤 말도 할 수 없었다. 흐르는 눈물을 닦고 루쉬를 가만히 바라보았다. 그런 일을 겪고도 이렇게 살아가고 있다니 루쉬는 정말로 강한 사람이었다.

"그런 곳에 커티스를 두고 왔다고 나를 원망한다는 거 알아요. 하지만…"

"안 해요." 백스터가 말을 잘랐다. "이제는 안 해요. 아니에요."

백스터가 망설이다 루쉬의 손을 잡았다. 사람 대하는 게 서툴지만 않았다면 그를 껴안았을지도 모른다. 마음 같아서는 그러고 싶었다.

"같은 실수를 반복할 수가 없었어요." 루쉬가 그렇게 말하며 희끗희끗한 머리카락을 쓸어 넘겼다.

백스터가 고개를 끄덕이는데, 타이머 기능이 있는 스위치가 켜지더니, 구석에 있는 전등이 불을 밝혔다.

"좋아요. 이제 다시 백스터 차례예요." 루쉬가 얼굴에 웃음을 지으며 말했다.

"나는 울프를…, 폭스 수사관 있잖아요." 백스터가 설명했다. "도망치게 보내줬어요. 수갑까지 채웠고 조금만 기다리면 지원이 오는데…, 그냥 가라고 했어요."

루쉬는 짐작하고 있었다는 듯 고개를 끄덕였다. "그런데 왜요?"

"모르겠어요."

"왜 몰라요. 그 사람 사랑했어요?"

"모르겠어요." 이 말은 진심이었다.

루쉬는 한참 동안 신중하게 생각하고 다음 질문을 했다. "만약 다시 만난다면 어떻게 할 거예요?"

"체포해야죠. 증오해야 해요. 나를 이런 편집증 환자로 만들었으니 내 손으로 죽여야 해요."

"어떻게 해야 하냐고 묻지 않았잖아요." 루쉬가 미소를 지었다. "어떻게 하겠냐고 물었죠."

백스터는 고개를 저었다. "솔직히…, 모르겠어요." 이 대답으로 백스터의 차례는 끝났다. "문 앞에 있는 핏자국은 뭐예요?"

루쉬는 곧바로 대답하지 않았다. 그 대신 침착하게 단추를 풀고 소매를 걷어 올렸다. 양쪽 손목을 깊이 벤 분홍색 상처가 드러났다.

이번에는 정말로 그를 껴안았다. 왠지 모르겠지만 아내 매기의 암이 더 심하게 재발해 핀레이가 실의에 빠졌을 때 매기가 남긴 주옥같은 말이 떠올랐다. "때로는 죽음을 가까이서 경험해 봐야 삶의 의지가 생기는 거야."

백스터는 그 생각을 입 밖으로 말하지는 않았다.

"퇴원하고 며칠 지났을 때였어요." 루쉬가 당시를 설명했다. "아내 생일 카드가 도착하기 시작하더라고요. 문 앞에 앉아서 쌓여 있는 카드를 읽다가…, 아직은 때가 아니라고 생각했어요."

"나는 술을 많이 마셔요." 백스터가 불쑥 말했다. 이제 두 사람 사이에는 비밀이 없다는 확신이 들었다. "그러니까…, 진짜 많이요."

상황과 어울리지 않는 유쾌한 고백에 루쉬가 웃음을 터뜨렸다. 백스터는 기분이 상한 듯했지만 결국에는 그녀도 웃음을 참지 못했다.

두 사람은 정말 똑같이 구제 불능으로 망가진 인간들이었다.

정적이 흘렀지만 마음은 편안했다.

"하룻밤에 할 얘기는 이 정도면 충분한 것 같네요. 자요." 백스터가 일어나 차가워진 손을 내밀었다. 백스터는 루쉬를 일으켜 세운 다음, 열쇠 꾸러미에서 열쇠 하나를 꺼내 내밀었다.

"뭐예요?" 루쉬가 물었다.

"우리 집 열쇠요. 이걸 보고도 여기 있게 놔둘 것 같아요?"

루쉬는 그럴 수 없다고 말하려는 것 같았다.

"내가 부탁하는 거예요." 백스터가 말했다. "내가 당분간 같이 산다고 하면 토머스는 좋아서 펄쩍 뛸걸요. 고양이도 토머스 집에 가 있고요. 완벽하네. 그러니 당신이 안 된다고 할 이유가 있어요?"

어쩌면 그 말이 맞겠다는 생각이 들었다.

루쉬는 백스터에게서 열쇠를 받아들고 고개를 끄덕였다.

27

2015년 12월 18일 금요일
오후 10시 10분

백스터가 방에서 침대 커버를 벗기는 동안 루쉬는 식기세척기에 그릇을 넣었다. 백스터의 집은 의외로 깔끔하게 정돈되어 있어 무엇 하나 건드리기 무서웠다. 루쉬는 사건이 해결되거나 미국에서 부름을 받을 때까지 이 집에서 임시로 생활하게 되었다. 복도 맞은편에서 백스터가 작은 여행 가방 두 개에 짐을 쑤셔 넣으며 욕을 하는 소리가 들렸다.

몇 분 후, 백스터가 뚱뚱해진 가방을 끌고 침실에서 나왔다.

"어휴."

그러다 러닝머신에 걸쳐둔 운동복을 발견하고 한숨을 쉬었다. 백스터는 운동복을 집어 들고 지퍼가 달린 가방 주머니에 넣었다. "다 됐다. 난 갈게요, 그럼. 편하게…, 뭐든 해요. 세면대 아래 칫솔 있으니까 필요하면 쓰고요."

"와! 준비성이 대단한데요?"

"그러게요." 백스터가 애매하게 대답했다.

왜 욕실 캐비닛에 아직 남자 칫솔을 보관하는지, 심지어 추가로 더 사두었는지 설명할 순간은 지났다. 언젠가 쓸모가 있을지 모른다는 한심한 희망에서 나온 행동이었다.

"아무튼, 편하게 있어요. 잘 자요!"

가방을 들어준다고 했어야 하나. 루쉬가 뒤늦게 생각하고 있을 때 복도에서 요란한 소리가 들리고 더 걸쭉한 욕이 뒤따랐다. 루쉬는 못 들은 척하는 편이 낫다고 생각해 침실로 들어갔다. 급하게 숨겼는지 침대 밑에서 보들보들한 인형 한 무더기가 삐져나와 있었다. 그 모습에 루쉬는 웃음을 지었다.

그가 집을 편히 쓸 수 있도록 백스터가 이렇게나 노력을 했다고 생각하니 감동이었다. 침대 옆에 있는 스탠드를 켜고 전등을 끄자 곧장 엘리의 방처럼 아늑해졌다. 루쉬는 창틀에 있던 사진 세 장을 가방에서 꺼내 잠시 행복한 시절을 추억했다. 그러다 카펫 위에 침낭을 펼치고 잠옷으로 갈아입었다.

백스터는 밤 11시를 조금 넘겨 토머스의 집에 도착했다. 복도에 짐을 내팽개치고 캄캄한 주방으로 들어가 와인을 한 잔 따랐다. 윔블던 하이 스트리트에 있는 피시 앤 칩스 가게의 인색한 주인 덕에 아직 배가 차지 않은 백스터는 디저트를 찾아 냉장고를 뒤졌다. 토머스는 가끔씩 건강 염려증 바람이 들 때가 있는데, 하필 그게 요즘인 모양이다. 먹을 만한 것은 초콜릿을 바르지 않은 과일 조각 아니면 수상하게 생긴 초록색 점액질 병밖에 없었다. 고스트 버스터즈가 저걸 봤다면 유령이 활동하는 증거라고 여겼을 게 분명하다.

"으아아아! 가만히, 수상!" 갑자기 문가에 나타난 토머스가 소스라치게 놀란 듯 외쳤다.

백스터는 눈썹을 추켜세우고 냉장고에서 고개를 내밀었다. 타탄 무늬 부츠 슬리퍼를 신고 사각팬티를 입은 토머스가 위협적으로 배드민턴 채를 휘두르고 있었다. 백스터를 본 그가 가슴을 쓸어내리다 넘어질 뻔했다.

"아, 놀래라! 당신이군! 하마터면…." 토머스는 그의 손에 들린 우스꽝스러운 무기를 내려다보았다. "…때릴 뻔했네."

백스터는 피식 웃으며 음료를 골랐다. "'가만히, 수상'이라고?"

"아드레날린 때문이야." 토머스가 변명했다. "거기 가만히 있으라는 말이랑, 수상한 짓 하지 말라는 말이 꼬였어."

"으흠." 백스터가 와인 잔을 입에 대고 미소를 지었다.

"그래." 토머스가 위로한다고 백스터의 어깨에 손을 올렸다. "쭉 마셔. 많이 놀랐을 텐데."

백스터가 웃다가 와인을 뿜었다.

토머스가 키친타월을 건넸다.

"오는 줄 몰랐어." 블라우스의 분홍색 얼룩을 문지르는 그녀를 보며 토머스가 말했다.

"나도야."

토머스는 백스터의 얼굴에 흘러내린 머리카락을 쓸어 넘겨주었다. 아직 완전히 아물지 않은 딱지들이 드러났다.

"오늘 많이 힘들었나 봐."

토머스의 말에 백스터가 눈을 흘겼다.

"예쁘고 상큼해 보인다는 얘기지, 물론." 토머스는 얼른 덧붙여 실수를 무마했다. "그래서, 무슨 일이야?"

"나 여기 들어와 살 거야."

"그렇군…, 아니, 좋지! 잘됐네! 언제부터?"

"오늘 밤."

"좋아!" 토머스가 고개를 끄덕였다. "나야 기쁘지만 왜 갑자기 서두르는 거야?"

"우리 집에 남자가 있거든."

토머스는 그 말을 쉽게 이해할 수 없었다. 그가 미간을 찌푸리고 뭐라고 하려는데 백스터가 물었다.

"이 얘기는 내일 해도 돼?" 백스터가 물었다. "나 너무 피곤해."

"그럼. 자러 가자, 그럼."

백스터는 남긴 와인 잔을 싱크대에 두고 토머스를 따라 나갔다.

"깜박하고 얘기 안 했는데 우리는 당분간 빈방에서 자야 해." 계단을 올라가며 토머스가 알렸다. "에코 벼룩이 우리 방까지 차지했어. 포위 작전을 조금 벌이기는 했지만 아까 저녁에 두 번째 벼룩 잡는 약을 투하했으니 마지막 남은 녀석들까지 다 죽었기를 바라야지."

평소 같으면 짜증에 짜증을 부릴 소식이었다. 하지만 백스터는 그저 웃으며 토머스와 침대로 향했다.

★

다음 날 아침, 백스터는 다소 건들대는 걸음으로 강력범죄수사팀 본부에 들어섰다. 속옷을 챙기는 걸 잊어 토머스의 사각팬티를 빌려 입은 탓이었다. 토요일인 데다 이른 시각이라 특별히 중요한 사람을 만날 일은 없었다. 하지만 경감 사무실에 들어서자 바니타 총경이 책상에 앉아 있었다. 맞은편에는 말끔하게 차려입은 50대 남자가 보였다.

백스터는 당황한 표정을 지었다. "젠장. 죄송합…, 잠깐, 여기…?"

"아냐. 제대로 왔어." 바니타가 확인해주었다. "지금은 내 사무실이지만. 자네가 정상 업무에 복귀할 때까지는 말이야."

백스터는 우두커니 서 있었다.

"그렇게 하기로 한 거 기억 안 나?" 바니타가 거만하게 물었다.

백스터를 등지고 있던 남자가 헛기침을 하고 자리에서 일어나 맞춤 정장의 첫 번째 단추를 채웠다.

"죄송해요, 크리스천. 두 사람 초면이었죠." 바니타가 말했다. "이분은 크리스천 벨라미, 여기는 백스터 경감. 백스터, 새로 오신 경찰청장이셔. 어제부로."

신임 청장은 건강하게 태운 피부가 인상적인 미남이었다. 은빛 머리카락은 풍성했고 큼지막한 브라이틀링 시계를 차고 있었다. 가끔 사업상 점심 만찬을 즐기거나 수영장에서 전화 회의를 하는 부유한 사업가라면 모를까, 월급쟁이를 할 사람처럼 생기지는 않았다. 청장은 사람을 매료시키는 '제게 한 표를'이라는 뜻의 미소를 지을 줄 알았다. 이번에도 그 미소가 제 역할을 한 모양이다.

그가 백스터와 악수를 했다.

"축하드립니다." 백스터가 손을 놓으며 말했다. "그런데 원래 청장님 아니었어요?"

바니타가 가식적으로 웃었다.

"크리스천 청장님은 원래 경제범죄사령부-."

"이력을 다 읊으실 필요는 없고요." 바니타의 말을 자르고 백스터가 크리스천을 돌아보았다. "기분 상하셨으면 죄송합니다."

"기분 상하긴요." 크리스천이 미소를 지었다. "짧게 말하자면 나는 청장 대행으로 잠깐 있었어요."

"아." 백스터가 시계를 보았다. "저도 잠깐 관심 있는 척했던 거예요. 그럼 이만 실례…."

크리스천이 큰소리로 웃음을 터뜨렸다.

"역시 실망시키지 않는군!" 그는 재킷 단추를 풀고 다시 의자에 앉았다. "핀레이가 말했던 대로야. 아니, 그 이상인데."

백스터가 문 앞에서 걸음을 멈췄다.

"핀레이를 아세요?" 믿어지지 않았다.

"핀레이랑 같이 일한 게 35년밖에 안 됐지만 한 때 같이 강도를 잡고 다녔지. 여기 와서도 한동안 같이 일했고. 그러다 서로 다른 길을 가게 되었지만."

백스터는 그가 어쩐지 거만하게 재치 있는 척한다는 생각이 들었다. 그 말의 의도는 이랬다. 핀레이가 출세 가능성이 꽉 막힌 자리에 남아 고인 물로 썩는 동안, 잘난 자신은 사다리 꼭대기까지 올라갔다는 것.

"어제 저녁에도 집에 들러서 핀레이와 매기를 만났어." 크리스천이 말했다. "확장 공사가 잘되고 있더라고."

바니타가 지겹다는 표정을 지었다.

"저는 아직 못 봤어요." 백스터가 말했다. "조금 바빠서요."

"알지." 크리스천이 미안하다는 듯 미소를 지었다. "우리 일이 잘 풀릴 조짐이 보인다고 들었네."

"네. '우리' 일이요."

청장은 백스터의 말투를 지적하지 않았다.

"그래, 반가운 소식이야. 그래도 다 끝나면 한번 찾아가 보게. 핀레이가 좋아할 거야. 지금도 걱정돼서 죽으려고 하던걸."

대화가 갑자기 사적인 영역으로 들어가자 백스터는 조금 불편해졌다.

"저, 파트너가 와 있어요." 백스터는 거짓말을 하고 사무실을 나갔다.

"가면 안부 인사 부탁하네." 청장의 말을 뒤로 한 채 백스터는 탕비실로 도망쳐 커피를 만들었다.

토요일 낮이 가까워졌다. 런던에서는 웬만해서 걷히지 않는 짙은 구름이 깔리며 기온은 섭씨 6도까지 솟았다. 백스터는 도로에 기적적으로 차 댈 공간을 찾아냈다. 마블 아치 근처 시카모어 호텔과 100미터 떨어진 곳이었다. 복구한 자살 문자에 따르면 이 호텔에서 알렉시 그린의 마지막 집회가 열린다.

"오오! 놈이 이번 모임은 컨퍼런스룸을 잡아놨나 보죠?" 루쉬는 휴대폰으로 호텔 웹사이트를 보고 있었다. 그는 창밖에 있는 시카모어 호텔을 올려다보았다. "우리를 보고 있는 사람이 있을까요?"

"아마도요." 백스터가 대답했다. "오늘 우리는 놈이 진입할 진입로와 출구, 그리고 놈이 잘 보이는 위치만 확보하고 돌아오는 거예요."

루쉬가 볼에 바람을 불어 넣었다. "그걸 알아낼 방법은 하나죠."

차 문을 열고 내리려는 루쉬를 백스터가 붙잡았다.

"어디 가려고요?"

"진입로와 출구, 우리가 감시할 위치…, 여기선 잘 안 보여요."

"누군가 우리를 알아볼 수도 있어요."

"백스터는 그렇죠. 나는 아니에요. 그래서 당신 아파트에서 위장 도구를 가져왔잖아요."

루쉬가 코트 걸이에서 찾은 야구 모자를 건넸다.

"이건 3단계 위장이에요." 백스터가 신통치 않다는 표정을 짓자 루쉬가 설명했다.

"집에서 다른 건 안 가져왔어요?" 백스터가 의미심장하게 물었다.

루쉬는 무슨 말인지 모르겠다는 얼굴이었다.

"다른 거…." 백스터가 생각을 더 해보라고 압박했다.

"아, 속옷! 맞아요." 루쉬가 웃으며 속옷을 담은 장바구니를 꺼냈다.

백스터는 가방을 낚아채 뒷좌석에 던지고 차에서 내렸다.

"위장의 2단계. 지금부터 우리는 연인이에요." 루쉬가 백스터의 손을 잡았다.

"1단계는 뭔데요?" 백스터가 코웃음을 쳤다.

"웃어요!" 루쉬가 말하고 목소리를 낮춰 중얼거렸다. "그럼 아무도 못 알아볼 거예요."

★

일요일 작전을 앞두고 강력범죄수사팀 회의실은 텃세를 부리는 경찰청 수사관들, SO15 대원들, 미국에서 건너오느라 시차증에 시달리는 FBI 요원들로 북적였다. 그중에는 커티스 후임인 체이스 요원도 있었다.

백스터는 많은 팀을 앞에 두고 이제까지 작전 현장을 보고 어떤 판단을 내렸는지 브리핑했다.

회의는 예상대로 진행되었다.

"지금쯤이면 컨퍼런스룸에 카메라가 제대로 설치됐을 겁니다." 체이스가 말하자, 그의 부하들이 고개를 끄덕이며 옳다고 수군거렸다.

"그쪽에서 보고 있으면요?" 백스터가 짜증을 내며 물었다. "카

메라나 도청기나 커튼 뒤에 숨어 있는 얼간이 FBI 요원을 안 찾
아낸다는 보장이 있냐고요?"

체이스는 다른 팀 쪽에서 들린 웃음소리를 무시했다.

"놈은 미치광이지 스파이가 아닙니다!"

"그래요, 미치광이일 수 있죠. 하지만 그 미치광이들은 두 나라
를 상대로 계획된 테러 공격을 벌였어요. 그러기까지 아무도 막지
못했고요." 백스터가 지적했다. "한 명이라도 건드리면…, 전부 놓
칠 수 있어요. 계획은 변함없습니다. 다섯 개 출입구를 외부에서
감시하고, 호텔 CCTV를 이곳으로 전송해 안면 인식을 할 겁니다.
혹시 우리가 안에 들어가지 못하게 될 경우를 대비해 초고성능
마이크를 착용한 가짜 짐꾼이나 안내데스크 직원을 심어놓을 거
고요. 알렉시 그린이 안에 있다고 확인하는 순간 들어갑니다."

"알렉시 그린이 안 오면요?" 체이스가 도전적으로 물었다.

"와요."

"하지만 안 오면요?"

'그럼 우리는 망한 거지.' 백스터는 도와달라는 뜻으로 루쉬를
보았다.

"만약 알렉시 그린의 참석 여부를 확인할 수 없다면 가능한 한
마지막 순간까지 기다립니다." 루쉬가 말했다. "그런 다음 계획대
로 홀을 급습해야 합니다. 알렉시 그린을 잡지 못한다면, 거기 모
인 공범들이라도 잡아서 심문해야죠."

"질문 하나요." 블레이크가 찻잔을 들고 불쑥 물었다. "호텔 안
으로 '누가' 들어간다는 말씀 말입니다. 꼭 해야 하는 일이에요?"

"네, 알렉시 그린인지를 우리 눈으로 확인하는 과정이 꼭 필요
합니다." 루쉬가 딱 잘라 말했다. "알렉시 그린은 현재 FBI의 수배

대상 1순위입니다. 신문만 보면 알렉시 그린 얼굴을 다 알아요. 따라서 놈은 모습을 감추거나 바꿀 가능성이 있습니다."

"그건 알겠는데요, 설마 우리 중 한 명이 그냥 호텔 안으로 들어가라는 얘기는 아니죠? 지난번처럼 호텔이 봉쇄되면 안에서 무슨 일이 일어나는지도 모르는데요? 사이코패스 살인마들 틈에 가서 앉으라고요?"

회의실이 찬물을 끼얹은 듯 고요해졌다.

루쉬는 사고가 정지되어 백스터를 돌아보았다. 정말로 그렇게 말하고 나서 보니 썩 훌륭한 계획 같지 않다는 생각이 들었다.

백스터는 어깨만 으쓱했다. "더 좋은 아이디어 있는 사람?"

★

여섯 번째 상담
2014년 6월 11일 수요일
오전 11시 32분

구겨진 하얀 와이셔츠는 욕실 바닥으로 던져졌다. 따뜻한 커피가 이집션 코튼 셔츠에 스며들고 있었다. 루카스는 침실 옷장에서 다른 셔츠를 골라 거울을 보며 입었다.

배가 불룩한 몸을 보니 한숨이 나왔다. 뜨거운 음료를 쏟은 가슴에는 새빨간 낙인이 찍혀 있다. 서둘러 단추를 채우고 셔츠를 바지에 넣으며 아래층 거실로 내려오니, 깡마른 60대 중반 남성이 블랙베리 자판을 두드리고 있었다.

"실례했습니다." 루카스가 바닥의 젖은 부분을 피해 의자를 옮겨 앉았다. "중요한 순간에 자꾸 이런 실수를 하네요."

남자는 그를 신중하게 뜯어보았다. "괜찮아요, 루카스?"

오늘은 공적인 일로 만났지만 사실 두 남자는 오래전부터 서로 알고 지내던 사이였다.

"그럼요." 루카스의 대답에 설득력은 없었다.

"내 말은…, 이런 말해도 될지 모르겠지만 조금 이상해 보여서요. 다른 일이 있어서 오늘 만나자고 한 건 아니죠?"

"전혀요." 루카스가 그를 안심을 시켰다. "전부터 해야지, 해야지 하고 있었던 거예요. 진작 했어야 하는데. 그…, 그 일이 있고 나서…."

남자는 다정하게 미소를 짓고 고개를 끄덕였다.

"이해해요. 자, 절차는 아주 간단합니다. 요점만 빠르게 이야기하지요. '기존의 유언과 재산 처분 내용을 전부 철회한다…, 새뮤얼스 라이트 앤드 손스를 유언 집행자로 지명한다…, 채무, 장례 및 유언 집행 비용으로 사용하고 남은 재산 전액을 그레이트 오몬드 스트리트 병원에 기부한다. 루카스 시어도어 키튼.' 이만하면 괜찮아요?"

루카스는 잠시 머뭇거리다 주머니에서 USB 메모리 스틱을 꺼내 변호사에게 내밀었다. 아무리 애를 써도 손의 떨림이 멎지 않았다. "이것도요."

변호사는 이게 뭐냐는 표정으로 손에 든 USB를 보았다.

"그냥 메시지예요…, 그게 누가 되었든…, 때가 되면." 루카스가 부끄러워하며 설명했다. "내가 그렇게 한 이유를 설명해줄 겁니다."

변호사는 고개를 끄덕이며 USB를 서류 가방 주머니에 넣었다.

"당신은 배려심이 정말 대단해요." 그가 루카스에게 말했다. "이런 것까지…, 충격적인 액수의 유산을 받는 입장에서는 당연히 그 돈을 남기는 사람의 이야기를 듣고 싶겠지요." 변호사가 일어나려다 멈춰 섰다. "당신은 참 좋은 사람이에요, 루카스. 보통은 그렇게 많은 돈과 영향력을 손에 쥐었으면 자기밖에 모르고 헛짓거리나 하며 살던데…, 정말 대단합니다."

루카스가 예약 시간에 맞춰 병원에 도착했을 때, 알렉시 그린은 아찔하게 아름다운 여자와 대화를 나누는 중이었다. 예의를 갖춰 대하고는 있었지만, 여자 쪽에서 보내는 노골적인 관심에는 아무 반응도 보이지 않았다.

"정말이에요. 일상에서 활용하는 행동신경과학에 대한 선생님 강의를 듣고 바로 다음 날 논문 주제를 바꿔 달라고 신청서까지 냈다니까요."

"아, 네. 감사 인사는 행동신경과학이 받아야죠. 제가 공을 차지할 수 있나요." 알렉시 그린이 농담을 했다.

"주제 넘는 부탁이라는 거 알지만 선생님과 단둘이 대화할 수 있을까요? 1시간만이라도…." 여자는 흥분해서 꺅 소리를 내고 그린의 팔에 손을 올리며 웃었다.

문가에 선 루카스는 여자가 그린의 매력에 홀려 그를 떠받드는 모습을 입 벌린 채 지켜보았다.

"이렇게 하죠…." 알렉시 그린이 말을 꺼냈다.

알렉시 그린의 비서가 또 시작이라는 표정으로 눈을 굴렸다.

"…저기 캐시와 얘기를 해보는 게 어떨까요? 다음 주 점심시간 약속을 잡아줄 겁니다."

"정말이세요?"

"다음 주엔 뉴욕 행사에 참석하시잖아요." 데스크 뒤에서 비서 캐시의 뚱한 목소리가 들렸다.

"그럼, 그 다음 주로 하죠." 알렉시 그린이 여자에게 약속했다. 그러다 문가를 서성이는 환자를 이제야 발견했다. "루카스!" 여자를 가볍게 밀어 내보낸 알렉시 그린이 루카스를 사무실로 반겼다.

"화를 내도 괜찮아요…, 당신과 당신 가족에게 그런 짓을 한 사람들이잖아요." 알렉시 그린이 부드럽게 말했다.

순간 태양이 구름 뒤로 사라지며 사무실에 어두운 그림자를 드리웠다. 평소에는 아늑한 분위기를 내던 화려한 전등갓, 커다란 의자, 단단한 나무 책상이 죽은 듯 칙칙해졌다. 정신과 의사도 잿빛을 띤 복제인간처럼 보였다.

"아, 당연히 화가 나죠." 루카스는 이를 갈았다. "하지만 그 자들에게 화가 나지는 않습니다."

"이해가 되지 않네요." 알렉시 그린이 조금 날카롭게 말했다. 하지만 이내 말투를 재빨리 고쳤다. "제가 그 사람이라고 상상해보세요. 그날 최대한 많은 사람을 죽이겠다는 일념으로 폭발 장치를 들고 센트럴 런던으로 간 게 저라고 해보자고요. 무슨 말을 하고 싶을까요?"

루카스는 알렉시 그린의 질문을 곱씹으며 허공을 응시하다가 자리에서 일어나 진료실을 서성이기 시작했다. 그에게는 몸을 움직여야 생각이 명확해지는 습관이 있었다.

"없어요. 그 자에게 하고 싶은 말은 없습니다. 내가 분노를 쏟아낸다고 무슨 의미가 있을까요. 어차피 무생물이에요. 이 사람들은 총…, 칼…, 이런 도구에 불과합니다. 세뇌를 당하고 조종을 당해서요. 대의를 이루기 위한 꼭두각시일 뿐입니다."

"꼭두각시요?" 알렉시 그린은 잘 이해가 되지 않지만 흥미롭다는 듯 물었다.

"그들을 풀어놓으면 들짐승처럼 행동합니다." 루카스가 계속 설명했다. "먹잇감이 가장 많이 모여 있는 곳에 이끌려요. 그리고 우리는…, 우리는 한 곳으로 모여듭니다. 본의 아니게 미끼가 되어 그들을 유혹하는 거예요. 자기 운명을 믿고 도박을 하고 있죠. 아직은 내가 죽을 차례가 아니라고요. 하지만 실제로 줄을 움직여 꼭두각시를 조종하는 사람에게도, 우리를 보호해야 할 의무가 있는 사람에게도, 우린 한낱 체스판의 말 같은 존재예요."

알렉시 그린은 그 말에 깨달음을 얻은 듯 진료실 맞은편에 있는 창문만을 하염없이 바라보고 있었다.

"혼잣말이 너무 길었네요. 죄송합니다. 그냥…, 선생님과 얘기하고 있으면 정말 마음이 편안해져서요." 루카스가 속마음을 털어놓았다.

"뭐라고 하셨죠?" 잠시 다른 생각에 빠져 있던 알렉시 그린이 물었다.

"가능할지 모르겠는데 상담 횟수를 늘릴 수 있을까요? 앞으로 주 2회 정도로요?" 루카스는 목소리에서 묻어나는 절박함을 애서 숨겼다. "그런데 다음 주는 여기 안 계신다고…, 뉴욕이라고요?"

"네, 맞습니다." 알렉시 그린이 미소를 지었다. 그린은 지금도 머릿속에서 루카스의 말을 곱씹고 있었다.

"자주 가세요?"

"1년에 대여섯 번쯤요. 걱정 마세요. 예약 일정을 바꿔야 할 일은 많지 않을 겁니다." 알렉시 그린이 환자를 안심시켰다. "아까 하신 말씀에 대답하자면 네, 물론이죠. 우리 상담으로 도움이 된다고 하시면 당연히 횟수를 늘릴 수 있습니다. 하지만 지금까지도 워낙 잘하고 계시다 보니 이런 생각이 드네요. 조금 다른 방법을 시도해보면 어떨까…, 말하자면 새로운 접근 방법이죠. 어때요. 할 수 있겠어요, 루카스?"

"그럼요."

28

수리공으로 위장한 체이스 특별수사관은 장애인 주차 구역 두 개에 걸쳐 밴을 세웠다. 동료 요원에게 발판 사다리를 건넨 후 그는 트렁크에서 연장 상자를 꺼냈다. 똑같은 멜빵바지 차림의 두 남자는 시카모어 호텔로 들어가 로비 안내데스크로 향했다. 안내데스크 위에는 크리스마스 반짝이 장식이 죽어가는 담쟁이덩굴처럼 흐느적거리며 매달려 있었다.

로비를 지나다 보니 내일의 불법 집회를 위한 소박한 안내판이 벌써 세워져 있었다.

12월 20일 오전 11시
컨퍼런스룸
에퀴티UK 줄스 텔러 이사
경기 침체가 주가에 미치는 영향과 현재 벼랑 끝에 서 있는 금융 시장, 그리고 그 의미에 대하여

아무리 적이지만 체이스는 감탄이 나왔다. 뭐 하러 접근을 막는다고 험악하게 생긴 보안 요원을 깔아놓는가. 주식과 금융 시장이라는 어려운 말을 내걸면 아무도 접근하지 않을 텐데.

안내데스크 직원은 둘 다 일을 하느라 바빴다. 그쪽을 주시하

던 체이스는 안내판을 따라 컨퍼런스룸으로 들어갔다.

다행히 사람은 아무도 없었다. 올이 다 풀린 낡은 의자가 야트막한 단상을 바라보며 줄줄이 늘어서 있었다. 홀에서는 곰팡내가 났고, 베이지색 벽 때문에 괜히 어지럽고 피곤해졌다.

체이스는 생각했다. 줄스 텔러의 주식에 관한 따분한 강연이 실제로 존재했다면 이곳만큼 적합한 장소는 없을 것이라고.

두 FBI 요원은 문을 닫고 작업을 시작했다.

오늘 오전에 있었던 회의는 엉망진창이었다. 회의 내용을 전해 들은 레녹스는 영국으로 파견을 보낸 팀의 책임자인 체이스에게 입장을 명백히 밝혔다. 그 입장이란, 어쩔 수 없이 런던에 수사팀을 보냈지만 이번 사건의 주인은 여전히 FBI이며, 알렉시 그린은 FBI의 1순위 지명 수배자라는 것이다.

그래서 레녹스는 호텔에 접근하지 말라는 백스터의 명령을 과대망상으로 치부하고, 체이스를 통해 집회 장소인 컨퍼런스룸에 카메라와 마이크를 설치하라고 명령했다. 그리고 주동자 알렉시 그린은 신원을 확인하는 대로 체이스와 FBI 요원들이 체포하고, 백스터 쪽 사람들은 달아나는 그의 추종자들을 쓸어 담는 것이 레녹스의 계획이었다.

비밀 요원으로서 잔뼈가 굵은 체이스도 적이 호텔을 감시 중일 수 있다는 백스터의 우려를 이해는 했다. 이런 문제에 관해서라면 극도로 조심하는 편이 더 낫다는 사실을 혹독한 경험으로 배웠다. 그래서 체이스와 동료는 컨퍼런스룸 문을 실제로 수리하기로 했다. 첫 번째 카메라를 설치하는 동안 경첩을 바꿔 달았다. 작업 내내 두 요원은 역할에 충실했고 누가 듣고 있을 경우를 대비해 그럭저럭 괜찮은 영국 억양으로 수리에 관한 이야기만 했다.

15분도 되지 않아 작업은 끝났다. 카메라 세 개와 마이크 하나가 제 위치에 설치되었고, 삐걱거리는 경첩 네 개가 새로 달렸다.

"어이, 그렇게 힘들지는 않았지?" 동료 요원이 웃으며 영국 억양으로 말했다.

"차 한 잔 어때?" 체이스는 배를 손바닥으로 두드리며 트림을 참았다. 완벽한 메소드 연기였다.

두 요원은 휘파람을 불며 연장을 챙기고 바깥에 세워둔 밴으로 향했다.

★

그사이 런던 경찰청 수사팀은 아무 성과도 내지 못했다.

필립 이스트의 살인범 얼굴을 찌른 백스터의 열쇠에서 DNA 샘플을 채취해 경찰 시스템에 넣어보았지만 예상대로 일치하는 결과는 없었다. 지나간 세 차례 집회와 관련한 CCTV 영상은 아직 살펴보는 중이었다.

알렉시 그린의 환자들도 과거와 현재를 가리지 않고 전부 조사했지만 모두 순순히 조사에 응했고, 가슴팍에 상처도 없었다. 알렉시 그린에 대한 평가도 똑같았다. 하나같이 알렉시 그린이 어려운 시기에 자신을 도와준 착하고 진정성 있는 남자라고 주장했다. 하지만 행방이 묘연한 환자도 여럿 있었다. 백스터는 각각의 연락처를 확보하고 주소로 찾아가 보라고 지시했다. 그러다 보면 알렉시 그린의 꼭두각시와 만날 수 있을지도 모르는 일이다.

FBI가 알렉시 그린과 똘마니들을 찾고 있다는 것은 누구나 다 아는 사실이었다. 그래서 알렉시 그린이 자신의 부대를 뿔뿔이 흩어지게 했을 수 있다. 런던에 어떤 공포를 보여주려는 계획인지는 몰라도 그들은 계획을 실행하기 전 마지막으로 딱 한 번만 다시 모일 것이다.

놈들을 저지할 마지막 기회는 일요일 집회뿐이었다.

토요일 저녁이 되자 백스터는 도저히 견딜 수가 없었다.

사실 지금 하는 일은 의미가 없었다. 내일이 올 때까지 시간이나 때우면서 기다리는 것 외엔 달리 방도가 없었다. 백스터는 컨퍼런스룸에 투입하기로 한 비밀 요원 미첼과 계획에 대해 다시 이야기하고 별다른 이상이 없다는 것을 확인한 후, 알렉시 그린의 옛 직장 동료를 심문하는 루쉬를 두고 홀로 경찰청을 나섰다. 오늘도 하늘은 잔뜩 찌푸린 회색이었다. 백스터는 머스웰 힐로 차를 몰았다.

익숙한 나무 옆에 차를 세웠지만 그 뒤에 보이는 집은 몰라보게 달라져 있었다. 차고 위로 증축한 방이 튀어나와 있었고 진입로에는 번쩍거리는 새 메르세데스가 서 있었다. 백스터는 집을 고치는 드릴 소리를 들으며 차에서 내려 걸어가 초인종을 눌렀다.

50대 초반의 우아한 여자가 문을 열었다. 초롱초롱한 눈은 파란색이었고 칠흑같이 까만 머리를 1950년대 스타일로 말아 올렸다. 페인트 자국이 짙은 색 청바지와 헐렁한 스웨터를 뒤덮었지만 얼룩이 아니라 패션으로 보였다.

"우리 사고뭉치!" 상류층 말씨를 쓰는 여자가 백스터를 껴안고 뺨에 장밋빛 립스틱을 묻혔다.

백스터는 여자의 품에서 몸을 꼼지락거려 겨우 빠져나왔다.

"잘 있었어요, 매기?" 백스터가 웃었다. "안에 있어요?"

"요즘은 아예 안 나가." 매기가 한숨을 쉬었다. "자기가 뭘 해야 하는지 모르는 것 같아. 퇴직하면 이렇게 될 거라고 내가 말했는데…, 우리 남편 잘 알잖아. 아무튼 들어와, 들어와!"

백스터는 매기를 따라 안으로 들어갔다.

핀레이를 좋아하는 백스터였지만, 매기를 볼 때면 어떻게 그 늙고 못생긴 친구가 매기처럼 참하고 매력적이고 사랑하지 않고서는 못 배길 여자를 용케 꾀어 결혼까지 했는지 믿을 수가 없었다. 그런 질문을 받을 때마다 핀레이는 이렇게 대답했다. "나한테 과분한 사람을 얻은 거지."

"어떻게 지내요?" 백스터가 물었다. 오랫동안 병마와 싸운 사람에게는 결코 가볍지 않은 질문이었다.

"잘 지내지. 더 바랄 게 없어." 매기가 웃으며 주방으로 향했다. 매기가 야단스레 주전자와 찻잔을 꺼낸 다음 차를 끓이기 시작하는 동안 백스터는 참을성 있게 기다렸다.

사실 매기는 백스터에게 하고 싶은 질문이 있다고 했다.

"뭔데요?"

"울프 소식은 들었는지 궁금해서."

백스터로서는 예상했던 질문이다. "아뇨. 전혀요. 정말이에요."

매기는 실망한 눈치였다. 그동안 매기도 울프와 굉장히 친하게 지냈으니 당연하다. 손주를 보기 전까지 핀레이 부부는 크리스마스도 울프와 함께 보냈다.

"나한테는 솔직하게 말해도 되는 거 알지?"

"알아요. 그렇다고 연락이 없었다는 사실이 바뀌지는 않아요."

"돌아올 거야."

백스터는 매기의 위로하는 듯한 말투가 마음에 들지 않았다.

"그러면 체포되기나 하겠죠."

매기가 미소를 지었다.

"무관심한 척하지 마. 그리워해도 괜찮아. 우리도 다 그래. 물론 에밀리 마음이 제일 크겠지."

에밀리 백스터와 울프를 오랫동안 봐온 매기는 둘의 관계가 단순한 친구나 동료 이상으로 깊어졌다는 사실을 잘 알았다.

"아직 토머스 못 봤죠?" 백스터가 화제를 바꿨다. 어떻게 보면 똑같은 얘기를 하고 있는지도 모르겠지만. "다음에는 같이 올게요."

매기는 힘을 내라는 표정으로 웃어 보였다. 그 모습이 백스터를 더 불편하게 만들었다.

위층의 드릴 소리가 멈췄다.

"올라가 있어. 마실 거 가져갈게."

새 페인트 냄새를 따라 계단을 올라가니 핀레이가 바닥에 엎드린 채 마룻바닥을 단단히 고정하고 있었다. 핀레이는 사람이 온 줄도 모르고 있다가 백스터가 헛기침을 하자 하던 일을 멈추고 몸을 일으켰다. 등과 무릎에서 뚜둑 소리가 났다. 핀레이는 앓는 소리를 내며 다가와 백스터를 껴안았다.

"에밀리 백스터! 들른다는 말 없었잖아."

"계획에 없었거든요."

"뭐, 이렇게 보니 좋네. 안 그래도 요즘 일 때문에 걱정하고 있었어. 앉아."

하지만 말을 하고 보니 앉을 곳이 없었다. 톱밥으로 뒤덮인 바닥의 네 귀퉁이에는 곧 바닥에 깔릴 나무판자가 세워져 있었다. 아직 판자가 깔리지 않은 부분은 뻥 뚫려 추락하기 십상이었다. 낡은 연장 사이의 공간은 여기저기 놓인 접착제와 페인트통이 차지했다. "아래층도 있고." 핀레이가 생각을 바꾸고 말했다.

"아니, 괜찮아요…. 방 멋진데요."

"아, 뭐. 이거 아니면 꼼짝없이 이사 가야 했으니." 핀레이가 방 안을 가리키며 말했다. "우리가 이사가기보다는 애들을 조금 더 도와주고 싶더라고. 이제 내가…."

"할 일이 없어져서?"

"은퇴해서." 핀레이가 힘없이 웃으며 정정했다.

"대규모 확장 공사에, 집 앞에 있는 고급 신형 차에…." 백스터 의 말은 감탄보다 질문에 가까웠다.

"그나저나…, 내가 걱정을 해야 하나?" 핀레이가 언성을 낮추고 매기가 오나 아래층으로 귀를 기울이며 말했다.

"아니요."

"아니야?"

"내일 점심이면 끝나요." 백스터가 미소를 지었다. "바니타가 내 일 TV에 나와서 자기가 책상 앞에 퍼질러 앉아 범인한테 어떻게 승리를 거뒀는지 온 세상에 떠들어대면 다 알게 될 거예요."

"내일 무슨 일이 일어나는데?" 핀레이가 걱정스러운 표정으로 물었다.

"어르신은 걱정할 거 없네요. 우리는 FBI가 걔네 할 일을 하는 걸 지켜만 보면 돼요." 백스터는 거짓말을 했다. 조금이라도 도움 이 필요하다고 생각하면 핀레이는 따라오겠다고 고집할 게 뻔했 다. 이미 에드먼즈에게도 정확히 같은 이유로 거짓말을 했다.

"참, 오늘 새로 온 청장 만났어요." 백스터가 말했다. "안부 인 사 전해달래요."

"그랬어?" 핀레이는 결국 바닥에 앉기로 했다.

"둘이 아주 가까운 것 같던데, 누구예요?"

핀레이는 먼지 묻은 얼굴을 피곤한 듯 문지르며 대답을 고민했다.

"제일 오래된 친구." 매기가 찻잔 쟁반을 들고 오며 계단에서 대신 대답했다. "우리 셋이 처음 만났을 때는 거의 떼려야 뗄 수 없는 사이였지. 친형제 이상으로."

"그런 사람 있다는 얘기 안 했잖아요." 백스터가 놀라서 말했다.

"아니야, 했었어. 왜 예전에 내 친구 중에 살해당한 사람이 살아서 돌아온 적 있다는 얘기 기억 안 나?" 핀레이가 다시 짚어주었다. "글래스고 역사상 최대 규모의 마약 소탕전 얘기는? 엉덩이에 총알이 박힌 친구 얘기 했잖아?"

"그게 다 그 청장님 얘기였어요?" 백스터는 그 이야기들을 하도 많이 들어서 전부 기억하고 있었다.

"암. 어디에도 녀석이 경찰청장감이라는 대목은 없었지만…"

"그냥 샘나서 그래." 그러면서 매기는 다 벗겨져 가는 핀레이의 머리를 귀엽다고 쓰다듬었다.

"무슨!" 핀레이가 퉁명스럽게 말했다.

"맞을 텐데!" 매기가 웃었다. "소원해진 지 좀 오래됐어." 매기의 설명을 듣고 백스터가 눈썹을 추켜세웠다. 핀레이의 사전에 '소원해지다'가 어떤 의미인지 알기 때문이었다. "주먹이 꽂히고, 테이블과 의자가 날아다니고 모욕적인 말을 주고받았지. 뼈도 부러졌고."

"그 자식이 무슨 내 뼈를 부러뜨려." 핀레이가 꿍얼댔다.

"하지만 다 지난 일이야." 매기가 백스터에게 단호히 말하고 남편을 돌아보았다. "결국 나를 차지한 건 당신이었잖아?"

핀레이가 애정을 담아 매기를 껴안았다. "그럼. 그럼."

남편에게 입을 맞춘 매기가 일어났다.

"비켜줄 테니 두 사람 얘기 나눠." 그러고는 아래층으로 내려갔다.

"우리가 한때 친구 사이였다고 달라지는 건 없어." 핀레이가 백스터에게 말했다. "어차피 서류만 다루는 관리직들은 다 똑같으니까 믿으면 안 돼. 평소 원칙대로 하는 거야. 어쩔 수 없이 봐야 할 때 말고는 절대 가까이 하지 말 것. 그래도 그 자식이 귀찮게 굴면 나한테 보내."

루쉬는 잠이 오지 않았다. 몇 시간째 어둠 속에서 멍하니 목에 걸린 은색 십자가를 만지작거리며 내일로 닥친 작전을 생각하고 있었다. 주말의 유흥객들이 레스토랑과 술집을 채우며 웜블던 하이 스트리트의 소음이 더욱 커졌다. 술로 자제력을 날려 보낸 이들은 사람으로 바글바글한 또 다른 술집으로 이동했다.

루쉬는 한숨을 쉬고 침대 옆 스탠드를 켰다. 불빛은 그의 잠자리가 된 백스터의 침실 바닥 일부를 비추었다. 하룻밤 푹 쉬고 싶다는 마음이 간절했지만 이제는 틀렸다. 루쉬는 침낭에서 기어나와 재빨리 옷을 입고 밖으로 나갔다. 술이 필요했다.

★

토머스가 몸을 굴려 옆자리를 손으로 두드렸다. 손에 닿은 것은 평평한 이불이었다. 토머스는 곧장 눈을 뜨지 않았다. 백스터가 자러 올라오기는 했었는지도 잘 기억나지 않았다. 그는 침대에서 나와 아래층으로 내려가 봤다. 백스터는 텔레비전 앞에 곤히 잠들어 있었다. 텔레비전에는 〈QI〉(영국의 퀴즈 쇼 - 옮긴이 주) 재방송이 흘러나오고 있었고, 백스터가 들고 있는 기울어진 와인 잔에서 까베르네 소비뇽이 아슬아슬하게 찰랑거렸다.

토머스는 백스터를 내려다보며 미소를 지었다. 정말 평온해 보였다. 긴장이 풀려서인지 늘 찡그리고 있는 얼굴도 펴졌다. 토머스는 몸을 굽히고 넓은 3인용 소파의 한구석에 몸을 공처럼 말고 있는 백스터를 안아 올렸다.

끙 소리를 내며 힘을 써보았지만 백스터는 꼼짝도 하지 않았다. 토머스는 자세를 바꾸고 다시 시도했다.

앉아 있는 각도가 문제일까? 백스터에게 저녁으로 만들어준 치즈 파스타 양이 너무 많았는지도 모른다. 아니면 2주에 한 번씩 배드민턴을 쳤지만 기대만큼 근육이 붙지 않은 걸까? 토머스는 백스터를 그 자리에 놔두기로 했다. 백스터가 제일 좋아하는 담요를 덮어주고 난방 온도를 조금 올린 그는 백스터의 이마에 입을 맞추고 다시 위층으로 올라갔다.

29

2015년 12월 20일 일요일
오전 10시 15분

"미친놈들!" 백스터가 욕을 내지르고 바니타의 전화를 끊었다.

아침 내내 비가 억수같이 쏟아지는 바람에 백스터가 경찰특공대를 네 개 조로 짜서 지휘하려는 사이 의사소통에 혼선이 빚어졌다. 현재 백스터는 호텔 근처에 있는 다층 주차장 꼭대기에 서 있었다. FBI가 호텔을 높은 곳에서 지켜보기 위해 자리를 잡은 곳이었다. 백스터가 씩씩대며 평소보다 몸집이 더 커 보이는 체이스에게 다가갔다. 그래도 오늘만큼은 보호구를 착용할 확실한 이유가 있었다.

"우리 쪽 요원을 돌려보내라고?" 백스터가 빗속에서 외쳤다.

체이스는 심드렁한 표정으로 돌아보았다.

"제가 그랬습니다. 필요가 없어져서요." 그는 별일 아니라는 듯 말하고 감시 차량으로 향했다. "만반의 준비를 해놨거든요."

"야, 사람이 말을 하잖아!" 백스터가 그 뒤를 따르며 소리쳤다.

"이봐요, 런던 경찰이 인력과 자원을 제공해주는 건 고맙지만 이건 FBI 작전입니다. 그쪽 상관 말을 들어보면 이제 당신이 여기 남아 있을 이유도 없을 텐데?"

백스터가 따지려고 입을 여는데 체이스가 말을 이었다.

"안심하고 있어요. 알렉시 그린한테 뭘 알아내면 우리가 알아서 그쪽으로 보내줄 겁니다."

"보내준다고?" 백스터가 물었다.

두 사람은 밴에 다다랐다. 빗줄기가 굵어지자 빗방울이 차량 지붕과 부딪치며 엷은 물보라가 생겼다. 체이스가 차에 타려고 문을 옆으로 밀어서 열었다. 밴 안에는 컨퍼런스홀 세 군데에서 송출된 영상을 보여주는 모니터들이 쌓여 있었다.

백스터는 그제야 깨달았다. 왜 런던 경찰청 비밀 요원이 더 이상 필요 없다고 말했는지. 체이스는 현장에 접근하지 말라는 그녀의 명령을 무시했다.

"와, 이것들이!"

"내가 말했죠. 만반의 준비를 해놨다고." 체이스는 미안하다는 기색도 없었다.

"에밀리 백스터!" 체이스가 쿵쾅거리며 가고 있는 백스터의 뒤에 대고 외쳤다. "만약 그쪽이나 루쉬 요원이 작전을 방해하려고 하면 우리 애들한테 당신들을 저지하고 체포하라고 명령할 겁니다!"

백스터는 주차장에서 나와 길가에 세워둔 아우디로 뛰어갔다. 차에 타자마자 짜증과 분노가 섞인 고함이 터져 나왔다.

루쉬는 비를 맞지 않아 뽀송뽀송한 상태로, 캐드버리 크런치락 봉지를 반쯤 먹고 있다가 백스터의 고함이 끝나기를 예의 바르게 기다렸다.

"바니타가 체이스한테 작전 지휘권을 넘겼어요. 이미 컨퍼런스룸 내부에 카메라가 깔렸어요. 비밀리에 컨퍼런스룸에 투입하기로 했던 미첼은 퇴짜 맞았고요. 아니, 우리 전부 퇴짜 맞은 거죠." 이것이 백스터가 요약한 현재 상황이었다.

"나는 자기 부하가 아니라는 거 바니타도 알죠?" 루쉬가 그렇게 물으며, 기운 내라는 뜻으로 초콜릿을 내밀었다.

"소용없어요. 우리가 방해하면 '저지'하고 '체포'할 거라고 체이스가 협박하더라고요. 자기가 한 말은 지킬 놈이에요."

"나는 우리가 다 같은 편이라고 생각했는데 말이죠."

"어떻게 그런 생각을 할 수 있죠?" 백스터가 짜증을 냈다. "체이스 말이 뭔가 찜찜해요. 아무래도 FBI는 알렉시 그린만 잡으면 미국으로 튀려나 봐요. 우리는 여기 남아서 난장판을 수습하고요."

루쉬가 고개를 끄덕였다. 그의 짐작도 다르지 않았다.

두 사람은 눈앞의 우울한 풍경을 바라보았다.

"28분 남았네요." 루쉬가 한숨을 쉬었다.

그때 누군가 운전석 창문을 두드렸다.

백스터가 놀라서 옆을 돌아보자 에드먼즈가 웃고 있었다.

"이게 무슨…?"

가볍게 뛰어 차 앞으로 돌아간 에드먼즈가 조수석 문을 열자 루쉬가 그를 빤히 바라보았다.

"에드먼즈입니다." 에드먼즈가 젖은 손을 내밀었다.

"루쉬라고 합니다…." 악수를 한 후 루쉬가 뒷좌석을 힐끔 보며 말했다.

루쉬가 차에서 내려 뒷좌석으로 갔고, 비를 맞고 있던 에드먼즈가 조수석에 올라탔다.

"너 뭐야?"

"조수요." 백스터의 질문에 에드먼즈가 웃으며 대답했다. "도움이 될 것 같아서요."

"내가 도와줄 필요 없다고 했던 말 기억 안 나?"

"그러지 말고 '부탁인데'나 '고마워'라고 말하는 건 어때요?" 에드먼즈가 말했다.

"그런데 여기는 어떻게 알고 온 거야?" 백스터가 물었다.

"아직 강력팀에 친구가 몇 명 있잖아요." 에드먼즈가 말했다.

"너, 거짓말 할 때 입에서 발음 새는 거 알아?" 백스터는 스스로가 기특해 고개를 끄덕였다. "네가 강력팀에 친구가 어디 있어. 다들 널 싫어하는데."

"잔인한 사람." 에드먼즈가 말했다. "그래요, 나는 없을지 몰라도 핀레이는 친구가 있죠. 핀레이도 뭔가 이상했나 봐요."

"핀레이까지 끌어들였다는 말만은 제발 하지 말아주라."

에드먼즈는 조금 찔린 표정이었다. "지금 주차하고 있을 텐데."

"이게 미쳤나!"

"그건 그렇고." 에드먼즈가 유쾌하게 말했다. "왜 여기 그냥 앉아 있어요?"

뒤에서 바스락거리는 소리가 들렸다.

"FBI가 우리를 내쫓았어요. 안에서 무슨 일이 일어나는지 봐야 하는데 FBI가 우리더러 방해하면 우리도 체포하겠대요." 루쉬가 케익을 우물거리며 대답했다.

"아하." 에드먼즈는 지난 30분간 벌어진 드라마를 몇 초 만에 이해했다. "알겠어요. 휴대폰 켜놓고 있어요." 그렇게 말한 에드먼즈가 다시 빗속으로 나갔다.

"에드먼즈! 어디 가는 거야? 기다려!"

자동차 문이 쾅 소리를 내며 닫혔다. 두 사람은 호텔 입구로 걸어가는 에드먼즈의 뒷모습만 보고 있었다.

루쉬는 놀라움을 금치 못했다. 백스터를 이렇게 잘 다루는 사람이 있을 줄은 몰랐다.

"전 남자친구 꽤 괜찮은데요?" 루쉬는 잘못 짚은 것도 모르고 말했다.

"내…, 뭐라고요?" 백스터가 루쉬를 돌아보았다.

루쉬가 헛기침을 했다. "23분 남았어요."

호텔로 들어오면서 비를 피해 마음을 놓았던 에드먼즈는 다시 불안해졌다. 생각해 보니 이곳에는 자해하고 사람을 죽이는 사이비 신도들이 있지 않은가. 체크아웃 시간이 임박하면서 호텔을 드나드는 사람들 행렬은 끝이 보이지 않았다. 에드먼즈는 바닥에 지저분한 발자국을 남기며 컨퍼런스룸 안내판을 따라 로비를 지나쳤다. 복도 끝에는 쌍여닫이문이 양쪽으로 열려 있었다. 일단은 안에 사람이 없는 것 같았다.

에드먼즈는 시선을 의식해 주머니에서 키 카드를 찾는 척하며 백스터에게 전화를 걸었다.

"이 호텔에 컨퍼런스룸이 여러 개예요?" 연결되자마자 에드먼즈가 속삭였다.

"아니. 왜?" 백스터가 물었다.

"지금 보이는 컨퍼런스룸뿐이라면, 그 안에는 아무도 없어요."

"거기가 어딘데?"

"컨퍼런스룸 맞은편 복도 끝에 있어요. 10미터 거리예요."

"아직 시작하려면 20분 남았어."

"그런데 한 명도 안 왔다고요?"

"확실하게 보이는 건 아니잖아. 안이 얼마나 보여?"

에드먼즈는 복도에 사람이 없는지 뒤를 힐끗 확인하고 몇 걸음 더 다가갔다.

"많이는 아니고…, 가까이 가서 볼게요."

"안 돼! 그러지 마!" 백스터가 당황해서 흥분했다. "잘못 안 거면…, 만약 안에 사람이 있으면 작전을 날릴 수도 있어."

에드먼즈는 백스터의 말을 무시하고 고요한 방으로 계속 다가갔다. 눈에 보이는 빈 의자가 더 늘어났다.

"아직도 없어요." 에드먼즈가 작은 소리로 보고했다.

"에드먼즈!"

"들어가요."

"하지 마!"

결국 문을 넘어 컨퍼런스룸 안으로 들어간 에드먼즈가 혼란스러운 눈으로 텅 빈 컨퍼런스룸을 둘러보았다.

"여기 아무도 없어요." 에드먼즈가 말했다. 안도한 만큼 걱정도 깊어졌다.

문 안쪽에 하얀 종이 한 장이 테이프로 붙어 있었다. 글씨를 읽으려 그쪽으로 걸어가던 중, 에드먼즈는 그제야 문틈에 절묘하게 얹혀 있는 휴대폰을 발견했다. 카메라 구멍 하나가 이쪽을 향하고 있었다. 에드먼즈의 모습을 다른 곳으로 송출하고 있을 게 분명했다. 빈 회의실을 지켜보는 눈이 하나 더 있었던 것이다.

"망했다." 에드먼즈가 말했다.

"뭐가?" 수화기에서 백스터 목소리가 들렸다. "무슨 일이야?"

"옮겼어요."

"뭐?"

"집회 장소를 옮겼다고요. 길 건너 시티 오아시스로." 에드먼즈는 벌써 달려 나가고 있었다. "이 건물이 아니에요!"

30

2015년 12월 20일 일요일
오전 10시 41분

에드먼즈는 자신이 방금 작전을 통째로 망쳤을지도 모른다고 생각하며 시카모어 호텔 로비에서 뛰어나왔다.

물론 카메라 화면을 지켜보고 있을 FBI 누군가는 에드먼즈를 보고 혼자 컨퍼런스홀을 어슬렁거리는 민간인으로 생각했을 것이다. 무장한 특공대가 들어간 것보다는 차라리 나은 광경이었다.

빗소리에 백스터가 FBI에 상황을 전달하는 소리가 묻혔다. 에드먼즈는 전화를 끊지 않고 혼잡한 도로를 빠르게 건너 시티 오아시스 호텔 회전문으로 들어갔다.

웅장한 로비에 대리석 기둥이 줄지어 서 있었고, 버스를 기다리는 단체 여행객들이 여기저기 흩어져 비를 피하고 있었다.

에드먼즈는 어디로 가야 하는지 안내판을 찾았다.

← 컨퍼런스실

실수로 다른 사람의 캐리어를 발로 차며 에드먼즈는 화살표가 가리키는 복도를 향해 가볍게 뛰었다. 그곳에는 몸집이 큰 남자 두 명이 기다리고 있었다. 경비원으로 보이는 두 남자가 복도 끝에 있는 문을 지키고 서 있었고, 뒤로 보이는 공간은 사람들로 바글바글했다. 에드먼즈는 태연하게 그쪽을 힐끗 보고 다시 휴대폰을 귀에 대며 걷기 시작했다.

"백스터? 아직 있어요?"

백스터가 누군가에게 악을 쓰는 소리가 들렸다. "응. 나야."

"2번 컨퍼런스실이에요."

호텔 뒤편에 있는 측면 도로를 빠르게 달리던 밴이 호텔 뒷문 앞에 정차했다. 슬라이드 도어가 열리고 FBI 무장 특공대원들이 내렸다. 장비를 준비하고 통신 테스트를 하는 동안 철컥철컥, 삑삑 하는 소리가 끊이지 않았다.

"이번에는 그 인간들 제대로 찾은 거 맞겠죠, 대장님?" 대원 하나가 물었다.

무장특공대원 대장은 프로답게 질문을 무시했다.

"건물 끝으로 가서 막아야 할 출구가 몇 개 더 있는지 확인해." 수다쟁이 부하에게 명령한 대장은 무전기 채널을 확인하고 '통화' 버튼을 누른 다음 헤드셋에 대고 말했다. "4조 대기 완료. 곧 상황 전달하겠다."

FBI 감시 차량이 백스터의 아우디와 나란히 대로에 멈춰 섰다. 뒤에서 경적을 울려대던 운전자들도 무장한 FBI 요원들이 밴에서 내리자 너그럽게 화를 가라앉혔다.

백스터는 체이스에게 다가갔다. 그는 팀원들에게 명령을 내리고 있었다.

"3조, 그곳에서 방향을 틀면 두 번째 접근 경로가 있으니 주의하라. 전 대원, 전 대원. 트로이가 건물에 진입하려 하고 있다. 반복한다. 트로이가 건물에 진입하려 하고 있다."

백스터는 눈알을 굴렸다.

미첼을 대신할 체이스의 '비밀' 요원이 밴에서 내렸다. 남자는 헐렁한 스웨터와 청바지 차림으로 우스꽝스럽기 짝이 없었다.

"가!" 체이스의 명령에 그 비밀요원이 움직였다.

백스터는 못 말린다는 듯 고개를 절레절레 흔든 다음, 다시 에드먼즈와 통화를 했다.

"지금 FBI 요원이 들어가고 있어."

"알았어요. 어떻게 생겼어요?" 에드먼즈는 속삭여야 했다.

백스터는 어색하게 뒤뚱거리며 멀어져가는 남자의 뒷모습을 바라보았다.

"FBI 요원이 아닌 척하려고 애쓰고 있어." 그러고는 어깨를 으쓱했다.

"요원 확인했어요."

로비에서 사람들을 살피던 에드먼즈가 조금 전 발견한 감시 위치로 돌아갔다.

알고 보니 컨퍼런스실로 가는 길은 하나가 아니었다. 다른 복도 끝으로 나가자, 3번 컨퍼런스실이 나왔다. 경호원이 지키고 있는 문과 불과 15미터 거리였다. 꺾이는 지점에 서서 벽 너머로 고개를 내밀자 문을 지키고 있는 덩치 큰 남자들의 옆모습이 언뜻 보였다. 안에서는 웅성웅성하는 소리가 들리고 있었다. 수십 명, 어쩌면 그보다 많은 사람이 있을지도 모른다. 지금 에드먼즈가 지켜보는 순간에도 두 명이 더 도착했다.

"됐어요." 에드먼즈가 휴대폰에 대고 속삭였다. "문 일부가 보여요."

"아직 로비를 지나가는 중이야." 백스터가 FBI 요원의 위치를 알렸다.

에드먼즈는 머리에 기름이 낀 여자가 컨퍼런스실 문으로 다가오는 모습을 보고 있었다. 그녀가 시야에 포착된 찰나, 여자는 뭔가 이상한 행동을 했다.

"잠깐만요." 에드먼즈가 작은 소리로 말하고 더 자세히 보기 위해 들킬 위험을 감수하고 구석에서 나왔다.

문이 여자를 가리는 바람에 여자의 모습이 잘 보이지 않았다.

"왜 그래?" 백스터가 다급히 물었다.

"아직 모르겠어요. FBI 요원더러 기다리라고 해요."

정적이 흘렀다.

"벌써 복도로 갔대." 백스터의 목소리에 긴장이 묻어 나왔다.

"아이씨." 에드먼즈는 욕설을 뱉으며 선택지를 가늠했다. "망할, 망할, 망할."

"중지해야 할까? …에드먼즈? 중지해야 해?"

에드먼즈는 이미 결심을 하고 휴대폰을 귀에 댄 채 문을 향해 다가가고 있었다. 발소리를 듣고 경호원 중 목이 두꺼운 남자가 문밖을 내다보았다. 그쪽에서 사람이 올 거라고 예상하지 못한 눈치였다. 에드먼즈는 남자에게 다정한 미소를 보내는 척하며 남자의 뒤를 확인했다. 머리에 기름 낀 여자는 다른 경호원에게 블라우스를 열어 보이고 있었다. 가슴팍에 있는 상처를 입장권으로 보여주고 있는 게 틀림없었다.

에드먼즈는 의미 없는 말을 쏟아냈다.

"그러니까! 비가 언제 그칠지 모르겠지만 그치면 하자." 에드먼즈가 일부러 헛웃음을 지으며 넓은 복도로 방향을 틀었다. 반대 방향에서 FBI 요원이 다가오고 있었다.

작전 진행 여부에 대해 고개를 살짝 끄덕이거나 저어야 했지만 노련한 두 남자는 서로 눈도 마주치지 않았다. 문 앞에 선 남자가 그들의 일거수일투족을 지켜보고 있었기 때문이다.

에드먼즈는 속도를 늦추지도 않고 거구의 요원을 지나쳤다. 6초 후면 정체가 발각될 거란 말을 FBI 요원에게 전할 틈이 보이지 않았다. 가슴팍 상처를 입장권으로 활용하고 있기 때문이었다.

반대로 걷는 속도를 높일 수도 없었다.

"맞아, 잉글랜드에 없지?" 휴대폰에 대고 푸하하 웃던 에드먼즈가 속삭였다. "중지! 중지! 중지!"

에드먼즈를 지나 문과 세 걸음밖에 남지 않았던 FBI 요원이 오른쪽으로 방향을 틀고 방금 에드먼즈가 지나온 복도를 유유히 걸었다.

"분명히 다른 입구가 있을 거야!" 체이스가 무전기에 대고 외쳤다.

체이스는 늪에 빠진 작전을 어떻게든 되살려야 했다. 그가 감시 차량으로 서둘러 달려갔다.

"체이스! 체이스!" 백스터 목소리가 들렸다.

체이스가 걸음을 멈추고 뒤를 돌아보았다.

백스터는 그에게 중지를 들어 올렸다. "이거나 먹어라…, 개자식."

상황에 도움이 될 말은 아니었다. 하지만 언제 백스터가 완벽한 인격체였던가. 알 바는 아니지만 체이스의 얼굴에 진심으로 상처 받은 표정이 스쳤다. 체이스가 돌아서서 부하 요원과 무전을 계속했다.

"창문? 다른 곳으로 들어갈 방법은 없을까? 경호원을 끌어낼 방법은?"

백스터는 아우디로 돌아와 차에 몸을 기댔다. 백스터가 조수석 문에 생긴 지 얼마 안 된 듯한 스크래치를 문지르며 에드먼즈에게 말했다.

"이 멍청이들이 망칠 뻔한 작전을 네가 구했어. 그런데 아직도 컨퍼런스실에 누구를 들여보낸다는 얘기뿐이야."

"네, 맞아요. 그러면 안 돼요. 만약 거기에 FBI요원이 들어갔는데, 알렉시 그린이 없으면 영영 그를 찾을 수 없어져요." 에드먼즈가 말했다.

그때 귀에 대고 있던 백스터의 휴대폰이 울리기 시작했다. 백스터가 화면을 확인했다.

"잠깐만. 전화 들어왔어…, 루쉬?"

"아이디어가 떠올랐어요. 길 건너 카페에서 만나요." 그 말과 함께 전화가 끊겼다.

"에드먼즈?" 백스터가 말했다. "거기 그대로 있어. 루쉬한테 무슨 아이디어가 있나 봐. 다시 연락할게."

백스터는 전화를 끊고 도로 반대편에 있는 가게들을 훑었다.

ANGIE'S CAFE

비에 흠뻑 젖어서 몸이 얼 것 같았다. 백스터는 달려오는 차들을 피해 무단 횡단을 하고 카페로 들어갔다. 문에 달린 종이 시끄럽게 울렸다.

냅킨 한 장이 깔린 커다란 베이지색 테이블에 루쉬가 앉아 있었다. 일회용 플라스틱 컵으로 커피를 마시던 루쉬가 백스터를 보자마자 자리에서 일어나 화장실로 걸어갔다. 백스터는 시간을 확인했다. 집회가 예정된 시각까지 10분 남짓 남았다. 체이스와 영화배우 도플갱어들이 돌격해 작전을 망치기까지는 10분도 남지 않았을 수 있다.

백스터가 그쪽으로 따라 들어가자, 루쉬는 화장실 한 칸에 양복 재킷을 걸어두고 하나뿐인 세면대에서 손을 씻고 있었다.

"저기서 얘기하면 안 돼요?" 백스터가 다시 시간을 확인하면서 말했다.

루쉬는 다른 생각에 빠져 백스터의 말이 안 들리는 듯했다.

"루쉬?"

루쉬가 온수 꼭지를 껐다. 백스터는 그제야 깨달았다. 그가 씻고 있던 것은 손이 아니었다. 루쉬는 한마디 말도 없이 주방에서 가져온 스테이크 칼을 건넸다.

백스터는 영문을 몰라 칼을 내려다보았다.

루쉬가 셔츠 단추를 풀기 시작했다.

"아니! 안 돼요, 루쉬! 미쳤어요?" 마침내 상황을 파악한 백스터가 말했다.

"안에 들어가야 해요." 루쉬는 간단히 정리하고 셔츠를 벗었다.

"맞아요." 백스터가 침착하게 말했다. "하지만 다른 방법이 있을 거예요."

하지만 그렇지 않다는 사실은 둘 다 알고 있었다.

"이럴 시간 없어요." 루쉬가 말했다. "나를 도와주든 나 혼자 더 엉망으로 하든 둘 중 하나예요."

루쉬가 칼을 집으려 손을 뻗었다.

"알았어요! 알았다고요." 백스터는 토하고 싶은 기분이었다.

조심스럽게 다가가 루쉬의 맨 어깨에 왼손을 올렸다. 이마에 따뜻한 숨결이 와 닿았다.

살에 칼을 댄 백스터가 머뭇거렸다.

그때 갑자기 뒤에서 문이 열리고 안으로 들어오던 덩치 큰 남자가 우뚝 섰다. 백스터와 루쉬가 무서운 눈으로 뒤를 돌아보자, 남자의 시선이 백스터, 루쉬가 벗은 셔츠, 가슴을 찌르는 흉기를 빠르게 훑었다.

"이따 다시 올게요." 잔뜩 겁먹은 남자는 중얼거리며 화장실을 빠져나갔다.

백스터는 루쉬를 다시 한 번 마주 보았다. 잠깐이라도 마음을 다잡을 시간이 생겨서 다행이었다. 어디에서 시작할지 고민한 백스터는 피가 비칠 때까지 칼을 살살 밀어 넣고 가느다란 선을 그었다.

루쉬가 백스터의 손을 잡았다.

"날 죽일 셈이에요?" 루쉬는 그녀를 몰아붙이고 있었다. "그 사람들 가슴에 나 있던 상처 봤죠. 제대로 못 하겠으면…."

"이건 목숨이 걸린 일이에요, 루쉬. 알아요?"

루쉬가 고개를 끄덕였다. "그냥 해요."

바지 주머니에서 비상용 넥타이를 꺼낸 루쉬가 넥타이를 몇 번 접어 입에 물었다.

"해요!" 명령을 했지만 재갈 때문에 발음이 뭉개졌다.

백스터는 얼굴을 찡그리고 칼을 더 찔러 넣었다. 무의식적으로 튀어나온 루쉬의 신음과 피부 밑에서 경련하는 근육을 애써 무시한 채 백스터는 가슴에 글자를 새기기 시작했다.

중간에 루쉬가 뒤로 휘청이며 세면대에 몸을 기댔다. 따뜻한 피가 바지 허리춤을 적셨다. 기절할 것만 같았다.

루쉬가 숨을 돌리는 동안 백스터는 자신의 글씨를 혐오스럽게 바라보았다. 손은 온통 피투성이였다.

PUPPL

루쉬는 아직 완성되지 않은 글자를 거울로 비추어 보았다.

"글씨 더럽게 못 쓴다는 거 왜 진작 말 안 했어요?" 농담이었지만 백스터는 충격이 너무 심해 미소조차 지을 수 없었다.

루쉬가 다시 재갈을 입에 물고 똑바로 서서 고개를 끄덕였다.

백스터는 칼날을 다시 찔러 넣고 마지막 글자를 마무리했다.

PUPPET

끝나자마자 백스터는 손을 떨며 칼을 세면대에 떨어뜨리고 변기로 달려가 구토를 했다. 1분도 되지 않아 다시 나와 보니, 화장실 내 광경은 끔찍했다. 루쉬는 본인의 몸에 가할 마지막 고문을 준비하고 있었다.

그가 양손에 칼과 라이터를 들고 피로 얼룩진 칼에 열을 가했다.

백스터는 더 이상 견딜 수 없었다.

"상처를 지지려고요." 루쉬가 설명했다. "지혈해야 해요."

도와달라는 부탁은 하지 않았다.

루쉬가 칼의 옆면을 가장 깊은 상처에 댔다. 치지직 하며 살이 타는 소름 끼치는 소리가 났다. 칼이 나머지 부분도 지나며 출혈을 막아주었다.

세면대에 허리를 굽히고 있던 루쉬가 눈물을 머금고 백스터를 돌아보았다. 숨을 쉬기도 힘들어 보였다.

"몇 시예요?" 루쉬가 겨우 물었다.

"10시 57분요."

루쉬는 고개를 끄덕이고 거칠거칠한 화장지로 피를 닦았다. "셔츠."

백스터는 멍하니 그를 보고만 있었다.

"셔츠 부탁해요." 루쉬가 바닥을 가리키며 다시 말했다.

백스터는 셔츠를 주워 건넸다. 일그러진 상처가 셔츠에 가려질 때까지 백스터는 그의 가슴에서 눈을 뗄 수 없었다.

백스터가 휴대폰을 꺼냈다.

"에드먼즈? 위치 잘 잡고 있어…, 루쉬가 들어갈 거야."

31

2015년 12월 20일 일요일
오전 10시 59분

에드먼즈는 토할 것 같았다.

작전 실패를 막기 위해 루쉬라는 CIA 요원이 어떤 희생을 했는지 조금 전 백스터에게 들었기 때문이다.

회전문을 통과해 호텔에 들어서는 루쉬가 보였다. 핏기가 하나도 없고 땀에 젖은 모습이었다. 루쉬는 비틀비틀 걸으며 피 묻은 셔츠를 감추려고 양복 재킷을 만지작거렸다.

"루쉬가 보여요." 달려가서 돕고 싶다는 충동을 억누르고 에드먼즈가 백스터에게 알렸다. "잘될 리가 없어요." 말하는 목소리에 걱정이 가득했다. "컨퍼런스실 입구까지도 못 갈 것 같아요."

"해낼 거야."

루쉬가 가슴을 부여잡고 비틀거리며 로비를 지나자 여러 사람이 의아하게 쳐다보았다. 몸을 똑바로 가눠야 했다. 여기서 조금만 더 가면 문을 지키는 경호원이 나온다. 갑자기 다리가 풀렸다. 그가 벽에 기대 주저앉으며 크림색 페인트에 붉은 핏자국을 묻혔다.

무의식적으로 몇 발짝 다가간 에드먼즈는 고개를 보일 듯 말 듯 젓는 루쉬를 보고 멈춰 섰다.

에드먼즈의 손목시계에서 삑삑 소리가 나고 숫자가 바뀌었다. 오전 11시. 복도 끝에 있는 두 남자도 손목을 확인하고 있었다.

"제발." 에드먼즈가 속삭이며 루쉬와 문 앞의 남자들을 빠르게 번갈아 보았다.

루쉬는 벽에서 몸을 일으켰다. 셔츠가 피부에 들러붙는 느낌이 들었지만 피가 아니라 땀이라고 자기 최면을 걸었다. 몸에 구멍이 뻥 뚫린 것만 같았다. 회전문이 돌아갈 때마다 셔츠 안으로 스며들어온 바람이 몸 안에서도 느껴졌다. 바람이 몸을 그대로 통과하는 기분. 정확히 어디가 아픈지도 알 수 없었다. 그의 머리는 온몸의 신경이 고통으로 불타고 있다고 말했다.

간신히 똑바로 선 루쉬가 복도로 방향을 꺾고 열려 있는 문을 향해 과감히 걸어갔다. 두 경호원은 다가오는 루쉬를 신중하게 지켜보고 있었다. 그 뒤를 보니 청중은 각자의 자리를 찾아서 앉은 듯했다. 웅성거리는 대화 소리가 점점 잦아들었다.

두 남자는 형제 같았다. 날카로운 이목구비가 닮았고 단순히 뚱뚱한 것을 넘어 거대했다. 루쉬는 덩치가 더 큰 경호원 쪽으로 다가갔다. 숨길 것이 없다는 심리적인 표현이었다. 루쉬가 고개를 끄덕 하고 인사를 했다.

남자는 경계심 강한 눈으로 루쉬를 문 안쪽으로 데리고 갔다. 일부러 루쉬를 뒤에 있는 다른 남자가 보이지 않을 위치에 놓은 것이다.

남자가 루쉬의 가슴을 가리켰다.

루쉬는 이를 악물고 재킷 단추를 풀었다. 소매 부분에서 팔을 꺼내는 순간 상처가 다시 뜯어지는 느낌이 났다. 상태가 어떤지 내려다볼 필요도 없었다. 남자의 얼굴에 떠오른 표정만으로 충분했다.

하얀 셔츠는 몸에 달라붙은 적갈색 걸레 조각, 교체해야 할 붕대에 지나지 않았다.

하지만 그때 돌연 크고 거친 손이 루쉬의 입을 막았다. 니코틴에 찌든 악취가 코를 찔렀다. 이어 나무 몸통같이 굵은 팔이 루쉬의 목을 감았다.

"문제가 생겼어요!" 에드먼즈가 백스터에게 말했다. "저쪽에서 뭔가 이상한 걸 눈치챘어요."

"정말이야?" 백스터는 두려움을 숨기지 못했다. "계획이 틀어진 거면 지금 움직여야 해."

"확실히는 모르겠는데…, 안 보여요."

백스터의 목소리가 잠시 멀어졌다.

"들어갈 준비해요." 백스터가 뒤에 있는 누군가에게 말했다. 곧 큰 목소리가 다시 돌아왔다. "네가 신호해, 에드먼즈."

"어이! 어이! 어이!" 한 남자가 나긋나긋한 말투로 말하며 컨퍼런스실 입구 쪽으로 달려왔다.

관객석에서도 입구 쪽에서 일어난 소동을 알아차리고 유심히 지켜보고 있었다. 루쉬는 목에 감긴 팔을 풀려고 버둥거렸다. 찢긴 듯 열린 셔츠 사이로 어떤 단어가 보였다. 글자 위로 피가 흘러 무슨 말인지 알아보기도 힘들었다. 서툰 솜씨로 색칠 공부를 한 모양새와 비슷했다.

"무슨 일이죠?" 새로 온 사람이 경호원 두 명에게 물었다.

40대 후반, 턱수염을 깔끔하게 지른 남자였다. 얼굴도 이런 곳에 어울리지 않게 친절해 보였다.

"수상한 게 있으면 처리하라고 하셨잖습니까, 박사님." 더 큰 경비원이 말했다. "생긴 지 얼마 되지 않은 상처입니다." 물론 굳이 말로 설명할 필요는 없었다.

박사라는 사람이 루쉬의 셔츠를 벌리고 참혹한 광경에 얼굴을 찡그렸다. 루쉬와 눈을 맞춘 그가 말할 기회를 주라고 다른 경호원에게 손짓했다.

루쉬의 입을 막았던 손이 떨어지고 목을 조르던 팔의 힘이 조금 느슨해졌다. 루쉬가 숨을 헐떡였다.

"이런, 이런, 본인이 어떤 짓을 했는지 보세요." 박사의 말투는 차분했지만 의심이 묻어 있었다. 그는 해명을 기다리고 있었다.

"매일 아침 직접 새기고 있습니다." 그것은 루쉬가 내놓을 수 있는 최선의 대답이었다.

박사는 결심이 서지 않는다는 표정이었다. "오늘 누가 초대해 왔습니까?"

"알렉시 그린 박사님입니다."

사실일 수도 있지만 무의미한 답변이었다. FBI 덕분에 알렉시 그린은 현재 이 지구상에서 가장 유명한 사람이 되었기 때문이다. 남자는 턱을 쓰다듬으며 루쉬를 뜯어보았다.

"죽여요."

그가 그렇게 말하며 안타깝지만 어쩔 수 없다는 듯 어깨를 으쓱였다.

루쉬의 눈이 휘둥그레졌다.

그러자 목을 감싸고 있던 팔이 단단히 조여 오기 시작했다. 루쉬가 그의 숨통을 끊으려는 팔을 치우려고 필사적으로 몸부림을 치는데 무언가 박사의 관심을 끌었다.

"잠깐!"

중단을 명령한 박사가 루쉬의 손목을 잡고 얼굴 앞으로 들어 올렸다. "손목을 좀 봐도 될까요?" 마치 루쉬에게 선택권이 있다는 양 정중하게 물었다.

루쉬가 단추를 풀고 셔츠 소매를 말아 올리자, 팔에 그러진 삐뚤빼뚤한 흉터가 드러났다. 박사는 주름지고 울룩불룩 튀어나온 분홍색 피부를 따라 섬세하게 손가락을 움직였다.

"아주 새것은 아니군." 박사가 루쉬를 보며 싱긋 웃었다. "이름이 뭔가요?"

"데이미언." 루쉬가 쉰 소리로 말했다.

"앞으로는 지시 사항을 잘 지키도록 해요, 데이미언." 그런 다음 경호원 두 명에게 말했다. "데이미언도 우리 중 하나가 맞는 것 같네요."

루쉬의 목을 조르던 팔에 힘이 풀어졌다. 루쉬는 거칠게 숨을 몰아쉬며 문 밖에 있는 에드먼즈가 볼 수 있도록 두 걸음 앞으로 휘청거렸다.

"아주 잘했어요." 남자가 형제에게 말했다. "하지만 여기 데이미언에게 사과해야 하지 않을까?"

"죄송합니다." 키 큰 남자가 야단을 맞은 어린아이처럼 발끝을 보며 말했다.

하지만 루쉬를 붙잡고 있던 남자는 벽을 향해 돌아서더니 있는 힘껏 벽을 내리쳤다. 그 바람에 남자의 손에 상처가 생긴 듯했다.

"어이구! 어이구!" 박사가 남자의 상처 입은 손을 붙잡았다. "나쁘다는 게 아니에요, 말콤. 데이미언에게 사과해 달라고 부탁했을 뿐이지. 그게 예의잖아요?"

남자는 루쉬와 눈도 마주치지 못했다. "죄송합니다."

아직도 숨을 쉬기 힘들어 허리를 굽히고 있는 루쉬가 괜찮다고 손사래를 쳤다. 그러면서 기회를 틈타 주머니에서 이어폰을 꺼냈다.

"천천히 해요." 박사가 루쉬의 등에 손을 올리며 말했다. "준비되면 자리에 가서 앉고요."

루쉬는 여전히 허리를 굽힌 채 로비를 힐끗 쳐다보았다. 에드먼즈는 휴대전화를 귀에 대고 있었다.

어느새 두 사람 사이의 육중한 문이 닫히며 루쉬를 컨퍼런스실 안에 가두었다.

박사는 돌아서서 앞으로 이동했다.

루쉬는 겨우 허리를 세우고 옷을 다시 입었다. 교신용 이어폰을 재빨리 착용한 다음, 이제야 컨퍼런스실 내부를 둘러볼 수 있었다. 길 건너에 있는 칙칙한 컨퍼런스룸과 비교했을 때 더 세련되고 밝은 분위기가 났다. 루쉬는 뒷줄에 있는 의자가 몇 개이고 무대 앞까지 몇 열이 있는지 빠르게 센 다음 사람 수를 대강 계산해보았다. 무대 높이는 바닥에서 약 1.5미터 정도였고 대형 프로젝터 스크린이 무대 안쪽에 내려와 있었다. 루쉬를 들여 보내준 박사는 중앙 계단을 올라 다른 두 사람 옆에 앉았다. 모르는 사람들이었다.

"들어왔어요." 루쉬가 소곤거렸다. "용의자는 35명에서 50명."

루쉬는 컨퍼런스실 뒤쪽에 빈자리를 발견하고 무대를 등지고 옆으로 걸어 나갔다. 의자에 막 앉으려는 순간 주위 사람들이 다 자리에서 일어났다. 그러더니 순식간에 그의 눈앞에 수많은 사람들이 보였다.

본능적으로 머리에서는 도망치라고 외쳤지만 루쉬는 도망칠 곳이 없었다. 그때 열렬한 박수갈채가 쏟아졌다.

알렉시 그린이 무대에 오른 것이다.

루쉬는 뒤를 돌아보았다. 긴 머리 남자가 그를 우러러보는 청중을 향해 손을 흔들었다. 입장하는 장면을 더 인상적으로 만들기 위해 알렉시 그린은 푸르스름한 금속 느낌이 감도는 정장을 멋들어지게 차려입었다. 그뿐만 아니라 뒤에는 뉴욕 스카이라인을 배경으로 한 은행원의 시체가 매달려 있는 특대형 사진이 있었다.

루쉬도 따라서 박수를 쳤다. 생각해 보니 그도 저 사진 속 어딘가에 있었다. 긴급 출동해 다리 주변에 우글우글 모여 시체를 올려다보는 요원 중 한 명이었다.

"알렉시 그린! 알렉시 그린!"

환호와 박수가 점점 거세지자, 루쉬는 거의 소리쳐야 했다. 그 사이 스크린에 뜬 사진이 바뀌었다. 은행원은 사라지고 구겨진 검은 트럭이 떴다. 트럭의 뒤꽁무니는 33관할서 건물 입구에 칼자루처럼 튀어나와 있었다.

루쉬는 시체 보관소에서 케네디 경관의 처참한 시신을 확인했던 기억을 떠올렸다. 모두가 입을 모아 좋은 사람이라고 평하는 남자였다. 보닛에 묶여 친구와 동료들이 있는 건물 벽을 뚫고 지나갈 때까지 케네디의 손목을 묶었던 지저분한 밧줄이 떠올랐다.

루쉬는 더 세게 박수를 쳤다.

"전 팀. 위치로." 체이스가 무전기에 대고 명령했다.

"객석에 서른다섯 명에서 쉰 명 있대요."

"인원 35와 50 사이." 체이스가 백스터의 말을 친절하게 통역해 주었다.

백스터는 이동 감시 차량을 떠나 전화기에 대고 말했다.

"에드먼즈, 로비에서 나와. 이제 특공대원들이 들어갈 거야."

에드먼즈는 사람들로 가득 찬 공간을 걱정스레 둘러보았다. "네에…, 여긴 문제없어요."

"도와줘야 해?" 백스터가 물었다.

"아니, 괜찮을 거예요. 다만, 옆에 핀-."

조금 전 에드먼즈 옆으로 온 핀레이가 고개를 가로저었다.

"내가 알아서 할게요." 에드먼즈가 말을 바꾸고 전화를 끊었다.

"내가 여기 있는 거 알면 괜히 걱정만 해." 핀레이가 설명했다. "일단 여기 호텔에 있는 민간인들을 내보내고 그 녀석은 모르게 하자고."

에드먼즈가 고개를 끄덕였다. 두 사람은 흩어져 최대한 소리 없이 사람들을 출구로 내보내기 시작했다. 곧이어 옆문으로 무장 대원들이 우르르 들어왔다.

루쉬는 내부를 슬쩍 둘러보았다. 체이스와 부하들이 들이닥치기까지 얼마 남지 않았다. 출구는 세 개였다. 무대 양쪽에 하나씩 있고, 남은 하나는 그가 들어온 커다란 쌍여닫이문이었다. 출구마다 임시 경호원이 서 있다는 사실은 이미 백스터에게 경고해두었다. 경호원 누구도 전술팀이 문과 몇 센티미터 거리에 도착하는 소리를 듣지 못한 눈치였다.

루쉬는 다시 알렉시 그린을 보았다. 그가 무대 중앙 계단을 가볍게 뛰어내려 추종자들 앞에 섰다. 흩날리는 머리카락을 헤드셋 마이크가 고정하고 있었다. 루쉬도 인정하지 않을 수 없었다. 알렉시 그린은 매력적이고 카리스마 넘치는 대중 연설가였다. 외부

영향에 잘 휘둘리는 사람들을 자석처럼 끌어당겨 생각을 주입할 줄 아는 인물이었다.

"우리의 형제자매들은 우리에게 무궁한 자긍심을 선물해주었습니다." 알렉시 그린이 갈라지는 목소리로 열렬히 말했다.

그는 통로를 거닐며 객석의 모든 사람과 한 명씩 눈을 맞출 생각인 듯했다. 끝줄에 앉아 있던 여자 하나가 지나가는 그를 감싸 안았다. 아예 자리에서 일어난 여자는 기쁨의 눈물을 흘리고 있었다. 경호원 한 명이 다가오자 그는 괜찮다고 손을 들어 올렸다. 여자의 머리를 쓰다듬은 그가 턱을 손으로 들어 올리고 그녀에게 직접 이야기했다.

"이제 우리가 그들을 자랑스럽게 만들어줄 차례입니다."

그러자 사람들이 뜨거운 박수를 보냈다. 알렉시 그린은 연설을 계속했다. "그리고 지금 이곳에 앉아 있는 여러분들 중 운 좋은 한 명은 그 순간을 조금 더 일찍 맞을 겁니다." 여자를 겨우 떼어낸 알렉시 그린이 미소를 지었다.

루쉬는 그 발언을 핑계로 홀 안을 한 번 더 둘러보았다. 다른 이들도 정체불명의 행운아를 찾아 그 사람이 누군지 얼굴을 살폈다. 루쉬가 다시 앞으로 고개를 돌렸을 때, 알렉시 그린은 루쉬가 앉은 열 끝에 서 있었다. 루쉬와 알렉시 그린 사이에는 두 명밖에 없었다. 기껏해야 3미터 거리였다.

FBI의 습격이 얼마 남지 않았다.

루쉬가 알렉시 그린에게 손을 뻗으면 닿을까?

알렉시 그린이 자신을 빤히 보는 루쉬의 시선을 알아챈 듯 루쉬를 똑바로 바라보았다. 피투성이 셔츠를 잠깐 보기는 했지만 동요하지 않았다.

"이틀입니다, 동지 여러분. 이틀만 있으면 돼요!" 알렉시 그린이 외쳤다. 우레와 같은 박수 소리가 터져 나오자, 그가 다시 걸음을 옮겼다. 루쉬와는 손을 뻗어도 닿을 수 없는 거리로 멀어졌다.

주변 사람들의 경외하는 표정을 보며 루쉬는 알렉시 그린이 위험을 감수하고 마지막 집회를 연 이유를 이해했다. 이들은 그를 숭배했다. 이들은 그의 인정을 받기 위해서라면 못 할 일이 없었다. 목숨도 바칠 수 있었다. 이들이 원하는 보답은 하나, 알렉시 그린의 사랑이었다. 그러므로 마지막으로 그를 봐야 했던 것이다.

그리고 오늘로써 알렉시 그린은 이들을 완전히 지배했다.

"돌격 금지. 돌격 금지." 백스터가 아직 듣고 있기를 바라며 루쉬가 속삭였다. 지금 알렉시 그린은 자발적으로 계획을 불고 있었다. 이보다 확실하게 정보를 뽑아낼 방법은 없었다. 취조를 해봤자 침묵으로 저항하거나, 자신을 보호하기 위해 반쪽짜리 진실만 들려줄 것이다. "반복한다. 돌격…, 금지." 루쉬가 목소리를 높여 다시 말했다.

박수가 잦아들며 채광창에 똑똑 떨어지던 비는 오히려 강해져 갑자기 우박이 쏟아지기 시작했다

"우리가 여러분 각각에 어떤 기대를 하고 있는지 잘 아시리라 믿습니다." 알렉시 그린이 전보다 진지해진 말투로 관객석을 향해 말했다. "하지만 이건 알아둡시다. 세계의 눈이 피카딜리 서커스에 고정되어 우리의 위대한 승리를 직접 목격할 때, 땅속에서 시체를 꺼내 숫자를 셀 때, 그때가 되면 마침내 우리를 이해할 것입니다. 우리는 '망가진' 사람이 아닙니다. '아픈' 사람이 아닙니다. 우리는 '약한' 사람이 아닙니다."

알렉시 그린이 과장되게 고개를 젓고 양팔을 하늘로 들어 올렸

다.

"함께일 때…, 우리는…, 강하다!"

사람들이 한 번 더 벌떡 일어났다. 그리고 귀가 먹먹해질 만큼 함성을 내질렀다.

체이스와 FBI 요원들은 무대와 가까운 출구 두 개에 자리를 잡았다. 그 말은 현재 알렉시 그린과 가까운 곳에 있다는 뜻이었다. 체이스는 작은 소리로 백스터와 언쟁을 벌이고 있었다.

"아, 제발, 체이스. 1분만 더 기다리라고요."

"안 됩니다." 체이스가 대답했다. 안에서 박수가 계속 터져 나온 덕분에 목소리를 조금 높일 수 있었다. "알렉시 그린을 봤다면서요. 우리는 들어갑니다."

"돌격하지 말라잖아요!"

"젠장할, 백스터! 잠음 넣지 마요!" 체이스가 다그쳤다. "우리는 갑니다. 전 팀에게 말한다. 전 팀. 돌격! 돌격! 돌격!"

★

열렬한 박수가 뚝 끊겼다. 자물쇠로 잠가놓은 문 세 개가 덜컹덜컹 흔들렸기 때문이다. 먼저 반응한 것은 알렉시 그린이었다. 그가 무대를 향해 뒷걸음질 쳤다. 무대 위에 있는 동료들도 놀라서 일어났다. 지도자의 겁먹은 표정에 추종자들 사이에서도 두려움이 전염병처럼 퍼졌다. 루쉬는 사람들을 밀치고 통로로 나갔다. 그러자 컨퍼런스실 뒤쪽 주 출입구가 뚫렸다.

갑자기 사람들이 루쉬쪽으로 몰려들었다.

눈 깜짝할 새 루쉬는 벽에 메다 꽂혔다. 뒤쪽에 있던 사람들이 그가 있는 방향으로 몸을 던졌기 때문이다. 모든 사람이 하나의 개체처럼 움직이고 있었다. 그리고 다시 알렉시 그린이 무대에 올랐을 때 무대 양쪽의 출구가 활짝 열렸다.

"FBI다! 엎드려! 엎드려!"

루쉬는 몸을 짓누르는 사람들을 밀어내려고 필사적으로 싸웠다. 그러다가 군중이 다시 한 몸으로 합체해 이번에는 새로 뚫린 출구로 움직이기 시작했다. 인파에 밀린 FBI 요원들이 쓰러졌다. 사람들은 예상과 달리 사방으로 흩어지지 않고 하나의 지점에 모여들고 있었다.

군중이 무장 대원 두 명을 덮쳤을 때 첫 번째 총성이 울렸다. 하지만 그들은 끄떡도 하지 않았다. 루쉬는 알렉시 그린을 발견했다. 그린은 측근들에 둘러싸인 채 열린 문으로 직행하는 중이었다. 루쉬는 누군지 모를 사람을 넘어뜨리고 간신히 사람들 틈에서 벗어나 줄지어 서 있는 의자 위로 올라갔다. FBI 팀은 정신이 없어서 알렉시 그린을 발견하지 못했고, 설령 발견했어도 붙잡을 위치가 아니었다.

그때 탕 하고 총성이 울렸다.

루쉬 앞에 있던 남자가 바닥으로 쓰러지면서, 총을 쏜 요원과 루쉬 사이에는 빈 공간이 생겼다.

상황을 통제하지 못하자, 체이스로부터 살상 무기를 사용해도 된다는 명령이 내려온 모양이었다. FBI 요원은 혼란 속에서 루쉬를 알아보지 못했다. 게다가 자해 상처까지 있는 루쉬는 알렉시 그린의 광신도 중 하나로 보일 뿐이었다.

요원이 루쉬에게도 총을 겨누었다. 무거운 총이 찰칵 소리를 냈다.

루쉬는 얼어붙었다. 무슨 말이든 하려고 입을 열었지만 그도 알고 있었다. 때는 이미 늦었다는 것을….

돌격소총이 발사된 순간, 벌떼 같은 사람들이 특공대원을 삼켰고 총알은 다행히 허공으로 날아갔다. 사람들에 떠밀린 요원이 바닥으로 쓰러졌다. 루쉬가 그에게 손을 뻗으려 했지만 인파가 다시 밀려들어 휩쓸리는 바람에 루쉬는 바닥에 쓰러진 남자를 짓밟았다.

사람들 사이를 겨우 빠져나온 루쉬가 문을 지나 복도로 나왔다. 대부분 로비를 향해 우르르 달려가고 있었지만 루쉬의 눈에 무언가 포착되었다. 알렉시 그린이 복도 끝에 있는 비상 창문을 기어오르고 있었다.

유리는 깨져 있었다. 알렉시 그린이 뾰족한 유리창을 넘어 호텔 뒤편의 측면 도로로 나아갔다. FBI 무장 차량을 뒤로 한 채 그가 대로를 향해 달려가는 모습이 보였다.

"백스터!" 루쉬가 이어폰을 세게 누르며 외쳤다. "알렉시 그린이 호텔 밖으로 나왔어요. 몇 발자국만 더 가면 마블 아치예요."

주변이 소란스러워서 백스터의 대답을 알아들을 수 없었다.

루쉬는 전속력으로 건물 옆을 돌아 거리로 나갔다. 가게 앞에 사람들이 옹기종기 모여 비를 피하고 있었다. 차가운 빗방울이 타오르는 가슴을 때릴 때마다 고통이 솟았다.

놓친 걸까? 루쉬가 생각하는 순간, 알렉시 그린이 위풍당당한 아치 세 개 앞에 있는 도로를 빠르게 건넜다. 정성껏 손질한 긴 머리가 검은 미역 줄기처럼 얼굴에 들러붙었다.

"옥스퍼드 스트리트!" 루쉬가 외치며 코너를 돌았다. 하지만 갈수록 험악해지는 날씨에 그의 목소리가 백스터에게 전해질지 확신은 없었다.

루쉬의 몸이 말을 안 듣기 시작하며 알렉시 그린과의 거리는 점점 멀어졌다. 이제는 고통을 무시할 수 없었다. 우박이 아니라 쇠구슬이 그를 때리는 느낌이었다. 호흡이 고통스럽게 거칠어졌다.

마지막 한 방울 남은 아드레날린까지 고갈되며 루쉬의 속도가 걷는 속도로 느려지자, 알렉시 그린이 자신만만하게 멈춰 서서 그를 지켜보았다. 그는 눈에 흘러내린 머리카락을 치우고 웃으며 다시 걸어 나갔다.

루쉬가 쓰러지려는 순간, 백스터의 아우디가 쌩하니 지나갔다.

몇 미터 앞 인도로 올라간 차는 건물 벽과 충돌하고 알렉시 그린을 가로막았다. 허를 찔린 그가 혼잡한 도로 쪽으로 도망칠지 반대쪽 속옷 가게 쪽으로 도망칠지 고민하고 있을 때 루쉬가 뒤에서 달려들었다. 알렉시 그린이 땅에 질질 끌려가며 금속 느낌의 정장이 찢어졌다.

백스터가 재빨리 차에서 내려 그린의 뒷목을 무릎으로 찍어 누르고 수갑을 채웠다.

힘이 다 빠진 루쉬가 몸을 굴려 벌러덩 드러누웠다. 텅 빈 하늘에서는 진눈깨비가 우아한 눈송이로 바뀌고 있었다. 루쉬는 가슴을 움켜쥐고 숨을 헐떡였다. 하지만 이런 평온한 마음은 실로 오랜만에 느껴보는 것이었다.

"루쉬?" 백스터가 외쳤다. "루쉬?"

백스터가 누군가에게 말하는 소리가 들렸다.

"앰뷸런스…, 옥스퍼드 스트리트 521번지…, 네, 앤 서머스요…, 경찰이 부상당했습니다. 깊은 상처 다수, 출혈도 심하고요…, 빨리 와줘요." 백스터의 목소리가 커졌다. "출발했대요, 루쉬! 우리가 잡았어요. 우리가 잡았다고요! 다 끝났어요."

루쉬는 천천히 고개를 돌려 백스터가 알렉시 그린을 세워 무릎을 꿇리는 모습을 보았다. 루쉬가 힘겹게 입꼬리를 올려 웃었다. 하지만 이내 그의 눈이 번쩍 뜨였다.

"루쉬? 괜찮아요? 왜 그래요?" 백스터를 향해 기어 오는 루쉬를 보며 백스터가 물었다. "아직 움직이면 안 돼요. 루쉬?"

루쉬는 고통으로 신음하며 얼어붙은 콘크리트 바닥에서 계속 몸을 끌었다. 그러더니 손을 뻗어 알렉시 그린의 흠뻑 젖은 셔츠를 찢었다. 가슴에 익숙한 단어가 새겨져 있었다.

PUPPET

"안 돼." 백스터가 숨 막힌 소리를 냈고 루쉬는 다시 드러누웠다. "이게 왜…? 뭐야!"

알렉시 그린이 의기양양하게 웃으며 백스터를 올려다보았다.

"줄을 움직이는 건 이놈이 아니었어요." 루쉬가 숨을 헐떡이며 말했다. 얼굴 위로 하얀 입김이 번졌다. "우리는 아무것도 막지 못했어요."

32

체이스는 분개했다.

작전이 실패로 돌아가 직접 알렉시 그린을 체포하지 못했고, FBI는 죄인에 대한 소유권을 잠시도 주장할 수 없게 되었다.

한편, 백스터는 바니타 같은 우유부단한 상관이 자기한테만 유리한 결정을 내려 당장 상황이 역전될 수 있다는 사실을 잘 알고 있었다. 그래서 알렉시 그린을 경찰청 수사본부에 데리고 오자마자 취조하도록 준비해두었다.

나머지 추종자들은 예상 작전 인원과 현재 업무량을 계산하는 복잡한 알고리즘에 따라 다수의 지역 경찰서로 분산되었다. 체이스가 작성해 배포한 질문지를 바탕으로 각 경찰서의 당직 경찰들이 조사를 진행하고 있었다.

백스터는 알렉시 그린이 변호사를 요구해 조사를 지연시킬 것이라 예상했다. 하지만 그는 변호사를 요구하지 않았다. 백스터는 그의 무모한 결정을 최대한 활용할 계획이었다. 루쉬가 아직 입원 중이었기 때문에 어쩔 수 없이 손더스에게 같이 들어가자고 부탁했다. 개인적으로 입만 산 손더스를 좋아하지 않았지만, 성격이 워낙 다혈질이라 본부 내에서 가장 효율적으로 취조를 하는 수사관이었기 때문이었다.

조사실로 가니 문 앞을 지키던 경관이 1번 조사실 문을 열어주었다.(신참이 아니고서야 턴블 시장이 불에 타 죽은 후 새롭게 보수한 2번 조사실을 사용하는 사람은 없었다.) 알렉시 그린은 중앙에 놓인 테이블에 얌전히 앉아 있었다. 그가 다정한 미소를 지어 보였다.

"일단 그 상판에서 역겨운 웃음부터 지우시지." 손더스가 윽박질렀다.

처음으로 손더스가 제법 프로다워 보였다. 작전 때 입은 유니폼을 아직 벗지 않고 있었고, 손에는 두툼한 서류철을 들고 있었다. 손더스가 의자에 앉으며 위협적으로 테이블에 서류철을 던졌다. 사실 플라스틱 폴더에 들어 있는 것은 〈맨즈 헬스〉 잡지였지만 백스터는 센스 있는 준비물이라고 생각했다.

"당신들이 우리를 이겼다고 생각한다면 오산이야." 알렉시 그린이 머리카락을 귀 뒤로 넘기며 말했다.

"그래?" 손더스가 물었다. "이상하네. 나는 우리가 당신네 정신병자 친구들을 죄다 체포했다고 생각했거든. 지금 이 순간에도 우리 동료들에게 줄줄이 실토하고 있-"

"몇 명인데?" 알렉시 그린이 말을 가로챘다.

"전부."

"정확히 몇 명?"

손더스는 그 질문에 머뭇거렸다.

알렉시 그린이 우쭐한 미소를 짓고 의자에 기대앉았다.

"어디 보자, 정확히 몇 명인지는 모르겠지만 오늘 아침 너희가 펼친 어설픈 작전에서 탈출한 우리쪽 수에…, 애초에 내가 오늘 모임에 참석하지 말라고 지시했던 수까지 더하면…, 이렇게 보면 되겠네. 너넨 여전히 우릴 막을 수 없어."

생각할 시간을 벌기 위해 손더스는 서류철을 집어 들고 무언가를 확인하는 것처럼 페이지를 넘겼다. 단 6주 만에 식스팩을 만드는 법을 알려주는 기사가 나왔다. 이게 실제로 가능하면 1달 반 후 잡지가 폐간되겠지.

어쩔 수 없이 손더스가 서류철을 덮고 백스터에게 어깨를 으쓱해 보였다.

"이 인간 말이 맞아요." 손더스가 그렇게 말하고 연극을 하듯 자기 이마를 때렸다.

"아, 그런데 내가 진짜 머저리 같은 짓을 했네! 화요일에 당신 여동생이랑 만나기로 했어요. 그 여자 이름이 뭐였더라?"

"마리아." 백스터가 끼어들어 답을 말했다.

알렉시 그린이 긴장했다.

"근데 내가 그 여자한테 어디서 만나자고 했는지 알아요?" 손더스가 말했다.

"설마 피카딜리 서커스 역은 아니겠지!" 백스터가 상심한 척 고개를 저었다.

"그러니까…." 손더스가 알렉시 그린이 동요하는지 살피기 위해 돌아보며 말했다. "그날 네 동생은 하루 종일 피카딜리역에 있을 거야."

알렉시 그린이 감정의 변화를 보였다는 것은 정말로 지하철역이 목표라는 뜻이었다.

"걘 나한테 아무 의미 없어." 알렉시 그린이 어깨를 으쓱했다. 아주 거짓말 같지는 않았다.

"정말?" 손더스가 물었다. "네 정체를 알게 된 날 여동생을 인터뷰했던 것도 나였는데?"

"허풍떨지 마. 넌 내 동생을 만난 적도 없잖아. 네 팀원이 나를 인터뷰한 적은 있었지." 알렉시 그린이 손더스의 말을 다 듣지도 않고 백스터와 눈을 맞추며 말했다. "교도소에서. 맞아. 이름이…, 커티스였나? 요즘 어떻게 지내나?"

백스터는 허리를 똑바로 폈다. 움켜쥔 주먹에 힘이 들어갔다.

손더스가 황급히 말을 이었다. "내가 동생한테 말했어. 오빠가 악마 같은 놈인 걸 다 말해줬지. 처음에는 믿지 않더군. 얼마나 열심히 변호하던지. 오빠에 대한 믿음이 무너지는 걸 보고 있으니 참…, 딱하더라고."

그 말이 여운을 남겼다.

알렉시 그린은 손더스를 힐끗 보고 다시 백스터에게 시선을 돌렸다. "안에 두고 왔겠네." 알렉시 그린이 백스터를 유심히 관찰했다. "여기 있는 걸 보니 자기 목숨을 구하려고 그 여자를 안에 버리고 왔겠군."

백스터가 눈을 가늘게 떴다. 호흡이 점점 거칠어졌다.

손더스도 백스터를 지켜보고 있었다. 만약 백스터가 폭발해 알렉시 그린을 공격한다면 조사는 여기서 끝날 것이다. 그렇게 되면 그는 전세를 뒤엎을 수 있다.

지금부터는 누가 먼저 상대를 무너뜨리는지 보는 시합이었다.

"너는 나머지 사람들과 다르다는 거 알아." 손더스가 말했다. "이런 거 믿지도 않잖아. 돈 받고 하는 거지?"

용의자의 잘생긴 얼굴은 아무 반응도 보이지 않았다.

"칼로 벤 상처 정도로는 말이야…, 잘은 모르지만…, 아마 곧장 사람이 죽진 않을 거야. 아마 피를 흘리고 오랫동안 고통스러워하다가 죽었겠지…"

분노에 휩싸여 손이 다 떨렸다. 백스터가 이를 악물었다.

"당신이 두고 왔을 때 죽어 있었을 것 같지는 않은데. 그렇지?" 알렉시 그린이 다시 백스터를 조롱했다.

백스터가 벌떡 일어났다.

이대로는 안 되겠다는 생각에 손더스가 작전을 바꿨다.

"에비Abby는 누구야?" 손더스가 물었다. "미안. 이렇게 말했어야 하지. 에비는 누구였어?"

찰나의 순간, 알렉시 그린의 눈동자가 흔들렸다. 다시 백스터에게 말을 걸기 위해 고개를 돌렸지만 이미 늦었다. 손더스는 그의 '빈틈'을 찾았고 그곳을 공략할 작정이었다.

"그래, 네 동생이 말하더라고. 죽었지? 그 여자는 어떻게 생각할까? 궁금하네. 애니가 너를 자랑스러워할까? 애니가…."

"에비!" 알렉시 그린이 외쳤다. "에비야!"

손더스가 푸하하 웃었다.

"그게 그거 아닌가. 아, 잠깐…, 혹시 네가 죽인 거야?" 손더스가 흥미를 보이며 몸을 앞으로 기울였다. "그렇다면 네 말을 들어줘야지."

"네까짓 게 감히." 알렉시 그린은 얼굴을 붉혔다. 미간에 깊은 주름이 잡히자 실제 나이가 드러나 보였다. "닥쳐…, 둘 다. 내가 누구 때문에 이 일을 하는데."

분노로 내뱉은 자백의 의미를 깨닫고, 백스터와 손더스가 슬그머니 눈빛을 주고받았다. 하지만 손더스는 아직 할 말이 남아 있었다.

"다 좋다 그거야. 이렇게 변태 같은 의식을 치르는 게 에이미를 기리는…."

"에비라고!" 알렉시 그린이 결박된 몸을 흔들며 다시 외쳤다. 테이블 위로 침이 튀었다.

"…그런데 진심이야? 폭탄이 터지면 사람들이 너나 네 뒈진 여자친구를 생각할 거라고?" 손더스가 알렉시 그린의 얼굴에 대고 잔인하게 웃었다. "너는 아무것도 아니야. 혼선을 일으키는 도구일 뿐이지. 본 경기를 위한 연습 경기."

백스터와 손더스는 숨을 참았다. 손더스는 방금 가진 패를 전부 꺼내 보였다.

수갑이 허용하는 범위 내에서 알렉시 그린이 손더스 쪽으로 천천히 몸을 기울였다. 마침내 입을 연 그가 분노와 증오로 얼룩진 목소리로 속삭였다.

"화요일에 나를 보러 와, 건방진 놈. 내가 약속하지. 그때가 오면 그 이름을 잊지 못할 거야. 에비A-B-B-Y." 알렉시 그린이 손가락 네 개를 하나씩 꼽으며 말하고 다시 의자에 몸을 기댔다.

백스터와 손더스는 서로 마주 보고 한마디 말도 없이 일어나 급히 조사실을 나왔다.

필요한 정보는 다 얻었다.

"이래도 MI5는 추가 테러 공격 위협이 없다고 말할지 궁금하네." 백스터가 비웃었다. 두 사람은 본부 회의실로 향하며 사람들을 불러 모았다. "죽은 여자친구에 대해서는 어디까지 알아냈는지 확인해봐."

"큰일 났습니다." 백스터가 문을 넘자마자 한 수사관이 알렸다.

"아, 딱 잘되고 있었는데!" 백스터는 남자처럼 생긴 이 여자 수사관의 이름을 돌아서면 잊었다. 니콜스? 닉슨? 너클스? 안전하게 이름은 생략하기로 했다. "뭔데, 말해 봐."

"구류 중인 용의자와 자동 삭제되는 휴대폰 문자를…"

"자살 문자라니까!" 책상 밑에서 테키 스티브가 외쳤다.

"…대조해 소거하는 작업을 마쳤는데, 알렉시 그린의 꼭두각시 13명이 아직 행방불명입니다."

"열셋?" 백스터가 얼굴을 찌푸렸다.

"그리고…" 여자 수사관은 죄지은 사람처럼 계속 말을 했다. "조사를 마친 꼭두각시 중에서 최소 다섯 명은 정신병 병력이 없었습니다. 사건에 개입된 정신과 의사들 중 하나를 찾아간 적도 없고 정신과에 방문한 기록도 없습니다. 뉴욕과 마찬가지로, 알렉시 그린과 환자들이 전부는 아니라는 뜻입니다. 지금까지 우리는 퍼즐 전체에서 아주 작은 조각만 보고 있었던 거예요. 제 생각은 그렇습니다."

백스터가 신음 소리를 냈다. 피로, 실망, 걱정이 합쳐져 입에서 짧지만 처량한 신음이 흘러나왔다.

여자 수사관이 미안한 듯 미소를 짓고 자리에 앉았다.

백스터가 한숨을 쉬고 회의실 앞으로 걸어가 현재 상황을 설명했다.

블레이크가 손을 들었다.

"젠장할, 블레이크." 백스터가 소리쳤다. "네가 어린애야? 그냥 말해!"

"폭탄을 몇 개 준비했는지 알렉시 그린이 정말 확인했을까요?"

"예상대로야. 뉴욕과 같다. 손더스도 놈이 실토하게 했고."

"아." 블레이크가 고개를 끄덕였다. 그 이상의 설명은 필요 없었다.

체이스는 어리둥절해 둘을 번갈아 보았다.

"도발한 거예요." 블레이크가 설명했다.

"안면 인식은 어떻게 돼가?" 백스터가 물었다.

"시티 오아시스에서 영상을 보내줬습니다." FBI 기술팀 요원이 말했다. "두 호텔의 영상을 비교해 놓친 사람이 없는지 확인 중입니다."

"알렉시 그린과 함께 무대에 있던 세 사람은?"

"한 명은 도망치다 사살되었습니다."

백스터가 콧김을 뿜었다.

"그 여자가 나한테 칼을 휘둘렀단 말입니다!" 체이스의 부하 요원 하나가 총을 쏜 이유에 대해 변명했다.

"사살된 자의 이름은 앰버 아이브스." 기술팀 요원이 계속 설명했다. "역시 정신과 의사이고 사별 전문 심리치료사로도 일하고 있었습니다. 세미나, 공통 지인…, 알렉시 그린과 접촉할 기회가 수도 없이 많았어요." 그가 수첩을 보면서 말했다. "아이브스와 있던 두 번째 인물은 탈출에 성공했습니다."

다들 비난하듯 FBI 요원을 흘겨보았다.

"사람이 많아서 어쩔 수 없었어요!"

"세 번째는?" 백스터는 인내심을 잃어가고 있었다.

"현재 이곳으로 이송되고 있습니다. 협상을 원한답니다."

"뭐, 소득이 없지는 않군." 백스터가 말했다. "그렇다고 해도 거짓말을 할 수 있다는 가능성을 항상 염두에 둬야겠지."

그런 다음 손더스를 돌아보았다. "안에서 정말 잘했어." 손더스를 칭찬한 후에는 체이스에게 말했다. "우리는 알렉시 그린하고 볼일 끝났어요. 이제 그를 누가 데려갈지 MI5와 잘 싸워 봐요."

백스터는 루쉬가 입원해 있는 세인트 메리 병원 1인실 앞에서 머뭇거렸다. 창밖에는 눈이 펑펑 내리고 있었다. 잠깐이지만 백스터는 캄캄한 교회 안에 돌아온 느낌이었다. 커티스의 목에 그어진 가느다란 선이 떠올랐다. 그린의 조롱은 백스터의 기억을 그곳으로 다시 이끌었다.

루쉬는 죽은 사람처럼 잠들어 있었다. 피투성이 붕대를 감은 가슴으로 고개가 축 늘어져 있었다. 팔의 각도도 부자연스러웠다. 양쪽 팔이 막대기에 걸린 링거백과 줄로 연결되어 있었고, 바닥에 질질 끌리는 튜브들은 그를 못 움직이게 고정하는 와이어처럼 침대 주위에 엉켰다.

루쉬의 눈꺼풀이 파르르 떨렸다. 눈을 뜬 루쉬가 백스터를 보고 힘없이 미소를 지었다.

백스터는 머릿속의 이미지를 떨쳐버리고 침대로 걸어간 다음, 오는 길에 매점에서 산 대용량 초콜릿을 던졌다. 감동적인 선물이었지만 루쉬는 주사 때문에 팔을 움직여 받을 수 없었다. 날아온 초콜릿 봉지가 피 묻은 붕대 한가운데 떨어지며 루쉬가 고통스러운 비명을 질렀다.

"아이씨!" 백스터가 얼른 달려가 초콜릿을 침대 옆 선반에 올려놓았다.

백스터는 리모컨을 들고 크리스마스 영화를 틀었다. 백스터는 '음소거' 버튼을 두르고 루쉬의 옆에 앉았다.

"그래서 언제 내보내 준대요?"

"내일 아침요." 루쉬가 질문에 대답했다. "그때까지 항생제를 잔뜩 주입할 거래요. 의사 말을 빌리자면 '죽지 않기 위해서'요. 그래도 이제 숨은 쉴 수 있으니까."

백스터가 무슨 뜻이냐는 표정을 지었다.

"지금 갈비뼈가 폐를 찌르고 있었거든요." 루쉬가 설명했다. "교도소 때부터요."

"아." 백스터는 죄책감 섞인 눈으로 붕대를 바라보았다.

"앞으로 수영장 가면 사람들이 이상하다고 쳐다보겠죠." 루쉬가 농담했다.

"병원에서 어떻게 할 수 있지 않을까요? 피부 이식이라든가?"

"그러네요. 맞아요, 할 수 있을 거예요."

납득하는 표정은 아니었다.

"문신을 다른 모양으로 바꾸는 사람도 있대요." 백스터는 희망을 버리지 않았다. "전 애인 이름을 지우는 사람 있잖아요."

"네." 루쉬가 고개를 끄덕였다. "바꿀 수는 있겠네요…, 버펫 Buppet(가슴 모양으로 생긴 인형 - 옮긴이 주)?" 인상이 절로 찡그려졌다.

"퍼피스Puppies 어때요! 강아지!" 백스터가 태연하게 말했다. 터무니없는 제안에 둘 다 웃음을 터뜨렸다.

루쉬가 고통스러운 가슴을 움켜쥐었다. "알렉시 그린한테서 뭐라도 알아냈어요?"

백스터는 알렉시 그린이 조사실에서 말한 내용과 나중에 자수하여 형량협상을 하며 체포된 의사 야니스 호프먼에게서 얻어낸 정보를 보고했다. 호프먼은 환자의 개인 정보를 전부 제공해주었고, 그중 셋이 아직 잡히지 않은 꼭두각시 13명에 포함되었다. 암 완화 치료 전문의인 호프먼은 알렉시 그린에게 직접 스카우트되었고, 그를 유일한 설계자로 믿고 있었다. 하지만 형량 감소를 받는 조건으로 그는 정확한 공격 예정 시간을 확인해주었다. 오후 5시. 러시아워다.

"그리고 이 얘기 좀 들어봐요." 백스터가 덧붙였다. "알렉시 그린의 여자친구가 노르웨이에서 테러 사건으로 죽었대요."

그 이야기를 듣고 루쉬가 속으로 분노했을지 모르지만, 겉으로 드러내지는 않았다. "그게 동기일까요?"

"약점이겠죠." 백스터가 바로잡았다.

"봉제인형 사건과는 관련이 없었고요?"

"전 세계의 관심을 그쪽으로 쏠게 하는 수단일 뿐이었어요." 백스터가 말했다. "영리하게 주의를 다른 곳으로 돌린 거죠. 나약한 사람들을 이용해 커다란 폭탄을 터뜨리기 위해서요. 인간의 역겨운 본능을 이용한 거죠. 우리 인간이 피에 굶주리지만 않았어도 이런 일은 벌어지지 않았어요. 봉제인형 살인사건 이후로 사람들이 이렇게 흥분한 적 있었냐고요."

백스터는 알렉시 그린을 조사한 후로 많은 생각을 한 듯했다.

"천재적이에요." 백스터가 말을 이었다. "서로 싸우고 있을 때 누가 뒤에서 소리 없이 접근하는지 경계하고 있겠어요? 놈들은 우리가 서로를 죽이게 만든 거예요."

33

2015년 12월 20일 일요일
오후 6시 3분

눈송이들이 헤드라이트 불빛을 받아 반짝거리며 떨어졌다. 아까 옥스퍼드 스트리트에서 타이어 한 뭉텅이가 떨어져 나간 후로 백스터의 아우디는 뭔가 으드득 갈리는 소리를 내며 자꾸 오른쪽으로 기울고 있었다. 얼마 남지 않은 차량 안전 검사를 통과하지 못하겠다는 불안감이 스멀스멀 들기 시작했다.

백스터는 시동을 껐다. 또 고칠 문제(아니면 숨길 문제)가 있는지 보닛 아래에서 바람 빠지는 소리가 들렸다. 아니면 차가 다치지 않고 무사히 도착했다고 한숨을 쉬었거나.

장갑과 모자로 중무장한 백스터는 조수석에 있던 가방을 들고 눈을 저벅저벅 밟으며 에드먼즈의 복층 연립으로 향했다.

초인종을 누르고 기다리는데 반으로 잘린 듯한 크리스마스 전구가 벽돌 아래로 흘러 내려와 있었다. 그리고 레일라의 울음소리가 들리더니 복도 불이 켜지고 티아가 낑낑대며 한 손으로 현관문을 열었다.

"메리 크리스마스!" 백스터가 미소를 지었다. 그녀에게는 그렇게 말하는 것도 쉬운 일이 아니었다. 오는 길에 산 선물 꾸러미도 들어 올렸다. "메리 크리스마스, 레일라." 아기를 어르며 자신의 에코를 쓰다듬듯 머리를 쓰다듬어주었다. 저녁 먹으라고 고양이를 부를 때처럼 우스꽝스러운 목소리가 나왔다.

티아가 혀를 차더니 백스터를 문 앞에 남겨둔 채 다시 안으로 들어갔다.

"에드먼즈!" 티아의 목소리는 집 옆쪽에서 들렸다. 레일라는 아직도 울고 있었다. "에드먼즈!"

"어?"

"문 앞에 여자친구 왔어. 나는 위층에 있을게." 티아가 말했고 레일라의 울음소리가 멀어졌다.

잠시 후, 에드먼즈가 머리카락에 묻은 눈을 털며 달려왔다.

백스터는 이런 상황에 현명하게 대처하는 방법은 아무것도 듣지 못한 척하는 것이라 확신했다.

"백스터!" 에드먼즈가 웃었다. "왜 아직 밖에 있어요? 들어와요?"

"저 친구는 대체 뭐가 불만이야?" 백스터는 자신도 모르게 이렇게 말했다.

에드먼즈가 별일 아니라고 손사래를 쳤다. "선배가 나한테 악영향을 준다고 저래요. 또 내가 오늘 아침에 아기 한 살 생일 파티를 놓쳤고…, 다른 이유도 있고요." 에드먼즈가 애매하게 말하며 현관문을 닫고 주방으로 걸어갔다. 주방으로 들어가니 열린 뒷문으로 밤공기가 들어오고 있었다.

백스터가 에드먼즈에게 선물 봉지를 건네자 훨씬 큰 봉지가 돌아왔다.

"뭐 마실래요?"

"아니…, 집으로 돌아가야지." 그러면서도 백스터는 천장을 향해 눈빛을 쏘았다. "오늘 온 건 그냥…, 그냥…, 내가…."

에드먼즈는 벌써 눈치를 챘다. 백스터는 칭찬하거나 고맙다고 말하기 전에 꼭 이렇게 어색해했다.

"…그냥 이 말을 하고 싶어서…, 고마워."

"천만에요."

"네 덕분에 살았어…, 항상 그렇지만…."

더 있다고? 에드먼즈는 놀라지 않을 수 없었다.

"…그리고 오늘 대단했어…, 항상 그렇지만."

"사실은 말이에요." 에드먼즈가 말했다. "고맙다고 할 사람은 나예요. 오늘…, 아니, 지난 2주 동안 내가 이 일을 얼마나 그리워했는지 깨달았어요. 위험, 흥분…, 그 가치까지 다요. 티아가 나한테, 음, 우리한테 화가 난 이유는 내가 오후에 사표 비슷한 걸 써서 그래요."

백스터의 얼굴이 환해졌다. "돌아오는 거구나!"

"그건 안 돼요."

백스터의 어깨가 축 처졌다.

"나는 내 인생이 필요해요. 가족 생각도 해야 하고요. 하지만 더 이상 재산범죄조사국 책상에 앉아서 시간을 낭비하고 있을 수도 없어요."

"그래서…?"

"보여주고 싶은 게 있어요."

백스터는 어리둥절해 에드먼즈를 따라 밖으로 나갔다. 주방 불빛이 삼각형 모양으로 비추는 눈밭을 가로지르자, 허물어져 가는 창고가 나왔다.

"짠!" 에드먼즈가 자랑스럽게 외치며, '짠'과 전혀 어울리지 않는 흉물을 가리켰다.

백스터의 무덤덤한 반응에 에드먼즈의 흥분이 날아갔다.

"젠장." 왜 예상과 다른 반응이 나왔는지 알 것 같다는 표정이었다. 에드먼즈는 허리를 굽혀 손수 만든 문패를 주웠다. "바보 같은 게 자꾸 떨어지네요." 에드먼즈가 설명하며 문패를 다시 걸었다. "짠!"

사립탐정 알렉스 에드먼즈

경첩에서 거의 다 떨어진 허름한 문이 열리고 안에 꾸민 사무실이 공개되었다. 책상 스탠드가 아늑한 불빛을 뿌리고 있었다. 작업대 위에는 노트북이 있었고, 그 옆에는 프린터와 무선 전화기가 자리했다. 구석에서는 석유난로가 좁은 공간을 따뜻하게 데웠다. 커피머신, 주전자, 양동이 위에 호스를 걸어 만든 임시 싱크대, 심지어 '의뢰인 대기석'까지 있었다.

"어때요?"

백스터는 곧바로 대답하지 않고 창고를 한참 둘러보았다.

"물론 지금은 임시예요." 반응이 없자 에드먼즈가 주저리주저리 설명했다. "일단 처음에는…, 지금 울어요?"

"아냐!" 백스터의 목소리가 갈라졌다. "정말…, 정말 완벽해."

"맙소사! 울고 있잖아요!" 에드먼즈가 백스터를 껴안으며 말했다.

"그냥 너 때문에 기뻐서 그래…, 또 몇 주 동안 내가 너무 힘들었나 봐." 백스터가 웃다가 또 눈물을 터뜨렸다.

에드먼즈는 그의 어깨에 대고 흐느껴 우는 백스터를 계속 안고 있었다.

"어떡해!" 마스카라가 뺨까지 번져서 백스터가 말했다. 감정을 추스르니 웃음이 나왔다. "콧물 묻었어. 정말 미안! 나 왜 이렇게 더럽니."

"안 더러워요." 에드먼즈가 위로했다.

조금 더럽긴 했다.

"어차피 레일라가 먹을 거 다 흘려서 괜찮아요." 에드먼즈가 티셔츠에 묻은 얼룩을 가리키며 말했다. 사실은 그 얼룩도 백스터의 소행이라는 생각이 없지는 않았다.

백스터가 눈물을 닦으며 에드먼즈 뒤쪽 벽에 어수선하게 흩어진 종이 하나를 읽고 있었다. 그곳은 에드먼즈가 아직 완성되지 않은 아이디어를 메모하는 공간이었다.

"꼭두각시…, 미끼. 왜 그런 단어를 본인과 피해자 몸에 새길까요?" 에드먼즈가 자신의 손 글씨를 해독하기 위해 종이를 뜯으며 말했다.

"충성의 표식?" 백스터가 의견을 냈다. 아직도 코를 훌쩍이고 있었다. "아니면 테스트?"

"신도들은 그렇게 생각할 거예요. 결속, 단합을 위한 낙인. 하지만 놈에게는 전혀 다른 의미라는 생각을 지울 수가 없어요. 아자젤…." 에드먼즈는 마지못해 그 이름을 사용했다. "그 자에게는 개인적인 의미가 있을 거예요."

주저하던 에드먼즈가 말을 이었다.

"백스터, 앞으로 어떤 일이 벌어지든 막지 못할 것 같아요." 에드먼즈는 걱정하는 표정이었다. "제 말은…, 놈이 글렌 아놀즈를 설득하기까지 얼마나 공을 들였을지 생각해 봐요. 다른 남자를 등에 꿰매라고 했잖아요. 그 정도 수준으로 망상을 유도하고, 계획적으로 약을 바꾸고…, 이건 단순한 집착이 아니에요. 그게 유일한 목적인 사람이 이 땅에 있다는 점이…, 그게 두려워요."

창고에서 끓인 차를 마시고 10분 후, 백스터는 선물 봉투를 들고 다시 현관에 섰다.

"아, 깜박할 뻔했다." 에드먼즈가 무언가를 가지러 안으로 들어갔다. 그는 흰 봉투를 들고 돌아와 선물 위에 놓았다. "미안하지만 이게 마지막이에요. 있잖아요, 백스터…."

"부탁이니 열지 말아 달라고?" 백스터가 말을 가로챘다. 토머스를 감시하는 일에 대해 에드먼즈가 또 의견을 내놓을 것을 알고 있었다.

에드먼즈가 고개를 끄덕였다.

"메리 크리스마스." 백스터는 에드먼즈의 뺨에 가볍게 입을 맞추고 밤거리로 걸어 나갔다.

백스터가 집에 돌아와 보니 아무도 없었다. 토머스가 무수한 송년회 중 하나에 갔다는 사실을 까맣게 잊고 있었다. 백스터는 크리스마스트리 아래에 선물 봉투를 내려놓다가 두 가지 사실을 서서히 깨달았다. 첫째, 토머스가 트리를 샀다. 둘째, 요즘 일 때문에 정신이 없어 토머스 선물을 하나도 사지 않았다.

에코는 주방에서 자고 있고, 루쉬는 병원에서 밤을 보내고, 토머스는 보나 마나 연하남 킬러 린다에게 유혹을 당하고 있을 것이다. 이럴 줄 알았으면 핀레이 집에 들를 걸 그랬나? 물론 핀레이와 매기가 손주들과 보내는 시간을 방해하고 싶지도 않았다. 그래서 백스터는 전화로만 핀레이에게 도와줘서 고맙다고 인사하고, 크리스마스에 잠깐 얼굴 보러 가겠다고 약속했다.

문득 외로움이 사무쳤다. 하지만 다른 사람들, 지난 1년 반 사이 그녀의 삶에서 사라진 사람들을 생각하고 싶지는 않았다. 백스터는 부츠를 벗어 던지고 목욕을 하러 위층으로 올라갔다.

백스터는 오전 8시 34분에 세인트 메리 병원 입구에서 루쉬를 태웠다. 아직 진통제에 알딸딸하게 취한 루쉬는 월요일 아침 러시 아워에 같이 차를 타기에는 짜증나게 밝았다. 한 교차로를 벗어 나면 다음 교차로에서 또 막히기 시작해 오전 9시 반으로 예정된 미팅에 제때 도착하기는 힘들어 보였다. MI5 테러부는 이제야 국가 안보에 대한 위협을 대단히 심각하게 받아들이고 있었다.

루쉬가 라디오를 켰다.

"…아침, 영국의 테러 경보 단계가 '위급'으로 격상되었습니다. 이는 안보 기관에서 국내에 테러 공격이 임박했음을 믿는다는 의미로 풀이됩니다."

"빨리도 한다." 백스터가 말했다. 그러다 고개를 돌리니 루쉬가 혼자 생글생글 웃고 있었다. "웃을 내용이 뭐가 있다고 그래요?" 백스터가 물었다.

"테러가 일어나지 않을 거거든요. 우리가 막을 거예요."

백스터는 신호등을 지나쳤다.

"희망적인 건 좋은데…, 낙관주의 같은 거예요? 하지만…"

"낙관하는 게 아니에요. 의지로 막겠다는 거지." 루쉬가 대답했다. "나는 몇 년 동안 삶의 목적 없이 표류하고 있었어요. 왜 그날 우리 가족은 죽었는데 나는 살아남았을까 이런 생각만 하면서…, 이제 알겠어요…. 10년 전 테러 공격 피해자로서 그날 내겐 딸을 살릴 수 있는 기회가 있었어요. 지금 나는 내일 공격을 막을 수 있는 위치에 있어요. 역사가 반복되고 있는 거예요. 나한테 재도

전 기회가 생긴 기죠. 왜 아직 내가 이 세상에 있는지 이제야 알 것 같아요. 드디어 나한테도 삶의 목적이 생긴 거예요."

백스터는 루쉬의 기분을 맞춰주기 위해 억지로 웃었다.

교통체증이 풀리기 시작했다. 루쉬가 침묵을 지키는 동안 백스터는 차선을 바꾸고 버스 행렬을 추월했다.

"우리가…." 루쉬는 더 설득력 있는 말을 찾으려 머뭇거렸다. "5시 5분 전까지 기다렸다가 역을 통째로 비우는 방법도 있어요."

"그럴 수 있으면 좋죠." 백스터가 말했다. "하지만 안 돼요."

"하지만 만약…."

"안 돼요. 우리가 그렇게 했다가 놈들이 또 여기저기 흩어지면요. 그러면 다른 곳에서 폭탄을 터뜨리겠죠. 지금처럼 하면 목표가 어디인지 아니까 대비할 수 있어요."

"하지만 지금 이 방법은 우리가 죄 없는 사람들을 '미끼'로 사용하는 거예요. 어디서 들어본 얘기 같지 않아요?" 루쉬가 물었다. 비난하는 목소리는 아니었다. 슬퍼할 뿐이었다.

"네, 맞아요. 하지만 다른 방법이 없잖아요."

"2005년에도 우리 가족을 두고 수사관들 사이에서 비슷한 말이 오갔을지 궁금하네요."

"아마 그랬을 거예요." 백스터가 안타까운 듯 말했다.

백스터는 상황을 냉정하게 판단하는 자신이 조금은 혐오스러웠다. 오늘 전략 회의 때 루쉬가 힘들어하겠다는 생각이 들었다. 사람 목숨을 그래프 수치쯤으로 여길 테니까. 여기서 하나 희생해 저기서 둘을 구한다.

백스터에게도 쉽지 않은 시간이 될 것이다.

오후 6시 4분, 백스터는 녹초가 되었다. 예상대로 오늘은 종일 회의만 했다. 런던 내 모든 지하철과 모든 명소에 보호 조치가 두 배로 강화되었다. 런던 내 규모가 가장 큰 5개 병원 응급실은 대형 참사 시의 프로토콜을 시행하기 위해 대기 중이었다.

꼭두각시 조사도 하루 종일 계속되었지만 중요한 정보는 하나도 얻지 못했다. 알렉시 그린의 광신도는 위협할 수도, 회유할 수도 없었다. 알렉시 그린이 아닌 자신의 이익 보호에 아무 관심이 없었기 때문이다. 알렉시 그린은 밤사이 MI5에 넘겨져 정확히 무엇인지 모르지만 MI5의 강화된 심문을 받고 있었다. 아직까지 소식이 없는 것으로 보아 고문도 그를 꺾지 못한 듯했다.

수사팀이 온종일 초조하게 기다렸지만 런던에서 최후의 기괴한 살인이 벌어졌다는 신고는 결국 들어오지 않았다. 출동할 일 없이 하루를 보내며 백스터는 꼭두각시들의 마지막 활동을 대비해 이제 만반의 준비를 갖췄다는 느낌이 들었다.

묘한 기분이었다. 앞으로 어떤 길에 어떤 일이 벌어질지 알면서도 그 길에서 지나치는 사람들에게 경고하지 않는 것은 배신행위 같았다. 주소록에 있는 모든 사람에게 연락해서 알려주고 싶었다. 옥상 위에 올라가 이 도시를 벗어나야 한다고 고래고래 소리치고 싶었다. 하지만 언젠가는 벌어질 일이다. 그렇게 하면 기다림의 시간만 늘어나고, 처음으로 유리한 고지를 차지한 기회를 날릴 뿐이다.

서류를 정리하던 백스터가 인사를 하기 위해 기다리는 루쉬를 발견했다. 이제는 더 이상 준비할 것도 없다는 느낌이 들었다. 백스터는 가방을 싸서 루쉬에게 걸어갔다.

"가요." 백스터가 하품을 했다. "집까지 태워줄게요. 어차피 챙겨야 할 것도 몇 가지 있고."

★

백스터와 루쉬가 겨우 빈센트 스퀘어를 지날 때 휴대폰 두 대가 동시에 울렸다. 무슨 일인지 예감한 두 사람은 지친 얼굴로 서로를 마주 보았다. 루쉬가 스피커폰으로 전화를 받았다.

"루쉬 요원입니다. 백스터 경감과 있어요."

가방에서 백스터의 휴대폰이 조용해졌다.

"죄송합니다. 두 분 다 퇴근하셨다는 걸 아는데…" 전화를 건 여자가 말했다.

"괜찮습니다. 얘기하세요."

"호프먼 박사의 환자 중 한 명인 아이작 존스가 방금 신용카드로 택시 요금을 냈어요."

"네." 루쉬는 뒤에 얘기가 더 있을 것이라 짐작하고 그렇게만 말했다.

"택시 회사에 전화해 기사와 연락이 닿았습니다. 기사 말이 감정이 아주 격했다고 해요. 어차피 자기는 곧 죽을 거라고 말하더랍니다. 아직 존엄이 남아있을 때 사람들의 기억에 남을 만한 방식으로 죽겠다고 했다네요. 호프먼의 진술에 따르면 존슨은 최근 수술도 불가능한 뇌종양 진단을 받았습니다. 서더크에서 한 팀이 출동했습니다."

"위치는?" 백스터가 물으며 사이렌을 켜고 꽉 막힌 차선에서 빠져나왔다.

"스카이 가든입니다."

"워키토키 말이야?" 백스터가 건물의 별칭을 부르며 물었다.

"맞습니다. 식당으로 올라가고 있었대요. 35층에 있습니다."

로체스터 로우에서 북쪽으로 속력을 높이자 눈으로 질척이는 도로에서 바퀴가 헛돌았다.

"일단 서더크 팀은 건물에 들어가지 말라고 해." 백스터가 큰소리로 외쳤다. "특공대 지원 요청하고. 7분 후 도착할 거야."

"알겠습니다."

"인상착의는요?" 루쉬가 물었다.

"백인, '집채만 한 체격', 짧은 머리, 짙은 색 정장입니다."

루쉬가 전화를 끊었다. 도시의 총천연색이 백스터의 아우디 차량 옆을 스쳐 지나갔다. 루쉬는 총을 꺼내 확인했다.

"또 시작이네요."

백스터는 하품을 참았다. "이놈의 악당들은 쉬지도 않아."

34

"빨리, 빨리." 엘리베이터의 LED숫자가 올라가는 동안 백스터는 작은 소리로 중얼거렸다.

루쉬는 벌써 권총집에서 총을 꺼내 들었다. 하지만 1층에서 공항처럼 철저한 보안 검사를 하고 있기 때문에 용의자가 무기를 몰래 반입했을 가능성은 크지 않았다.

31… 32… 33… 34….

엘리베이터가 속도를 늦추고 부드럽게 정지했다.

"준비됐어요?" 루쉬가 물었다.

문이 열리고 음악과 교양 있는 대화가 부드럽게 섞인 소리가 그들을 반겼다. 의외로 편안한 분위기에 백스터와 루쉬가 마주 보고 어깨를 으쓱했다. 루쉬는 황급히 총을 숨겼다. 동굴 같은 내부로 들어서자 말쑥하게 차려입은 사람들이 줄을 서서 자리가 나기를 기다리고 있었다.

배경으로 런던 전경이 반짝거리고 있었다. 유리와 금속으로 만들어진 거대한 아치가 하늘을 조금 더 차지하려 욕심을 부리는 것처럼 15미터 높이로 뻗어 올랐다.

줄에 서서 기다리는 동안 용의자의 인상착의와 일치하는 사람을 찾아 혼잡한 식당을 훑어보았지만, 짙은 색 정장을 입은 사람이 3분의 1이었다. 그리고 집채만 한 체격은 앉아 있는 모습으로 판단하기가 어려운 요소였다.

말끔한 차림의 남자가 백스터와 루쉬에게 앞으로 나오라고 손짓했다. 백스터의 실용적인 겨울옷을 아래로 훑고 난 남자는, 루쉬의 구겨진 양복을 위로 훑으며, 거들먹거리는 웃음으로 평가를 마쳤다.

"안녕하세요. 예약하셨습니까?" 남자가 의심스럽게 물었다.

루쉬가 신분증을 보여주었다.

백스터는 몸을 기울이고 조용히 말했다.

"백스터 경감입니다. 반응하지 말고!" 백스터를 퍼뜩 알아본 남자가 매니저를 찾아 두리번거리자 백스터가 주의를 주었다. "명단을 확인해주세요. 예약 손님 중에 아이작 존스라고 있어요?"

잠시 정적이 흘렀다. 남자는 사람들 이름이 적힌 클립보드 위로 손가락을 움직였다. "존스… 존스… 존스…."

"설마 본명을 썼겠어요?" 루쉬가 물었다.

"자기 신용카드를 썼다잖아요." 백스터가 대답했다. "이제 잃을 것도 없는 사람이에요. 신경 쓰지도 않을걸요."

"존스! 찾았습니다!" 남자의 외침에 여러 사람이 이쪽을 돌아보았다.

"말했죠." 백스터가 참을성 있게 말했다. "반응하지 말라고."

"죄송합니다."

"어느 테이블이에요? 돌아보지 말고! 손 내려요!"

"죄송해요. 창가 자리예요. 오른쪽. 문과 가장 가까운 자리로 요청하셨습니다." 백스터가 남자의 시선을 붙잡아두는 동안 루쉬가 내부를 둘러보았다.

"테이블이 비어 있어요."

"어떻게 생겼는지 봤어요?" 백스터가 직원에게 물었다.

"음…, 키가 크고… 몸집이 근육질로 컸어요. 옷은 검은 정장과 넥타이…, 장례식 가는 사람처럼요."

백스터와 루쉬는 눈빛을 주고받으며 고개를 끄덕였다.

"좋아요." 백스터가 직원에게 말했다. "아무 일 없는 것처럼 행동해요. 만약에 그 사람을 보면 우리 쪽으로 천천히, 진짜 천천히 와서 내 귀에 속삭이고요. 알았죠?"

직원이 고개를 끄덕였다.

"테라스에서 시작할까요?" 백스터가 루쉬에게 제안했다.

놀랍게도 백스터가 먼저 루쉬에게 팔짱을 꼈다. 행복한 커플로 위장한 두 사람이 바를 지나 테라스로 나갔다. 더 샤드(런던에 있는 72층 고층 건물 - 옮긴이 주) 끝이 눈 덮인 산처럼 멀리서 하얗게 빛나고 있었다. 철제 난간으로 느긋하게 다가가 보니 사방에서 흩날리던 눈송이가 반짝거리는 도시로 흩어졌다.

추위에 맞서 이곳으로 나온 사람들은 벌벌 떨며 샴페인 잔을 들고 건배하는 연인들과 신난 어린 딸들의 성화에 못 이겨 바깥으로 끌려 나온 부모뿐이었다. 형광 핑크색 조명을 밝힌 실내에 비해 상대적으로 어둡고 은밀한 테라스에서는 이목을 끌지 않고도 사람들의 얼굴을 살필 수 있었다.

"집에 갔을지도 몰라요." 루쉬가 낙관적으로 말했다. 하지만 아까 그 멀끔한 직원이 둘을 찾아 돌아다니는 모습을 포착했다. "아님 말고요."

서둘러 다시 안으로 들어간 백스터와 루쉬가 직원의 뒤를 쫓아 엘리베이터를 지나 화장실로 갔다. 안에는 똑같이 생긴 칸막이가 일렬로 늘어서 있었다.

루쉬가 총을 꺼냈다. "내가 들어갈게요. 망보고 있어요."

백스터는 그를 한 대 때릴 것 같은 얼굴이었다. "안에 있는지 확실하지 않잖아요."

무기가 있다는 데 안심한 루쉬가 말했다. "게다가 한 명 이상일지도 몰라요. 남아서 엄호해줘요."

"알았어요."

루쉬는 칸칸이 나뉜 화장실의 비좁은 통로로 걸어갔다. 첫 번째 두 칸은 비어 있었다.

"사람 있어요!" 세 번째 문을 열려고 하자 안에서 여자 목소리가 들렸다.

"죄송합니다!" 루쉬가 그렇게 외치는데 옆 칸의 걸쇠가 열리는 소리가 났다.

루쉬는 재킷에 숨긴 총을 감싸 쥐었다. 하지만 나이 지긋한 신사가 비틀거리며 나와 인자한 미소를 지어 보이자 긴장을 풀었다.

루쉬는 빈칸을 하나 더 지나, 마지막 남은 검은 문 앞에 섰다. 걸쇠를 걸지는 않았지만 문이 닫혀 있었다.

루쉬가 총을 들고 얇은 칸막이 문을 발로 차서 열었다. 문이 큰소리를 내며 빈 공간 안쪽으로 열렸다.

뒤쪽 벽에 물탱크의 뚜껑이 열린 채 세워져 있었다. 그 옆에 고무로 만든 가방이 바닥에 내팽개쳐져 있었고 물이 뚝뚝 떨어지고 있었다. 문 뒤편에는 커다란 검은 정장 재킷과 넥타이가 매달려 있었다. 돌아서서 나가려던 루쉬가 바닥에 떨어진 금속을 발로 찼다. 그쪽으로 걸어가 집어 들고 보니 황동으로 된 9mm 총알이었다.

"젠장." 루쉬가 내뱉고 라운지로 달려 나갔다.

"안에 없-." 그 말을 하려다가 쟁반을 무리하게 나르는 웨이터와 충돌했다. 아슬아슬하게 유리 식기를 얹은 쟁반이 바닥으로 떨어뜨렸다. "미안합니다." 루쉬가 백스터를 찾아 두리번거리며 사과했다.

"아닙니다. 제 불찰이죠." 청년은 예의 바르게 대답했다. 사실은 전혀 그렇지 않았는데도.

"여기서 기다리던 여자 못 봤습니까?" 루쉬가 없어진 백스터를 찾기 위해 웨이터에게 물었다.

그때 사람들이 테이블을 버리고 떠나며 의자 다리가 바닥을 끄는 소리가 들렸다. 루쉬는 사람들을 밀치고 소란이 일어난 곳으로 달려갔다. 그의 걸음이 멈췄다.

어둠 속에서 백스터가 보였다. 그녀는 테라스 난간에 기대 서 있었고 머리카락이 바람에 마구 날렸다. 백스터와 몇 미터 거리에는 젊은 부부와 두 자녀가 유리창 옆 구석에 웅크리고 있었다. 아버지는 두 딸을 지키기 위해 앞에 쪼그리고 앉아 있었다.

루쉬는 총을 겨누고 천천히 그쪽으로 발을 내디뎠다.

유리에 반사되는 눈부신 불빛이 사라진 순간, 그는 마침내 상황을 이해했다. 테라스에는 그들 말고 한 사람이 더 나와 있었다. 백스터 뒤에.

근육질의 팔이 백스터를 꼼짝 못 하게 붙들고 있고, 작은 권총을 그녀의 턱 아래에 찔렀다.

다른 손에 들린 두 번째 무기는 구석에 있는 가족을 겨냥하고 있었다.

"루쉬겠군."

백스터 뒤에 있던 남자가 어울리지 않게 카랑카랑한 고음으로 말했다. 인간 방패에 가려 얼굴의 일부분밖에 보이지 않았다.

그는 루쉬의 이름을 정확히 발음했다. 백스터가 그의 이름을 실토했거나, 혹은 그를 외치며 찾았다는 뜻일 것이다.

후자가 가능성은 더 컸다.

"그거 내리는 게 어때?" 남자가 다정하게 물었다. 그러면서 백스터의 턱 밑에 총을 더 세게 밀어붙였다.

백스터가 보일 듯 말 듯 고개를 흔들었지만, 루쉬는 머뭇거리다 무기를 낮춰 들었다.

"아이작 존스겠군." 루쉬가 말했다. 차분한 말투가 놈에게도 전해지기를 바랐다. "괜찮아요, 백스터?"

"괜찮아." 존스가 대신 대답했다.

"딱 1분 혼자 놔뒀더니⋯." 루쉬가 웃으며 자연스럽게 한 걸음 다가갔다.

"어이! 어이! 어이!" 존스가 외치며 백스터를 뒤로 끌었다. 루쉬가 방금 좁힌 거리가 다시 넓어졌다.

설명으로 들었던 것처럼 존스는 체격이 대단했다. 백스터의 날씬한 몸이 남자의 몸통을 완전히 가린 것은 아니었지만 그렇다고 백스터를 피해 즉각 사살할 수 있는 가능성도 낮았다.

"그래서 계획이 뭐야, 아이작 존스?" 루쉬는 존스에게 계속 말을 시킬 요량이었다.

벌써부터 알 수 있었다. 이 남자는 다른 살인자들과 달랐다. 침착하고 냉정했다. 사람들의 관심을 즐기고 있었다.

"글쎄, 우리 관객들 중 누구를⋯." 존스가 웅크린 가족을 가리켰다. "⋯살릴지 죽일지 결정하려던 참이었지. 그러다 여기 백스터 경감을 발견한 거야. 도저히 참을 수 없더라고. 그러니까 안타깝지만 전부 당신 책임인 거지."

한순간 남자의 주의가 실내에 있는 구경꾼들 쪽으로 흐트러졌다. 루쉬는 혹시라도 기회가 생길 경우를 대비해 총을 몇 센티미터 천천히 들어 올렸다.

"안 돼!" 존스가 외쳤다.

그는 앞에 있는 백스터를 놓치지 않으려고 조심하고 있었다. "한 명이라도 여기서 나가면 내가 쏠 거라고 말해. 이 사람들 아이디어 좋네. 다들 휴대폰 꺼내라고. 괜찮아. 나야 촬영해주면 감사하지. 네가 어떤 결정을 하는지 온 세상에 들려주고 싶은데?"

승리의 순간을 포착할 카메라가 충분하다고 생각했는지 존스가 만족스러운 표정으로 루쉬를 돌아보았다.

"그래서 어느 쪽이야, 루쉬? 내가 누구를 죽이면 좋겠어? 당신 동료? 아니면 아무 죄 없는 가족?"

루쉬는 걱정스럽게 백스터를 보았다.

백스터는 아무 반응이 없었다.

총부리가 턱에 찌르는 상태에서는 루쉬가 놈을 명중할 기회를 주는 것은 고사하고 아예 움직일 수가 없었다. 루쉬가 가족을 바라보았다. 아버지의 얼굴에 떠오른 참담한 좌절을 그는 너무나 잘 알고 있었다.

특공대의 첫 번째 팀이 도착하며 안에서 고함이 들렸다.

"멈춰!" 루쉬가 외쳤다. "가까이 오지 마!"

대원 중 한 명이 소리를 못 듣고 다가오자 존스가 경고 사격을 했다. 소녀의 머리와 가까운 벽에 튕긴 총알이 건물과 하늘을 가르는 유리 난간에 균열을 만들었다. 안으로 들어왔던 특공대 대원들도 그제야 양손을 들고 구경꾼 옆에 섰다.

정적이 내려앉았다. 루쉬는 소녀의 치아가 딱딱 부딪히는 소리를 들었다. 겨우 다섯 살, 많아야 여섯 살이었다. 존스가 희망 고문을 하는 동안 소녀는 얼어 죽어가고 있었다.

선택은 존재하지 않았다. 이건 게임이 아니었다. 아이작 존스는 모두를 죽일 작정이었고, 백스터도 그걸 알았다.

그동안 그는 연극을 벌였다. 더 흥미진진하게, 더 야심차게 구성한 공포로 언론을 유혹했다. 어린아이의 공개 처형을 준비하고 있는지도 몰랐다. 그는 그럴 수 있다는 것을 이미 증명해 보이지 않았던가. 그는 꼭두각시를 이용해 밴섬 가족을 전부 살해했다. 루쉬는 아이작 존스가 한 치의 망설임 없이 방아쇠를 당길 것을 확신했다.

떨어지는 눈발이 자꾸 루쉬의 시야를 가렸다. 손가락이 얼어 방아쇠를 제때 당기지 못하는 일이 없도록 루쉬는 틈틈이 손가락을 움직여주었다.

"결정할 시간이야!" 존스가 구경꾼들에게 외쳤다. "전 세계 사람들이 들을 수 있게 큰소리로 말해." 다음으로 루쉬에게 명령했다. "누가 죽었으면 좋겠어? 대답하지 않으면 전부 다 죽일 거야."

루쉬는 침묵을 지켰다.

존스가 답답함에 끙 소리를 냈다. "좋아…, 마음대로 해. 5초 주지!"

루쉬가 백스터와 눈을 마주쳤다. 백스터가 탈출할 방법은 없었다.

"4!"

인질로 잡힌 가족을 보았다. 아버지가 어린 딸의 눈을 손으로 가렸다.

"3!"

루쉬의 뒤에는 수많은 카메라 폰이 깔려 있었다.

시간이 더 필요했다.

"2!"

"루쉬…" 백스터가 말했다.

백스터를 보는 루쉬의 눈이 간절했다.

"1!"

"…당신을 믿어요." 백스터가 눈을 감았다.

소리는 한꺼번에 들렸다. 루쉬가 움직이는 소리, 날카로운 총성, 귀 옆을 바람이 가로지르는 소리, 유리가 깨지는 소리, 어디선가 희미하게 충돌하는 소리까지.

턱 밑을 누르던 힘이 사라지고 백스터를 붙잡고 있던 팔이 떨어지더니… 뒤에 있던 사람이 사라졌다.

다시 눈을 떴을 때, 떨고 있는 루쉬가 보였다. 루쉬는 여전히 백스터를 향해 총을 들고 있었다. 두 사람 사이에서 피로 물든 눈송이가 춤을 추었다. 그러고는 건물 끝에서 낙하해 150미터 아래에 있는 시체 위에 쌓여갔다.

특공대가 테라스로 달려 나왔다. 백스터는 총알이 스친 관자놀이가 욱신거리는 것을 느꼈다. 겁에 질린 부모는 충격과 안도감으로 감정을 주체하지 못한 채 흐느껴 울고 있었다. 누군가 괜찮다고 말해줘야 했다. 이제 안전하다고 큰 소리로 말해 줄 사람이 필요했다.

루쉬는 천천히 총을 내렸다.

백스터는 한마디도 하지 않고 레스토랑 안으로 들어갔다. 버려진 테이블 하나에서 와인 병을 하나 훔친 그녀는 텅 빈 바에 앉아 유리잔 가득 술을 따랐다.

35.

2015년 12월 21일 월요일

오후 11시 20분

루쉬는 56번지 앞에 아우디를 세웠다. 부유한 주택가에 하늘색 타운하우스가 늘어서 있었다. 집 밖에 서 있는 크리스마스트리가 흰색과 금색으로 번쩍였다. 거리에는 전통적인 가로등이 눈을 배경으로 새까만 탑처럼 우뚝 솟았다. 아래의 지상에 숨어 있는 위험을 경고하는 도시의 등대들이었다.

차에서 내린 루쉬가 질척이는 눈을 밟고 조수석으로 돌아갔다. 문을 열자 백스터가 굴러 떨어졌다. 백스터를 반은 안고, 반은 끌며 현관 계단 앞에 다다랐다. 몸을 번쩍 안아 올리자 붕대 밑의 상처가 따끔거렸다. 루쉬는 백스터의 발로 신중하게 겨냥해 초인종을 눌렀다.

온몸에서 힘이 빠져나가는 40초가 지나고 누군가 계단을 서둘러 내려오는 소리가 들렸다. 자물쇠가 철컥 돌아가고 잠옷 바람에 배드민턴 채를 든 남자가 밖을 슬쩍 내다보더니 문을 활짝 열었다.

"뭐야, 죽은 겁니까?" 토머스가 루쉬의 품에 안겨 축 처진 백스터를 내려다보며 숨 막힌 소리를 냈다.

"어? 아니요! 아니, 아닙니다! 그냥 술에 취한 거예요." 루쉬가 증거로 백스터의 머리를 토머스 쪽으로 돌렸다. 고개가 앞으로 떨어지고 입이 벌어졌다. 아직 살아 있다는 확신에 루쉬는 백스터를 흔들어 보았다. 백스터가 끙 하고 신음을 흘렸다. "많이 취했어요." 루쉬가 덧붙였다.

"아…, 그렇군요." 토머스는 안심했지만 한편으로는 당황하고 있었다. "아, 죄송합니다. 들어오세요. 예의가 아닌데. 으음…, 침실로 데리고 가야 할까요?"

"욕실로요." 백스터를 받쳐 들려고 끙끙대며 루쉬가 제안했다.

"욕실로요. 알겠습니다." 토머스가 고개를 끄덕이고 루쉬를 집에 들인 후 현관문을 닫았다. "위층에 있습니다."

"거 참 잘됐네요." 루쉬가 숨을 훅 불고 복도를 비틀비틀 걸었다.

토머스는 생각했던 것과 다른 남자였다. 고급 카탈로그에 나오는 카디건 모델 같은 미남이었다. 루쉬가 예상했던 남자는…, 지금 와서 생각해 보니 뭘 예상했던 것인지도 모르겠다.

루쉬는 토머스를 따라 침실에 딸린 욕실로 들어가 드디어 백스터를 변기 옆에 내려놓았다. 다시 살아난 백스터가 변기를 붙잡고 몸을 일으켰다. 백스터가 토를 하자, 루쉬는 머리카락을 잡아 주었다. 그동안 토머스는 물컵을 들고 반대편에 쭈그리고 앉아 있었다.

"참, 저는 토머스입니다." 토머스가 자기소개를 하며 습관적으로 손을 내밀었지만 지금 상황에서는 잡을 수 없었다. "아, 맞다. 죄송합니다." 토머스가 악수에 실패한 손을 거뒀다.

"루쉬입니다."

"아, 말씀 많이 들었습니다." 미소를 짓던 토머스가 바닥으로 다시 쓰러진 백스터를 걱정스럽게 내려다보며 말했다. "이런 모습은 처음 봐요." 그러면서 변기 물을 내렸다.

루쉬는 속으로 놀랐지만 표현하지 않았다. 백스터가 자신의 고질병을 8개월이나 사귄 남자친구가 아니라 자신에게 털어놓았다는 것이. 하지만 더 놀라운 것은 토머스였다. 사람이 그 정도로 눈치가 없을 수 있나?

백스터가 다시 변기를 짚고 앉았다. 이번에는 토머스가 백스터의 머리카락을 잡아주었다.

"무슨 일이에요?" 토머스가 물었다.

루쉬는 말을 할 입장이 아니라고 생각했다. 루쉬는 미안하다는 듯 어깨를 으쓱했다. "사건이죠, 뭐."

토머스는 백스터에게도 같은 말을 들은 적 있는지 고개를 끄덕였다. 토머스가 화제를 바꿨다.

"에밀리와 많이 친하신가 봐요."

"누구요?"

백스터가 손을 펄럭펄럭 흔들었다.

"아, 백스터요! 아무래도…, 네." 루쉬가 말했다. 그러고 보니 이번 사건을 맡으며 짧은 시간 동안 두 사람은 참 많은 일을 겪었다. 평생 경험할 공포는 다 경험한 느낌이었다. "네." 루쉬가 다시 자신 있게 말했다. "정말, 많이 특별한 친구예요."

백스터가 큰소리로 구토를 했다.

루쉬는 머리카락 붙잡는 임무를 다시 맡았다.

다 끝난 후 루쉬가 일어났다.

"이제 정리가 된 것 같네요." 루쉬가 토머스에게 말했다. "저는 이만 가보겠습니다." 그러다 뭔가를 기억했다. "저기…, 차에 별건 아니지만 백스터 선물이 있거든요."

"트리 아래 선물 놓는 곳에 두세요." 토머스가 말했다. "차도 가져가시고요. 에밀리는 아침에 제가 태워다줄게요."

루쉬는 고맙다고 고개를 끄덕이고 몸을 돌렸다.

"루쉬!"

토머스가 루쉬를 다시 부르는 바람에, 루쉬가 돌아보았다.

"에밀리는 무슨 일인지 제게 전부 얘기하지는 않아요." 토머스가 말을 꺼냈다. 올해의 절제된 표현 대회에 나갔으면 우승 후보감이었다. "그냥…, 있잖아요, 만약 가능하다면…, 그냥…, 잘 지켜주세요."

루쉬는 망설였다. 지킬 수 없는 약속을 하고 싶지는 않았다.

"하루 더 버텨보죠."

루쉬는 그렇게 얼버무리고 욕실을 나갔다.

★

백스터는 토머스의 품에서 잠을 깼다. 맨다리가 닿은 욕실 타일이 차가웠다. 의식이 들자마자 보지 않고도 상처가 느껴졌다. 바지는 구석에 구겨져 있었지만 땀에 젖은 셔츠는 아직 그대로였다. 함께 수건을 덮은 채로 토머스는 변기와 벽 사이에 불편하게 끼어 있었다.

"망할." 백스터는 스스로에게 화가 나 속삭였다.

몸을 비틀어 토머스의 품에서 빠져나왔다. 천천히 일어났지만 새로운 고도에 익숙지 않은 몸이 휘청거렸다. 백스터는 조심스럽게 아래층으로 내려갔다.

크리스마스트리 불빛이 깜박거렸다. 트리는 어두운 집에서 유일하게 빛과 온기를 내뿜고 있었다. 백스터는 거실로 들어가 트리 앞에 책상다리를 하고 앉아 차례로 반짝이는 형형색색의 전구들을 바라보았다. 몇 분이나 넋이 나가 있던 백스터가 무언가를 알아차렸다. 트리 꼭대기에서 예쁜 천사가 그녀를 내려다보고 있었다.

죽은 동료를 이야기하며 레녹스가 '위로'를 한다고 했던 말이 불청객처럼 머릿속으로 돌아왔다. "아무래도 신께서 천사가 한 명 더 필요하셨나 봅니다."

백스터는 일어나 가냘픈 장식을 떼서 소파에 던졌다. 그러고 나니 기분이 한결 나아져 선물을 분류하기 시작했다. 아직도 토머스의 선물은 사지 못했다.

어렸을 때는 크리스마스를 사랑했던 백스터지만 최근의 크리스마스는 12월만 되면 틀어주는 5대 크리스마스 영화를 보는 것으로 끝이었다. 끈질긴 초대에 못 이겨 남의 집 크리스마스 만찬에 참석하거나. 그마저도 제시간에 퇴근해야 가능했다.

백스터는 리모컨으로 텔레비전을 켠 다음 스피커에서 잡음만 겨우 들릴 정도로 음량을 낮췄다. 그리고 만면에 미소를 띤 채 선물을 세 더미로 분류하기 시작했다. 대부분은 백스터에게 온 선물이었다. 에코도 벌이가 쏠쏠했지만 토머스는 초라했다.

백스터는 형태가 이상해 보이는 선물을 처음 보고 꼬리표를 읽었다.

메리 크리스마스, 백스터. 내 이름은 프랭키예요.
룩쉬가.

무슨 선물일지 궁금했다. 혼자만의 이른 크리스마스 기분에 신이 나기도 했고, 보답할 때 얼굴이 굳거나 지나치게 밝아지는 일이 없도록 가격이라도 대충 알아야겠다는 생각이 들어 백스터는 재빨리 포장지를 뜯었다. 그리고 손에 들린 선물을 내려다보았다. 주황색 모자를 쓴 펭귄. 루쉬의 집에 있을 때 귀엽다고 생각한 장난감 인형이었다. 루쉬 딸의 인형.

백스터는 멍청하게 생긴 새 인형을 한참 바라보았다. 이렇게 중요한 물건을 나한테 준다고? 믿기지 않았지만 그보다 마음이 찜찜했다. 더 이상 필요하지 않다고 생각하는 건가? 그들 앞에 닥친 마지막 시험이 무엇일지 모르지만, 마치 루쉬가 스스로 살아 돌아올 기대를 하지 않고 있다는 의심이 들었다.

백스터는 프랭키라는 인형을 다리에 올려놓고, 에드먼즈와 티아의 커다란 선물 봉투를 끌어당겼다. 아무것도 쓰여 있지 않은 흰 봉투가 손에 잡혔다.

맞아, 이런 게 있었지.

백스터는 봉투를 꺼내 프랭키 위에 들어 올렸다. 근거 없이 루쉬를 의심했던 기억이 떠올랐다. 처음에는 에드먼즈를 싫어했던 기억도. 이제 베스트 프렌드가 된 에드먼즈는 토머스에 대한 불법 조사를 그만하라고 매번 간청했다.

이번에는 토머스의 모습을 그려보았다. 수건을 덮고 위층 욕실에 박혀 있는 사람. 토머스는 그곳에서 밤새 백스터를 간호했다.

남자친구가 어쩔 줄 몰라서 허둥대는 모습을 상상하자 어느새 입가에 미소가 번졌다. 백스터는 봉투를 조각조각 찢어 포장지 쓰레기 위에 뿌리고 선물을 마저 분류했다.

36

백스터는 베이컬루선 표지판을 따라 땅 밑으로 깊이 내려가 피카딜리 서커스 지하철역에 이르렀다. 오늘 백스터는 머리카락을 포니테일 스타일로 묶고, 지난 몇 년간 선물로 받은 색조 화장품 몇 가지를 얼굴에 발랐다. 대부분 엄마가 '뱀파이어 같은 화장은 그만해'라는 속마음을 노골적으로 드러내며 준 화장품들이었다. 어쨌든 위장술의 효과는 충분했다. 화장을 마치자 거울로 보이는 자신의 모습을 알아보기도 힘들었다.

사람들과 섞여 승강장으로 가던 백스터가 중간에 목적지를 발견하고 회색 문 앞에 멈춰 섰다. 런던 지하철 로고 옆에는 이렇게 쓰여 있었다.

직원 외 출입 금지

노크를 했다. 여기가 맞겠지? 청소용품 보관실이 아니길 빌었다.

"누구세요?" 안에서 여자의 목소리가 들렸다.

주변에 사람이 여럿 있었다. 광대처럼 꾸미려고 그 고생을 했는데 남들 앞에서 이름을 큰소리로 말하고 싶지는 않았다.

백스터가 다시 노크했다.

문이 조심스럽게 몇 센티미터 열렸다. 백스터는 그 틈을 비집고 어두운 방으로 들어갔다. 문을 열어준 여자가 얼른 문을 잠갔다.

기술자 두 명은 모니터 여러 대, 무선 기지국, 주파수 증폭기, 컴퓨터, 암호 중계기를 설치하는 작업을 계속하고 있었다. 텅 빈 사무실은 완벽한 전술사령기지로 변신했다.

벌써 도착한 루쉬는 무전 호출 부호 목록 옆에 각종 지도를 붙이고 있었다.

"왔어요?"

루쉬가 백스터를 반기고 주머니에서 백스터의 차 키를 꺼냈다. 왜 차를 빌려 썼는지 따로 언급하지는 않았다. 놀랍도록 화려한 그녀의 새 얼굴을 보고도 말이 없었다.

"고마워요." 백스터가 짧게 대답하고 열쇠를 코트 주머니에 넣었다. "설치 다 끝나고 작동하려면 얼마나 걸릴까요?"

"10…, 15분?" 테이블 아래를 기어 다니는 사람 중 하나가 대답했다.

"우리는 그때 다시 올게요, 그럼." 백스터가 서투른 말솜씨로 알렸다.

루쉬는 단둘이 얘기하자는 힌트를 알아듣고 백스터와 승강장으로 나갔다.

어젯밤 루쉬가 아파트로 돌아갔을 무렵, 총격 현장의 영상은 이미 전 세계 주요 뉴스 채널에 퍼져 있었다. 백스터의 목숨을 구하는 그의 모습은 조악한 화질의 영상에 담겨 길이길이 남게 되었다. 그래서 루쉬는 오늘 아침에 면도를 하지 않았다. 항상 깔끔하게 면도를 하고 다니던 얼굴에 짙은 수염 자국이 생겼다.

"오늘 조금 미중년 분위기가 나네요?" 백스터가 웃으며 말했다.

두 사람은 안드레아의 책을 광고하는 거대한 전광판을 지나 승강장 끝으로 향했다.

"고마워요. 백스터도… 음, 당신도…."

루쉬는 애를 먹고 있었다.

"빙고하는 할머니처럼 생겼죠." 무표정으로 하니 더 웃긴 말이었다. "귀하신 FBI 분들도 우리 옆에 있어주겠대요." 백스터가 작은 소리로 말했다. "'극악무도한 야만 행위가 종결될 때까지 가능한 한 모든 방법으로 돕고 싶다'래요. 번역하자면 이거죠. 알렉시 그린을 데리고 지들 나라로 꺼져야 하는데, MI5가 아직 물고문을 덜 끝냈으니 여기라도 남아서 사람을 쏘겠다."

"네, 그런 것 같더라고요." 루쉬가 승강장 저편으로 짧게 고갯짓을 하며 말했다. 그곳에는 포니테일을 한 덩치 큰 남자가 서 있었다. "저기서 잠복근무 중인 스티븐 시걸은 1시간째 초코바를 고르고 있어요."

"내가 못 살아." 백스터가 한숨을 쉬었다. "야간 근무조에서 보고가 들어왔어요. 간밤에 꼭두각시 2명이 더 잡혔대요."

"그럼…, 10명 남았나요?"

"네, 10명 남았죠." 백스터가 고개를 끄덕이며 말했다.

"아자젤하고요. 아직도 그게 누구인지 모르겠지만…." 루쉬가 덧붙였다.

잠시 말없이 서 있던 두 사람 앞에 열차가 덜컹하며 멈춰 섰다.

"우리 둘 다 아무 일 없을 거예요." 백스터는 루쉬의 시선을 피해 출발하는 열차를 보며 말했다. "루쉬, 이제 다 왔어요. 당신이 오늘을 무슨 시험쯤으로 생각한다는 거 알아요. 하지만 우리가 할 수 있는 일에는 한계가 있어요. 바보같이 위험한 행동을 하거나-."

"내가 이젯밤 무슨 생각을 했는지 알아요?" 루쉬가 말을 잘랐다.

백스터는 어리둥절한 표정이었다.

"어떻게 본인을 지성인이라고 하고 평생 증거를 찾아다닌 사람이 근거도 논리도 없는 말을 믿을 수 있냐고 했었죠? …'하늘에 있는 요정님'이랬나?" 루쉬가 씩 웃으며 물었다.

"지금은 그런 얘기 하고 싶지 않아요." 백스터는 비행기에서 악에 받쳐 폭언했던 기억이 떠올라 민망해졌다.

"지금이 그 얘기를 할 때예요."

또 다른 열차가 속력을 늦추며 역으로 들어왔고, 열차 안에서는 10초 동안 정신없이 대규모 의자 뺏기 게임이 진행되었다. 패자의 벌칙은 병균 묻은 기둥을 붙잡거나 열차가 다시 출발하는 순간 넘어지는 것이다.

"나도 당신 같았어요." 루쉬가 말을 시작했다. "예전에 말이에요. 종교는 나약한 사람을 위한 거라 생각했죠. 버거운 삶을 버티게 도와주는 망상이라고…."

루쉬의 말은 심리 치료의 도움을 받기 전 백스터가 심리 상담에 대해 느꼈던 감정과 비슷했다.

"…하지만 그 일이 있고…, 나는 생각조차 할 수 없었어요. 가족을 영원히 잃었다는, 다시는 함께하지 못한다는, 안아볼 수 없다는, 내 여자 둘의 존재가 전부 사라졌다는 사실을 받아들일 수 없었어요. 내게는 소중하고 특별한 사람들인데 어떻게 존재하지 않는다는 거지?"

백스터는 간신히 이성의 끈을 붙잡고 있었지만 루쉬는 더없이 침착해 보였다. 그저 생각을 분명하게 표현하려 노력할 뿐이었다.

"그 생각을 하는 순간, 전부 이해가 됐어요. 우리 가족은 사라지지 않았어요. 그걸 느낄 수 있어요. 나는 오늘 이곳으로 다시 돌아왔고요…, 무슨 말인지 알겠어요?"

"나 오늘 아침에 기도했어요!" 백스터가 불쑥 말했다. 그러다 수치스러운 비밀을 내뱉은 것처럼 손으로 입을 막았다.

루쉬가 설마 하는 눈으로 백스터를 보았다.

"내가 틀렸으면 어쩌지? 정말로 하늘에 누군가 있는데, 내가 그분께 기도를 안 한 거면 어떡하지? 오늘은 진짜 위험한 날이니까 이런 때 기도를 해야 하지 않나?" 백스터의 뺨이 빨갛게 물들었지만 형형색색의 불빛 덕분에 티가 많이 나지는 않았다. "아, 웃지 마요." 그녀를 보고 웃는 루쉬에게 쏘아붙인 백스터가 얼른 본론으로 넘어갔다. "기왕 개망신당한 김에 내가 뭘 기도했는지도 말할게요."

"이 미친놈들을-."

"그건 당연하고요! 하지만 당신을 위해서도 기도했어요."

"나요?"

"그래요, 당신. 평생 딱 한 번 한 기도를 루쉬 당신한테 사용한 거예요. 당신이 오늘 나랑 같이 무사히 살아남게 해달라고 기도했어요."

뜻밖의 폭로는 기대했던 효과를 냈다.

루쉬가 믿는 신이 오늘 오후 그가 살기를 바라는지, 죽기를 바라는지는 알 수 없었다. 하지만 백스터는 이런 희망을 품었다. 루쉬가 죽음에 제 발로 뛰어들기 전에 최소한 멈춰서 그녀의 말을 한 번쯤 생각해주지 않을까?

★

"몇 시예요?" 임시 사령기지에 있는 모니터들이 푸르스름한 빛을 발하자, 백스터가 손으로 머리를 감싸 쥐고 신음했다.

루쉬는 역 곳곳에서 실시간으로 들어오는 카메라 영상에서 시선을 떼지 않았다.

백스터가 땅이 꺼져라 한숨을 쉬었다.

"이 새끼들은 대체 어디 있는 거야?"

테러 경보 단계가 격상되며 런던에서는 해프닝이 끊이지 않았다. 한 남자가 런던탑에 칼을 몰래 가지고 들어가려다 체포되었다. 그러나 모든 증거를 살펴본 결과, 어리석은 행동을 했을 뿐이지 대량 살인을 저지르기 위한 준비물은 아니었다. 켄싱턴 올림피아에서 열린 행사 중에 폭파 협박도 들어왔지만 역시 결론은 허무했다. 물건 간수를 제대로 못한 전시회 관계자는 노트북이 없어졌다고 펄쩍펄쩍 뛰다가 사라진 노트북이 폭발물 감시반에 의해 안전하게 폭파되었다는 사실도 뒤늦게 알게 되었다.

백스터와 부하 12명은 지금까지 수상한 행동을 보이는 사람 5명을 구금했다. 그런 패거리와 관련 있는 사람은 없었지만 런던에 이상한 인간이 얼마나 많이 돌아다니는지 새삼 실감이 났다.

"MI5 인간들은 어디 있지?" 백스터가 책상에서 고개도 들지 않고 물었다.

"아직 피카딜리선 승강장에 FBI와 함께 있습니다." 누군가 대답했다.

그때 루쉬가 외쳤다.

"저기 수상한 사람!"

백스터는 흥분해서 고개를 들었다. 산타 모자를 쓴 남자가 재킷 안에 살아 있는 동물로 보이는 것을 감추고 CCTV 앞을 지나고 있었다. 백스터는 뭐라도 할 일이 생겨 기뻤다.

"가서 확인해 보자고요."

한편, 경찰청 수사본부에서 베턴 로스 경정은 사건과 관련이 있지만 화질이 떨어져 안면 인식 시스템에 돌아가지 않는 카메라 영상을 검토하고 있었다. 베턴 경정은 일주일 넘게 저화질 스크린 샷을 골라 모았고, 수사팀은 이미지 품질 향상 프로그램을 거친 그 사진들을 단서로 꼭두각시 2명을 더 체포했다.

베턴은 오늘 하루 종일 스카이 가든의 CCTV 영상을 확인하며 하마터면 대형 참사가 벌어질 뻔했던 현장을 모든 각도로 살펴보았다. 지금 보는 흑백 영상은 사람들이 화장실을 들락날락하는 2시간짜리 영상보다 더 지루했다.

안쪽 바 구역에서 찍힌 영상이었다. 테라스 밖이 전혀 보이지 않아 그곳에 모인 사람들의 반응이 아니었으면 루쉬가 언제 총을 쐈는지도 알 수 없었다. 대부분 고개를 돌렸고 휴대전화를 내밀고 촬영을 계속하는 사람도 몇몇 있었다. 한 노부인이 쓰러지면서 좀비처럼 생긴 남편도 같이 넘어졌다.

다음 영상을 고르기 위해 고개를 숙이던 베턴이 멈칫했다. 배경에 서 있는 형체 하나가 시선을 사로잡았다. 베턴은 영상을 되감고 눈앞에서 사람이 죽는 모습에 반응하는 구경꾼들을 다시 보았다.

그때 뒤에 서 있는 어두운 형체를 주시했다.

기절하는 할머니가 프레임 밖으로 사라지는 순간, 그 형체는 출구를 향해 돌아서서 차분하게 걸었다. 태도부터 걸음걸이까지 전부, 방금 목격한 상황에 아무 감정도 느끼지 못한다는 사실을 드러냈다.

영상을 확대했지만 남자의 얼굴은 픽셀이 쪼개진 동그라미에 불과했다.

베턴은 아이디어를 떠올렸다.

화장실 밖의 영상을 다시 불러와, 정체불명의 남자가 코너를 돌아 카메라 아래를 지나가는 시점을 포착했다. 그러는 내내 그는 고개를 푹 숙이고 있었다.

"개새끼." 베턴이 속삭였다. 단서를 잡았다는 확신이 들었다.

바닥에서 반짝이는 동그라미가 뭘까 싶어 베턴은 짧은 영상을 슬로우모션으로 재생해보았다. 확대해 보니 쟁반이 유리 조각에 둘러싸여 있었다. 거울 같은 쟁반 표면이 화면을 다 차지할 때까지 영상을 확대하고 한 프레임씩 넘기기 시작했다. 기대감으로 베턴의 눈이 커졌다.

뒤집힌 쟁반 위로 그림자가 쏟아졌다. 몇 번 더 클릭하자 남자의 신발 윗부분이 프레임에 들어왔다. 베턴은 클릭을 계속했다.

"제발…, 제발…." 그러다 베턴이 미소를 지었다. "잡았다!"

둥근 은색 쟁반에 중년 남자의 얼굴이 또렷하게 잡혔다.

"반장님! 여기 와보세요!"

37

2015년 12월 22일 화요일

오후 3시 43분

블레이크는 무장순찰팀과 동시에 집 앞에 차를 세웠다. 오는 길에 수사팀에서는 갑자기 통보받은 새로운 용의자에 관한 정보를 대충 꿰맞춰 전달해주었다.

루카스 시어도어 키튼은 한때 통신회사를 소유한 억만장자였다. 1990년대에 회사를 팔아 크게 한몫을 챙기고 이사로 물러난 후에는 주로 자선 활동과 스타트업 지원 활동을 했다.

비밀 메시지가 보관된 서버의 주인인 S-S 모바일은 루카스 키튼이 세웠던 스모크 시그널 테크놀로지의 자회사였다. 조작된 휴대폰을 공급한 대리점도 이 모회사와 관련이 있었다.

루카스 키튼에게는 아내와 두 자녀가 있었고, 전부 사망했다.

루카스 일가족은 7월 7일 런던 지하철 폭탄 테러에 휘말렸다. 루카스 본인은 크게 다치지 않고 탈출했지만, 아들 하나는 그 자리에서 목숨을 잃었다. 부상을 입었던 다른 아들도 1년 반 후 사망했고, 키튼의 아내는 약물 과용으로 스스로 목숨을 끊었다.

"저런." 블레이크가 우울해진 기분으로 수화기 너머의 동료에게 말했다.

"그런데 더 심한 일이 벌어져."

"가족을 다 잃는 것보다 심한 일이 있다고?"

"남동생이…." 본부에 있는 배턴 로스 경정이 마우스를 클릭했다. "…그 자선 행사에 대신 참석하려고 2001년에 미국으로 갔는데 그게…."

"그만!"

"…9월 11일이었어."

"미쳤군!" 블레이크는 유력 용의자에 동정심이 생기기 시작했다. "사람이 그 정도로 운이 없을 수 있나?"

"동생은 세계무역센터에 갈 일도 없었어. 하필 그 시간에 옆을 걷고 있었을 뿐이지."

"이 루카스 키튼이라는 작자, 저주라도 받은 거 아니야?"

"돈이 그렇게 많은데, 본인은 누구보다 불행한 인생을 살았다. 뻔하잖아?" 베턴 경정은 알쏭달쏭한 말만 남기고 전화를 끊었다.

손더스가 피카딜리 서커스 작전에 참여하고 있어, 바니타는 블레이크 혼자만 보내 루카스 키튼의 첼시 저택 수색을 도우라고 지시했다.

무장 부대가 계단을 후다닥 올라가 현관문을 부수는 동안 블레이크는 우체통 뒤에서 바람을 피하며 담뱃불을 켰다. 우편번호만 봐도 부자 동네가 명백했지만, 잎이 무성한 거리는 특별히 아름답지 않았다. 거의 3분의 1은 대대적인 공사를 진행하고 있는 듯 보였다. 거주민 주차장에 서있는 스포츠카 사이사이에는 공사용 트럭과 밴은 물론 소형 크레인까지 서 있었다. 거슬리는 소음이 귀를 찢었다.

"저기요!" 블레이크가 지나가는 공사장 인부 한 명을 불러 세우고 신분증을 보였다. "무슨 일이에요? 도로가 꺼지기라도 했어요?" 혹시 이번 사건과 관련이 있을지 궁금해 블레이크가 물었다.

"이거요?" 토실토실한 남자가 엉망인 현장을 가리키며 물었다.
"아뇨. 땅값이 하늘 높은 줄 모르고 치솟으니, 요만큼도 안 빼놓
고 뽑아 먹겠다는 거죠. 코딱지만 한 침실 10개에 갇혀 살다가 머
리가 돌아버린 백만장자가 깨달은 거예요. 땅 밑으로는 지구 내핵
까지 자기가 쓸 수 있는데 그냥 놀리고 있었다고요. 그래서 이제
땅을 깊게 파서 그걸 모두 다 쓰겠다는 거죠."

블레이크는 논리 정연한 대답에 조금 놀랐다. 이곳 부자동네 사
람들은 용적률에 산입되지 않는 지하 공간을 넓게 쓰려는 게 유
행인가 싶었다.

"뭐, 우리 집 바닥 밑을 파면 아래층 케밥 가게나 나오지만요."
남자가 한숨을 쉬며 덧붙였다.

"형사님!" 대원 하나가 문가에서 외쳤다. "이상 없습니다!"

블레이크는 케밥 냄새가 나지만 정보에 밝은 남자에게 고맙다
고 말하고 서둘러 집으로 들어갔다. 현관만으로도 블레이크가 사
는 트위크넘 아파트보다도 넓었다. 모자이크 타일이 깔린 거실 한
구석에서 나무 계단이 곡선을 그리며 올라갔다. 대원 7명은 이미
미로 같은 루카스 키튼의 집 안으로 사라졌다. 비싼 화병에서는
싱싱한 꽃들이 만개해 있었고, 검은 벽에는 커다란 가족사진이
걸려 있었다.

"시간이 없으면 3층부터 시작하는 게 좋습니다." 팀장이 아는
척 조언을 하며 고개를 끄덕였다.

블레이크가 계단 방향으로 걸어갔다.

"아니, 아래요." 팀장이 구석을 가리키며 더 자세히 말했다. "지
하 3층 말이에요."

계단을 내려가자 신호가 끊기며 휴대전화가 작게 삑삑 소리를

냈다. 겉으로는 멀쩡해 보이는 저택 아래로 겨우 1층 내려왔을 뿐인데 주인의 사이코패스 같은 정신 상태가 드러나 보이기 시작했다.

지하실은 한때 서재였던 것으로 추정되었다. 하지만 지금은 빈 공간 하나 없이 행복한 가족들의 사진이 벽을 채우고 있었다. 전문 사진관에서 찍은 가족사진 옆에 자연스러운 휴가지 스냅 사진들, 사진을 보고 직접 그린 듯한 스케치들이 하나하나 액자에 담겨 소중히 걸려 있었다.

"구석에 있는 저 컴퓨터 수거해." 블레이크가 이따가 바깥 밴에 실으라는 의미로 옆에 있는 대원에게 말했다. "저쪽에 있는 전화기랑…, 이 사진도." 블레이크는 두 소년이 가장 최근에 찍은 것으로 보이는 사진을 선택했다. 똑같은 스타일로 머리를 자른 두 소년은 빠진 앞니를 드러내며 웃고 있었다.

그들은 그 다음 아래층으로 나아갔다. 발밑에서 계단이 삐걱거렸다. 온도는 더 떨어지고, 퀴퀴하고 매캐한 공기가 폐를 채웠다. 블레이크는 루카스 키튼의 무의식으로 빠져들고 있다는 느낌이 들었다.

여기는 루카스 키튼이 자는 곳이었다.

정돈되지 않은 작은 간이침대가 벽에 붙어 있었다. 침대 주변에 있는 물건들은 성물이라고 묘사할 수밖에 없었다. 보석, 옷, 아이들의 그림과 장난감이 흐트러짐 없이 침대 옆에 쌓여 있었다. 주위를 감싼 양초는 나무 바닥으로 녹아내렸다.

"어우!" 블레이크가 기겁했다. 뒤편 벽에 걸린 예수 그림을 이제야 알아차린 것이다. 예수의 발과 손목은 나무 십자가에 못으로 박혀 있었다. 양손은 힘없이 늘어졌고 뒤엉킨 가시나무 왕관이 이마에 상처를 냈다. 지난 몇 주 동안 그가 벌인 잔혹한 야만 행위는 여기서 영감을 얻은 것일까?

블레이크는 인상을 찌푸리고 한 발짝 뒤로 물러났다. 하느님의 아들 그림 양쪽에 휘갈겨 쓴 낙서가 있었다.

내 아들이 죽는 동안 대체 당신은 뭐 하고 있었소?!

블레이크는 상부에 보고하기 위해 벽 사진을 찍다가 바닥에 놓은 쿠션에 걸려 넘어질 뻔했다.

"다음 층으로 갈까요?" 여기서 빨리 벗어나고 싶어 블레이크가 제안했다.

가장 아래층으로 가는 좁은 계단을 통과하자 온도가 몇 도는 더 떨어졌다.

방 안으로 두 걸음 들어갔을 때 블레이크의 심장이 내려앉았다.

책, 일기장, 서류철 등이 방 안을 꽉 채우고 있었다. 거의 사람 키 높이로 탑이 쌓였고, 종이 장판을 바른 바닥은 발 디딜 틈이 없었다. 수년은 된 작품이었다. 강박에 사로잡힌 사람의 수확물이었다.

이제 시간은 암 환자 치료 전문의 호프먼이 털어놓은 5시까지 1시간도 남지 않았다.

먼저 와서 아수라장을 살펴보고 있던 대원 두 명이 증거로 확보한 노트북을 봉지에 넣어 이동할 준비를 했다.

"이 서류철에 봉제인형 살인사건 관련 신문 기사가 거의 다 있습니다." 한 대원이 저편에서 외쳤다. "책상에서 확인된 것은 전부 알렉시 그린 자료고요. 루카스 키튼이라는 인간, 알렉시 그린에 대한 집착이 대단했네요. 몇 년 동안 자료를 수집하고 있었어요."

블레이크가 그쪽으로 다가갔다. 스크랩한 기사, CD가 쌓여 있고 알렉시 그린의 각종 인터뷰와 강연도 직접 메모를 써서 분류해두었다.

블레이크는 일기장을 집어 들고 펼쳤다. 첫 번째 페이지에는 '첫 번째 상담'이라는 간단한 제목이 붙어 있었다. 루카스 키튼은 정신과 의사인 알렉시 그린과의 첫 만남을 한 단어도 빠뜨리지 않고 기록한 것 같았다.

팀장이 블레이크의 어깨 너머로 일기를 읽었다.

"그렇다면 루카스 키튼도 알렉시 그린이 모집한 수하 같은데요."

"설마 그럴 리가…." 블레이크가 그렇게 속삭이고, 잉크로 쏟아낸 그의 정신 세상을 다시 보았다.

"만약 루카스 키튼이 우리가 찾던 범인이라면…." 블레이크가 혼잣말을 했다.

블레이크는 루카스 키튼의 생각을 읽어내기 위해 얼른 일기장을 다시 주워들고 첫 번째 상담에 관한 내용을 대충 훑어보았다.

시간이 얼마 없었다. 블레이크는 루카스 키튼과 정신과 의사의 아홉 번째 상담으로 건너뛰었다.

★

아홉 번째 상담
2014년 7월 3일 목요일
오후 2시 22분

"…그리고 세상은 아무 일도 없었던 것처럼 굴러가죠." 루카스가 생각에 잠겨 말했다. "내게는 아무것도 남지 않았어요. 매일 밤 텅 빈 집으로 퇴근합니다. 모든 과거가 묻힌 무덤으로요. 버릴 수가 없어요. 내게 남은 전부니까요. 하지만 안에 들어가면 기억에 빠져드는 느낌이에요. 아내의 향수 냄새가 나고…, 괜찮으세요?"

알렉시 그린이 황급히 자리에서 일어나 물을 한 잔 따랐다.

"네. 괜찮습니다…, 괜찮아요." 그가 말했다. 하지만 곧 얼굴을 찡그리고 울기 시작했다. "정말 죄송해요. 의사가 이러면 안 되는 건데. 잠깐만 기다려주세요."

"제 말 때문인가요?" 루카스가 마음을 진정시키고 있는 알렉시 그린을 걱정스러운 눈으로 보았다.

밖에서는 빗줄기가 굵어졌다. 하루 종일 비가 오는 것 같다.

"아무래도 안 되겠네요." 루카스가 그렇게 말하며 일어났다. "다들 나만 보면 괴로워하니 말입니다."

"당신 때문이 아닙니다, 루카스." 알렉시 그린이 재빨리 말했다. "그냥 내 문제예요."

"왜요?" 루카스가 해맑게 물었다. "혹시…, 혹시 선생님도 누군가를 잃으셨나요?"

"여기서는 루카스 얘기만 합시다. 알겠죠?"

"저한테는 말해도 돼요."

"아니, 안 돼요." 그는 단호했다.

루카스가 일어나 문으로 걸어갔다.

"루카스! 가지 마요."

"전부 거짓말이군요! 일주일에 두 번이나 내 마음을 쏟아내고 있는데 나를 믿지 못하는군요." 루카스가 상처를 받은 목소리로 말했다.

"루카스, 기다려요! 알았어요. 알겠습니다. 그래요!" 알렉시 그린이 말했다. "당신 말이 맞아요. 사과합니다. 우리는 서로 믿는 사이죠. 네, 저도 아주 특별한 사람을 잃었습니다."

루카스가 눈을 감고 승리의 안도감으로 숨을 내쉬었다. 희미하게 떠오른 미소를 지우고 그가 천천히 소파로 돌아갔다. 루카스는 일부러 시간을 끌며 알렉시 그린 옆에 서 있었다. 냉정하고 차분한 정신과 의사가 마침내 무너져 내렸다.

루카스는 몸을 굽혀 괴로워하는 남자를 달랜 다음 진료실 책상에 있는 티슈를 한 움큼 건넸다.

"그분 얘기…, 들려주세요."

블레이크는 다급하게 페이지를 넘겨 마지막 일기를 찾았다. 알렉시 그린과 루카스 키튼의 열한 번째 만남이었다.

★

열한 번째 상담
2014년 7월 10일 목요일
오후 6시 10분

"대체 무슨 개 같은 이유로 우리만 벌을 받고 있을까요?" 루카스가 방 안을 서성이며 물었다. 알렉시 그린은 말없이 듣고만 있었다. "지금도 벌을 받고 있잖아요! 우리는 선한 사람인데요. 내

가족, 당신의 아름다운 에비도 선한 사람들이었어요!"

루카스가 무겁게 한숨을 쉰 다음 창밖을 내다보았다. 초저녁 햇빛이 그의 얼굴을 따스하게 밝혔다.

"이번 봉제인형 살인사건 말입니다." 키튼이 가볍게 말을 꺼냈다. "선생님도 소식 듣고 있죠?"

"안 그런 사람도 있나요?" 루카스와 대화하며 기가 완전히 빨린 알렉시 그린이 대답했다. 그는 일주일 넘게 잠도 제대로 자지 못했다.

"피해자 이름 아세요? 아니, 우리 내기 한 판 해요. 피해자 이름을 순서대로 말할 수 있는지."

"왜죠, 루카스?"

"그냥…, 해봐요."

알렉시 그린이 짜증스러운 신음을 내뱉었다.

"좋아요. 음, 일단 턴블 시장이 있었죠, 다음은 칼리드의 남동생이고요. 무슨 라나? …비제이 라나. 자레드 갈랜드, 며칠 전에는 앤드류 포드였고…. 아니, 이걸 왜?"

"사람들의 기억에 영원히 남았죠. 말 바꾸기 달인인 정치인, 아동 연쇄살인범의 형제, 탐욕스럽고 기회주의적인 기자, 인간이기를 거부하는 역겨운 알코올중독자. 모두 무가치한 인간들인데, 그들의 이름이 이제 역사에 남았어요. '흥미로운' 방식으로 죽었다는 이유 하나만으로요."

"제가 좀 피곤해서 그러는데요, 루카스. 요점이 뭡니까?"

"고백할 게 하나 있어요." 루카스는 뒤를 돌아보지도 않고 알렸다. "오슬로와 우퇴위아 테러에 대해 조사를 좀 해봤어요."

"그걸 왜요?" 알렉시 그린이 물었다. "도저히 이해가…."

"주로 뉴스 기사를 봤습니다." 루카스는 알렉시 그린의 말을 자르고 대화의 주도권을 되찾았다. "'77명 사망', '다수의 사상자', '여러 피해자'. 에비의 이름을 언급한 기사가 몇 개나 있는지 알고 싶지 않아요?"

알렉시 그린은 대답하지 않았다.

"하나도 없더군요. 당신이 약혼녀를 잃었다고 보도한 기사는 단 한 개도 못 찾았어요."

알렉시 그린이 흐느껴 울기 시작했다. 루카스는 다시 알렉시 그린 옆으로 걸어가 자리에 앉았다.

"세상 사람들은 아무렇지 않게 자기 인생을 살고 있어요. 우리 인생은 산산이 부서졌는데… 이름조차 알려고 하지 않고!" 루카스가 흥분해서 외쳤다. 그의 뺨에도 눈물이 흐르고 있었다. "우리 같이 고통을 겪은 사람은 없어요. 단 한 명도."

루카스는 잠시 말을 멈추고 알렉시 그린의 표정을 살폈다.

"나는 별 볼 일 없는 사람입니다, 알렉시. 나도 알아요. 성공했지만 내가 말을 해도 사람들은 듣지를 않아요. 전혀. 내가 아무리 준비하고 계획해도 사람들은 내가 원하는 대로 움직여주지 않을 겁니다. 내게 전부를 걸 사람들이 필요해요…, 오직 우리의 대의를 위해."

"우리의 꼭두각시처럼 움직여줄 사람들 말인가요?" 알렉시 그린이 물으며 고개를 들었다. 언젠가 루카스가 무생물에 죄를 물어봤자 의미가 없다고 말했었다.

"그래요, 꼭두각시." 루카스가 고개를 끄덕였다. "그리고, 그 꼭두각시들에게 영감을 줄 수 있는 사람이 필요해요. 그들이 우러러 볼 사람. 그들을 이끌어줄 사람…, 당신이 필요해요."

"그게 무슨 말이에요?" 알렉시 그린이 물었다.

루카스는 알렉시 그린의 어깨에 손을 올렸다.

"전부 바로잡을 방법이 있다면 어떨 것 같아요? 자기밖에 모르는 인간들이 우리의 고통을 이해하게 해줄 방법 말입니다. 지구상에 있는 모든 인간 놈들에게 내 가족의 이름을 각인시킬 방법이 있어요. 당신의 아름다운 에비의 얼굴을 기억하게, 에비가 당신에게 어떤 의미였는지 깨닫게 할 방법이요."

알렉시 그린이 루카스의 말을 곱씹는 동안 기나긴 침묵이 흘렀다.

천천히 루카스의 손을 잡은 알렉시 그린이 고개를 돌리고 루카스와 마주 보았다.

"자세히 말해 봐요."

38

백스터는 다급한 무전 호출을 받고 사령기지 겸 밥의 휴게실로 돌아가 전화기를 넘겨받았다.

"백스터입니다."

"바니타야. 수사에 도움이 될 만한 정보가 있어서 전화했어. 1시간 전쯤 중앙이미지분석팀이 스카이 가든 영상에서 이미지 하나를 건져서 뉴욕에서 받은 CCTV 영상과 대조했대."

"그걸 왜 이제야 알려주시는 거예요?" 백스터가 물었다.

"왜냐면 지금 그 역에서 일어나고 있는 일 말고는 자네랑은 아무 상관없는 일이니까. 자네는 지금 거기만 신경 쓰면 돼. 난 그냥 정보만 알려주는 거야. 자세한 내용은 MI5와 SO15에 전달했어. 아무튼 그래서 내가 블레이크를 보냈는데-."

"블레이크를 어디로 보내요?" 백스터가 말을 가로막는데, 루쉬가 들어왔다. "잠깐만요. 스피커폰으로 연결할게요."

"블레이크를 주소지로 보냈어." 바니타가 말을 이었다. "블레이크가 확인했고. 루카스 시어도어 키튼, 48세. 지금 그쪽으로 자세한 정보 보내는 중이야. 자, 실망할 준비들 하라고. 그 사람이 바로 아자젤이야."

상황실 안 컴퓨터 앞에 앉아있던 모든 기술팀 요원들이 이메일을 열었다. 루카스 키튼의 평범한 얼굴이 화면에 떴다. 세련되게 머리를 손질했지만 그 나이 남성이 대부분 그렇듯 관자놀이 부분부터 숱이 듬성듬성했다.

"이 사람이 아자젤이라고요?" 백스터가 물었다.

"맞아. 비밀 메시지를 전송하고 휴대폰을 공급한 것도 루카스 키튼의 회사였어. 올해 수도 없이 JFK 공항으로 미국에 입국했는데, 최근 들어 더 자주 드나들었네. 마지막으로 비행기를 타고 돌아온 게 화요일 밤이야." 바니타가 의미심장하게 덧붙였다.

다른 전화기가 울렸다. 루쉬가 얼른 전화를 받고 작은 소리로 통화를 했다.

"블레이크 말대로 MI5에서는 종교적 의미가 있는 곳을 가장 가능성 있는 목표물로 보고 있어. 루카스 키튼이라는 작자가 종교에 감정이 있나 보더라고. 그렇게 생각하면 뉴욕 브로드웨이 교회에서 사건이 발생한 것도 이해가 되지."

"그러게요." 백스터가 심란해져서 대답했다.

"끊을 테니 다시 일 보도록 해." 바니타가 전화를 끊었다.

루쉬가 벽에 걸려 있는 지도를 떼어낸 다음 다급하게 그 종이 위로 손가락을 움직였다.

"뭐예요?" 백스터가 물었다.

"사라진 꼭두각시 중 세 명이 방금 반경 400미터 안에 들어왔어요."

"특공대는 보냈겠죠?"

"그랬대요." 루쉬가 대답하며 세 명이 목격된 지점의 중앙을 손가락으로 두드렸다. "베이커 스트리트 역으로 가고 있어요. 내가 가볼게요."

"안 돼요." 백스터가 말했다. "그쪽에서 알아서 처리할 거예요.

당신은 내 옆에 있어요."

"내가 먼저 도착할 수 있어요."

"우리는 붙어 있어야 해요!"

"백스터." 루쉬가 한숨을 쉬었다. 상행선 승강장에서 열차 한 대가 또 속도를 늦추며 들어오자, 상황실 발밑까지 진동이 울렸다. "그냥 나를 믿어줘요. 내가 있어야 할 곳은 저기예요. 세 정거장밖에 안 떨어졌잖아요. 5시 전에 돌아올게요." 루쉬가 코트를 집어 들고 상황실을 나서려 했다.

백스터가 소매를 붙잡았다.

"어딜 가요!"

"나는 당신 부하가 아니에요." 루쉬가 일깨워주며 백스터에게 코트를 벗어던지고 그녀의 손길을 뿌리쳤다.

"루쉬!" 백스터는 그렇게 외치며 루쉬를 쫓아 승강장을 향해 계단을 뛰어올랐다.

문이 닫히기 직전에 루쉬가 열차에 올라탔다. 하지만 백스터는 간발의 차이로 그를 놓쳤다.

"루쉬!" 백스터가 다시 외쳤지만 열차는 출발했다. 유리창 반대편에서 루쉬가 미안하다고 손을 흔들었다. 백스터는 열이 받아서 루쉬의 코트를 바닥에 내던졌다. "루쉬! 야, 이 새끼야!"

백스터는 상황실로 돌아와, 기술팀 요원들에게 루카스의 신상과 사진을 다른 팀에도 전달하라 지시하고, 블레이크가 보낸 루카스 키튼의 비극적인 과거에 대해 읽었다. 첨부 파일에는 가족사진도 있었다. 다가올 비극을 예감하지 못한 채 다들 행복하게 활짝 웃고 있었다.

"이거 완전 루쉬 스토리잖아." 백스터가 혼잣말로 중얼거리다 고개를 저었다. 아니, 루카스 키튼은 루쉬가 될 수도 있었던 사람이다.

두 남자의 사연은 놀라울 정도로 비슷했다. 종교에 이끌리는 점도 같았다. 하지만 루카스 키튼이 증오와 슬픔에 사로잡힌 반면, 루쉬는 모든 부정적인 에너지를 사람 돕는 일에 썼다.

백스터는 미소를 지었다. 루쉬가 이곳으로 다시 돌아온 게 정말 우연이 아닐지도 모르겠다는 생각이 들었다.

루쉬는 베이커 스트리트 역 승강장에 내렸다. 오는 길에 용의자 세 명의 사진이 들어와 있었다. 루쉬는 사진을 참고하기 위해 휴대전화를 든 채 바닥에 표시된 검은색과 노란색 '나가는 곳' 안내선을 따랐다.

"백스터, 아직 듣고 있어요?"

"네."

백스터는 아직 화가 풀리지 않은 목소리였다.

"방금 베이커 스트리트에 도착했어요. 정문에서 용의자들을 막을 계획이에요. 이미지팀과 직접 교신하겠지만 새로운 소식 있으면 계속 전해줄게요."

"마음대로 해요."

루쉬는 승강장으로 가는 에스컬레이터 왼쪽 계단을 성큼성큼 뛰어올라 개찰구를 재빨리 통과한 다음 퇴근하는 사람들의 파도에 휩쓸려 인도로 나왔다.

역 입구는 완전히 혼돈 상태였다. 가판대, 버스킹 가수, 처량하게 생긴 노숙자, 더 처량하게 생긴 강아지까지 혼잡한 입구에서 자리싸움을 하고 있었다.

루쉬는 붐비는 길 가장자리에 있는 벽으로 가 무전기 주파수를 바꿨다. FBI 팀의 무전 내용 끝부분이 이어폰으로 들어왔다.

"루쉬입니다. 입구에 대기 중이에요. 새로운 소식 있습니까?"

"용의자 브룩스가 체포되었습니다." 여자 목소리가 알렸다.

"아홉 남았군." 루쉬가 혼잣말로 속삭였다.

휴대전화에 저장된 사진들을 넘기며 이제 제외시켜도 되는 얼굴을 확인했다. 루쉬는 고개를 들고 양쪽에서 끝도 없이 밀려드는 사람들 행렬을 보았다. 모자, 후드, 우산 때문에 얼굴이 잘 보이지 않았다. 여자 요원이 계속 말을 했다.

"특공대 도착까지 아직 1분 남았습니다. 나머지 용의자들은 곧 그곳에 도착할 예정이고요."

루쉬는 드문드문 비치는 불빛으로 사람들 얼굴을 훑어보았다. 그때 사진 속에서 본 인물 중 한 명이 보였다.

"뚱뚱한 용의자 발견." 루쉬가 알렸다.

"리처드 올덤입니다." 이어폰으로 정보가 들어왔다.

루쉬가 총자루를 감싸 쥐었다.

"막으러 갑니다."

루쉬는 잠깐 멈춰 서서 바쁘게 움직이는 사람들 사이에 틈이 생기기를 기다렸다. 그때 반대편에서 익숙한 얼굴이 또 다가왔다.

"젠장! 다른 용의자도 확인했습니다." 루쉬가 말하며 이대로 있다가는 정면으로 맞닥뜨릴 두 남자를 번갈아 보았다. "지원 병력이 오기까지는 얼마나 남았습니까?"

"45초입니다."

"한 명을 잡으러 가면 다른 쪽을 놓칠 거예요." 루쉬가 말했다.

이제는 고개를 돌리지 않아도 두 남자가 한눈에 보였다.

"40초."

두 남자는 서로 모르는 사이가 분명했다. 몇 미터 거리 안으로 들어온 그들은 서로에게 눈길을 주지 않은 채 옆 입구로 움직였다.

"따라 들어갑니다." 루쉬가 이미지분석팀에 알리고, 바닥에 지저분하게 녹은 눈을 밟으며 행인들을 밀치고 지나갔다. 두 남자 다 절대 놓쳐서는 안 되었다. 그들이 왼쪽으로 방향을 틀었다.

"피카딜리 방향 베이컬루선으로 걸어 내려가고 있습니다." 루쉬가 전하고 더 빠르게 걸어 에스컬레이터를 타고 내려갔다. "열차가 진입 중이에요!"

주변에 있던 사람들도 그 말을 들었다. 사방에서 서둘러 발을 옮기는 소리가 들렸다. 열차 문이 스르르 열리고, 내리는 사람과 타려는 사람이 물결을 이루었다. 루쉬가 인파를 뚫으려 했지만 문이 닫히고 말았다. 하지만 다행히 두 남자는 아직 승강장에 서 있었다.

"용의자들은 열차에 타지 않았습니다." 루쉬가 작게 말했다. 곧 승강장에 존재하는 모든 공간이 인파로 메워졌다. "용의자 한 명이 큰 배낭을 들고 있어요."

루쉬는 궁금했다. 왜 일부러 시간을 *끄는* 거지? 그때 흐트러진 차림으로 벤치에 앉아 있는 여자가 눈에 띄었다. 여자도 열차에 탈 생각이 없어 보였다.

"출동한 팀에게 보이지 않게 대기하고 있으라고 전해요."

루쉬가 그렇게 말하자 옆에 서 있던 일본인 관광객이 이상한 사람이라는 식으로 쳐다봤다.

"승강장 끝에 파란 재킷에 청바지를 입은 40대 여성이 앉아 있는데, 용의자들 사진 중에 그런 여성도 있습니까?" 루쉬가 물었다.

"잠깐만요." 이미지팀 요원이 대답했다.

그사이 그 여자가 비닐봉지를 집어 들고 일어나, 승강장 끄트머리에 가서 섰다. 루쉬가 뒤를 힐끗 보았다. 두 용의자도 다음 열차를 탈 것처럼 행동하고 있었다.

"용의자 두 명이 열차에 타려고 합니다. 특공대원들도 진입하라고 해요."

그 말이 떨어지기 무섭게 무장 대원들이 우르르 들어와 두 남자를 포위하고 땅바닥에 메다꽂았다. 루쉬는 파란 재킷을 입은 여자를 돌아보았다. 여자는 승강장 끝으로 걸어가고 있었다.

요란한 소리를 내며 열차가 들어왔다. 용의자가 들고 있던 묵직한 배낭을 빼앗은 한 대원이 조심스럽게 지퍼를 열었다.

사람들 무리에 가려 잘 보이지 않았다.

루쉬는 시계를 확인했다. 오후 4시 54분이다.

백스터에게 돌아가야 했다.

여기서 여자가 있는 승강장 끝 방향으로 가다가는 열차를 제때 못 탈 위험이 있었다. 그래서 루쉬는 가장 가까운 스크린도어 앞에 모인 사람들 틈에 섰다. 덜컹 흔들린 문은 두 번 다시 열렸다가 루쉬까지 무사히 탑승한 후 닫혔다. 누가 영국인 아니랄까 봐 혀를 차고 눈을 굴리는 사람들을 밀치며, 루쉬는 그나마 사람이 적은 가운데 칸으로 이동했다.

"가방에 뭐가 있었어요?" 루쉬가 이어폰에 대고 이미지팀 요원에게 물었다.

잠깐 정적이 흐르더니 답이 왔다. "폭발물 비슷한 거요. 위험 요인은 제거되었습니다. 폭발물 처리반이 2분 후 도착 예정이에요."

루쉬가 무전기 채널을 바꿨다.

"백스터, 지금 가고 있어요."

"누가 궁금하댔나."

"이제 7명 남았어요." 루쉬가 조심스럽게 말을 골랐다. 혼잡한 객차 안에서 그 이상은 말할 수 없었다.

루쉬가 무전기 채널을 다시 변경하자 "…용의자예요."라는 말이 끝나고 조용해졌다. "루쉬 요원, 들었습니까?"

"아니요. 다시 부탁해요."

"맞아요. 파란 재킷 입은 여자도 용의자입니다."

"알겠습니다." 루쉬가 대답하며 앞을 가리고 있는 사람들 틈을 지났다.

옆 열차 칸으로 옮겨가, 그 여자가 있는지 다음 칸을 들여다보았다. 하지만 문에 밀착한 사람들 말고는 아무것도 볼 수 없었다.

"이번 역은…, 리젠트 파크 역입니다. 내리실 문은…." 기계음이 알렸다.

열차가 속도를 늦추며 사람들 몸이 기울어졌다. 창밖으로 빽빽하게 서 있는 사람들이 스쳐 지나가더니 곧 열차가 급정거했다.

사람들에게 떠밀려 승강장으로 나온 루쉬가 제일 끝에 있는 칸 쪽을 향해 사람들을 뚫고 나아갔다.

"죄송합니다. 지나갈게요. 죄송해요." 루쉬가 작게 말하며 인파 속으로 비집고 들어갔다.

루쉬는 열차 안으로 다시 들어가며 지하철 노선표를 올려다보았다. 피카딜리 서커스까지는 두 정거장이 남아 있었다.

다시 시계를 확인했다. 오후 4시 57분이다.

"죄송합니다. 지나갈게요." 중간쯤 왔을 때 낯익은 파란색 재킷이 눈에 들어왔다. 추레한 행색의 여자는 무릎에 놓은 비닐봉지를 소중하게 안고 있었다. "용의자 발견!"

"어디 있는 거예요, 루쉬?" 백스터가 속삭였다.

이미 발 디딜 틈 없는 승강장으로 사람들이 끝도 없이 쏟아져 나왔다. 전광판 시계의 주황색 숫자들은 오후 5시까지 남은 초를 셌다.

"3조, 듣고 있나?" 긴장감으로 가슴이 터질 것 같았지만 백스터는 자신만만하게 무전기에 대고 외쳤다.

"잘 들린다. 오버."

그때 바글거리는 사람들 사이 어디선가 큰 소리가 들렸다.

"3조 출동!" 백스터가 명령하며 소동이 일어난 곳으로 달려갔다.

그곳에서는 한 회사원이 크리스마스 선물을 찢어진 봉투에 주워 담고 있었다. 그는 깨지기 쉬운 상품이 밟히기라도 할까 봐 허둥댔다.

백스터가 안도의 한숨을 쉬었다. 벌써 신경이 수만 갈래로 갈라지는 느낌이었다.

"오보였다. 대기하라."

백스터는 원위치로 돌아가는 동안 부하로부터 새로운 보고를 받았다. 타임스 스퀘어에서 사용된 것과 일치하는 폭발 장치가 클래펌에 있는 노숙자 쉼터에서 회수되었다고 했다. 가방 주인은 밤사이 체포된 꼭두각시 중 한 명이었다.

이제 얼마 남지 않았다.

★

루쉬는 좌석에 앉아 있는 여자와 이제 다섯 걸음 거리였다. 그때 귀에 잡음이 들리고 이미지팀의 목소리가 돌아왔다.

"루쉬 요원, 지난 역에서 추가 용의자 한 명이 그 칸에 탑승한 것 같아요. 지원팀이 그쪽으로 이동 중입니다."

"사진을 보내줘요." 루쉬는 대답한 후 파란 재킷을 입은 여자 쪽으로 사람들을 밀고 지나갔다.

여자를 좌석에서 끌어낸 루쉬가 여자를 바닥에 엎드리게 한 뒤, 등 뒤로 팔을 결박했다. 몇몇 승객이 소스라치게 놀라 그를 막으려 했다.

"괜찮아요! 괜찮습니다! CIA입니다." 루쉬가 신분증을 내밀며 말했다. "당신은 체포되었다." 꿈틀대는 여자에게는 그렇게 외쳤다.

그러자 착한 사마리아인들이 각자의 자리로 되돌아갔다. 모든 승객이 공간이 없어도 최대한 멀리 떨어져야겠다고 생각하는 듯했다.

루쉬가 몸부림치는 여자를 간신히 제압하고 한쪽 손에 수갑을 채웠을 때 열차가 옥스퍼드 서커스역에 정차했다. 루쉬는 여자를 붙잡은 채로 지원팀이 어디쯤 왔는지 살피기 위해 바글바글한 사람들을 둘러보았다. 수십 명이 내렸지만 더 많은 사람들이 열차에 올라 다시 객차를 꽉꽉 채웠다.

반대쪽 수갑을 채우고 몸수색까지 마친 루쉬가 여자의 몸에 깔린 비닐봉지를 끄집어냈다. 한 손으로 여자의 등을 누른 채 봉지 안에 손을 넣어 꺼낸 것은 녹슨 푸주칼이었다. 칼을 옆에 내려 놓으려던 루쉬가 동작을 멈췄다. 겁먹은 표정으로 보고 있는 사람들 중에 아이들도 많이 있었기 때문이다.

"괜찮습니다. 저는 CIA예요." 루쉬가 이번에 탄 승객들을 위해 다시 한 번 말했다. 루쉬는 잠시 고민 끝에 뒤에 앉아 있던 근육질 남자에게 손짓을 했다. "잠깐 도와주시겠어요?"

"저요?" 남자가 자신 없이 물었다. 그는 턱수염이 아직 익숙하지 않은 듯 턱을 긁적이고 자리에서 일어났다.

루쉬는 총을 바닥에 내려놓고 푸주칼을 다시 비닐에 싸서 남자에게 내밀었다. "대신 들고 있어요."

조수로 지목된 남자는 불안한 표정을 지었다.

"들고만 있어요. 안에 있는 건 절대 만지지 말고요."

수염 난 남자가 조심스럽게 비닐봉지를 받아들고 루쉬 옆에 앉았다. 조금 전 여자가 그랬던 것처럼 그도 무릎에 올려놓은 초록색 비닐봉지를 끌어안고 있었다.

문이 다시 한 번 스르르 닫혔다. 무장 요원 두 명이 승강장으로 뒤늦게 뛰어오는 모습이 보였다.

열차가 움직이기 시작했다.

"루쉬 요원! 루쉬 요원!" 이어폰으로 외치는 소리가 들렸다. 전보다 목소리가 커졌다. 겁에 질린 목소리였다.

"방금 여자 체포했어요. 이제 다른-." 루쉬가 안심하라는 차원에서 먼저 말했지만, 여자는 루쉬의 말을 잘랐다.

"루쉬 요원! 새로운 용의자가 이번 정차역에서 그 열차에 방금 탑승했어요! 추가 용의자는 세 명입니다."

"알았어요." 루쉬가 천천히 말하며 객차를 가득 채운 사람들의 얼굴을 올려다보았다. "백스터 경감에게 당장 전해요. 목표는 역이 아니라 열차라고."

용의자 사진이 루쉬의 핸드폰에 전송되어 들어오느라, 재킷 주머니에서 휴대폰이 쉬지 않고 진동을 했다.

"목표는 열차입니다." 루쉬가 반복해 말하고 총에 손을 뻗었다.

루쉬는 아직 모르고 있었다. 방금 전 그의 휴대전화로 전송되어 온 사진 중에 깨끗하게 면도한 근육질 남자의 사진이 들어왔다는 것을.

루쉬는 또 모르고 있었다. 그 남자가 자리에서 일어나 그 바로 옆에 섰다는 사실을.

루쉬는 전혀 모르고 있었다. 녹슨 푸주칼이 그를 내리찍으려 하고 있다는 것을.

39

2015년 12월 22일 화요일
오후 5시

"사람들을 모두 역에서 내보내!" 백스터가 상황실에서 나와 승강장으로 뛰어 내려가며 큰 소리로 외쳤다.

백스터는 루쉬의 메시지를 전해 듣자마자 곧바로 상황실을 박차고 나왔다. 하지만 수많은 사람이 몰려들며 대피 행렬은 좁은 계단에서 꽉 막히고 말았다. 백스터의 눈앞에 있는 전광판 시계의 주황색 숫자는 계속해서 바뀌었다. 17:00:34

"백스터 경감님." 귀에 다급한 목소리가 들렸다. "루쉬 요원을 아직 못 찾았습니다."

"계속 찾아봐요." 백스터가 대답하고 지나가는 지하철역 직원을 붙잡았다. "당장 역을 폐쇄해야 합니다! 사람들 못 들어오게 막아요."

남자는 고개를 끄덕이고 급히 달려갔다. 백스터의 무전기가 다시 울렸다.

"뭐야?" 백스터가 짜증스럽게 외쳤다.

"죄송합니다. 이미지팀 루이스 경사와 연결해드리겠습니다."

"지금?!" 백스터가 묻는 순간, 열차가 곧 도착한다는 기계음이 울려 퍼졌다.

"5분 전 CCTV 영상에서 루카스 키튼을 포착했습니다. 새로 들어온 정보 전해드리려고요."

"좋은 소식이네. 어디예요?"

"거기요…, 역에…, 지금 있는 곳에요!"

백스터는 북적이는 사람들을 초조하게 바라보며, 상황실에서 바니타가 팀원들에게 전달했던 사진 속 남자가 어떻게 생겼는지 기억을 더듬었다.

"현재 차림새는?" 백스터가 요구했다.

"검은 재킷, 검은 스웨터를 입고 있어요."

주변에 있는 대부분의 사람들이 검은 재킷에 검은 스웨터를 입고 있었다.

방금 들은 소식을 루쉬에게 전달하기 위해 백스터가 발신 버튼을 누르려는데, 날카로운 증폭음이 귀를 찔렀다. 백스터는 본능적으로 이어폰을 귀에서 뽑았다. 주변에 있는 동료들도 똑같이 반응하며 불안한 눈빛을 주고받았다. 무전기에서는 멀리서 들리는 듯한 비명이 왜곡되어 흘러나왔다. 조각난 목소리들이 합창을 하고 있었다.

"루쉬?" 백스터가 속삭였지만 지지직 하는 잡음밖에 들리지 않았다. "루쉬, 내 말 들려요?"

선로에서 요란한 소리가 났다.

백스터는 군중을 뒤로 한 채 터널의 검은 입을 응시했다. 이어폰에서는 아직도 소름 끼치는 소리가 흘러나오고 있었다. 미지의 공포를 예고하는 섬뜩한 전주곡이었다.

백스터는 천천히 승강장 끝으로 이동했다. 머리 위에 있는 여린 거미줄이 파르르 떨렸다.

어둠 속에서 덜커덩덜커덩 하는 소리가 울려 퍼졌다. 전속력으로 열차가 달려오는 소리였다. 괴물이 접근하자 발밑이 흔들렸다.

따뜻한 바람이 퀴퀴하고 피비린내 나는 숨결처럼 금속성 냄새를 달고 왔다. 이어 두 개의 빛나는 눈이 어둠을 뚫고 나타났고, 열차가 빠르게 달려왔다.

백스터의 긴 머리카락이 바람에 날려 얼굴을 덮었다. 순식간에 얼룩진 창문이 눈앞을 스치고 지나갔다. 핏빛 장막은 내부를 감추고 있었다.

비명이 들리고 사람들이 패닉하기 시작했다. 너도나도 탈출하려고 앞사람을 밟고 넘어가자, 피카딜리선 승강장으로 내려가는 계단도 꽉 막혀버렸다. 악몽 같은 이미지들이 스쳐 지나갔다. 열차가 속도를 늦추자, 조명을 환히 밝힌 내부의 모습이 눈앞을 지나는 속도도 느려졌다.

백스터가 들고 있던 작은 이어폰이 조용해졌다. 그 사실을 새삼 깨닫고 백스터가 주저하며 이어폰을 다시 귀에 꽂을 때, 바로 앞에 열차 문이 멈춰 섰다. 피로 얼룩진 창문 뒤로 부서진 전등이 간헐적으로 깜박거렸다. 뒤에서 우르르 달려가는 사람들의 소리는 이제 들리지도 않았다. 여느 정거장처럼 열차의 도착을 알리는 경쾌한 경적만 들릴 뿐이었다.

금속 문이 스르르 열리고….

승강장에 있던 사람들은 어찌할 바를 몰라 문으로 달려가고 있었다. 열차가 서서히 멈추며 안에 있는 사람들의 악몽 같은 모습을 비추었다. 사람들이 유리창에 짓눌려 도와달라고 울부짖고 있었다. 그들은 결코 손을 내밀지 않을 신을 찾아 하늘 높이 피 묻은 손을 뻗고 있었다.

그때 백스터의 발밑으로 한 남자가 쓰러졌다. 눈꺼풀이 닫힌 그의 눈은 살릴 가능성이 없다는 증거였다. 열차의 깨진 전등에서는 스파크가 튀었다. 백스터는 처참한 광경의 객차 안으로 발걸음을 옮겼다. 승강장 저편에서 총성이 연이어 울렸고, 백스터를 향해 누군가 맨발로 달려오는 소리가 들렸다.

황급히 뒤로 돌아선 백스터는 손을 내밀어 방어 자세를 취했다. 그녀에게 칼을 휘두르는 여자의 손을 붙잡은 것은 순전히 운이었다. 하지만 달려오는 여자와 함께 열차 바닥에 쓰러질 때의 충격으로 칼끝이 백스터의 입술을 베었다.

포악한 여자가 백스터의 위에 올라탔다. 벌어진 셔츠 사이로 가슴팍에 있는 흉터를 드러내 보이며, 여자는 칼에 온몸의 체중을 실었다. 백스터가 울부짖으며 여자를 막으려고 용을 쓰자 팔이 부들부들 떨렸다.

조금 더 내려온 칼이 백스터의 앞니를 긁자, 백스터는 고개를 옆으로 돌렸다. 문득 교도소에서 루쉬가 했던 말이 떠올랐다. 백스터가 무작정 손을 뻗어 적의 한쪽 눈을 찔렀다.

여자가 비명을 지르고 몸을 움츠린 사이, 백스터는 그녀를 발로 차고 재빨리 뒤로 물러났다. 다친 짐승처럼 몸부림을 치던 여자가 다시 백스터에게 달려들었다.

그때 아까보다 가까운 곳에서 두 발의 총성이 들렸고 여자의 가슴을 장식한 흉터에 한 쌍의 구멍이 뚫렸다. 칼을 떨어뜨리고 서서히 무릎을 꿇은 여자가 바닥으로 풀썩 엎어졌다.

"괜찮아요?"

백스터는 고개를 끄덕이고 욱신거리는 입술을 매만지며 일어났다.

"루쉬!" 백스터가 부상자들 사이를 지나며 얼굴을 확인했다.

"백스터 경감님." 이어폰에서 소리가 들렸다.

"루쉬!"

"백스터 경감님!"

단호한 목소리에 백스터가 이어폰을 손으로 눌렀다.

"얘기해요." 그러면서도 계속 루쉬를 찾아 두리번거렸다.

근처에서 총이 두 발 더 발사되었다.

백스터는 무전을 듣지 못해 인상을 찌푸렸다. "다시요."

"경감님, 루카스 키튼을 놓쳤습니다."

루쉬는 거칠게 숨을 몰아쉬었다.

현재 그는 맨 끝에 있는 객차 바닥에 깔려 있었다. 어깨에 생긴 깊은 상처에서 따뜻한 피가 목으로 흘러내렸다. 루쉬는 그를 공격한 근육질 남자의 무게 때문에 옴짝달싹도 할 수 없었다. 학살을 저지하기 위해 루쉬는 남자에게 다섯 발의 총을 쏴야 했다. 루쉬가 그토록 구하려 했던 사람들은 자기들이 탈출해야 한다는 절박감에 루쉬를 밟고 지나갔다. 루쉬는 극심한 가슴 통증 때문에 움직이기도 힘들었다. 숨을 쉴 때마다 무언가가 내장을 찔렀다.

사람들이 뛰어오며 바닥이 쿵쿵 울렸다.

"이상 무!" 누군가 외쳤다.

발소리가 점점 가까워졌다.

루쉬는 자신이 여기 있다고 외치고 싶었지만 아무리 목을 쥐어짜도 소리 없는 헐떡임밖에 나오지 않았다. 그래도 루쉬는 포기하지 않았다.

"제발!" 루쉬는 숨을 내쉴 때마다 힘겹게 공기를 폐 속에 다시 집어넣어야 했다.

"이봐요…, 정신이 드세요? 괜찮아요. 내 손 잡아요." 누군지 알 수 없는 목소리가 말했다. "눈 감고 있어요. 알았죠?"

"사람이 깔려 있다!" 옆에 있던 다른 사람도 외쳤다. "와서 좀 도와줘!"

희망이 샘솟았다.

그때 사람 소리가 다시 들렸다. "오케이. 그녀를 잡았어. 내가 잡았어. 가자."

구조대원들은 루쉬가 깔려 있는 것을 모른 채 그를 홀로 두고 다시 떠나버렸다. 단단한 승강장 바닥을 밟는 발소리가 빨라졌다. "백스터!" 루쉬가 다시 외쳐보았지만 도와달라는 속삭임은 그의 귀에도 들리지 않았다.

호흡이 점점 가빠졌다. 위에서 짓누르는 무게 때문에 근육의 힘이 빠졌다. 루쉬는 현실을 깨닫고 받아들였다. 언젠가 발견된다고 하더라도 그 전에 이 더러운 바닥에서 과다 출혈로 숨을 거두었을 것이다.

그의 임무는 실패로 끝났다.

백스터는 승강장으로 다시 뛰어나가 앞다투어 지상으로 올라가려는 사람들을 바라보았다. 공포는 불붙은 듯 퍼져나갔다. 모두 자기 몸을 지켜야 한다는 본능 때문에 판단력을 잃었고 공황에 빠졌다. 자신의 행동이 악영향을 미치고 있다는 사실은 안중에도 없었다. 딱 한 사람만 빼고.

군중이 비틀거리며 앞으로 나아가는 동안 제일 끝에서 한 사람의 얼굴이 백스터의 눈에 들어왔다. 그는 다른 사람들처럼 안전한 지상을 바라보지도 않았다. 그저 열차를, 생존자를 찾는 경찰들을 지켜보고 있었다.

서로 떠미는 사람들 사이로 그와 백스터의 눈이 마주쳤다.

루카스 키튼이었다.

백스터는 사진을 봤기 때문에 루카스 키튼을 알아본 게 아니었다. 남자가 루카스 키튼이라는 징표는 오른쪽 뺨에 있는 열쇠 모양의 상처였다. 백스터가 필립 이스트의 브루클린 은신처에서 상대가 누구인지 모른 채 그와 몸싸움을 벌였을 때 생긴 상처였다.

백스터는 무전기로 루카스 키튼의 위치를 전했다.

그러는 사이 루카스 키튼은 다시 사라졌다. 밀려드는 인파가 그를 삼킨 후였다.

"3조, 수색을 계속하라." 이어폰으로 들리는 백스터의 목소리에 루쉬의 의식이 돌아왔다. "1조와 2조의 목표는 루카스 키튼이다. 출구를 지켜라. 역에서 내보내면 안 돼."

루카스 키튼의 이름은 쇠약해진 루쉬의 몸에 한 방의 아드레날린 주사처럼 작용했다. 루쉬는 총에 맞아 사망한 육중한 남자 몸에 깔린 팔을 천천히 꺼낸 다음, 죽을힘을 다해 고통을 참으며 바닥에서 솟아오른 갈색 기둥을 감싸 쥐었다. 힘을 쓰자 가슴의 피부가 찢어지고 뼈에 금이 가는 느낌이 들었다. 루쉬가 이를 악물고 축 늘어진 근육질 남자의 몸 밑에서 벗어나자, 고통스럽지만 행복에 겨운 숨이 나왔다.

그가 수갑을 채웠던 여자는 달아나는 사람들에 밟혀 살아남지 못했다.

루쉬는 총을 들고 비틀거리며 일어났다. 고작 이 정도 행동에도 숨이 헐떡였다. 루쉬가 하늘을 향해 고개를 끄덕였다.

아직 실패하지 않았다.

그가 있어야 할 곳은 바로 여기였다.

40

2015년 12월 22일 화요일

오후 5시 4분

"경찰입니다! 비켜주세요!" 백스터가 꽉 막힌 계단 쪽으로 조금씩 나아가며 외쳤다. 사람들의 얼굴을 훑으며 루카스 키튼을 찾았다. 잠시 후, 그를 발견했다. 이미 계단 앞에 도달한 루카스 키튼은 백스터가 따라올까 봐 뒤를 힐끔거리고 있었다.

그가 계단을 오르기 시작할 때 그의 손이 백스터의 시선을 끌었다. 손에 무언가를 쥐고 있었다.

"루카스 키튼이 보인다!" 백스터가 무전기에 대고 외쳤다. "베이컬루선 계단을 올라가고 있다. 손에 뭘 들고 있으니 조심하도록. 확인하기 전까지는 폭파 장치라고 생각하기 바란다."

그 말을 하는 사이 그와의 공간이 벌어졌다. 백스터는 인파들 사이를 파고들며 불과 몇 초 만에 몇 미터를 따라잡았다.

"수단과 방법을 가리지 말고 무장 해제하라."

"백스터, 내 말 들려요?" 루쉬는 헐떡이며 승강장 끝에 있는 비상계단을 오르고 있었다. 망가진 마이크로폰에서는 무의미한 쇳소리만 흘러나오고 있었다.

그래도 다른 팀의 무전 내용은 아직 들을 수 있었다. 루쉬는 바깥으로 달려가는 인파에 합류했다. 다친 어깨를 붙잡은 채 밀려 넘어지지 않으려 발에 힘을 준 루쉬는 이 많은 사람들이 쏟아져 나오고 있는 지점을 살폈다.

왜곡된 소리가 시끄럽게 귀를 찔렀다.

그때 루쉬는 계단 위에서 검은 형체를 발견했다. 빠르게 움직이는 사람들의 다리 사이로 스치듯 아른거리는 것은 쓰러진 요원이었다.

"젠장!"

시간이 얼마 남지 않았다.

루쉬는 무작정 달렸다. 잔뜩 모여든 사람들을 밀치고 필사적으로 루카스 키튼을 찾았다.

"쓰러진 요원이 있다! 쓰러진 요원 발견! 위치는 베이컬루선 에스컬레이터 꼭대기다." 백스터는 그렇게 무전을 치고 나서야 얼굴을 확인하니 체이스였다.

맥박을 확인했지만 잡히지 않았다.

각 출구를 홀로 지키는 FBI 요원들은 다가오는 인파 속에서 단 하나의 얼굴을 찾아야 하는 불가능한 임무를 맡았다. 한편 런던 지하철 직원들은 역 입구 앞에서 집에 갈 방법이 사라진 통근자들을 막느라 정신이 없었다.

서둘러 달아나는 수백 명의 인파 가운데 단 한 사람만이 뒤를 돌아보았다.

"루카스 키튼은 3번 출구에서 10미터 거리에 있다!" 백스터가 해당 팀에 알렸다. "절대…, 놓치면…, 안 돼!"

앞 사람들을 밀치고 나아가던 백스터가 안도의 한숨을 쉬었다. 저 앞에서 어딘가로 뛰어가고 있는 루쉬를 발견한 것이다. 루쉬도 루카스 키튼을 발견하고 그를 향해 다가가는 중이었다. 몸이 무척 불편해 보였다.

"루쉬!" 백스터가 외쳤다.

하지만 그 소리를 듣기에 루쉬는 너무 멀리 있었다.

얼굴에 흉터가 난 남자는 몇 초에 한 번씩 뒤를 돌아보았다.

하지만 루쉬가 요원이라는 사실은 알아보지 못했다.

루쉬는 그를 계속 추격했다. 그를 가로막는 사람이 많았지만 이제 몇 미터밖에 남지 않았다. 하늘에서는 눈보라가 치기 시작했다.

"루카스 키튼이다!" 루쉬가 루카스 키튼을 가리키며 목소리를 쥐어짰다. 쉰 목에서 나온 속삭이는 소리는 거의 들리지도 않았다. "루카스 키튼이다!"

FBI 요원과 달리 루카스 키튼은 루쉬의 목소리를 알아들었다. 뒤를 돌아본 그는 얼마나 가까이 추격을 당했는지 깨달았다.

루쉬는 루카스 키튼이 들고 있는 검은색 기기를 포착했다. 루카스 키튼은 고개를 숙인 채 1미터도 안 되는 거리에서 FBI 요원 옆을 지났다. 그리고 찬바람이 부는 역사 밖으로 나오자마자 빠르게 달리기 시작했다.

루쉬도 계단을 올라 역사 밖으로 나와 보니, 거리는 아수라장이었다. 역에서 대피한 사람들이 거리로 쏟아지며 도시의 심장은 모든 기능을 멈추었다. 어느 방향을 봐도 자동차 헤드라이트 불빛만 보였다.

별 하나 없는 하늘에서 구급차의 불빛으로 파랗게 변한 눈송이가 쉬지 않고 떨어져 내리기 시작했다. 갑자기 기온이 떨어지자 루쉬는 폐가 타들어가는 느낌이 들었다. 가슴이 찢어질 것 같은 짧고 날카로운 기침 발작을 하고 나니, 손으로 물 같은 피가 뚝뚝 떨어졌다. 그때 리젠트 스트리트를 따라 남동쪽으로 달려가는 루카스 키튼이 보였다.

루쉬는 큼지막한 재킷을 입고 품에 쇼핑백을 한아름 안고 있는 사람들을 헤집고 나가 붐비는 인도로 달려 나갔다. 소매 아래로 흐르는 따뜻한 피가 백스터를 위해 구불구불한 자취를 만들어주고 있었다.

백스터는 정신없는 무전이 멈추기를 기다렸다.

도시의 모든 사이렌이 울리는 것 같았다. 이어폰에서는 또 다른 폭탄 테러범을 포위한 SO15의 다급한 메시지가 잡음과 섞여 들렸다.

"공중 지원을 요청한다." 백스터가 무전기에 대고 헐떡였다. "백스터 경감이다. 루카스 키튼을 쫓아…, 레전트 스트리트에서…, 공원으로 가고 있다."

조금 전 백스터는 폴 몰 교차로에서 정차된 차량들 사이를 요리조리 지나던 스쿠터와 충돌할 뻔했다. 스쿠터를 피해 워털루 플레이스를 따라 계속 이동하니, 눈보라 속에 음산하게 서 있는 동상들이 나타났다.

백스터가 전력질주하기 시작했다. 귀에서는 무전기 잡음과 휘몰아치는 바람 소리가 치열한 싸움을 벌이고 있었다. 백스터는 불 꺼진 세인트 제임스 파크로 내려가는 계단에 이르렀다.

"용의자가 사라졌다." 수많은 목소리 중 하나가 귀에 꽂혔다. "보이는 사람 없나? 용의자 확인한 사람 없어?" 다급한 무전기 소리가 들렸다.

"다시 보인다. 광장 북동쪽 구석…, 명중은 힘들다."

루쉬는 숨을 쉴 수 없었다. 온몸에서 힘이 빠져나가고 있었다. 루카스 키튼의 유령 같은 실루엣이 시야 끄트머리에서 어른거렸다.

갑자기 헬리콥터의 굉음이 밤공기를 갈랐고, 눈이 멀 것 같은 탐조등이 내려왔다. 공원 입구 쪽으로 빠르게 지나간 탐조등은 보초를 서고 있는 기념상을 밝게 비추었다. 암흑 속에서 검게 변색된 청동의 천사. 아자젤이었다.

하지만 순식간에 사라졌다. 동그란 탐조등 불빛은 루카스 키튼만을 쫓고 있었다. 루쉬는 순백의 눈밭에 깊은 발자국을 찍으며 걸었다. 눈이 내려앉은 수양버들은 얼어붙은 호수 쪽으로 허리를 굽히고 있었다. 호수의 유혹을 받고 허겁지겁 물을 마시다 꽁꽁 얼어버린 것처럼.

도시는 사라졌다. 공원 경계선 밖에는 폭설밖에 존재하지 않았다. 탁 트인 공터에 도착해 루쉬는 탄창을 꺼내고 총을 재장전했다.

루쉬가 추격을 멈추고 총을 겨누었다. 얼어붙은 호수는 헬리콥터의 스포트라이트를 다시 천국으로 반사하고 있었다.

이제는 그림자로 변한 루카스 키튼이 갈수록 작아졌다.

가슴의 통증을 꾹 참고 루쉬는 팔을 뻗어 루카스의 등 한가운데를 조준했다. 얼굴에 불어오는 바람을 느끼며, 바람의 속도와 방향을 가늠해 총구의 방향을 조정했다. 이제는 탐조등이 목표물을 다시 빛으로 적실 때까지 기다릴 일만 남았다.

루쉬는 팔다리의 떨림을 멎게 하려고 숨을 내쉰 다음, 천천히,

아주 천천히 방아쇠를 당겼다.

"가격!"

"민간인이 쓰러졌다! 목표물은 부상을 입었다…. 보이지 않는다. 반복한다. 더 이상 보이지 않는다."

백스터는 어느 쪽에 집중해야 할지 갈팡질팡했다. 이어폰에서는 사냥감을 쫓는 SO15의 무전이 흘러나왔고, 눈보라를 뚫고 울린 총성에 이어 땅바닥에는 붉은 핏자국이 자취를 남기고 있었다.

앞에는 루쉬가 서 있었다. 하지만 루카스 키튼은 새하얀 눈에 휩싸여 보이지 않았다.

목구멍이 타들어가는 느낌이었다. 백스터는 숨을 고르고 다시 걸음을 옮겼다.

루카스 키튼은 총격과 동시에 땅에 쓰러졌다. 동그란 불빛이 그를 감쌌다.

루쉬는 다친 남자에게 걸어갔다. 그는 근처에 떨어진 기기를 향해 필사적으로 손을 뻗고 있었다. 가쁜 숨을 길게 내뱉자 엎드린 몸 위에 자욱한 연기 같은 입김이 피어올랐다.

"루쉬!" 멀리서 백스터 목소리가 희미하게 들렸다.

고개를 드니 백스터가 이쪽으로 달려오고 있었다.

땅바닥을 기어가고 있는 루카스 키튼을 보며, 루쉬가 허리를 굽혀 네모난 검은색 기계를 집어 들었다. 휴대폰이었다.

루쉬는 의아해 하며 전화기를 뒤집어 화면을 보았다. 그러다 멀리 집어던지고 살의가 끓는 표정으로 루카스 키튼을 돌아보았다.

2미터 거리에서는 휴대폰 화면에서 영상이 재생되고 있었다. 전 세계 수억 명이 볼 예정이었던 그 영상은 보는 사람 하나 없이 조금씩, 조금씩 눈에 덮였다.

46초짜리 그 영상에서 루카스 키튼은 눈물을 흘리고 있지만 반성하는 기색 하나 없이 말하고 있었다. 자신이 모든 사건의 주범이라 주장했다. 그러는 내내 가족사진을 들고 가족의 이름과 사망일을 대놓고 읊었다. 하지만 알렉시 그린이나 그린이 사랑했던, 그리고 떠나보내야 했던 약혼녀는 단 한 번도 입에 올리지 않았다.

"루쉬! 그러면 안 돼요! 살려둬야 해요!" 붙잡은 범인의 관자놀이에 총을 가져다 대는 루쉬를 보고 백스터가 외쳤다.

헬리콥터의 탐조등이 어두운 무대 위에 스포트라이트 조명을 만들며 공연이 펼쳐지고 있었다.

"그건 어디 있어?" 머리 위에서 들리는 헬리콥터 소음을 뚫고 루쉬가 고함을 치는 소리가 들렸다. 방금 입수한 기기는 그들이 바라던 것이 아니라는 의미였다.

백스터는 루쉬와 루카스가 있는 곳까지 거의 다 왔다.

"총격! 총격이 있었다!" 이어폰이 시끄럽게 울렸다. "용의자가 쓰러졌다."

루쉬가 무거운 총으로 루카스 키튼의 얼굴을 가차 없이 내리쳤다. 하지만 루카스 키튼은 피범벅이 된 이를 드러내며 웃어 보일 뿐이었다. 몸에 깔린 눈이 선홍색으로 변했다.

"루쉬!" 백스터가 미끄러지듯 달려가며 외쳤다.

백스터는 눈밭에 무릎을 꿇고 루카스 키튼의 옷을 잡아당겨 절박하게 출혈 부위를 찾았다. 눈으로 보지는 못했지만 어깨 아래에 총알이 뚫고 지나간 상처가 손끝에 만져졌다. 백스터는 입고 있는 재킷 소매를 끌어당겨 상처를 깊이 압박했다.

"목표물이 뭐야?!" 루쉬가 루카스를 다그쳤다.

루카스가 죄를 씻을 유일한 기회가 멀어지고 있음을 깨달은 루쉬의 얼굴에 비통한 절망이 떠올랐다.

"이 자가 죽으면 아무것도 말할 수도 없어요, 루쉬! 도와줘요."

지저분한 지하철역 화장실의 축축한 바닥에 앉아 알렉시 그린의 마지막 꼭두각시는 흐느껴 울기 시작했다. 머리 위를 빙글빙글 도는 헬리콥터 소리가 쉬지 않고 울렸다.

이렇게 외로운 적이 없었다.

위에서 사람들이 화장실 입구 주위를 빠르게 움직이며 위치를 다시 잡는 소리가 들렸다. 무거운 발소리는 숨은 사냥감을 찾는 사냥개의 발소리와도 같았다.

희망을 다 잃은 그는 울부짖으며 묵직한 조끼를 잡아당겼다. 전선과 부품이 불편하게 그의 등을 짓누르고 있었다.

알렉시 그린 박사님의 말씀과 가르침을 그렇게 듣고도 그는 아무도 없는 곳으로 내몰렸다. 겁에 질린 동물처럼. 결국은 유일하게 남은 은신처에 숨어들었다. 그들이 던진 미끼에 걸린 것이다.

"에이든 팰런!" 확성기에서 적의로 가득한 목소리가 잡음과 섞여 나왔다. "너는 완전히 포위됐다."

손으로 귀를 막아 봐도 목소리를 차단할 수는 없었다.

"조끼를 벗고 천천히 밖으로 나와라. 그렇게 하지 않으면 우리는 강제로 폭발을 일으킬 수밖에 없다. 30초 주겠다."

에이든은 그의 무덤이 될 더러운 공간을 둘러보았다. 그와 같은 완벽한 패배자에게 딱 맞는 기념관이었다. 마지막으로 알렉시 그린 박사님을 한 번만 더 뵐 수 있다면 더 바랄 것이 없었다. 살면서 선생님처럼 소중한 친구는 처음이었다고, 실망시켜드려 정말 죄송하다고 말하고 싶었다.

"15초!"

에이든은 천천히 일어나 바지에 손을 닦았다.

"10초!"

지저분한 거울에 그의 모습이 보였다. 정말 인간이기를 포기한 한심한 놈이었다. 거울 속의 쌍둥이와 눈을 맞추고 미소를 지으며 그는 가슴에 대롱거리는 짧은 끈을 잡아당겼다. 불길이 그의 몸을 집어삼켰다.

"루쉬, 나 좀 도와줘요!" 백스터가 치명적인 총상 부위로 재킷 소매를 더 밀어 넣으며 얼굴을 찡그렸다.

멀리서 폭발 소리가 들렸다.

백스터와 죽어가는 죄수 옆에서 루쉬가 휘청거리며 나무 위를 응시했다. 하늘로 솟은 주황색 불길로 헬리콥터가 방향을 틀자 그들을 비추던 스포트라이트도 사라졌다. 루쉬는 혼란스럽고 믿기 힘들다는 표정을 지었다. 이해할 수 없었다. 실패했다고? 어떻게 된 거지?

루쉬는 무너지는 하늘을 바라보며 눈을 맞는 것 말고는 아무것도 할 수 없었다.

"루쉬!" 백스터는 손으로 루카스의 피를 멎게 하려고 애를 태웠다. 이어폰에서 서로 겹치는 무전 내용이 일그러져 들렸다. "루쉬!

어떻게 된 건지 아직 모르잖아요."

"우리가 뭘 더 할 수 있겠어요?" 루쉬는 여전히 그녀를 등지고 있었다.

백스터에게 하는 말인지, 다른 누군가에게 하는 말인지도 확실하지 않았다.

불안해진 백스터는 루쉬가 총을 올렸다 내렸다 하는 모습을 지켜보기만 했다.

"루쉬." 백스터가 최대한 차분하게 말했다. 귀에서는 알아들을 수 없는 잡음이 들렸다. 루카스 키튼의 피로 젖은 백스터의 소매가 차가워졌다. "그냥 가요…, 나를 봐서…, 제발."

루쉬가 눈물 맺힌 눈으로 백스터를 돌아보았다.

"그냥 가요, 루쉬…, 여길 떠나요." 백스터가 간청했다.

그러면서 백스터는 루쉬가 들고 있는 총을 초조하게 힐끔거렸다.

루쉬까지 잃을 수는 없었다. 위대하고 잔인한 심판이라는 거부할 수 없는 유혹에 친구를 한 명 더 떠나보낼 수는 없었다.

"나를 죽일 건가, 루쉬?" 백스터가 부른 이름을 듣고 루카스 키튼이 힘없이 쌕쌕댔다.

"닥쳐!" 백스터가 작은 소리로 윽박질렀다. 앰뷸런스를 불러야 했지만 백스터는 손을 움직일 수도, 긴급한 무전을 방해할 수도 없었다.

"내가 죽음을 두려워할 거라고 생각해?" 루카스 키튼은 굴하지 않았다. 피를 많이 흘려 발음이 어눌해졌다. "나는 이 세상에서 이룰 건 다 이뤘어. 여기 남아서 할 일은 없다고."

"말했지? 닥치라고!" 백스터가 화를 냈지만 루쉬가 벌써 이쪽으로 오고 있었다.

"내 가족은 하나님과 있어. 내가 어디를 가든 여기보다는 낫겠지." 루카스 키튼이 그렇게 말하며 옆에 무릎을 꿇는 루쉬를 한껏 기대감에 부푼 표정으로 올려다보았다.

급박하게 변한 상황을 감지한 백스터가 위험을 무릅쓰고 루카스 키튼의 가슴에서 손을 뗀 후 무전기의 발신 버튼을 눌렀다.

"백스터 경감이다. 세인트 제임스 파크로 응급 앰뷸런스를 요청한다. 오버."

백스터는 애원하는 눈으로 루쉬를 바라보며 루카스의 가슴에 다시 손을 올렸다.

"궁금해. 그분께서 여기 계실까…" 루쉬의 목에서 달랑거리는 은색 십자가를 발견한 루카스 키튼이 캑캑대며 말했다. "…바로 지금…, 신은 우리 얘기를 듣고 계실까." 그러면서 무언가를 찾는 것처럼 밤하늘을 올려다보았다. "이제라도 그 대단하신 관심을 보여줄지 궁금하네!"

루쉬는 아자젤이라는 이름을 문자 그대로 번역한 뜻을 떠올렸다. 신을 능가하는 힘.

애써 그 생각을 지웠다.

"1년하고도 반이야…" 루카스 키튼이 울며 웃으며 기침을 했다. 그러고는 눈밭에서 몸을 움직여 더 편안한 자세를 잡았다. "1년 반 동안 나는 병원으로 출근해 내 아들 옆에 앉아 있었어. 지금 당신처럼 말이야. 1년 반 동안 도와달라고 조용히 기도했지…. 하지만 신은 도와주지 않더라고. 왜냐, 작은 소리는 들어주지 않거든. 하지만 이제는 내 목소리가 들리겠지."

루쉬는 감정 없이 차가운 눈으로 루카스 키튼을 내려다보았다.

이곳에 다른 사람은 없었다. 백스터의 이어폰에서 들리는 금속성 잡음, 루카스 키튼의 거친 숨소리와 바람 소리를 제외하면 작은 소리도 존재하지 않았다.

"루쉬?" 백스터가 작게 물었다. 그의 눈빛을 읽을 수 없었다.

루쉬가 천천히 뒤로 손을 뻗어 금속 십자가 목걸이를 풀었다. 손을 앞으로 내밀자 은 십자가가 목걸이에 걸려 빙그르르 돌았다.

"루쉬?" 백스터가 다시 불렀다. "루쉬!"

루쉬가 돌아보았다.

"아직 어떻게 된 건지 모르잖아요. 그리고 무슨 일이 일어났어도 당신 탓이 아니에요. 알죠?"

놀랍게도 루쉬는 웃음을 지어보였다. 어깨를 무겁게 짓누르던 짐이 사라진 것처럼 밝은 웃음이었다.

"알아요."

루쉬의 손가락 사이로 빠져나간 목걸이가 더러워진 눈밭에 떨어졌다.

"괜찮은 거죠?" 백스터가 묻고 다시 루카스 키튼에게 재빨리 시선을 돌렸다.

루쉬가 고개를 끄덕였다.

"끝났다고 보고해요." 안심한 백스터가 한숨을 쉬며 루쉬에게 말했다. 이번에도 루쉬는 증명해냈다. 그는 정말로 강한 사람이었다.

루카스를 마지막으로 한 번 더 내려다본 루쉬가 주머니에서 휴대폰을 꺼낸 다음 힘겹게 몸을 일으켰다.

루쉬가 돌아서서 걷기 시작할 때, MI5의 단편적인 무전 내용이 백스터의 귀를 채웠다.

"루쉬, 잘된 것 같아요!" 백스터의 흥분해서 외쳤다. 손가락 사이로 피가 흐르는 속도가 느려지고 있었다. "잡았대요! 물건도 손에 넣었대요! …사망자는 한 명…, 테러범이에요!"

이 기분을 억누를 수 없어 백스터는 루카스 키튼을 내려다보며 의기양양하게 웃었다.

"들었어, 새끼야?" 백스터가 속삭였다. "잡았대. 놈은 죽었어."

루카스 키튼이 고개를 뒤로 젖히고 패배의 의미로 눈을 감았다. 그리고는 습관적으로 하던 말이 나왔다. 그가 이 세상에서 저주받은 삶을 살면서 수도 없이 입에 담은 말이었다. "아무래도 신께서 천사가 한 명 더 필요하셨나 보군."

루쉬가 걸음을 멈췄다.

백스터는 피 묻은 가슴에서 손을 뗀 것도 깨닫지 못했다. 눈물로 시야가 흐려졌다. 커티스의 아름다운 얼굴밖에 떠오르지 않았다.

루쉬가 눈을 밟고 백스터 쪽으로 달려오는 소리도 듣지 못했다.

조용한 총성과 함께 자신의 얼굴에 따뜻한 피가 튀긴 것도 느끼지 못했다. 왜 갑자기 루카스의 몸이 마구 흔들리는지도 이해하지 못했다. 백스터가 깨닫지 못하는 사이, 세 발의 총알이 루카스의 몸을 찢어놓았다.

루쉬는 루카스 키튼 옆에 서 있었다. 그의 얼굴에서 눈물이 줄줄 흘러내렸다.

백스터가 멍한 얼굴로 올려다보는 동안 루쉬는 방아쇠를 당기고…, 당기고…, 또 당겼다. 눈밭 위에 놓인 더러운 시체가 널브러진 고깃덩이가 될 때까지. 아무것도 남지 않고 사라질 때까지. 총알이 떨어져 총에서 철컥철컥 소리밖에 들리지 않을 때까지.

"이 세상에 신은 없어." 루쉬가 속삭였다.

백스터는 그 자리에 앉아서 입도 다물지 못한 채 친구를 바라보기만 했다. 루쉬는 몇 걸음 휘청거리면서 가더니 땅바닥에 쓰러졌다.

망가진 폐에서 안도의 한숨이 새어 나왔다.

그의 이름을 부르며 달려오는 백스터의 목소리가 들렸다.

하지만 루쉬는 슬픈 미소를 지을 뿐이었다. 무너지는 하늘을 향해 고개를 들고…, …혀를 내밀었다.

에필로그

"…세상에…, 신은…, 없어." 백스터가 말했다.

미국 FBI에서 파견된 수사관 싱클레어 요원이 반투명 거울 앞을 지나 조사실을 박차고 나갔다.

"참 대단하십니다. 협조 감사합니다, 경감님. 이걸로 마무리하죠."

런던 경찰청 소속 앳킨스 수사관이 한숨을 내쉬며 땀이 송골송골 맺힌 이마를 가볍게 두드리고 물건을 챙겼다.

백스터는 분개한 FBI 요원을 서둘러 따라 나가는 앳킨스를 향해 대충 손을 흔들었다. 앞으로 1시간은 철판 깔고 딸랑이를 흔들며 아부를 할 게 뻔했다.

"외교술 하나는 끝내줘요." 손더스가 빈정거리며 바니타와 구석에 있는 남자에게 씩 웃었다. 같이 앉아서 조사실 안을 지켜보고 있던 직책이 높아 보이는 미국인도 좁은 방을 나갔다.

바니타가 한숨을 쉬었다.

"백스터는 적당히 예의를 지켜줄 수는 없는 건가? 고작 20분인데? 내가 정말 그렇게 무리한 부탁을 한 거야?"

"그런가 봐요." 손더스가 어깨를 으쓱했다.

구석에 있는 남자도 동의한다고 고개를 끄덕였다.

바니타는 점점 아파지는 이마를 문질렀다.

백스터는 누가 아직도 지켜보고 있을지도 모른다는 사실을 잊었는지 손으로 얼굴을 감싼 채 테이블 위에 엎어졌다.

"어딜 가요?" 손더스가 구석의 남자에게 물었다. 남자는 구석을 벗어나 방에서 나가려 하고 있었다.

"가서 그녀를 봐야겠어." 남자가 별 일 아니라는 듯 대답했다.

"'체포 중'이 무슨 뜻인지 모르는 겁니까?" 손더스가 그 남자에게 말했다.

남자는 바니타를 쳐다보았다. 바니타도 백스터만큼이나 지치고 체념한 듯 보였다.

"우리 합의했잖아요." 남자가 바니타에게 기억을 상기시켜주었다.

"마음대로 해." 바니타는 귀찮다고 손을 저었다. "설마 지금보다 상황이 더 나빠지겠어."

유쾌하게 미소를 지어 보인 남자가 돌아서서 복도로 나왔다.

"우리 이러다 해고될 거예요." 손더스는 남자가 나가는 모습을 보며 말했다.

바니타가 고개를 끄덕였다. "그래. 맞아, 그럴 거야."

백스터는 이쪽으로 다가오는 발소리를 들었다. 군인처럼 걸음을 딱딱 맞추는 싱클레어도, 느릿느릿 발을 끄는 앳킨스도 아니었다.

백스터가 얼굴을 감싼 손에 대고 신음을 흘렸다.

철제 의자의 다리가 바닥에 끌렸다. 새로 나타난 짜증나는 인간이 맞은편 자리에 앉자 힘없는 테이블이 흔들렸다. 백스터는 신경질적으로 한숨을 쉬며 고개를 들었다. 그 순간, 배를 한 대 맞은 것처럼 숨이 턱 막혔다.

거구의 남자가 어색한 미소를 지어 보였다. 그는 혹시라도 백스터에게서 주먹이 날아올 경우를 대비해 몸은 일부러 의자에 기대고 있었다.

백스터는 그가 검은 곱슬머리를 이 정도로 기른 모습을 아직까지 본 적이 없었다. 하지만 초롱초롱한 푸른색 눈동자만큼은 그대로였다. 그녀의 마음속을 꿰뚫어 보는 눈빛이었다. 그날 백스터의 삶에서 걸어 나갔을 때처럼.

백스터는 감정의 소용돌이가 몰아치는 것을 멈출 수 없었다.

"그래…, 잘 있었어?"

남자는 백스터에게 어제 만났다 헤어진 사람처럼 가볍게 말을 붙였다. 남자는 수갑 찬 자신의 손을 테이블에 올려놓고 잠시 생각했다.

뭔가 뜻깊은 말이 없을까. 1년 반의 무소식이 별일 아니라고 생각하게 만들어줄 말. 그녀의 믿음을 되찾아줄 그런 말.

결국 울프는 이 말로 정했다.

"놀랐지!"

옮긴이 유혜인

역자 유혜인은 경희대학교 사회과학부를 졸업했다. 글밥 아카데미 수료 후 바른번역에서 번역가로 활동 중이다. 옮긴 책으로는 《악연》, 《봉제인형 살인사건》, 《위선자들》 등이 있다.

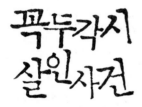

인쇄 2025년 1월 1일 초판 11쇄
저자 다니엘 콜
옮긴이 유혜인
ISBN 979-11-90157-27-8   03840

출판브랜드 북플라자
주소 서울특별시 강남구 논현동 118-13 5층
홈페이지 www.bookplaza.co.kr

영화 판권, 오탈자 제보 등 기타 문의사항은 book.plaza@hanmail.net으로 보내주세요.
잘못된 책은 구입하신 서점에서 교환해 드립니다.